UWE ITTENSOHN

Winzerblut

BLUTIG IM ABGANG Vor dem Neustadter Saalbau stirbt nach der Krönung der deutschen Weinkönigin ein Student auf bizarre Art und Weise. Zunächst sieht alles nach einem Unfall aus – eine tödliche Mischung aus jugendlicher Ausgelassenheit, Leichtsinn und zu viel Alkohol. Während Hauptkommissar Achill den Fall bald zu den Akten legen will, ermitteln Privatschnüffler André Sartorius und Kriminaloberkommissarin Bertling auf eigene Faust entlang einer mysteriösen Blutspur weiter. Doch dies ist nur der Anfang einer Reise durch Vergangenheit und Gegenwart, bei der Sartorius und Bertling im Laufe ihrer Untersuchungen in die Tiefen des Weinbaus vordringen. Dort stoßen sie auf überraschende Erkenntnisse und ein weiteres, sehr ungewöhnliches Verbrechen, das sie unter anderem auch an den Weincampus – die Hochschule für Weinbau – in Neustadt führt.

Uwe Ittensohn, in Landau/Pfalz geboren, ist vielseitig engagiert: Krimischriftsteller, Autor für Weinliteratur, anerkannter Berater für deutschen Wein, Kultur- und Weinbotschafter der Pfalz sowie Dozent an einer Hochschule. Er lebt in Speyer, wo er ein denkmalgeschütztes Stiftsgebäude sanierte und sich um den historischen Klostergarten kümmert, in dessen schattigen Winkeln er auch die Muße zum Schreiben findet. Mit seinem schriftstellerischen Wirken will er die Kultur, Lebensart und den im Herzen der Pfälzer verankerten Hang zu Wein und Genuss über die Grenzen der Region hinaus bekannt machen. »Winzerblut« ist eine gelungene Symbiose zwischen Pfalz, Wein und Spannung.

UWE ITTENSOHN

Winzerblut

KRIMINALROMAN

GMEINER

Immer informiert

Spannung pur – mit unserem Newsletter informieren wir Sie
regelmäßig über Wissenswertes aus unserer Bücherwelt.

Gefällt mir!

Facebook: @Gmeiner.Verlag
Instagram: @gmeinerverlag

Besuchen Sie uns im Internet:
www.gmeiner-verlag.de

© 2023 – Gmeiner-Verlag GmbH
Im Ehnried 5, 88605 Meßkirch
Telefon 0 75 75 / 20 95 - 0
info@gmeiner-verlag.de
Alle Rechte vorbehalten
2. Auflage 2023

Lektorat: Claudia Senghaas, Kirchardt
Herstellung: Mirjam Hecht
Umschlaggestaltung: U.O.R.G. Lutz Eberle, Stuttgart
unter Verwendung eines Fotos von: © Mark Borbely / shutterstock.com
Druck: CPI books GmbH, Leck
Printed in Germany
ISBN 978-3-8392-0427-6

WEIN!

Weil keine große Geschichte je damit begonnen hat, einen Salat zu essen.

(Verfasser unbekannt)

FIGURENÜBERSICHT

Die Ermittler und ihr Anhang:

André Sartorius	privater Schnüffler und Stadtführer in Speyer
Irina Worobjowa	BWL-Studentin und Sartorius' Mieterin
Frank Achill	Kriminalhauptkommissar bei der Mordkommission Ludwigshafen, daneben Andrés Freund
Verena Bertling	Kriminaloberkommissarin und rechte Hand Achills
Jonas	Mitglied in Achills Team
Bernd Scherer	Kollege und Freund von Achill im Kriminaldauerdienst (KDD) des Polizeipräsidiums Ludwigshafen
Professor Doktor Astrid Schmollinger-Backhaus	Direktorin des rechtsmedizinischen Instituts der Uni-Klinik Mainz
Professor Doktor Jérôme Ngora	Arzt an der hämatologischen Ambulanz der Uni-Klinik Mainz
Polizeidirektor Andreas Metzger	Polizeipräsident am Polizeipräsidium Rheinpfalz in Ludwigshafen

Die Winzerszene:

Konrad Bundschuh	Biowinzer
Marita (Rita) Bundschuh	seine Cousine und Mitarbeiterin
Thomas von Leinhardt	Mitbesitzer des renommierten Weinguts *Ökonomierat Casimir von Leinhardt Nachfahren*
Simon von Leinhardt	sein jüngerer Bruder und ebenfalls Mitbesitzer des Weingutes
Felix von Leinhardt	Simons einziger Sohn und »Säbelschwinger«
Anselm Yeboah	Mitarbeiter auf dem Weingut von Leinhardt
Professor Doktor Hasso von Lychow	Rechtsanwalt der Familie von Leinhardt
Theo Keller	alter Hambacher Winzer
Gertrud Keller	Theos Ehefrau
Thorsten Keller	sein Enkel und Opfer
Marianne Keller	Thorstens Mutter
Marcel Picker	Altersgenosse von Thorsten Keller und Felix von Leinhardt
Volker Freytag	Inhaber der Rebschule Freytag

Weincampus Neustadt:

Professor Doktor Sauerkamp	Präsident des *Weincampus Neustadt*
Professor Doktor Philippe de Sanguigni	wissenschaftlicher Mitarbeiter am *Weincampus Neustadt*
Doktor Christoph Engel	Ampelograf (Rebsortenkundler) am *Weincampus Neustadt*

1 KRÖNUNG

Samstag, 25. September 2021, 1.50 Uhr

Marcel Picker, oder Pickeldi, wie ihn die anderen nannten, lehnte gelangweilt an einer der Säulen des loggiaartigen Vorbaus, der das Portal des *Saalbaus* überspannte.

Diesen Spitznamen verdankte er nicht nur seinem ähnlich klingenden Familiennamen, sondern vor allem dem Pickelrasen, der sein Gesicht mit einem üppig sprießenden bläulich-roten Flor überzog.

Mit ihm war es ungefähr so wie mit einem Regenschirm. Hatte man ihn dabei und es regnete nicht, war er lästig und unnötiger Ballast.

Regnete es aber, kam seine Zeit.

Marcels Zeit würde heute noch kommen.

Drinnen bei der Krönung der Deutschen Weinkönigin war die Zeit der Schönen, Reichen und Prominenten gewesen.

Hier nun, bei der schon einige Stunden andauernden Fete auf dem Vorplatz des *Saalbaus*, war die Zeit der Wichtigtuer.

Erst wenn die ach so schneidigen Jungs kurz vor dem Alkoholkoma standen oder die sie begleitenden Mädchen die Müdigkeit übermannte, würde man sich seiner besinnen – seiner, des menschgewordenen Regenschirms.

Marcel trank nicht. Ihm schmeckte Wein nicht, und er hatte auch kein Geld dafür.

Dieser Eigenschaft verdankte er stets eine temporäre Beliebtheit am Ende rauschender Ballnächte, Feten und Gelage.

Kam seine Zeit, hatte er plötzlich Mädchen auf dem Beifahrersitz, die wenige Stunden vorher noch nicht einmal etwas von seiner Anwesenheit geahnt hatten.

Der Lohn für alles stille Warten und Beobachten. Verstohlene Blicke in verrutschte Dekolletees und hie und da eine warme Hand, in die er die seine legen konnte.

Aber soweit war es noch nicht. Noch wartete er stumm und einsam im Schatten der Säule.

Felix von Leinhardt, der Rudelführer der Clique, proklamierte undeutlich die Anfangszeilen des Hambacher Liedes, das einst 1832 beim sogenannten *Hambacher Fest* gesungen wurde. »Hinauf Patrioten zum Schloss, zum Schloss …«

Dabei starrte er auf die vergoldete Figur – die Hambacher Vorbotin – vorm *Saalbau*, so als müsse sie ihn verstehen. In der Hand schwang er seinen Verbindungssäbel, einen antiken Korbschläger, mit dem er den Abend über schon mehrere Sektflaschen geköpft hatte.

Niemand nahm Notiz von ihm.

Nur der picklige Marcel schüttelte angewidert den Kopf. Er hasste diesen aufgeblasenen Wicht, der im Geld seiner Eltern schwamm, sich, seit er begonnen hatte, Jura zu studieren, für rechtlich unantastbar hielt und mit dem hübschesten der Mädchen ging. Er zeigte sich gerne mit ihr, behandelte sie wie eine goldene Armbanduhr – als schmückendes, aber im Kern unwichtiges Beiwerk.

Von Leinhardt war offensichtlich des sinnlosen Proklamierens müde, zog eine Flasche Roséwein aus dem Leinenbeutel hinter sich und schrie laut: »Nachschub!«

Einige noch immer nicht restlos abgefüllte Kumpane wandten sich ihm zu.

Er hatte wieder das, was er suchte: Aufmerksamkeit.

»Mal sehen, ob die sich auch köpfen lässt!«, grölte er heiser, und schon stand er im Mittelpunkt.

Er legte die Klinge des antiken Säbels mit dem in den Farben seiner Verbindung gefütterten Griffkorb auf den Hals der Flasche und bewegte ihn auf und ab.

Er ließ alle das helle Klingen von Stahl auf Glas hören. »Auf drei!« Speicheltröpfchen flogen im Gegenlicht der Scheinwerfer, die die Fassade des *Saalbaus* anstrahlten.

»Eins!«

»Nein, lass das sein, das gibt Scherben!«, schrie Thorsten Keller, der wie Felix von Leinhardt aus Hambach kam, und ging auf ihn zu.

Marcel mochte den ruhigen Jungen, der am *Weincampus* in Neustadt Weinbau studierte.

»Zwei!«

»Nein! Stopp! Du verletzt dich!«

Keller schob sich vor ihn und hob abwehrend die Hände.

»Drei!«

Das singende Geräusch der Klinge, ein Klirren, ein Säbelstreich, der knapp an Kellers Kopf vorbei in den Nachthimmel zischte.

Keller wich aus, stolperte über den niedrigen Sockel der Figur, prallte an die Brust der vergoldeten Bronzeskulptur und strauchelte nach vorne.

Von Leinhardt brachte noch einen Satz über die Lippen, ehe sich ein weit abstehender Splitter des Flaschenstumpfes in die Seite von Kellers Hals bohrte.

Blut pulsierte hervor und spritzte in einer Fontäne aus der Halsarterie des Jungen in Marcels Richtung.

Blutsprenkel befleckten Marcels T-Shirt, der noch immer nicht glauben konnte, was gerade über von Leinhardts Lippen gekommen war.

Es wurde laut. Mädchen schrien panisch. Jungs stolperten herbei – versuchten linkisch und unbeholfen, Erste Hilfe zu leisten.

Marcel gähnte. Er wusste, dass dies alles nichts mehr nützte, und ging, ohne Aufsehen zu erregen, um die Ecke Richtung Hauptpost davon.

Nun stand fest: Sein Beifahrersitz würde heute leer bleiben.

Spätestens in zehn Minuten würde niemand mehr wissen, dass er in dieser Nacht dabei gewesen war.

2 EINSATZ

Samstag, 25. September 2021, 2.30 Uhr

Die Nacht war sternenklar – ungewohnt kühl – ein Vorgeschmack auf den gerade angebrochenen Herbst. Kriminaloberkommissarin Verena Bertling fröstelte.

Ihr Vorgesetzter, Kriminalhauptkommissar Frank Achill vom Polizeipräsidium Rheinpfalz in Ludwigshafen, der neben ihr den Dienstwagen steuerte, wirkte wie immer bei ihren gemeinsamen Einsätzen gleichmütig und schien gar nicht zu bemerken, dass es viel zu früh war, um aufzustehen.

»Scherer klang ungewöhnlich aufgeregt«, brach sie das Schweigen.

»Hmm«, kommentierte Achill ausdruckslos.

»Er sagte, dort wäre die Hölle los, und wir sollten uns beeilen.«

»Kein Wunder. Todesfälle bei Großveranstaltungen sind so ziemlich das Blödeste, was dir bei einem Einsatz passieren kann. Aber wir haben noch Glück, dass dieses Jahr wegen Corona das Fest auf dem Vorplatz ausgefallen ist«, erwiderte Achill abgeklärt.

Verena Bertling zog den Reißverschluss ihrer leichten schwarzen Steppjacke hoch. Sie trug wie ihr Kollege stets Zivilkleidung bei ihren Einsätzen. Die Aussicht, die Wärme im Wageninneren gleich gegen die kühle Nachtluft tauschen zu müssen, war alles andere als angenehm.

Sie fuhren auf der Landauer Straße und waren noch rund 500 Meter vom Bahnhofsgelände entfernt, als ihnen das Wirrwarr zuckender Blaulichter einen Eindruck von dem vermittelte, was sie in Kürze antreffen würden.

»Großer Bahnhof!«, kommentierte Achill zweideutig und schnaubte genervt. Dabei bog er links ab und fuhr auf den Vorplatz des Neustadter Hauptbahnhofs.

»In der Tat«, antwortete Bertling kopfschüttelnd mit schiefem Grinsen und ließ ihren Blick über den weitläufigen Platz schweifen.

Ein wildes Chaos an Streifen- und Notarztwagen verstellte ihnen die Zufahrt zum *Saalbau*, jener Veranstaltungshalle, in der vor wenigen Stunden die neue Deutsche Weinkönigin gekürt worden war. An der Längsseite der Halle reihten sich mehrere Sattelzüge und Übertragungswagen des *SWR*, der die komplette Veranstaltung vorhin noch per Livestream gesendet hatte.

»Hoffentlich schlafen die schon.« Bertling wies mit dem Zeigefinger auf diese Fahrzeuge.

»Mit denen kannst du wenigstens reden, am schlimmsten sind die kleinen privaten Sender und Nachrichtenportale, die in so etwas ihre Gelegenheit sehen, endlich mal groß rauszukommen.« Achill parkte den Wagen am Rand auf einem der wenigen freien Parkplätze.

Sie stiegen aus und gingen auf die Stelle zu, wo bereits von den Kollegen der Spurensicherung große Scheinwerfer aufgebaut worden waren, die den Ort des Geschehens beleuchteten.

»Haben Sie irgendwo Bernd Scherer vom Kriminaldauerdienst gesehen?«, fragte Achill den erstbesten Beamten, der ungelenk versuchte, den Tatort vor Gaffern abzuschirmen, und hielt ihm dabei seine Polizeimarke unter die Nase.

»Ei, denn hann isch do vorne g'sien«, erwiderte er mit unverkennbar saarländischem Dialekteinschlag und wies auf einen Polizeitransporter, der einige Meter hinter der hell erleuchteten Stelle parkte.

Bertling und Achill machten einen Bogen um den Bereich, auf den die Scheinwerfer gerichtet waren. Mehrere »Maden«, wie sie intern die mit weißen Overalls mit Kapuzen und Füßlingen bekleideten Kollegen der Kriminaltechnik nannten, waren gerade dabei, mit Pinzetten Glassplitter und sonstige Spuren aus einer gewaltigen frischen Blutlache zu fischen.

Als sie die Tür des Kleinbusses öffneten, saßen Bernd Scherer und ein weiterer Beamter an einem kleinen Tisch einer tränenüberströmten jungen Frau gegenüber, die sie gerade befragten.

»Beruhigen Sie sich erst mal. Ich komme in zehn Minuten wieder«, sagte Scherer genervt und stieg aus dem Bus.

»Die Freundin von dem da«, erklärte er lakonisch und wies auf den zugedeckten leblosen Körper in der Blutlache. Dann reichte er Bertling und Achill die Hand.

»Und warum liegt der da?«, kam Achill gleich zur Sache.

Bertling konnte sich trotz der grausigen Umstände ein Lächeln über ihre beiden Kollegen nicht verkneifen. Die tägliche Konfrontation mit Tod und Leid hatte sie hart gemacht. Ihre Aufgabe war die Aufklärung von Fällen wie diesem und nicht die emotionale Aufarbeitung. Wenn überhaupt, geschah diese im Nachgang in schlaflosen Nächten oder in Situationen der Entspannung und Ruhe, häufig dann, wenn man nicht damit rechnete. Es war ihr schon oft aufgefallen, dass Achill an Tagen, an denen er wenig zu tun hatte, ins Grüblerische versank und unvermittelt über ein Opfer oder dessen Angehörige sprach.

»Er und seine angetrunkenen Freunde meinten wohl, eine Weinflasche mit einem Säbel öffnen zu müssen.«

»Ein Säbel?«, fragte Bertling verwirrt.

»Ja, scheint in Studentenkreisen gerade hipp zu sein. Zuerst hatten sie es bei zwei oder drei Sektflaschen erfolgreich praktiziert. Als die leer waren, war wohl eine Rosé-Flasche dran.«

»Aber bei Weinflaschen funktioniert das doch nicht«, unterbrach ihn Achill.

»So ist es, Frank. Unser toter Freund hier wusste das wohl auch und wollte den übereifrigen Säbelschwinger zur Räson bringen.«

»Aha, und da hat er den Säbel abgekriegt?«

»Nein, nicht ganz. Er kam zu spät. Die Weinflasche splitterte, er wich aus, stolperte gegen diese goldene Dame, stieß sich den Kopf und fiel nach vorne in den gesplitterten Stumpf der Weinflasche, die der Säbelschwinger noch in der Hand hielt.« Scherer wies auf die vergoldete Skulptur neben dem Eingang zum *Saalbau*.

»Ganz langsam!«, unterbrach Achill seinen Redefluss. »Und warum hat der Säbelschwinger die Hand mit dem Flaschenstumpf nicht schnell weggezogen, als er sah, dass sein Gegenüber fiel?«

»Das hat er angeblich, aber seine Reflexe waren, so besoffen wie er war, wohl nicht mehr die besten. Und bei der Halsschlagader auf der einen und rasiermesserscharfen Glassplittern auf der anderen Seite braucht's keinen besonders hohen Andruck.«

»Hmm«, brummte Achill, den die Antwort noch nicht ganz zufriedenstellte. »Und warum liegt er dann rund zehn Meter weiter in der Blutlache?«

»Er torkelte anscheinend schwer angeschlagen einige Meter davon, eher er endgültig zu Boden ging.«

»Und woher weißt du das alles so genau?«

»Das war nicht sonderlich schwierig rauszukriegen. Da draußen steht immer noch die ganze Clique der beiden, inklusive dem Säbelschwinger. Und die Freundin des Toten hast du ja eben noch erlebt.«

»Und wie verlässlich sind ihre Aussagen?«

»Verlässlich?« Scherer lachte auf. »So verlässlich, wie Besoffene eben sind. Da hat garantiert keiner weniger als zwei Promille.«

Achill schnaubte unzufrieden auf.

»Unser Prof an der Polizeiakademie sagte immer: ›Kinder, Narren und Besoffene sagen die Wahrheit.‹ Die da draußen sind viel zu knülle, um anständig zu lügen.«

»Da draußen?«, fragte Achill verwundert. »Wo sind diese Typen jetzt?«

»Die sitzen unter der Überdachung vor dem *Saalbau*, und zwei Kollegen passen auf, dass sie sich nicht abseilen. Ich kenn dich doch. Und hätte mich gehütet, sie gehen zu lassen, bevor du kommst.«

»Habt ihr die Personalien aufgenommen?«

Scherer blies Luft durch die Zähne und rollte mit den Augen. »Nein, wir wollten sie gerade mit Fluchtwagen und Flugtickets ausstatten.«

Achill überging die Spitze. »Den Säbelschwinger sollten wir vorsichtshalber seinen Rausch in einer unserer Zellen auf der Wache in Ludwigshafen ausschlafen lassen. Ich will ihn sofort morgen Früh, sobald er einigermaßen nüchtern ist, befragen. Und von allen einen Alkoholtest bitte«, fügte er hinzu.

»Schon passiert, die Kollegen vom Roten Kreuz waren bereits am Werk. Und für die Freundin haben wir eine Polizeipsychologin hier. Die bleibt heute Nacht wohl besser unter Beobachtung.«

3 BEGEGNUNG

Etwa 13 Jahre vorher – Samstag, 4. Oktober 2008, 21.30 Uhr

»Einen Adelstitel zu tragen, ohne das nötige Geld zu haben, ist in etwa so, als käme Nico Rosberg mit einem alten VW Käfer daher. Du fühlst dich von allen angestarrt und wartest nur darauf, bis es wieder einmal jemand merkt«, klagte Thomas von Leinhardt gegenüber diesem Albert, einer flüchtigen Urlaubsbekanntschaft.

Nach ein paar Gläsern Amarone hatte sich seine Zunge gelockert, und er hatte Dinge ausgesprochen, die er besser für sich behalten hätte. Trotz seines Alkoholpegels war ihm nicht entgangen, wie der protzige Albert, dem wohl einige Textilläden im Ruhrgebiet gehörten, seiner Begleiterin zuzwinkerte. Sie lächelte nur. Es war kein freundliches, sondern ein mitleidiges, geringschätziges Lächeln.

Soweit war es mit ihm gekommen – Besitzer eines halben, viel zu kleinen Weingutes, dessen Weine allenfalls taugten, sie irgendwohin für einen Spottpreis als Fassweine zu verkaufen.

Endkunden, die bereit waren, fünf oder gar zehn Euro pro Flasche zu zahlen, gab es kaum. Und die 90 Cent pro Liter, die der Fasswein einbrachte, reichten für rein gar nichts.

Keine teuren Maschinen, keine Neubestockung überalterter Rebanlagen, keine Kellereitechnik, keine qualifizierten Mitarbeiter – nichts, womit sich so ein Abwärtstrend aufhalten ließe.

Selbst diese kleine Flucht an den Gardasee war eigentlich unerschwinglich für ihn. Seine Ehefrau, die zu Hause geblieben war, um den Betrieb irgendwie notdürftig weiterzuführen, hatte ihn zu Recht gefragt, ob er noch bei Sinnen wäre.

Er zweifelte mittlerweile selbst an seinem Verstand. Was war nur aus ihm geworden? Sein Vater, der das Weingut jahrzehntelang erfolgreich geführt hatte, würde sich im Grab umdrehen. Seiner Frau sprang die Verzweiflung mehr und mehr aus den Augen. Und sein Bruder Simon machte sich nicht mal mehr die Mühe, über ihn zu lachen. Als er ihn im Sommer zu seinem 40. Geburtstag besucht hatte, hatte er nur ein stummes Kopfschütteln für seine Lage übrig.

Das war aus ihm geworden, ein Mann, über den man den Kopf schüttelte und dessen Adelstitel wie blanker Hohn wirkte.

Von Leinhardt nippte sparsam am fast leeren Weinglas, und eine Träne lief ihm über die Wange.

In diesem Moment öffnete sich die Tür der Enoteca in jenem palastartigen Gebäude am Rande des historischen

Ortszentrums von Bardolino am Gardasee. Ein Pärchen betrat den mit edlem Interieur ausstaffierten Innenraum. Sie eine hochgewachsene Blondine in einem eng anliegenden Cocktailkleid, er ein ebenso stattlicher Mann in maritim angehauchtem sportlichem Dress.

Von Leinhardt wandte sich ab und verbarg sein Gesicht in den Handflächen, noch bevor er die beiden genauer erkennen konnte. Der Erfolg und der Reichtum, die man ihnen schon auf 50 Meter ansah, ekelten ihn an und verstärkten seine melancholische Stimmung.

»Ah, buonasera, Signor von Leinhardt«, hörte er den Herrn des Hauses und örtlichen Edelwinzer servil säuseln. Er fühlte sich angesprochen und hob den Kopf.

Doch der Winzer hatte sich abgewandt und begrüßte das soeben eingetretene Paar.

Wie ein Schlag fuhr es Thomas von Leinhardt in den Magen. Der, dem der Winzer gerade die Hände schüttelte, war sein Bruder Simon, offensichtlich mit einer neuen Flamme, die er noch nie an dessen Seite gesehen hatte.

Ehe er sich wegducken konnte, hatte ihn Simon bereits erkannt und steuerte auf ihn zu.

Auch das noch. Er war nicht aufgelegt für ein Gespräch mit ihm. Mit jedem Jahr, seit er von Hambach weg war, vergrößerte sich die Distanz zwischen ihnen. Er lebte mittlerweile in Frankfurt und war Marketingleiter irgendeiner Großbank.

»Brüderchen, was machst du hier – chillen oder Benchmarking?«, dröhnte Simon so laut durch die Vinothek, dass einige der Gäste den Kopf hoben.

So war er, großspurig und penetrant. Das hatte Thomas schon immer an seinem Bruder gehasst.

»Ich bin hier, weil ich Ruhe vor der Familie brauchte«, erwiderte Thomas bissig.

Simon schien die Spitze zu überhören und winkte seine hübsche Begleiterin, die noch immer in einem süßlichen Zwiegespräch mit dem Hausherrn feststeckte, an den Tisch.

»Amélie, darf ich dir meinen Bruder vorstellen. Thomas, das ist meine Lebensgefährtin Amélie.«

Thomas deutete ein Aufstehen an und reichte ihr lustlos die Hand.

Simon zog einen Stuhl unter dem Tisch hervor und bot ihn ihr mit einer einladenden Geste an. Er selbst setzte sich über Eck zwischen die beiden.

»Und wie geht's dir, Bruderherz? Du machst einen angeschlagenen Eindruck. Du bist doch nicht etwa krank?«

Thomas räusperte sich. »Ich sehe aus wie jemand, der schon sein Leben lang bei Wind und Wetter im Weinberg arbeitet oder seine Tage in feuchten Kellern verbringt. Ich sitze weder tagein, tagaus in luxuriösen Büros über den Dächern von Frankfurt noch segle ich über den Gardasee. So einfach ist das.« Die letzten Worte hatte Thomas förmlich ausgespien. Er hatte bewusst all seinen Frust und seine Ablehnung in sie gelegt. Er wollte dieses Gespräch mit seinem Bruder nicht jetzt und wahrscheinlich auch zu keiner anderen Zeit führen.

Simon war vor ziemlich genau 20 Jahren von zu Hause weggezogen, wollte nichts vom Weinbau wissen, hatte studiert und schnell in Frankfurt Karriere gemacht. Er brauchte ihn nicht, nur um durch sein Beispiel noch deutlicher die Fallhöhe seines eigenen Absturzes zu spüren.

Simon hingegen schien auch diese Spitze einfach weg zu atmen. »Du weißt, wie sehr ich deine Arbeit auf unserem gemeinsamen Weingut schätze – Bruderherz.«

Auch das noch. Er hasste es, wenn sein Bruder auf seine 50 Prozent Teilhaberschaft am Weingut anspielte, zu der er, außer irgendwann geerbt zu haben, nichts beitrug. Sie traf heute noch mehr. War er sich doch bewusst, dass in nicht allzu ferner Zeit der Tag kommen würde, an dem er seinem Bruder beichten musste, dass er das Weingut ihres Vaters abgewirtschaftet hatte.

»Wenn das so wäre, hättest du mich nicht mit all dem hängen lassen«, presste Thomas mit blitzenden Augen hervor.

Spätestens jetzt war das hartnäckige Grinsen aus Amélies Gesicht gewichen.

Auch Simon hatte nun offensichtlich entschieden, nicht mehr jede Spitze zu überhören. Sein Gesichtsausdruck wurde ernst. »Hattest du je Interesse an meinen Ideen für unser Weingut? Du meintest, alles müsse so weiterlaufen wie bei Vater, und mich hast du immer als Spinner betrachtet.«

»Habt ihr was dagegen, wenn ich ins Hotel gehe? Ich will bei euren familiären Gesprächen nicht stören«, sagte Amélie und presste die Lippen zusammen, als hätte sie auf etwas Bitteres gebissen.

Simon erhob sich und ergriff ihre Hand. »Schatz, ich komme gleich nach.«

»Tu dir keinen Zwang an«, giftete Thomas. »Ich fühle mich jetzt schon ausreichend besucht.«

4 NACHARBEITEN

Samstag, 25. September 2021, 10.30 Uhr

»Wenn uns endlich der junge Herr in der Dreisternezelle die Freude machen würde aufzuwachen, sich sein Rechtsbeistand her bequemte, und dann auch noch beide die Güte hätten, uns zu empfangen, dann könnten wir's hinter uns bringen.«

»Sehr wohl, Herr von und zu Zorn«, flötete Bertling, die Achill bisher selten so missgelaunt erlebt hatte.

»Ist ja auch kein Wunder, erst schlägt man sich die Nacht wegen diesem besoffenen Wichtigtuer um die Ohren, und nun macht der Kerl noch Sperenzchen. Seit vorgestern sind meine Frau und Hannah endlich aus Nanjing zurück, und wir wollten heute mal alle drei ausgiebig brunchen, und nun das hier.«

Bertling nickte mitfühlend. Sie wusste, was es Achill bedeutete, nun endlich seine Familie wieder komplett zu haben. Obwohl er selten darüber sprach, hatte er anfänglich die einjährige Trennung durch die befristete Versetzung, oder wie es in Businessdeutsch hieß »Delegation«, nach China unterschätzt.

»Und nun, am Tag eins nach ihrer Rückkehr, sitze ich hier, statt zu Hause bei ihnen zu sein. Und ein verwöhnter Adelssprössling und Jurastudent, der sich zügellos besoffen hat und dabei einem unschuldigen Jungen, der ihn nur warnen wollte, die Halsschlagader aufgeschlitzt hat, und sein Anwalt lassen uns hier seit drei Stunden warten.«

Bertling lachte. »Das nenn ich auf den Punkt gebracht, aber vielleicht auch etwas voreingenommen. Ich würde das vor seinem Anwalt nicht wiederholen. Er ist eigens aus Heidelberg angereist. Professor Doktor Hasso von Lychow gibt sich höchstselbst die Ehre.«

»Auch das noch. Gegen den ist jeder Aal so griffig wie ein Winterreifen. Und ein Großkotz und Wichtigtuer ist er obendrein.«

»Selbst schuld. Du hattest es in der Hand. Ich hatte dir angeboten, das heute Morgen alleine zu machen. Bernd Scherer wollte mich sogar dabei unterstützen. Er hat ja gestern schon ordentliche Vorarbeit geleistet.«

»Ja, ich weiß das sehr wohl zu schätzen. Und dass ihr gute Polizisten seid, ist mir auch bewusst. Aber Bernd meint, dass Kriminaldauerdienst bedeutet, dass er dauernd im Dienst ist. Er hat sich nach der Schicht gestern auch etwas Schlaf verdient«, erwiderte Achill versöhnlich.

Insgeheim musste er sich eingestehen, dass Bertling recht hatte. Sie war nach dem Studium zu ihm ins Team gekommen und hatte sich hervorragend entwickelt. Trotzdem konnte er es sich nicht abgewöhnen, wichtige oder unangenehme Befragungen lieber selbst zu übernehmen. Dabei wusste er nicht einmal, ob er sie nur entlasten wollte oder ob er immer noch glaubte, es besser zu können.

Bertlings Smartphone vibrierte. Sie öffnete die *Messenger*-App und las. »Oh, es gibt gute Nachrichten. Die beiden sitzen schon im Befragungszimmer. Im Raum daneben heult sich noch die kleine Freundin des Opfers die Augen aus dem Kopf. Die Psychologin ist bei ihr. Die Arme.«

Achill beobachtete, wie sich über Bertlings Blick ein Schleier legte.

»Das geht dir sehr nahe, stimmt's?« Er strich ihr mitfühlend über den Oberarm. Sie nickte nur und kämpfte mit den Tränen.

Wenige Minuten später betraten sie gemeinsam den erst kürzlich modernisierten Befragungsraum, der vor Technik nur so strotzte. Die Schallschutzpanels an der Decke, die von dort herunterhängenden Mikrofone und die frontal vor und seitlich vor dem Befragungstisch angebrachten fischäugigen Videokameras ließen ihn eher wie ein kleines Studio erscheinen. Die Zeiten, in denen sich hinter verspiegelten Glasscheiben der Staatsanwalt und die Kollegen drängten, waren wohl wenigstens hier endgültig vorbei.

Achill schätzte ganz besonders den verdeckt von einer blendfreien Scheibe unterhalb der Tischplatte montierten PC, auf dem der befragende Beamte Hinweise und Informationen aus dem Nebenzimmer erhalten konnte. Doch heute verzichtete er darauf, schließlich war der Fall nicht sonderlich komplex, und er wollte lieber Bertling die Chance geben, direkt hier an seiner Seite der Befragung beizuwohnen.

Rechtsanwalt Professor Doktor Hasso von Lychow und sein Mandant, Felix von Leinhardt, hatten schon am Befragungstisch Platz genommen und warteten.

Von Lychow war ein feister, kahlköpfiger Endfünfziger, dessen linke Wange eine lange Narbe, wahrscheinlich von einer Mensur aus Verbindungszeiten, zierte.

Er thronte selbstgefällig hinter dem Tisch, der in Anbetracht seiner Leibesfülle wie die Einrichtung eines Kinderzimmers wirkte. Im Gegensatz zu seiner ausladenden vitalen Erscheinung war von Leinhardt mager und sichtlich angeschlagen. Seine Gesichtsfarbe war gelblichweiß, was wohl auf den noch nicht ganz ausgestandenen Kater zurückzuführen war.

Der frische schwarze Rollkragenpullover und die gleichfarbige Stoffhose, mit denen ihn wohl sein Rechtsbeistand versorgt hatte, verstärkten noch den erbärmlichen Eindruck.

Achill hatte sich fest vorgenommen, von Lychow, den er bereits von anderen Fällen kannte, keinen Raum für eine zeitraubende Selbstdarstellung zu bieten. Er wollte daher nach einer knappen Begrüßung gleich zur Sache kommen und mit der Belehrung des Verdächtigen beginnen.

Doch von Lychow kam ihm zuvor. »Welche Ehre, der Leiter der Mordkommission höchstselbst. Ich hoffe doch, wir haben diesen Umstand nur einer temporären Personalknappheit zu verdanken. Kann doch in diesem Falle ein Tötungsdelikt sozusagen ab initio, also von Anfang an, kategorisch ausgeschlossen werden.«

Achill reagierte nicht auf von Lychows Einwurf. Er schob stattdessen das Mikro in die Tischmitte und begann in einem fast unbeteiligten Säuselton.

»Polizeipräsidium Rheinpfalz in Ludwigshafen, Samstag, 25. September 2021, 11 Uhr. Befragung von Felix von Leinhardt, geboren am 17.1.1998 in Neustadt an der Weinstraße, in Begleitung seines Rechtsbeistandes Doktor Hasso von Lychow.«

»Professor! So viel Zeit muss sein«, korrigierte von Lychow.

Achill fuhr ohne Pause fort: »Polizeiseitig sind anwesend: Kriminalhauptkommissar Frank Achill und Kriminaloberkommissarin Verena Bertling.«

Von Lychow griff in die Innentasche seines Jacketts und zog ein Smartphone hervor. »Sie haben doch nichts dagegen, wenn ich mitschneide?«, merkte er an und war im Begriff, die Aufnahme-App zu starten.

»Doch das habe ich, ich bitte Sie ausdrücklich, das zu unterlassen!«, fuhr Achill streng dazwischen. »Sie haben jederzeit das Recht auf Einsichtnahme in die Ermittlungsakten, deren Bestandteil auch unsere Video- und Tonaufzeichnungen sind.« Dabei wies er mit der Hand auf die gegenüber von Lychow an der Wand montierte Kamera sowie das Deckenmikrofon, das über seinem Kopf hing.

»Wenn Sie erlauben, würde ich nun mit der Aufklärung Ihres Mandanten fortfahren.«

Er wandte sich nun dem jungen Mann zu. »Ihnen wird vorgeworfen, in der heutigen Nacht gegen 1.50 Uhr auf dem Vorplatz des *Saalbaus* in Neustadt unter Alkoholeinfluss mit einer Hieb- und Stichwaffe eine Weinflasche geöffnet zu haben. Dabei haben Sie in fahrlässiger Weise den dort anwesenden Thorsten Keller, wohnhaft in Neustadt-Hambach, tödlich verletzt.«

Achill machte eine kurze Pause und fuhr dann fort. »Sie dürfen die Aussage verweigern. Sie haben das Recht auf einen Anwalt. Von dem Sie durch den heute anwesenden Rechtsanwalt *Professor* Doktor von Lychow Gebrauch machen.« Dabei legte Achill eine besondere Betonung auf das Wort »Professor«.

Was von Lychow mit einem wohlwollenden Nicken honorierte.

»Natürlich steht es Ihnen frei, Beweisanträge zu stellen. Worüber Sie Ihr Rechtsbeistand sicherlich bei Bedarf aufklären wird. Ich mache Sie ferner darauf aufmerksam, dass Ihre Aussage Ihrer Verteidigung dient, aber auch als Beweis gegen Sie Verwendung finden kann. Haben Sie das verstanden?«

Von Leinhardt nickte schlaff.

»Sie, werter Herr *Professor* Doktor von Lychow, möchte ich vorsorglich darauf hinweisen, dass Sie sich gemäß Paragraf 163a in Verbindung mit Paragraf 168c, Absatz 2, der Strafprozessordnung in keiner Weise an der Vernehmung beteiligen dürfen. Auch sind Sie nicht befugt, den Beschuldigten vor der Beantwortung von Fragen zu beraten.«

Von Lychow nickte gelangweilt.

»So, nun zur Sache. Ich möchte Sie bitten, die Umstände, die zum Tod von Herrn Thorsten Keller geführt haben, aus Ihrer Sicht zu schildern.«

Von Leinhardt schluckte und räusperte sich. Er setzte zu einer Erwiderung an, als von Lychow ihm die Hand auf den Oberschenkel legte und ihn mahnend anschaute.

Von Leinhardt brach ab und schluckte erneut.

»Herr Professor Doktor von Lychow, ich möchte Sie ausdrücklich auf das von mir eingangs erwähnte Verbot der Beteiligung an der Befragung hinweisen.«

Von Lychow hob abwehrend die Hände. »Ich wollte nur von meinem Beratungsrecht Gebrauch machen und Herrn Leinhardt, der sicherlich noch unter Schock steht, auf sein Aussageverweigerungsrecht hinweisen.«

Von Leinhardt schluckte erneut. Sein Adamsapfel zuckte in seinem langen schlanken Hals aufgeregt auf und ab. Dann begann er mit heiserer, krächzender Stimme: »Ich möchte von meinem Aussageverweigerungsrecht Gebrauch machen.«

Sein Rechtsanwalt nickte ihm anerkennend zu, als gelte es, eine besondere Leistung zu würdigen.

»Werte Frau Bertling, werter Herr Achill, ich habe meine Hausaufgaben gemacht und mich heute Morgen bereits im gestern anwesenden Freundeskreis von Herrn von Leinhardt umgehört. Wie Sie sich sicher auch schon selbst überzeugen konnten, trifft meinen Mandanten keinerlei Schuld am Tode von Herrn Keller«, dozierte von Lychow. Er saß nun aufrecht und schien sich in seiner Rolle zu gefallen.

Achill versteifte sich, und seine Züge gefroren. »Vorsicht, Herr von Lychow. Ich mache Sie ausdrücklich darauf aufmerksam, dass Sie die Beeinflussung von Zeugen teuer zu stehen kommen kann!«

Von Lychow fuhr unbeirrt fort, als hätte er Achills Drohung überhört. »Herr von Leinhardt ist ein geübter Sabreur, als Mitbesitzer eines Weingutes und Mitglied in der Studentenverbindung *Germania* hatte er bereits reichlich Gelegenheit, dies unter Beweis zu stellen. Im Klartext: Er besitzt Routine darin, Flaschen mit dem Säbel zu öffnen.«

»Aber wohl nur Sektflaschen und nicht Weinflaschen«, schob Achill ein.

»Fußt diese Erkenntnis auf gerichtsverwertbaren Gutachten oder sind es nur eigene Mutmaßungen, dass man das nur bei Sektflaschen tun kann?«, feixte von Lychow und fuhr mit seinem Plädoyer fort. »Des Weiteren ist er ebenfalls ein ganz passabler Fechter und im Umgang mit Hieb- und Stichwaffen vertraut. Selbstredend hat er auch einen ausreichenden Sicherheitsabstand zu den Anwesenden gewahrt. Insofern trifft ihn keinerlei Schuld. Im Gegenteil, wäre ihm dieser Keller nicht mit so einer Verve förmlich vor die Flasche gesprungen, wäre er auch nicht verletzt worden.«

»Sie wollen also sagen, das Opfer sei quasi der Täter«, sagte Bertling, die die ganze Zeit geschwiegen hatte, mit gereiztem Unterton.

»Ganz recht, junge Frau! Ich hätte es nicht treffender formulieren können.«

Bertlings Wangen färbten sich rosig. »Und dass es sich bei den Herren Keller und von Leinhardt um rivalisierende Fans der Kandidatinnen für das Amt der Deutschen Weinkönigin handeln könnte, schließen Sie aus?«, setzte sie trotzig nach.

»Aber meine Liebe. Ich bin ein ganz passabler Golfer und nehme regelmäßig an Turnieren teil, die ich auch nicht selten gewinne, aber umbringen wollte mich noch keiner der, wie Sie es nennen, ›rivalisierenden Fans‹. So was tut man selbstredend in den Kreisen, in denen ich und Herr von Leinhardt verkehren, nicht.«

5 PRESSE

Mittwoch, 29. September 2021, 9.30 Uhr

»Eine gute Seite hat diese Pandemie doch«, bemerkte André, ohne von der Tageszeitung aufzublicken, als sich Irina, seine Mieterin, ihm in verwaschenem Shirt und kurzer Schlafanzughose gegenüber an den Küchentisch setzte.

»Aha und welche?«, fragte sie irritiert.

»Na ja, sie gibt uns die Gelegenheit, fast täglich miteinander zu frühstücken.«

»Ich will dir ja nicht zu nahe treten, aber darauf würde ich gerne verzichten, wenn ich mal wieder richtig studieren könnte. Den ganzen Tag hier alleine Vorlesungsfilmchen angucken und niemanden neben sich sitzen zu haben, den man mal was fragen kann, ist auch nicht gerade das Gelbe vom Ei. Mir fällt die Decke auf den Kopf!«

»Vorlesungsfilmchen – passt doch zur *Netflix*-Generation.«

Sie rollte mit den Augen und stöhnte leise: »Haha«, erwiderte sie gedehnt. »Was hast du denn zum Frühstück gegessen?« Dabei griff sie nach der Bäckertüte vor ihm und schaute demonstrativ hinein.

»Wie, was?«, fragte er abwesend und ließ die *Rheinpost* sinken. »Hab Cornetti für uns eingekauft.«

»Dachte schon, da seien die Reste eines Clowns drin.«

»Äh, Clown?«, wiederholte er irritiert.

Irina rollte erneut theatralisch mit den Augen. »Der alte Mann ist mal wieder total lost.«

»Wie, was?«

»Boah, ey. ›Lost‹ im Sinne von verwirrt und ›Clown gefrühstückt‹ im Sinne von abgestanden witzig.«

»Sorry, dachte nur …«, begann André, dem es, wenn er gerade in etwas vertieft war, schwerfiel, ihrem spitzen Humor zu folgen.

Irina lachte. »Mach dich locker, alter Mann.«

»Ich war auf das da konzentriert. Und zugegeben, es hat mich erschüttert. Ich denke bei so was immer, wenn *dir* das passieren würde«, sagte er nachdenklich und hielt ihr die *Rheinpost* hin.

»Ausgelassene Siegesfeier geriet außer Kontrolle. 23-Jähriger vor dem *Saalbau* verblutet!«, stand auf der Umlandseite der *Rheinpost* geschrieben.

Wieder lachte Irina. »Wie würdest du jetzt sagen: ›Während Villabajo auf die Zeitung wartet, hat das Villariba längst gehört.‹ Ich kenne die Geschichte, die Freundin des Toten studiert einen Jahrgang unter mir. Sie ist völlig fertig.«

»Aber woher weißt du davon? Ihr habt doch keine Präsenzvorlesung.«

»Schon mal was von *WhatsApp*-Gruppe gehört?«, antwortete sie demonstrativ stöhnend und tätschelte ihm gleichzeitig den Arm.

»Trotzdem schön, dass du so denkst.« Dabei schaute sie ihn an, und er bemerkte, dass sich ein Tränenschleier über ihre Augen zog.

So war sie: nach außen wie ein Igel, der gegenüber allem, was in seine Nähe kam, die spitzen Stacheln ausfuhr, und nach innen eine höchst sensible, fast zerbrechliche 25-Jährige, der ihre Familie, die in Russland lebte, fehlte.

André, unverheiratet, kinderlos und ein ausgesprochener Eremit, hatte sich vor nunmehr sieben Jahren entschieden, die russische Austauschstudentin aus Speyers Partnerstadt Kursk bei sich aufzunehmen. Nach all der Zeit waren sie sich nähergekommen, und es war ein Vater-Tochter-Verhältnis zwischen ihnen herangereift, das, allen gegenseitigen Frotzeleien zum Trotz, beide genossen.

Auch wenn er nicht gerne darüber sprach, graute es ihm vor dem nicht allzu fernen Tag, wenn sie ihr Studium mit der Promotion abschließen würde und möglicherweise nach Russland zurückkehrte.

6 PLÄNE

Etwa 13 Jahre vorher – Sonntag, 5. Oktober 2008, 10.40 Uhr

»Signore?«

Es klopfte.

»Signore?«

Dazu wieder dieses Klopfen – drängender, schmerzhafter.

Wo war er? Thomas von Leinhardt fasste sich an den Kopf. Oder besser dorthin, wo er den Kopf vermutete und sich die Quelle des dröhnenden Schmerzes befand.

»Signore von Leinhardt, wolle Sie heute keine Fruhstucke?«, rief es durch die Tür des Hotelzimmers.

»Jetzt nicht!«, krächzte von Leinhardt mit einer heiseren Stimme, die er nur schwerlich als die seine erkannte.

Warum diese fürchterlichen Kopfschmerzen? Was war geschehen?

Er traute sich nicht, die Augen zu öffnen.

Er war in einer seltsamen Stimmung. Da waren einerseits diese Kopfschmerzen, die sich anfühlten, als wäre sein Gehirn auf die doppelte Größe angeschwollen und würde demnächst seinen Schädel zum Bersten bringen. Andererseits war da ein ungewohntes Gefühl der Erleichterung, wie er es seit Monaten nicht gespürt hatte. So, als stünde er unter Drogen.

Noch war es zu anstrengend, nach Gründen zu suchen. Matt gab er sich seiner Müdigkeit hin, die sich bleiern auf Glieder und Gedanken legte.

Die folgende Viertelstunde verbrachte er in einer Art Wachschlaf. Noch war sein Geist zu schwach, um zu ergründen, was passiert war. Die Kopfschmerzen hatten etwas nachgelassen, das Gefühl der Erleichterung war geblieben.

Ein saurer Geschmack im Mund. So wie er ihn in letzter Zeit oft beim Aufwachen wahrnahm, wenn er wieder einmal seinen Kummer in Wein ertränkt hatte. Aber sonst waren da nur Leere und seelische Pein.

Dieses seltsame Hochgefühl wollte heute nicht weichen. Es fühlte sich an wie ein zartes Pflänzchen, das sich mit aller Kraft durch die Fuge zwischen zwei Kopfsteinpflastersteinen auf der Hambacher Schlossgasse drängte.

Langsam kam die Erinnerung zurück. Die Vinothek, zahllose Flaschen Wein. Man hatte ihn ins Zimmer schleppen müssen. Da war dieser Kellner und … und Simon. Für Sekunden wallte Wut in ihm auf, wollte aber nicht bleiben, verflog wie der gepaffte Rauch einer Zigarre.

Da war das Bild von Simon vor seinem noch halb blinden inneren Auge, dieser Schnösel, aber wo war der Zorn? Langsam nahm die Erinnerung Konturen an. Er hatte ihn angeblafft, ihm Vorwürfe gemacht, alles, was sich die letzten zehn Jahre angestaut hatte, über die vom Alkohol gelockerte Zunge ihm förmlich entgegengekotzt. Oh Gott!

Simon hatte sich wieder lange hinter dieser professionellen, scheinbar unbeteiligten Fassade, die er bei Angriffen immer auflegte und die Thomas so an ihm hasste, verborgen.

Dann war es auch aus ihm herausgebrochen. Starrsinnig, rückwärtsgewandt, altmodisch, unbelehrbar, waren nur einige der Adjektive, die ihm sein Bruder an den Kopf geworfen hatte.

Aber eines war anders als sonst gewesen. Thomas war zu schwerfällig, zu müde, zu angeschlagen und zu betrunken gewesen, um wutentbrannt aufzustehen und wegzulaufen. Er hatte es über sich ergehen lassen, zugehört und erklärt.

Nach der ersten Flasche Rotwein war auch bei Simon endlich die Fassade gefallen, er offenbarte sich. Sein nie erloschener Traum vom eigenen Weingut, die Angst vor der Dominanz seines älteren Bruders und die Gewissheit, dass er sich unter seinen Fittichen nie hätte selbst verwirklichen können.

Thomas musste schlucken, er spürte, wie ihm eine Träne über die Wange rollte und im gestärkten Bettlaken versickerte.

War er der Tyrann gewesen, von dem Simon sprach? War Simon nicht vom Weingut geflohen, sondern war es eher so, dass er ihn durch seine Sturheit, alles bewahren zu wollen, vertrieben hatte?

Für einen Augenblick wich das gute Gefühl und drohte, vom schlechten Gewissen verdrängt zu werden.

Dann kam es wieder wie jenes Pflänzchen zwischen dem Kopfsteinpflaster, das sich von den Rädern des schweren Schleppers, der darüber donnert, nur niederdrücken, aber nicht abtöten lässt.

Da war dieses WWW-Konzept, wie es Simon genannt hatte. Wein, Wingerte, Vinothek. Von Leinhardt spürte, wie sich ein Grinsen über sein Gesicht zog. So wie gestern, als sie in der eigenartig berauschten Stimmung Pläne geschmiedet hatten, und sich vor Lachen über den Schreibfehler in ihrem Slogan ausschütteten.

Von Leinhardts Grinsen verschwand. So schnell, wie es gekommen war. Schmerzlich wurde ihm bewusst, was das war, was ihm dieses Trugbild, diese Fata Morgana eingegeben hatte. Es war eine Schnapsidee, das Resultat von mehr Rotwein, als sie hatten vertragen können.

7 FRONTEN

Mittwoch, 29. September 2021, 9.30 Uhr

»Es war verfrüht, diesen Säbelschwinger laufen zu lassen. Da steckt mehr dahinter!«, polterte Bertling mit geröteten Wangen.

Achill hatte sie selten so erregt gesehen.

»Was soll da denn dahinterstecken? Wenn schon die Freundin des Opfers bestätigt, dass sie den Täter nicht näher kannte, und dass ihr Freund auf ihn zugestürzt war, um ihn vor einem scherbenreichen Fehler zu bewahren«, hielt er dagegen.

»Und dass das Opfer angeblich Fan der badischen Kandidatin war, weil sie eine Bekannte seiner Freundin ist, und der Täter für die pfälzische Kandidatin jubelte? Das heißt, er hatte ein Motiv, schließlich war die Pfälzerin der Bewerberin aus Baden unterlegen«, hielt ihm Bertling stur entgegen.

»Du hast doch gehört, dass man sich in den Kreisen, in denen Herr von Leinhardt verkehrt, nichts tut.«

»Jetzt fängst du auch noch so an wie dieser aufgeblasene Fatzke. Ich verstehe nicht, warum du vor ihm einknickst!«

Achill lächelte und hob beschwichtigend die Hände. »Keine Sorge, ich mag ihn genauso wenig wie du. Aber ich wette, der Haftrichter hätte ihn sowieso laufen lassen. Und vor diesem aalglatten Anwalt auch noch das Gesicht zu verlieren, ist noch weniger erstrebenswert.«

»Hmm«, brummelte Bertling nicht völlig überzeugt.

»Aber falls dich meine Meinung noch interessiert, ich glaube tatsächlich an seine Unschuld. Das sieht mir nicht nach Vorsatz aus. Wenn er das gewollt hätte, hätte er es anders angestellt. Im Übrigen war er viel zu betrunken, um so einen perfiden Plan zu realisieren«, schloss Achill die Diskussion ab.

8 SCHMOLLINGER-BACKHAUS

Freitag, 1. Oktober 2021, 10.30 Uhr

»Verena, kannst du mal in mein Büro kommen und bring deinen Terminkalender mit!«, brabbelte Achill, während er gerade noch eine Notiz verfasste, geistesabwesend, ohne Begrüßung ins Telefon.

Wie immer in solchen Situationen, war er viel zu beschäftigt, um eine Antwort abzuwarten, und legte sofort wieder auf.

Gleich nachdem er den Hörer niedergelegt hatte, reute ihn sein Verhalten. Er wusste, dass sie es ganz und gar nicht mochte, wenn er, wie sie es formulierte, mal wieder überpragmatisch war und an jedem überflüssigen Wort sparte. Ohnehin stand es mit ihrer Stimmung nach der, wie sie es wohl empfand, Niederlage im Säbelschwinger-Fall, nicht zum Besten.

Drei Minuten später öffnete sich seine Bürotür, und sie stand augenrollend vor ihm. »Was gibt's?«, fragte sie einsilbig.

»Schmo-Ba hat angerufen.«

»Du meinst *die* Schmo-Ba höchstselbst?«

»So ist es. Frau Professor Doktor med. Astrid Schmollinger-Backhaus, ihres Zeichens Direktorin des Instituts für Rechtsmedizin an der Johannes-Gutenberg-Universität zu Mainz gibt sich die Ehre.«

»Und was will sie?«

»Sie lädt uns ein.«

»Aha. Uns?«

Achill hatte entschieden, nicht zuletzt, um die Wogen etwas zu glätten, diesen Besuch gemeinsam mit Bertling wahrzunehmen. Im Übrigen war es mehr als überfällig, sie künftig noch mehr einzubeziehen. Sie hatte sich in den letzten beiden Jahren hervorragend weiterentwickelt und war ohne Zweifel in der Lage, auch Fälle selbstständig zu bearbeiten.

Er hoffte nur, dass dieses Signal bei ihr richtig ankam. Er ertrug es nicht, wenn in seinem unmittelbaren Umfeld der Haussegen schief hing.

»Ja, wir fahren beide hin.«

»Aha«, sagte sie lauernd. Offensichtlich witterte sie einen Haken bei der Sache. »Wen wollen sie denn vor unseren Augen aufschlitzen?«

»Es geht um Thorsten Keller, das Opfer im Säbelschwinger-Fall.«

»Ich dachte, der war längst unterm Messer.«

»War er auch. Aber so wie sich Schmo-Ba ausdrückte, gibt es wohl neue Erkenntnisse, die sie uns mit einem Kollegen von der hämatologischen Ambulanz nahebringen will.«

Bertling legte fragend die Stirn in Falten. »Hämatologie? Was soll das denn? Braucht man jetzt schon einen Blut-Spezialisten, um ein simples Verbluten zu erklären?«

»Offen gestanden, ich weiß es nicht. Sie war wie immer am Telefon sehr zugeknöpft.«

»Na, dann bin ich aber gespannt.«

»Hast du deinen Terminkalender dabei?«

Bertling lachte. »Terminkalender? Wo lebst du denn? Hier ist alles drin, was ich brauche«, sagte sie und klopfte auf ihren Tablet-PC, den sie wie immer, lässig unter den Arm geklemmt, mit sich trug.

9 KATERFRÜHSTÜCK

Etwa 13 Jahre vorher – Sonntag, 5. Oktober 2008, 11.30 Uhr

Als Thomas von Leinhardt den Frühstücksraum erreichte, war dieser fast leer. Nur an einem Tisch saß ein Mann hinter einer deutschen Tageszeitung vom Vortag. Es war Simon.

Auch das noch. Thomas fühlte sich zu schwach, um sich jetzt der Häme seines Bruders auszusetzen.

Simon ließ die Zeitung sinken, als er ihn kommen hörte. Ein Lächeln überzog sein Gesicht. »Du siehst aus, als hätte dich gestern ein Trecker überfahren.«

Thomas rollte genervt mit den Augen. Typisch, da war sie wieder, die smarte Fassade, die sich selbst nach einer durchzechten Nacht wie eine unzerstörbare Maske über Simons Gesicht legte. Alles beim Alten, du der smarte Banker und ich der dumme Winzer vom Land, dachte Thomas.

Doch dann legte sich so etwas wie Trauer auf Simons Züge. »Du bereust es?«, fragte er fast kindlich enttäuscht.

»Nein. Wieso? Warum sollte ich?«, hörte sich Thomas in einer geflissentlichen, unterwürfigen Art sagen.

»Ich hatte schon Angst, es wäre nur so gewesen, weil wir betrunken waren«, entgegnete Simon nicht weniger kleinlaut.

»Was meinst du mit ›so gewesen‹?«

»Dass wir uns einig sind, dass wir zusammen planen, dass du mich ernst nimmst, dass wir ein gemeinsames Ziel haben«, brach es aus Simon heraus. Wieder war schon wie gestern, mithilfe des Rotweins, jedwede Maske gefallen.

Thomas spürte zum ersten Mal seit fast 20 Jahren wieder so etwas wie Zuneigung zu seinem kleinen Bruder.

»Ich würde alles dafür geben, es mit dir zu versuchen, endlich wieder eine Perspektive für den Hof zu haben und …«

»… und?«, fragte Simon nach.

»… endlich wieder etwas gemeinsam, mit der Familie anzupacken … Aber du wirst sofort davonlaufen, wenn du erst unsere wirtschaftliche Situation kennst.«

10 ABGRÜNDE

Dienstag, 5. Oktober 2021, 8.30 Uhr

Das Rechtsmedizinische Institut der Universität Mainz war am Pulverturm, etwas außerhalb des Klinikgeländes, gelegen.

Achill hatte einen Parkplatz direkt gegenüber vom Institutsgebäude gefunden.

Bertling musterte enttäuscht das heruntergekommene Gebäude im verblassten Charme der 80er, dessen Betonwände schmutzig-grau waren und die umlaufenden Metallgeländer eine rosagraue Unfarbe angenommen hatten. »Was für eine Augenpeitsche. Etwas Farbe würde da auch nichts schaden«, brummte sie.

»Soviel ich weiß, hat sich noch keiner der Patienten beschwert.«

»Witzbold, da arbeiten aber auch Leute drin, und die müssen sich das jeden Tag anschauen.«

Sie überquerten die Straße, stiegen die vier Stufen empor und meldeten sich an der altmodisch verglasten Pförtnerloge direkt hinter der Eingangstür.

»Ich soll Ihnen sagen, dass Sie Frau Professor Schmollinger-Backhaus heute in ihrem Zimmer im zweiten Obergeschoss erwartet.«

»Da war ich auch noch nie«, kommentierte Achill im Flüsterton, während sie auf den Aufzug zusteuerten. »Sonst musste ich immer in einen dieser unterkühlten Sektionsräume im Keller.«

Als sie das Zimmer betraten, saß die etwas korpulente Mittfünfzigerin bereits mit einem etwa 40 Jahre alten, weißbekittelten Mann am runden Besprechungstisch und unterhielt sich lebhaft.

Man begrüßte sie freundlich und sie stellte ihnen den Schwarzafrikaner im weißen Kittel als Professor Doktor Jérôme Ngora von der hämatologischen Ambulanz der Universitätsklinik vor und bot ihnen einen Kaffee an. Als diese Formalitäten erledigt waren und wieder Ruhe eingekehrt war, blätterte Schmollinger-Backhaus zwei Fotos vor Achill und Bertling auf den Tisch.

Auf beiden war, aus unterschiedlichen Perspektiven fotografiert, in der Totalen ein unbekleideter lebloser männlicher Körper zu sehen, dessen Scham man mit einem grünen Tuch bedeckt hatte.

Mit Ausnahme des grob vernähten üblichen Y-Schnitts, der sich fast über den kompletten Oberkörper des jungen Mannes erstreckte, und einer Wunde am Hals war nichts weiter Auffälliges zu sehen.

Achill fragte sich, was das zu bedeuten hatte, und schaute fragend zu Schmollinger-Backhaus.

Ohne etwas zu erwidern, sammelte sie die Fotos auf und ersetzte sie durch drei weitere. Hierauf waren Detailaufnahmen der Halsverletzung zu sehen.

Sie zeigten eine kreisförmige Verletzung seitlich am Hals.

Schmollinger-Backhaus ließ Achill und Bertling etwas Zeit, sich die Fotos genau anzuschauen. Dann erhob sie die Stimme und begann, in ihrer typischen Gutachtermanier, die Achill aus einigen Gerichtsverhandlungen mit ihr als Sachverständiger schon kannte, die Fotos zu kommentieren.

»Wie Sie sehen, hat unser Patient eine kreisförmige Schnittverletzung an der linken seitlichen Flanke seines Halses davongetragen. Sie erkennen weiter unterschiedliche Schnitttiefen, die auf den unregelmäßigen Aussplitterungen der Weinflasche beruhen. Wir haben das verprobt. Flasche und Wunde sind übereinstimmend. An diesem Einschnitt hier«, sie wies mit ihrer Kugelschreiberspitze auf eine besonders ausgeprägte Schnittstelle, »kam es zu einer nahezu vollständigen Durchtrennung der Arteria carotis externa – der äußeren Karotisarterie, also der Halsschlagader.«

Sie legte eine kurze Kunstpause ein, um dann mit gelangweilt klingender Sprechweise fortzufahren. »Die durch die nahezu vollständige Durchtrennung der Arterie hervorgerufene Blutung war sehr ausgeprägt und führte letztlich innerhalb von wenigen Minuten zur Bewusstlosigkeit und zum Tod. Um es gleich vorwegzunehmen, in diesem Zustand ist eine Rettung durch einen Ungeübten so gut wie unmöglich.«

Achill und Bertling nickten artig, und Schmollinger-Backhaus fuhr fort.

Wieder sammelte sie die Fotos ein und ersetzte sie durch zwei neue. Darauf war der teilweise kahl rasierte Hinterkopf des jungen Mannes zu sehen.

»In Höhe des Scheitelbeins hat unser Patient, wie Sie sehen, eine kleine Platzwunde.« Wieder deutete die Spitze ihres Kugelschreibers einen Kreis über der abgebildeten, etwa zwei Zentimeter langen klaffenden Verletzung an. »Die Lazeration resultiert aus dem Aufprall auf einen stumpfen Gegenstand. In diesem Fall, gemäß der Protokolle und Fotografien Ihrer Kollegen der Kriminaltechnik, mit dieser goldenen Skulptur vor dem Neustadter *Saalbau*. Genauer gesagt mit der linken Brust dieser Dame – der ›Hambacher Vorbotin‹, wie sie wohl heißt.«

Für einen Augenblick lächelte Schmollinger-Backhaus und entblößte ihre vom häufigen Zigarettenkonsum gelblich verfärbten Zähne.

Achill schaute fragend auf. Ihm war nicht ganz klar, auf was das hier hinauslaufen sollte.

Schmollinger-Backhaus schien dies zu bemerken und fuhr in ihrem Gutachterton fort. »Aus dieser Verletzung ging wohl neben der äußerlichen Wunde eine leichte Commotio cerebri – also Gehirnerschütterung – mit Vertigo – also Schwindel – hervor. Bringt man diese mit dem von uns gemessenen Blutalkoholgehalt von 2,5 Promille in Zusammenhang, muss wohl von einer, durch diesen Zusammenstoß hervorgerufenen, räumlichen Desorientierung unseres Patienten ausgegangen werden. Sprich, er taumelte, was sich ja mit Ihrem uns gestern zugegangenen Vernehmungsprotokollen deckt.«

Schmollinger-Backhaus breitete für einen Augenblick die Arme aus und lehnte sich mit gönnerhafter Miene in ihrem Freischwinger zurück. Fast wirkte es, als wartete sie auf Beifall.

Achill brachte nur ein mageres »danke« hervor. Zu sehr arbeitete sein Gehirn. Warum hatte man sie eigens herbeordert, wenn die Verletzungen und Auffälligkeiten so stimmig zum Tathergang passten? Und was suchte dieser Hämatologe hier, der die ganze Zeit in sich gekehrt geschwiegen hatte?

Schmollinger-Backhaus grinste und zeigte dabei wieder ihre gelblichen Zähne. Offensichtlich bereitete es ihr Vergnügen, die beiden Polizisten auf die Folter zu spannen.

»Wie Sie sehen, passen die Verletzungen exakt zum von Ihnen aus den Zeugenaussagen abgeleiteten Tathergang. Unser Patient, Herr Thorsten Keller, stürzte auf den Herrn, der die Weinflasche mit dem Säbel öffnen wollte, zu, um ihn daran zu hindern. Ob aus Achtsamkeit oder Übermut lassen wir mal dahingestellt. Stolperte über den Sockel dieser Skulptur, strauchelte nach hinten, stieß sich den Kopf an der Brust der Figur, torkelte nach vorne und fiel in den durch den Säbelstreich ausgefransten Stumpf der Weinflasche. Die daraus resultierende Verletzung der Arteria carotis externa war zweifelsfrei todesursächlich.«

Schmollinger-Backhaus legte eine Kunstpause ein. »Aber aufgrund unserer wie immer gründlichen Bestandsaufnahme ist uns da noch etwas sehr Bemerkenswertes aufgefallen, das wir Ihnen nicht vorenthalten wollen.«

11 BUSINESSPLAN

Etwa 13 Jahre vorher – Sonntag, 5. Oktober 2008, 16.10 Uhr

Sie waren einfach im Frühstücksraum sitzen geblieben. Gegen 13 Uhr hatte man sie mit Tramezzini und Antipasti versorgt. Auf Wein verzichteten sie heute.

Schnell hatte sich herausgestellt, dass Simon, der mit seiner Lebensgefährtin in einem ganz anderen Hotel wohnte, hier bereits früh mit Aktentasche und Laptop erschienen war und nur darauf gewartet hatte, dass sein Bruder erwachte.

Er hatte sich die Euphorie der gestrigen Nacht, die mithilfe von Unmengen Rotwein aufgekommen war, bewahrt. Und war ganz erpicht darauf, an dem, was sie im Rausch zusammengesponnen hatten, weiterzuarbeiten.

»›WWW‹ – am Namen müssen wir noch arbeiten, sonst halten sie uns alle für dämlich«, sagte er grinsend. »Aber der Plan dahinter ist gut.«

»Das erste ›W‹ steht für Wein. Wir werden eine neue Auswahl von Weinen und eine neue Weinstilistik brauchen. Wir werfen die alten Müller-Thurgau-, Kerner- und Morio-Muskat-Reben raus und ersetzen sie durch zeitgemäße internationale Sorten wie Merlot, Cabernet-Sauvignon, Chardonnay und so weiter. Wir werden mehr auf Spontangärung setzen und die Reinzuchthefen weglassen«, verlas er ihre Strategie, die er bereits feinsäuberlich in seinen Laptop getippt hatte.

»Das zweite ›W‹ steht für Wingerte. Wir brauchen mehr Anbaufläche. Unsere lausigen 13 Hektar reichen weder zum Leben noch zum Sterben. Wir müssen mindestens auf

25 oder 30 Hektar aufstocken. Diese werden wir zupachten, aber ausschließlich in Premiumlagen, denn dort wird künftig die Musik spielen.«

»Hier habe ich noch meine Zweifel, wie willst du die Eigentümer dazu bringen, ausgerechnet uns ihre Weinberge zu verpachten? Viele sind schon Jahrzehnte an andere Winzer verpachtet, und so was hat bei uns im Ort Bestand«, gab Thomas zu bedenken.

Simon grinste. »Lass das meine Sorge sein. Wenn wir unseren Liter Wein statt zu einem Euro im Fass künftig zum zehnfachen Preis pro Flasche an den Endkunden verkaufen, sollte eine um 50 Prozent höhere Pacht nicht das Problem sein.«

Thomas hatte noch immer Bedenken und schüttelte ungläubig den Kopf. Er vermied es aber, die Begeisterung seines Bruders zu dämpfen. Ganz im Gegenteil, er bewunderte sie gar, weil sie ihm schon lange abhandengekommen war.

»Kommen wir zum dritten ›W‹, das eigentlich ein ›V‹ ist – unser ganz besonderer Coup: die Vinothek.« Simons Augen leuchteten. Er war geradezu in einem Rausch der Euphorie. »Wir werden die abgefahrenste Vinothek bauen, die die Pfalz bisher gesehen hat. Ich sehe sie schon vor mir: Cortenstahl, Glas, innen viel Holz und Designermöbel. Unser Hangwingert neben diesem Biofuzzi – wie heißt er doch gleich – ist ideal dafür. Unverbaubarer Blick zum Hambacher Schloss und in die Rheinebene, ein Traum.«

»Bundschuh«, schob Thomas den Namen des Biowinzers nach.

»Genau. Und wenn dort erst mal die dicken Karossen unserer Kunden aus dem ganzen Umland bis nach Frankfurt und Stuttgart parken, werden wir unsere edlen Weine zu Preisen verkaufen, die du dir noch gar nicht ausmalen kannst, Brüderchen.«

Thomas hielt es nun für angezeigt, die Höhenflüge seines Bruders zu dämpfen. »Du weißt aber schon, dass wir hoch verschuldet sind und kurz vor der Insolvenz stehen. Ich weiß nicht, wie du das alles finanzieren und vor allem die Durststrecke, die so ein Neuanfang mit sich bringt, überstehen willst.«

»Lass das meine Sorge sein. Schließlich war ich fast 15 Jahre im Bankwesen beschäftigt. Subventionen von der EU, Investitionsbeihilfen von der Kreditanstalt für Wiederaufbau und Steuererleichterungen von der Kommune, dazu langfristige Kredite und wenn es sein muss Crowdfunding.«

Thomas blieb stumm. An dieser Stelle vermochte er es nicht mehr, seinem Bruder zu folgen. Aber sei's drum. Ob sie nun in sechs Monaten mit einer Million Schulden oder in zwei Jahren mit fünf Millionen Schiffbruch erlitten, war nun wirklich egal. Hauptsache, er war nicht mehr allein mit seinen Sorgen, und sie hatten wieder eine Perspektive.

»Ich habe schon mit dem Patrone der Vinothek gestern geredet. Er hat den modernsten Betrieb hier und wird ihn uns morgen zeigen. Er hat mir versprochen, dass wir uns auch die Betriebe von einigen seiner Kollegen anschauen dürfen.«

12 RÄTSEL

Dienstag, 5. Oktober 2021, 9 Uhr

Schmollinger-Backhaus nickte Professor Ngora, der bis jetzt geschwiegen und teilnahmslos dem Vortrag seiner Kollegin gelauscht hatte, aufmunternd zu.

Bertling und Achill, die sich nicht vorstellen konnten, was ausgerechnet ein Hämatologe zu diesem Fall beizutragen hatte, starrten ihn erwartungsvoll an.

Ngora räusperte sich. »Zugegeben, es war wohl eher ein Zufallsbefund. Bei der Untersuchung des Flaschenstumpfes fiel unserer Rechtsmedizin etwas Ungewöhnliches auf.«

Schmollinger-Backhaus warf ihm angesichts der Vokabel »Zufallsbefund« einen strafenden Blick zu, da er gerade im Begriff war, ihre Erkenntnisse zu schmälern.

Doch Ngora machte unbeirrt weiter. »Wie zu erwarten war, fanden die Kollegen der Rechtsmedizin Blutzellen des Opfers im Flascheninhalt. Die Konzentration des Opferblutes im Wein war natürlich durch die starke Blutung besonders hoch.«

Achill stöhnte unhörbar in sich hinein. Was war das denn? Hatte man sie hierher geordert, nur um ihnen diese Allgemeinplätze zu präsentieren?

»Aber wir fanden noch etwas«, fuhr Ngora fort, nur um gleich wieder eine Kunstpause einzulegen.

Wieder nickte ihm Schmollinger-Backhaus aufmunternd zu, offensichtlich ging auch ihr diese Inszenierung auf die Nerven.

»Die Kollegen fanden seltsam verformte Erythrozyten, also rote Blutkörperchen, was sie zunächst auf den Einfluss des Alkohols und die üblichen Säuren im Wein zurückführten. Stutzig machte sie die Tatsache, dass diese starke Verformung nur bei wenigen Blutzellen zu beobachten war. Im ersten Schritt bestimmte man im Labor die Blutgruppe der verformten und der nicht verformten Zellen und stellte fest, dass es sich um zwei verschiedene Blutgruppen handelte.«

»Ist das so verwunderlich?«, mischte sich nun Achill ein, dem das Getue des Professors zuwider war. »Es kann doch sein, dass sich bei den Rettungsversuchen jemand am Flaschenstumpf verletzte und den Wein verunreinigt hat.«

»Wir haben es oft mit im Nachhinein kontaminierten Tatwaffen und Schauplätzen zu tun«, pflichtete Bertling ihrem Chef bei.

»Das herauszufinden, ist Ihre Sache«, erwiderte Ngora verärgert.

Schmollinger-Backhaus legte besänftigend eine Hand auf seinen Unterarm. »Natürlich Herr Kollege, aber wenn Sie vielleicht noch …«

Ngora besann sich und fuhr fort. »Bei den Blutzellen gibt es eine bemerkenswerte Besonderheit. Sie sind sichelförmig verformt. Und dies ist nicht durch den Einfluss des Weines hervorgerufen, sondern verursacht durch eine Erbkrankheit dessen, von dem das Blut stammt.«

»Aha«, kommentierte Achill, vermied es aber, das auszudrücken, was er gerade dachte. Was machte es schon für einen Unterschied, ob der, der den Flaschenstumpf verunreinigt hatte, eine Erbkrankheit hatte oder nicht.

»Bei der Krankheit handelt es sich um Drepanozytose, also Sichelzellenanämie. Das Bemerkenswerte ist, dass sie in Deutschland so gut wie nie vorkommt«, mischte sich nun wieder Schmollinger-Backhaus ein.

Hastig ergriff Ngora wieder das Wort, offensichtlich wollte er nicht, dass die Kollegin sich mit seinen Erkenntnissen schmückte. »Die Krankheit tritt hauptsächlich in der Bevölkerung der klassischen Malariagebiete auf. Die an Sichelzellenanämie Erkrankten leiden zwar unter den Symptomen, wie zum Beispiel Durchblutungsstörungen, Thrombosen, Blutarmut oder Priapismus, also einer Dauererektion ...«

»... was in unserem Fall wohl kaum von Belang sein dürfte«, unterbrach ihn seine Kollegin. »Fakt ist, es gibt stärkere und schwächere Verlaufsformen, und bei ungünstigen Verläufen ist die Lebenserwartung deutlich verkürzt.«

»Betroffene weisen aber eine fast sichere Immunität gegenüber der Malariainfektion auf. Dieser genetische Vorteil führte in den Gebieten, in denen üblicherweise Malaria auftritt, dazu, dass die Merkmalsträger dort begünstigt waren und sich stärker evolutionär durchgesetzt haben als anderswo auf der Welt. In meinem Heimatland Ruanda gibt es sehr viele Menschen, die dieses genetische Merkmal tragen. Ich gehöre übrigens auch dazu.«

»Und das beeinträchtigt Sie nicht bei Ihrer Arbeit?«, platzte es nun aus Bertling heraus.

Ngora lächelte nachsichtig und zeigte seine weißen makellosen Zähne. »Merkmalsträger zu sein, heißt nicht, erkrankt zu sein. Das entsprechende Gen ist rezessiv, also gegenüber einem gesunden Gen zurücktretend.«

»Das heißt, es würde höchstens bei Ihren Nachkommen auftreten, wenn Sie ein Kind mit einer Frau zeugen würden, die ebenfalls Merkmalsträgerin ist«, warf Bertling ein.

»Ganz recht. Und auch das nur mit einer Wahrscheinlichkeit von 25 Prozent. Aber der, von dem die Zellen stammen, ist nicht nur Merkmalsträger, sondern definitiv erkrankt. Aufgrund der Tatsache, dass sich diese Erbkrankheit nur in Malariagebieten häuft, besteht eine mindestens 95-prozentige Wahrscheinlichkeit, dass er entweder

Schwarzafrikaner ist oder aus einem äquatornahen Gebiet Asiens stammt.«

»Das heißt, wir haben es mit einem Afrikaner oder Südost-Asiaten zu tun, der am Tatort Erste Hilfe geleistet und sich am Flaschenstumpf verletzt hat«, brummte Achill ungehalten. »Ich habe großen Respekt vor Ihren Erkenntnissen, aber ich erkenne nicht, was uns das bei diesem Fall bringen soll. Schließlich ermitteln wir nicht wegen unterlassener oder grob fahrlässiger Hilfeleistung.«

Schmollinger-Backhaus hob besänftigend die Hände, ehe ihr Kollege etwas erwidern konnte. »Das ist uns durchaus bewusst. Aber Kollege Ngora hat noch etwas herausgefunden.«

Sie wies mit der Hand auf ihn und übergab ihm wieder die Gesprächsführung.

»Wir haben deutliche Unterschiede zwischen den gesunden Erythrozyten des Opfers und den sichelförmigen Fremdzellen gesehen.« Dabei schob er zwei Fotos aus der Mappe vor ihm. Es waren stark vergrößerte mikroskopische Aufnahmen von runden und halbmondförmigen Erythrozyten.

»Wie Sie sehen, sind diese gesunden roten Blutkörperchen, wie es schon namensgebend ist, intensiv rot gefärbt, diese hier sind eher so etwas wie braungrau.« Dabei wies er mit seinem Kugelschreiber auf die sichelförmigen Zellen.

»Hat das was mit der Erkrankung zu tun?«, fragte Bertling interessiert nach.

»Nein, vereinfacht gesagt, es ist so ähnlich wie beim Rumtopf. Liegen die Früchte länger im Alkohol und dem sauren Milieu des Weines und sind sie dabei noch, wie in dieser Weißglasflasche, dem Licht ausgesetzt, baut sich der Farbstoff darin ab.«

Achill zog nun interessiert die Augenbrauen hoch. »Das

heißt, sie sind schon länger im Wein und können nicht von einem Retter am Tatort stammen?«

»Genau deshalb haben wir Sie zu uns gebeten«, antwortete Schmollinger-Backhaus kopfnickend.

13 TODESHAUCH

Etwa elf Jahre vorher – Mittwoch, 24. September 2010, 13.15 Uhr

Der Stammhalter gönnte sich eine kleine Unterbrechung. Erschöpft war er.

Er ließ den Blick im Gewölbekeller des Weingutes aus dem 15. Jahrhundert schweifen. Seit mehr als 600 Jahren war es ununterbrochen im Besitz seiner Familie.

Alle Wirren und Kriege hatte die Winzerdynastie überstanden und das Gut weiterentwickelt und stetig vergrößert. Ja, er war stolz auf seine Familienbande, den Fleiß und die Beharrlichkeit, die diese ausmachten. Aber auch auf die Strenge seines Vaters, der das Weingut mit eiserner Hand wie ein Patriarch führte, und den er insgeheim dafür bewunderte.

Auch diese Lese war wieder ein Erfolg gewesen. Die Trauben hatte man am Ende gesund ernten können. Nicht zuletzt, weil sein Vater, sein kleiner Bruder und er über 20-mal zu Spritzungen gegen Oidium und Peronospora, den echten und falschen Mehltau, hinausgefahren waren.

Nun stand die Kellerarbeit an. Er mochte das, was sein Vater etwas abfällig »zaubern« nannte. Er liebte es, die Techniken der modernen Önologie virtuos zu beherrschen. Sie wie Tasten auf einem Klavier anzuschlagen und dem Wein die Aromen und Eigenschaften mitzugeben, die ihn zu einem unverwechselbaren Kunstwerk machten. In den Stunden, in denen er den Weinen ihren Charakter gab, sie formte, als seien es seine Kinder, konnte er wenigstens zeitweise die Schmerzen vergessen, die ihn täglich plagten.

Im Rahmen seiner intensiven önologischen Ausbildung, dem Studium in Bordeaux, Kapstadt und im pfälzischen Neustadt und schließlich der Promotion in Kalifornien hatte er alles begierig in sich aufgesaugt, was es über Weinan- und -ausbau zu erlernen gab. Er wusste, wie alles zusammenspielte, Anbau, Mengenreduktion, Auslese, Maischegärung, Liegezeiten, oxidative Reife, Spontangärung und vieles mehr. Es war für ihn kein Problem, einen Wein so zu komponieren, dass all seine Aromen perfekt ausgewogen waren. Dass sich alles im Gaumen zusammenfügte wie die Harmonien in einer Sinfonie.

Ja, er sah sich mehr als Künstler und Schöpfer denn als Winzer. Auch wenn sein Vater das nicht verstand und von ihm immer wieder verlangte, zum Traditionellen zurückzukehren und brave regionaltypische Weine auszubauen.

Er konnte es kaum erwarten, einmal das Weingut zu übernehmen und nach seinem Gusto weiterzuführen.

Er liebte diese Jahreszeit. Wenn die Ernte im Keller war, die grobe, kräftezehrende Arbeit in den Weinbergen fürs Erste abgeschlossen war und man den Wein, oder besser das, was einmal Wein werden würde, mit allen Sinnen genießen konnte.

Wenn die Kohlendioxidbläschen die Schwefeldioxidlösung in den Gärröhrchen zum Blubbern brachte, war dies ein untrügliches Zeichen, dass mal wieder die Spontangärung mit Naturhefen eingesetzt hatte. *Seine* Weine reiften nun – noch jung und ungestüm wie Pubertierende – und gewannen von Tag zu Tag an Charakter. Genussvoll lief er am offenen Gärtrog vorbei, wo 6.000 Liter Syrah-Maische schon seit fünf Tagen mit viel Luft und Sauerstoff vor sich hin gärten. Mit der Hand strich er durch die schaumige Oberfläche, hielt die Hand dann über den ins Genick gelegten Kopf und ließ sich träumerisch ein paar Tropfen Most in die Kehle rinnen.

Gut würde er werden, davon war er überzeugt. Ein Hochgefühl, fast wie ein Rausch, machte sich in ihm breit.

Zunehmend hatte er das Gefühl, dass seine Beine ein Eigenleben entwickelten. Seine Bewegungen wurden immer langsamer, unkoordinierter. Strauchelte er? Er streckte die Hand zum Edelstahltank neben ihm aus. Er nahm wie aus weiter Ferne wahr, wie sich seine Finger ungelenk um ein loses Schlauchende legten. Beobachtete sie, als seien es die Finger eines Fremden. Sah, wie der ordentlich aufgeschossene um einen Rohrstumpf gehängte Schlauch nachgab, sich die Schlingen, in die er gelegt war, zusammenzogen und das Schlauchende dem Zug seiner Hand in Richtung Boden folgte. Er stürzte. Das Letzte, was er spürte, war ein schmerzhafter Stoß am Kopf. Dann sank er in tiefe Träume.

14 VERDAUEN

Dienstag, 5. Oktober 2021, 10 Uhr

»Das muss ich erst mal verdauen«, hatte Achill gesagt, als sie die Pathologie verlassen hatten.

Nun saßen sie nur wenige 100 Meter unterhalb der Rechtsmedizin im hübschen Café *Dicke Lilli, gutes Kind* und jeweils eine große Tasse Cappuccino stand vor ihnen.

»Ich hab dir doch gesagt, dass da noch mehr ist«, platzte es aus Bertling heraus, als der Kellner mit der Bestellung dem Tisch den Rücken gekehrt hatte.

Achill lachte. »Du bringst das wohl nicht ernsthaft mit dem Todesfall in Zusammenhang.«

»Mit was sonst? Das liegt doch auf der Hand. Irgendein unbekannter Dritter hat da mitgemischt und sich an der Flasche verletzt.«

Achill stieß hörbar Luft aus. »Was heißt hier mitgemischt? Was ist daran denn so besonders, wenn einer, der Erste Hilfe leistet, sich an der Tatwaffe verletzt und ein paar Tropfen Blut dort hinterlässt?«

»Das mit dem Ersthelfer scheidet doch wohl aus. Dieser Professor Angora, oder wie der hieß, sagte doch, dass das Blut schon länger in der Flasche war und nicht aus der Tatnacht stammte.«

»Ngora«, korrigierte Achill, schwieg aber ansonsten. Er wollte Bertlings Fantasie nicht noch weiter befeuern und keineswegs zugeben, dass er ratlos war und nicht einmal im Entferntesten über eine Hypothese verfügte, die erklären konnte, wie das Blut in die Flasche gekommen war.

Doch Bertling ließ nicht locker. »Und nun? Willst du das etwa auf sich beruhen lassen?«

»Nein, natürlich nicht. Ich würde dich bitten, noch einmal bei den Zeugen nachzufragen, ob sie am Tatort einen Schwarzafrikaner oder Asiaten gesehen haben, der sich am Flaschenstumpf hätte verletzen können.«

Bertling rollte mit den Augen. »Du willst offensichtlich nicht wahrhaben, dass das Blut schon vorher in der Flasche war.«

»Selbst wenn, geht es uns nichts an. Oder arbeitest du etwa für die Weinkontrolle?«, erwiderte Achill ärgerlich.

Bertling lachte auf. »Und wenn es zu dem Blut ein Opfer oder gar eine Leiche gibt?«

Achill schüttelte heftig den Kopf. »Was ist denn in dich gefahren? Glaubst du im Ernst, dass irgendjemand Leichen über Weinflaschen entsorgt? Und selbst wenn, was hat das mit unserem Fall zu tun?«

Bertling schwieg. Ob es eine stille Art der Zustimmung oder einfach Ratlosigkeit war, erschloss sich Achill nicht. Aber auch er vermied es, noch etwas zum Fall zu sagen. Er musste das Gehörte in sich reifen lassen und wollte keine vorschnellen Schlüsse ziehen und schon gar nicht durch eine unbedachte Äußerung ihren Zwist noch weiter anheizen.

15 JOUR FIXE

Sie waren sich für eine Woche aus dem Weg gegangen. Was nicht sonderlich schwer gewesen war, denn Achill hatte, um sich seiner aus China zurückgekehrten Frau und Tochter widmen zu können, ein paar Tage freigenommen. Doch heute stand ihr wöchentlicher Routine-Jour-fixe an, den man wegen Achills Urlaub auf den Dienstag verschoben hatte.

Bertling kam herein. Ihr Blick war ernster als sonst. Nach Achills Begrüßung, auf die sie eher knapp und kühl reagierte, zog sie eine kleine Liste aus ihrer Mappe. »Das ist das Ergebnis der nachträglichen Zeugenbefragung vom Säbelschwingerfall. Keiner will einen Afrikaner oder Asiaten gesehen haben. Im Übrigen bleibt es dabei, dass ein Freund und die Freundin vom Opfer die Ersthelfer waren. Genauso, wie sie es auch bei der ersten Befragung bereits angegeben hatten. Beide leiden nach eigenen Angaben an keiner Blutkrankheit, auch ihre Blutgruppen weichen ab.«

Achill schluckte.

»Das war ohnehin klar. Dass das Sichelzellenblut schon vorher in der Flasche war, hat ja bereits dieser Professor ausgesagt«, fügte Bertling mürrisch hinzu.

Er hob abwehrend die Hände. »Du hast ja recht. Es war ein dämlicher Auftrag. Ich wollte aber nicht, dass wir etwas außer Acht lassen.«

Jetzt griff er in seine Mappe und schob Bertling ein zweiseitiges Schreiben hin, auf dem oben am Briefkopf das rote

Quadrat mit dem blauen Schriftzug der »Universitätsmedizin Mainz« prangte.

Bertling überflog den Text und begann schließlich eine Passage vorzulesen: »… die eingesandten Vergleichsproben – drei mit Naturkork verschlossene Weinflaschen mit dem Etikett ›Saignée Rosé‹ vom *Bio-Weingut Konrad Bundschuh* haben wir einer eingehenden mikroskopischen Untersuchung unterzogen. Dabei fanden wir in allen drei Flaschen menschliche Erythrozyten mit der für die Drepanozytose (Sichelzellenanämie) typischen sichelförmigen Verformung. Die Auszählung der Erythrozyten ergab eine annähernd gleiche Konzentration – pro Milliliter Wein – in jeder der drei Vergleichsflaschen. Eine Feinuntersuchung der Flaschenkorken ließ keine nachträgliche Manipulation zum Beispiel durch eine Injektionsspritze erkennen. Insofern ist davon auszugehen, dass die Verunreinigung des Weines bereits bei den Kellerei- oder Abfüllprozessen entstanden sein muss. Gezeichnet Professor Doktor Jérôme Ngora.«

»Wow!«, entfuhr es Bertling, die ihren Blick nicht von dem Befund lösen konnte und ihn noch einmal von vorne las.

»Die drei Flaschen habe ich bei drei verschiedenen Supermärkten in Speyer, Neustadt und Bad Dürkheim besorgt«, ergänzte Achill.

»Und jetzt?«, fragte Bertling und schaute erwartungsvoll zu ihm auf.

»Ich bleibe dabei, das hat nichts mit unserem Fall zu tun. Es war Zufall, dass er ausgerechnet diese Weinflasche bei sich hatte und mit dem Säbel öffnete. Gleichwohl ist es bizarr.«

Bertling nickte. »Ich glaube zwar immer noch, dass du den Säbelschwinger zu schnell hast laufen lassen, aber einen Zusammenhang sehe ich bis jetzt auch nicht.«

»Mal abgesehen davon, dass das unappetitlich ist und auf jeden Fall zu lebensmittelrechtlichen Konsequenzen führen muss, muss noch lange kein Kapitalverbrechen dahinterstecken. Ein Unfall an der Traubenmühle oder beim Keltern könnte das Ganze recht einfach erklären. Und welcher Winzer will schon 10.000 Liter Wein wegschütten, nur weil vielleicht ein Erntehelfer unvorsichtig war.«

»Unvorsichtig?«, wiederholte Bertling. »Na ja, wenn das Ganze noch messbar ist, kann es sich wohl kaum nur um einen kleinen Schnitt am Finger handeln. Hier hat es jemanden ziemlich blutig erwischt.«

16 NOTFALL

Etwa elf Jahre vorher – Freitag, 24. September 2010, 13.35 Uhr

Die blauen Blitze wirkten, als wären sie von einer anderen Welt in das sonst so idyllische Weingut heruntergeschleudert worden. Sie wollten so gar nicht zum Postkartenmotiv des alten Winzerhauses, das wie ein kleines Schlösschen mit im Abendlicht gelb schimmernder malerischer Natursteinfassade inmitten der Weinberge lag, passen.

Gleich drei Sanitäter scharten sich um den leblosen Kör-per des sonst so stolzen Stammhalters, den Bruder und Vater Minuten vorher die steile Kellertreppe hinaufgezo-gen hatten.

In der Eile hatte man darauf verzichtet, den Lastenkran, der ansonsten Bütten und Fässer nach oben zog, zu benut-zen.

Der Puls war kaum noch tastbar. Die Atmung so dünn und kraftlos, dass man im trüben Licht des Kellers über-haupt nicht mehr das rhythmische Heben und Senken des Brustkorbs hatte wahrnehmen können. Man war vom Schlimmsten ausgegangen.

Von Gärgasen hatte sein Bruder, als er den Notruf gewählt hatte, gesprochen. Das lag in dieser Zeit nahe und war nicht das erste Mal Grund eines Einsatzes gewesen. Aber die-ses Mal zeigte die Digitalanzeige des CO_2-Warngeräts, das mittlerweile verpflichtend in jedem Weinkeller installiert sein musste, keine über den Grenzwerten liegende CO_2-Konzentration an.

Auch das rote Blinken, das sonst bei Gefahr ansprang, fehlte.

17 WEINPROBE

»Und warum noch mal hast du dir ausgerechnet diesen Winzer ausgesucht?«, fragte André, als sein Freund seinen Privatwagen auf den Parkplatz vor dem *Weingut Konrad Bundschuh* am Rand des Neustadter Ortsteils Hambach lenkte.

»Warum nicht? Ist doch schön hier – und dieser Ausblick aufs Hambacher Schloss«, erwiderte Achill lakonisch.

André lachte. »Verstehe, wenn die Aussicht schön ist, kann der Wein unmöglich schlecht sein. Sieht aber trotzdem aus, als hätte man hier schon bessere Zeiten erlebt. Das da oben ist jedenfalls das krasse Gegenteil.« Dabei wies er auf die gewagte Glaskonstruktion mit der Cortenstahlfassade, die warm die Morgensonne reflektierte und sich harmonisch in die Reblandschaft mit ihren schon grün-gelblich durch Vollernter ausgedünnten Laubwänden integrierte.

»Du hast recht, aber ich mag diese protzigen Weingüter nicht, wo die Flasche Wein das Doppelte kostet wie bei einem normalen Winzer.«

André schmunzelte nachsichtig. »Wow, deine Weinkenntnis überrascht mich immer wieder. Die sind teurer, weil ihnen die großen und ersten Weinlagen gehören, auf denen üblicherweise die besten Weine heranreifen. Deshalb werden die besten davon auch als Prädikatsweingüter eingestuft. Das ist kein Zufall.« Dabei wies André auf den stilisierten Adler neben dem in großen Lettern prangenden Namen des Gutes: »Weingut Ökonomierat Casimir von Leinhardt Nachfahren«.

»Von Leinhardt«, murmelte Achill, dessen Blick wohl zum gleichen Zeitpunkt den Firmennamen erfasst hatte, gedankenverloren vor sich hin.

»Ja, Ökonomierat von Leinhardt, einer der mittlerweile ganz Großen der Region«, fügte André mit einem fast ehrfürchtigen Timbre in der Stimme hinzu.

»Aber die hier machen Bioweine«, erwiderte Achill trotzig und zeigte auf das schmucklose etwas heruntergekommene Gebäudeensemble gegenüber dem unbefestigten Parkplatz, auf dessen knirschendem Schotterbelag gerade das Auto rollte.

André lachte. »Seit wann bist du so grün angehaucht, Kommissar Habeck?«

»Immer noch Hauptkommissar«, erwiderte Achill und stimmte in Andrés Lachen ein.

»Mal ganz im Ernst. Ich glaub dir kein Wort. Seit Jahren nutzt du mich als wandelndes Weinlexikon, und heute versuchst du, mir weiszumachen, du hättest deine Liebe zu diesem Biowinzer entdeckt. Was hat er auf dem Kerbholz, und was willst du hier finden?«

Achill brummte gespielt genervt. »Ich wusste, dass du merken würdest, dass ich nicht hier bin, um ein paar Flaschen Wein zu kaufen. Aber dass es so schnell gehen würde ...«

André verzichtete auf eine Erwiderung und schüttelte nur den Kopf.

»Eigentlich suche ich nichts Bestimmtes. Ich will mich hier nur mal unauffällig umschauen. Da dachte ich, ich könnte das Angenehme mit dem Nützlichen verbinden und mit dir mal ein paar Weine verkosten. Jetzt, wo du diese komische Ausbildung zum diplomierten Weintrinker machst, ist es für dich doch bestimmt horizonterweiternd, ein neues Weingut kennenzulernen.«

»Die ist nicht komisch. Die Ausbildung zum ›Kultur- und Weinbotschafter Pfalz‹ ist anspruchsvoll und vom Land Rheinland-Pfalz zertifiziert«, erwiderte André.

Achill schmunzelte. »Ich wollte dich nicht in deiner Ehre kränken. Und dass du einen verwöhnten Gaumen hast, weiß ich ja schon.«

André schüttelte den Kopf. »Nicht nur wegen des Gaumens, anspruchsvoll auch deshalb, weil man dabei viel über die pfälzische Geschichte, Kultur und die Weinerzeugung lernt.«

Achill rieb sich amüsiert das Kinn. »Scheint wirklich, als hätte ich gerade einen wunden Punkt bei dir getroffen.«

»Mag sein. Irina bezeichnet mich schon als ›Diplomtrinker‹, das reicht mir völlig.«

Sie stiegen aus und liefen auf die funktionale Halle zu, die wohl in den 80ern erbaut worden war. Ihre Dachkonstruktion mit sichtbaren Leimbindern und Holzgesimsen war über die Jahre vergraut und schrie förmlich nach einem schützenden Lacküberzug. Auch die großen Metalltore darunter waren von Schrammen und rostenden Schadstellen übersät. An der dem Ortsrand zugewandten Seite des Hallenkomplexes lehnte ein windschiefes, wohl mehrfach umgebautes Fachwerkhaus, das so gar nicht zur Halle passen wollte.

»Ich hoffe, nach dem hier hat man den Architekten aufgehängt«, frotzelte André kopfschüttelnd.

»Da magst du wohl recht haben. Wenigstens etwas frische Farbe, einen Gärtner, der sich um das Unkraut der Außenanlage kümmert, und jemand, der das Tor repariert, würden mir für den Anfang schon reichen.« Dabei wies Achill auf das schräg in den Angeln hängende massive Metalltor.

»Und ein paar Informationen, auf was ich achten soll und um was es hier geht, würde mir für den Anfang reichen«, beschwerte sich André, dem die übliche Geheimniskrämerei seines Freundes mal wieder gehörig auf die Nerven ging.

Ohne auf Andrés Nachfrage einzugehen, stieg Achill aus dem Wagen.

Als sie schon fast an der in das Hallentor integrierten Tür – dem Zugang zum »Probier- und Verkaufsraum«, wie ein verblasstes Schild darüber ankündigte – herangekommen waren, besann er sich offensichtlich doch. »Halt nach einem Schwarzafrikaner oder Asiaten Ausschau und schau dir den Besitzer an, falls wir ihn überhaupt antreffen«, flüsterte er André zu.

Ohne dass dieser Zeit für eine Erwiderung fand, drückte Achill die Klinke und schob die Tür nach innen auf. Mit einem schabenden Geräusch kratzte sie über den altmodisch dunkelbraun gefliesten Boden der auch sonst in dunklen Tönen gehaltenen Probierstube.

Der Verkaufs- und Probierraum war nichts anderes als eine mit hohen Regalen und einfachen Holzpaneelen abgetrennte Ecke der Kelter- und Lagerhalle. Beim Eintreten konnte André einige Edelstahltanks, die über die Rückwand des behelfsmäßig in die Halle eingegliederten Raumes ragten, sowie eine in die Jahre gekommene hydraulische Traubenpresse im Hintergrund erkennen.

Im Probierraum selbst gab es zwei massive aus Fassdauben hergestellte Tische mit jeweils acht Stühlen drum herum. An einem saß bereits eine Gruppe von laut schwäbelnden Weinfreunden, die unschwer als Wochenendausflügler zu erkennen waren. Achill begrüßte die Mittfünfzigerin am Ausschank und wies mit einer fragenden Geste auf zwei Barhocker an der langen Probiertheke vor ihr. Sie nickte, und André und er setzten sich.

Wortlos schob sie ihnen eine schmucklose Weinliste auf grauem Umweltpapier entgegen, drehte sich um und ging zum Tisch der Ausflügler, wo man ihr durch Winken zu verstehen gab, dass wohl Nachschub vonnöten war.

»Was meinst du?«, fragte Achill im Flüsterton.

»Na ja, sieht nicht gerade nach Erfolgsgeschichte aus, aber lass uns mal den Wein probieren.« Dabei schlug André die Weinliste auf.

Er überflog die angebotenen Weine und pfiff leise durch die Zähne. »Nicht schlecht!«

»Wie? Nicht schlecht? Du hast sie doch noch nicht probiert.«

»Ich meine die Auswahl.« Dabei ließ André die Spitze seines Zeigefingers langsam von oben nach unten über die rund 20 Weine der ersten Seite gleiten.

»Die Menge ist doch üblich für ein Weingut in der Pfalz«, erwiderte Achill, dem nicht klar war, auf was André hinauswollte.

»Dann schau dir mal die Weinsorten an und sag mir, wie viele du davon kennst.«

Achill schaute verwirrt, zog die Liste zu sich und begann nun seinerseits, den Zeigefinger über die aufgeführten Weine gleiten zu lassen. »Zugegeben, außer Cabernet Blanc und Regent keinen.«

André lachte. »Und selbst dabei täuschst du dich wohl eher.«

»Wieso?«, entrüstete sich Achill. »Regent gibt's schon lange in der Pfalz, und Cabernet Blanc kenne ich auch schon seit meiner Jugend von diversen Frankreich-Urlauben.«

André lachte. »Du irrst, mein Lieber. Cabernet Blanc ist eine Neuzüchtung, die von der *Pfälzer Rebschule Freytag* hier ganz in der Nähe in Lachen-Speyerdorf selektioniert wurde. Mit Frankreich hat die rein gar nichts zu tun.«

»Aber …«, begann Achill stockend.

»Nichts aber. Das, was du meinst, ist Cabernet Sauvignon. Diese Rebsorte kommt tatsächlich aus Frankreich.«

»Ich merke schon, das ist deine Rache für meine Spitze gegen deinen Wein- und Kulturbotschafter.«

»Kultur- und Weinbotschafter«, korrigierte André gespielt genervt. »Und diese Spitze hast du dir jetzt erst recht redlich verdient«, sagte er und gab Achill einen kameradschaftlichen Klaps auf den Oberarm. »Aber Spaß beiseite, die haben hier wirklich eine bemerkenswerte Weinauswahl. Phönix, Sauvignac, Solaris, Muscaris, Pinotin und Cabertin sind allesamt neu gezüchtete, pilzresistente Rebsorten. So eine Fülle hab ich noch selten bei einem Weingut erlebt.«

»Dass ich dich mit meiner Winzerauswahl so ins Schwärmen bringe, habe ich gar nicht erwartet. Aber was bedeutet das konkret?«

André setzte an zu antworten. In diesem Augenblick trat ein etwa 60-jähriger Mann aus der Kelterhalle in den Probierraum und steuerte schnurstracks auf sie zu. Er ging leicht vornübergebeugt, sein Gesicht war wettergegerbt, wahrscheinlich beides das Resultat jahrzehntelanger schwerer Arbeit im Weinberg.

Doch noch etwas fiel André an den Zügen dieses Mannes auf. Dunkle Ringe umrahmten seine Augen, und tiefe Sorgenfalten gruben sich in die Wangen. All das ließ ihn verbraucht, schwermütig und niedergeschlagen erscheinen.

»Entschuldigung, Konrad Bundschuh mein Name. Mir g'hört das Weingut«, stellte sich der Mann umständlich und kraftlos vor. »Wir sind zurzeit ein bissel knapp mit Personal. Uns fehlt hier eine Kraft an der Theke, und meine Frau und ich schaffen das nicht alles ohne Unterstützung.« Dabei wies er auf ein handgemaltes Plakat über dem Gläserschrank mit der Aufschrift »Erfahrene Vinothekenkraft gesucht!«

»Kein Problem«, antwortete Achill. »Wir waren eben noch beim Studieren Ihrer Weinauswahl.«

»… und haben nix gefunden, was Sie kennen?«, ergänzte Bundschuh niedergeschlagen.

»Zugegeben, außer dem Regent kannte ich keine der Rebsorten.«

»… und nun sind Sie enttäuscht«, setzte Bundschuh mit bedrückter Miene nach. »So geht es den meisten Gästen. Man trinkt nur, was man kennt.«

Nun mischte sich André ins Gespräch, den die Niedergeschlagenheit, die dieser Mann ausstrahlte, anrührte. »Aber nein, ganz im Gegenteil. Ich für meinen Teil finde das sehr spannend, mal bei Ihnen die ganzen pilzresistenten Rebsorten durchprobieren zu können.«

Bundschuh zuckte förmlich hoch, als er das Wort »pilzresistent« hörte.

»Sie scheinen sich auszukennen. Das haben wir leider selten hier. Kennen Sie denn schon ein paar unserer Rebsorten?«

»Ja, fast alle, aber noch nicht von Ihrem Weingut.«

Das Gesicht des Winzers hatte sich bei den letzten Sätzen geradezu aufgehellt.

»Was derf ich Ihnen denn zum Probieren bringen?«, fragte der Winzer im für die Region üblichen Pfälzer Hochdeutsch, einem für auswärtige Ohren unbeholfen klingenden mit Hochdeutsch nur unvollständig überspieltem Pfälzer Dialekt.

»Entschuldigung«, schaltete sich nun Achill in die anscheinend aufkommende Weinplauderei seines Freundes mit dem Winzer ein. »Ich müsste mal zur Toilette, wo …?«

»Hier am Flaschenlager vorbei und dann gleich rechts hinter den Paletten«, antwortete Bundschuh und wies mit der Hand auf den Durchgang zur Kelterhalle.

André kannte seinen Freund nur zu gut. Ihm war bewusst, dass er wohl das lebhafte Gespräch und die Ablenkung des Winzers nutzte, um sich hinter den Kulissen umzuschauen. Seine Aufgabe bestand also nun darin, den Mann und am besten auch die Frau – wahrscheinlich die Ehefrau – im Probierraum zu binden.

So ließ er es noch ein paar Komplimente zum modernen Rebspektrum des Weingutes regnen und kündigte an, sich doch gerne mal durch die Spezialitäten der Weinkarte kosten zu wollen. Bereitwillig schenkte der Winzer zunächst einen Cabernet Blanc und dann einen Sauvignac ein. Motiviert durch Andrés Interesse präsentierte er wortreich und engagiert seine Weine. Kein Vergleich mit der eben noch gezeigten Niedergeschlagenheit, dachte André. Ihn würde er hier noch lange beschäftigen können, aber am Nachbartisch kam Bewegung auf. Offensichtlich hatte sich die Gruppe auf einige Weine festgelegt, und gleich würde es anstehen, diese aus dem Flaschenlager, in dessen Richtung Achill verschwunden war, zu holen.

»Mir händ dehoim ja onsern Trollinger, der isch au gud«, hörte er einen der Schwaben sagen und schüttelte ungläubig den Kopf.

Es lag nun an André, Frau Bundschuhs Gang ins Lager möglichst lange hinauszuzögern. Doch ausgerechnet solche spontanen, ungeplanten Manöver waren nicht gerade seine Stärke.

»Sie müssen Frau Bundschuh sein!«, rief er ihr, als sie im Begriff war, mit dem Bestellzettel in der Hand ins Lager zu verschwinden, viel zu laut zu. Er hoffte, dass Achill ihn hörte und seine Schlüsse zog.

Sie blieb halb erschreckt, halb erstaunt stehen und schaute fragend auf ihn.

»Kennen wir uns nicht von der letzten *Wein am Dom*?«, setzte er nach. Die *Wein am Dom* war eine jährlich stattfindende Weinmesse in Speyer, bei der zahllose Winzer ihre Weine präsentierten und die Wahrscheinlichkeit groß war, dass das *Weingut Bundschuh* tatsächlich dabei gewesen war.

»Zu solchen Messen geht immer nur mein Mann«, antwortete sie schroff. Offensichtlich war Andrés energische Attacke nicht allzu gut bei ihr angekommen.

»Dann lass ich Sie mal in Ruhe ins Lager gehen«, setzte er wieder eine Spur zu laut hinzu, in der Hoffnung, Achill würde seinen Hinweis hören.

Tatsächlich erschien dieser zur selben Zeit, als sie die Probierstube verließ, im Durchgang zum Lager und wäre beinahe noch mit ihr zusammengestoßen.

Achill nahm wieder auf seinem angestammten Barhocker an der Theke Platz, und Bundschuh wollte ihm die Weine, die bereits André probiert hatte, einschenken.

»Das brauchen Sie nicht. Ich verlasse mich da ganz auf meinen Freund. Er kennt meinen Geschmack und wählt für uns beide aus.«

»Gut, dann würden wir noch gerne Ihre Rosé-Cuvée probieren. Wie ich sehe, haben Sie auch einen Saignée Rosé im Angebot.«

André bemerkte, dass sein Freund bei den letzten Worten alarmiert aufsah.

Hastig legte ihm Achill, sodass Bundschuh es nicht sehen konnte, die Hand auf den Schenkel und knuffte ihn. »Brauchen Sie nicht, den kenne ich schon. Ich werde davon nachher ohnehin ein paar Flaschen mitnehmen«, wehrte er ab.

André wunderte sich über die energische Reaktion seines Freundes, war sich aber bewusst, dass dieser bestimmt gute Gründe dafür hatte.

»Dann würde ich noch gerne einen Rotwein probieren. Zum Beispiel diesen Cabertin, wurde der nicht auch in der Pfalz selektioniert?«

Spätestens jetzt schien das Eis zwischen ihnen und dem Winzer zu brechen. »Ja bei der *Rebschule Freytag*. Zugegeben, das weiß kaum jemand meiner Kunden.«

18 ANGRIFF

Etwa zwölf Jahre vorher – Freitag, 4. Dezember 2009, 19.40 Uhr

Es war einer jener Wintertage, wie sie typisch für die Rheinebene waren. Nicht allzu kalt, nahezu windstill und tief grau. Der Hochnebel hatte sich in einer homogenen milchigen Masse über das Rheintal gelegt und ließ alles fade und trostlos erscheinen.

Genauso war die Stimmung von Thomas von Leinhardt. Klar, Simons Elan hatte ihn die letzten Monate mitgerissen, und eines musste er seinem Bruder lassen: Er hatte sich zu 100 Prozent an ihre Vereinbarungen gehalten und alles war – wenigstens bis heute – auch so eingetreten, wie er es prognostiziert hatte.

Er hatte bei seinem bisherigen Arbeitgeber, einer Frankfurter Bank, nur wenige Tage nach ihrem Treffen am Gardasee gekündigt.

Auch die Sache mit der Finanzierung – Förderzusagen der EU und vom Land sowie ein üppiges Darlehen von Simons ehemaliger Bank – hatte plangemäß hingehauen.

Aber auch er selbst hatte seinen Teil dazu beigetragen. Er hatte es tatsächlich übers Herz gebracht, etwa 50 Prozent der noch von ihrem Vater angelegten Weinberge zu roden. Nun wuchsen dort, wo einst Kerner, Morio-Muskat und Müller-Thurgau gediehen waren, internationale Sorten wie Merlot, Cabernet Sauvignon, Syrah oder Viognier. Wenn alles nach Zeitplan ging, konnten sie – nach einer Durststrecke von drei Jahren – die ersten Trauben von den neu angelegten Flächen ernten.

Auch das Projekt mit der neuen Vinothek nahm erste Konturen an, eine Bauvoranfrage war positiv beschieden worden, und Simon war es gelungen, einen Stararchitekten für das Projekt zu gewinnen.

Doch heute würde es ernst werden. Kurz nach 20 Uhr würde in Hambach nichts mehr so sein wie vorher. Noch heute würde hier, wo sie seit Generationen Tür an Tür mit allen anderen Winzern lebten, der Krieg ausbrechen, und sie waren die, die daran die Schuld trugen.

*

Simon hatte eigens den historischen Ratssaal im hübschen barocken Rathaus Hambachs angemietet. Er war brechend voll.

Etwa 40 Winzer und Grundbesitzer saßen dicht gedrängt an den Tischen, die zu einer langen Tafel zusammengerückt waren. Alle, auch wenn sie nur ein paar Ar Rebland besaßen, waren gekommen. Die Idee mit der Postwurfsendung hatte eingeschlagen.

Anfangs war, wie sie aus den Gesprächen beim örtlichen Bäcker oder in den Weinstuben mitbekommen hatten, ihre

Einladung mit erstaunter Neugier aufgenommen worden. Doch allmählich wuchs die Zahl der Skeptiker.

Nachdem alle mit einem Schoppen Rieslingschorle im traditionellen Pfälzer Dubbeglas versorgt waren, erhob sich Simon zackig von seinem Stuhl am Kopfende des Tisches. Thomas, der zu seiner Rechten saß, tat es ihm nach, nur dass er dabei zögerlich und linkisch wirkte und sich nach der Begrüßung schnell wieder setzte.

Simon hob ein leeres Dubbeglas und schlug mit dem Kugelschreiber an den oberen Glasrand, um sich Gehör zu verschaffen.

»Owacht, de Herr von und zu will was saache«, kommentierte ein älterer Winzer, der an der langen Tafel zur Linken von Simon Platz genommen hatte.

»Liebe Kollegen, vielen Dank, dass ihr so zahlreich unserer Einladung gefolgt seid«, begann Simon mit fester, präsentationserprobter Stimme.

»Wann's nix koschd, kummemer immer«, witzelte der Dickbäuchige ihm gegenüber.

»Kolleesche?«, äffte ein rotbäckiger Winzer und schüttelte den Kopf.

»Mir sin Woibaure und du ähn Frankfurter Bonkbonze«, giftete ein anderer.

Thomas' Mut sank, ihm war klar gewesen, dass Simon hier keine Akzeptanz finden würde, viele sahen in ihm einen aus Frankfurt zugezogenen Geldhai. Seine Hambacher Wurzeln schienen mit dem damaligen Wegzug wie gekappt.

»Liebe Winzerkollegen …«, begann Simon und legte gleich eine bedeutungsvolle Pause ein, um die Aufmerksamkeit auf sich zu ziehen, »… ich möchte nicht lange um den heißen Brei reden. Bei uns in der Pfalz macht man nicht viele Worte und kommt direkt zur Sache.« Wieder machte er eine bedeutungsvolle Pause.

»Mein Bruder und ich müssen uns vergrößern. Das Weingut ist zu klein, um unsere beiden Familien und unsere Mutter zu ernähren.«

»Mänscht vielleicht, des geht onnere onnerschd«, unterbrach ihn eine aggressive Stimme, die zu einem dicklichen Winzer mit extrem roter Gesichtsfarbe gehörte.

Doch Simon fuhr ungerührt fort: »Wir werden daher weitere Flächen, insbesondere am Schlossberg hinzupachten.«

»Wer will des nidd. Wo sollen die herkumme? Do is doch alles in feschde Händ?«, sagte der eben schon durch seine Aggressivität aufgefallene Rotköpfige.

»Von euch«, erwiderte Simon und ließ seinen Zuhörern ausreichend Zeit, um das zu verdauen.

Die Reaktion war geteilt. Die einen lachten, die anderen schüttelten verärgert den Kopf.

»Aha, willscht uns enteischne?«, antwortete die Rothaut.

»Nein, ich will die Wingerte von euch pachten.«

Wieder lachten einige. »Des is awwer ä Mol was gonz Originelles. Ich glab, do druff is dohin noch känner kumme«, sagte der Winzer, der zu Simons Linken saß, und erntete großes Gelächter.

»Wir zahlen jedem Grundeigentümer, der uns einen Wingert verpachtet, dessen Pacht ausläuft, 50 Prozent mehr, als er vom vorhergehenden Pächter bekommen hat.«

Simon beobachtete, wie Konrad Bundschuh, sein Grundstücksnachbar, der am gegenüberliegenden Kopfende des Tisches Platz genommen hatte, bleich wurde. Ihm war wohl als einem der Ersten im Raum klar geworden, was das bedeutete.

»Wonner so bleed sinn, so viel zu bezahle, känner moi Wingert hawwe«, sagte der Wortführer zu seiner Linken.

»Ich mach do nidd mit, ich kenn eiern Hof. Alles is im Umbruch, nur Koschde, känn Ertrach und jetzt des noch.

Was nitzt ähm ä hohe Pacht, wonn se de Pächter nidd zahle konn«, wendete der Rotgesichtige ein und erntete dafür heftiges Kopfnicken.

Jetzt erhob sich Bundschuh. Er war kreidebleich. »Das wird viele hier in den Ruin treiben. Wer nur Trauben an die Genossenschaft abliefert, Fasswein vermarktet oder mengenreduzierten ökologischen Weinbau betreibt, wird da nicht mithalten können und langfristig seine kompletten Pachtflächen verlieren. Viele von uns sind auf die zugepachteten Flächen angewiesen und werden damit totgeschrumpft. Ich hoffe, keiner von euch wird auf dieses unseriöse Angebot von einem Frankfurter Banker, der hier mit unseren Weinbergen spekuliert, eingehen.« Bundschuh ließ den Blick noch einmal in der Runde kreisen, schaute jedem seiner Kollegen tief in die Augen und verließ mit einem Gesichtsausdruck, als hätte man eben sein Todesurteil verlesen, den Raum.

Nahezu alle am Tisch schauten betreten vor sich hin. Zwei weitere Winzer taten es Bundschuh nach und verließen kopfschüttelnd das historische Hambacher Rathaus.

19 WEINWISSEN

Samstag, 16. Oktober 2021, 11.55 Uhr

»Einen Palzki-Burger und eine große Portion Pommes!«, orderte Achill bei Denise, der Juniorchefin der *Currysau*. Für den Hunger zwischendurch war dieser Kult-Imbiss am Speyerer Sankt-Guido-Stifts-Platz häufig die erste Anlaufstelle für ihn und seinen Freund.

»Wie immer die Pommes mit Parmesan und Rosmarin für Ihren Freund?«, fragte Denise zurück, die die Essgewohnheiten von Achill und André bestens kannte.

»Danke für den Tipp. Beinahe hätte ich vergessen, dass unser Herr Sartorius ja in diese Nobelpommes verliebt ist.«

André schüttelte den Kopf, er mochte es nicht, wenn man vor Dritten allzu viel Aufhebens um ihn machte.

Nachdem sie die Bestellung aufgegeben hatten, nahmen sie draußen vor der knallrot lackierten Bude an einem der Tische am Rande des Freisitzes Platz.

Glücklicherweise war der mittägliche Ansturm der Hungrigen aufgrund der herbstlichen Temperaturen heute überschaubar, und nur noch ein junges Paar hatte sich ins Freie gewagt und saß in ihrer Nähe.

»So, jetzt pack schon aus, was sollte das alles heute Morgen? Du hast mich ja sehr geschickt während der Fahrt durch deine ständigen Telefonate ruhiggestellt. Aber jetzt, wo wir noch den Rosé bei der landwirtschaftlichen Untersuchungsanstalt abgegeben haben, will ich endlich wissen, was es mit Bundschuh und seinen Weinen auf sich hat. Schließlich hab ich vorhin einige probiert. Muss ich mir Sorgen machen?«

Achill lachte. »Natürlich, das war alles ein perfider Plan, um allzu neugierige Geister wie dich zu vergiften.«

»Haha. Jetzt aber raus damit, was läuft da?«

»Zunächst zu deiner Beruhigung: Es gibt keinerlei Anzeichen für irgendwelche gefährlichen Substanzen in Bundschuhs Wein.«

André atmete auf. Er war sehr auf gesunde Ernährung bedacht und etwas ängstlich, sobald es um Fragen der Hygiene und Gesundheit ging.

»Es gibt eher ein ästhetisches Problem mit dem Rosé.«

»Ästhetisch? Spielst du auf die Etiketten an, die aussehen, als hätte sie Bundschuhs Frau selbst gebatikt.«

Achill lachte. »Nein, grafische Sünden sind derzeit noch nicht polizeirelevant. Selbst in diesem schweren Fall nicht.«

André trommelte mit den Fingerkuppen auf der Tischplatte, rollte mit den Augen und schaute seinen Freund erwartungsvoll an. »Und was ist sonst so unästhetisch an diesem Rosé, dass du so viel Aufhebens darum machst, du Geheimniskrämer?«

»Na ja, da ist etwas in sehr kleiner Konzentration darin enthalten, was da nicht reingehört, aber in keiner Weise gesundheitsschädlich ist.«

»Das übliche Tankreinigungsmittel oder zu viel Schwefel? Aber seit wann arbeitest du für die Weinkontrolle?«, bohrte André weiter. Er hatte, nachdem er den kompletten Vormittag geopfert hatte, keine Lust, Achill so einfach davonkommen zu lassen.

Achill riss genervt die Augen auf und schnaubte. »Ich wusste, dass du erst wieder Ruhe gibst, wenn du alles weißt. Ich hätte dich nicht mitnehmen sollen.«

»Und, was ist es sonst?«, brummte André und sah seinen Freund erwartungsvoll an.

»Blut«, antwortete Achill und schaute sich nervös um.

André schlucke und rümpfte angewidert die Nase.

»Keine Sorge, wir haben das mit der Uniklinik Mainz abgeklärt. Die Menge ist so gering, dass sie keinerlei Auswirkungen auf den Weintrinker hat. Auch mögliche Viren oder Bakterien, die im Blut gewesen sein könnten, wären durch den Weinalkohol und die Säuren im Wein längst abgetötet«, kam er Andrés möglichem Protest zuvor.

»So naiv bin ich nun auch wieder nicht, um nicht zu wissen, dass es in fast jedem Lebensmittel solche Verunreinigungen, zum Beispiel durch Mäuse oder Insekten, geben kann. Es ist wohl eher die Ästhetik, die dadurch leidet.«

»Na dann bin ich ja beruhigt«, erwiderte Achill.

»Trotzdem wirkt es wie ein zynischer Scherz, es sozusagen mit einem echten Saignée zu tun zu haben.«

»Bitte was? Wenn du mich schon beschimpfst, dann tu es in einer Sprache, die ich verstehe.«

André lachte laut auf. »Du bist aber wahrlich ein önologischer Universaldilettant.«

»Bitte was? Du überforderst mich gerade.«

»Der Rosé ist ein Saignée. Steht jedenfalls so auf dem Etikett, und das passt zu deinem Problem.«

Achill schnaubte. »Jetzt bist du es, der geheimniskrämert. Was hat es mit diesem Wort ›Saignée‹ auf sich?«

»Es entstammt, wie du sicherlich aus meiner perfekten Aussprache erahnst, der französischen Sprache.«

»Ach was!«, brummte Achill und wedelte kreisförmig mit der Hand, als könne er damit Andrés Erklärungstempo erhöhen.

»Es bedeutet übersetzt so etwas wie ›ausgeblutet‹.«

Achill schluckte. »Wie? Wer ist ausgeblutet?«

André lachte über die Unbeholfenheit seines Freundes. »Na, ich denke doch das Opfer, sonst würdest du dich nicht ausgerechnet für diesen Wein so interessieren.«

»Aha, und so was muss man gemäß dem deutschen Weinrecht auf den Etiketten angeben?«, erwiderte Achill und schmunzelte.

»Spaß beiseite, das bezieht sich auf das Verfahren, wie dieser Wein hergestellt wird. Man lässt dabei den Zuber, in dem sich die frisch geernteten, noch ungekelterten, nur leicht angequetschten roten Trauben befinden, quasi zur Ader. Das bedeutet, man zieht ohne Pressung in der Regel zehn bis 20 Prozent des Saftes ab. Da die roten Traubenhäute dabei weitgehend unverletzt bleiben, ist dieser Most auch nicht rot, sondern nur rosa und gibt einen schönen leichten Roséwein.«

»Verstehe, warum einfach, wenn's auch kompliziert geht«, murrte Achill.

»Weil es ein sinnvolles und cleveres Verfahren ist, bei dem man einen spritzigen Rosé und gleichzeitig einen höher konzentrierten Rotwein erhält.«

»Rotwein?«

»Ja, ich war noch nicht fertig mit meiner Erklärung. Wenn man den Most für den Roséwein abgezogen hat, lässt man die Maische noch einige Zeit ruhen. Das dient dazu, um unter anderem den roten Farbstoff und die Tannine aus den Traubenhäuten, Kernen und dem Stielgerüst herauszulösen, die dem Rotwein danach eine intensive rote Farbe und seinen besonderen Charakter geben.«

Achill rieb sich matt übers Gesicht. »Das heißt, wir haben womöglich noch einen Rotwein, der mit Blut kontaminiert ist?«

»Könnte gut sein, wenn die Person oder das Blut im Maischebottich war, dann könnte im Rotwein noch viel mehr sein, weil er vielleicht länger mit der Person in Kontakt war oder …«

»Oder was?«, entfuhr es Achill nun laut. So laut, dass das Paar neben ihnen aufhorchte.

20 PRAGMATISMUS

Etwa elf Jahre vorher – Mittwoch, 13. Juni 2010, 13.15 Uhr

Theo Keller war ein pragmatischer Mann. Anders hätte er auch nicht bestehen können. Immerhin war er schon 71 und noch bis gestern Tag für Tag in Weinberg und Keller seinem Tagwerk als Winzer nachgegangen. Aber das sollte sich nun ändern.

Er hatte einige Tage gebraucht, um das, was ihm sein Verpächter mitgeteilt hatte, zu verdauen. Erst nach einem Besuch bei diesem adligen Fatzke, Simon von Leinhardt, hatte er dem wirklich Glauben geschenkt. Wiederum eine Woche später wurden ihm schließlich die Konsequenzen klar.

Er würde nach Ablauf des bestehenden Pachtvertrages ab Martini 2022 seine drei Hektar auf dem Schlossberg und nochmals einen Hektar Wingertsfläche am Kirchberg endgültig los sein. Der Verpächter hatte ihn weder gefragt, ob er die nun völlig überhöhten Pachtpreise zahlen wollte, noch hatte er überhaupt mit ihm gesprochen. Nein, er hatte nur geschrieben, dass er die beiden Flächen ab Martini nun anderweitig verpachtete. Natürlich war Keller sofort klar gewesen, dass dieser von Leinhardt der neue Pächter sein würde. Schließlich sprach der ganze Ort von nichts anderem.

Er hatte ihn gefragt, ob das wirklich sein müsse. Hatte ihm erklärt, dass ihm dann nur noch zwei Hektar eigene Flächen verblieben, was nicht mehr zum Leben reichte. Hatte ihm unter Tränen dargelegt, dass sein Weingut seine Altersversorgung war.

»Da hätten Sie in jungen Jahren rechtzeitig daran denken müssen«, war seine Antwort gewesen.

Im Übrigen wäre es in seinem Alter ohnehin an der Zeit, sich etwas Ruhe zu gönnen. Mit Hartz IV käme er mit seinem sparsamen Lebenswandel auch über die Runden. Und gerne würde er ihn bei der Lese auch als Erntehelfer beschäftigen.

Danach war er in sich gegangen und hatte pragmatisch alles durchdacht. Klar, er war alt genug, um aufzuhören. Wenn er ehrlich zu sich war, spürte er, wie ihn die schwere Arbeit Jahr für Jahr mehr anstrengte.

Aber da war noch etwas: seine Ehefrau Gertrud.

Sie war nicht so still und abgeklärt wie er. Sie war laut, übellaunig und zänkisch.

Wie würde sie reagieren? Die Vorstellung, ab jetzt Tag für Tag die enge Stube mit ihr zu teilen, sich nicht mehr, wenn sie auf ihm herumhackte, in die Weinberge oder den Keller verziehen zu können, gab ihm den Rest.

Er hatte alles genau geplant. Er würde Gertrud so wenig wie möglich belasten. Es sollte ein sauberes Ende sein. Ohne Schrecken, ohne Dramatik und ohne Dreck. Denn als übereifrige Hausfrau verachtete sie Schmutz und Unordnung aufs Äußerste.

Vorhin hatte er seinen Abschiedsbrief zur Post gebracht. Er würde frühestens morgen, wenn nicht übermorgen bei ihr ankommen. Spät genug, um in Ruhe sterben zu können, früh genug, um kein Ungeziefer anzulocken.

Auch den Ort für seinen Exitus hatte er mit Bedacht gewählt. Ein altes Betonfass, lange außer Betrieb, innen gefliest, sodass man es wieder gut reinigen konnte. Er wusste, dass er, auch wenn er sich noch so anstrengte, um ein starkes Erbrechen und Durchfälle nicht herumkommen würde.

An das *E 605* zu kommen, war einfach. In der Kelterhalle stand schon seit vielen Jahren noch ein Rest dieses ehemals häufig verwendeten Insektizids in einer rostigen Blechdose mit der Aufschrift »Bayer«.

Dass es verboten war und im Ruf stand, krebserregend zu sein, hatte ihn nicht weiter gestört. Schließlich würde er dem Krebs keine Zeit mehr geben.

Er war durch das enge Putzloch ins Betonfass gekrochen, hatte den Rücken an die kalte Wand gelehnt die Beine ausgestreckt.

Das wenige Licht, das durch die Öffnung oben ins Fass fiel, reichte gerade aus, dass er die neben sich stehende quaderförmige Blechdose mit dem Gift und eine Flasche seines besten Rieslings erkennen konnte.

Mit dem alten rostigen Kaffeelöffel, den er seit Jahrzehnten zum Dosieren von Weinzusätzen nutzte, musste er zunächst das schon festgebackene weiße Giftpulver lockern.

Es roch intensiv nach Knoblauch, ein abstoßender Geruch, den man zur Abschreckung dem ansonsten geschmacklosen Gift beigemischt hatte. Aber auch der hielt ihn nicht davon ab, zwei gehäufte Kaffeelöffel des staubigen Pulvers in den Mund zu nehmen und mit reichlich Riesling zu schlucken. Nun wartete er auf den Tod.

Von oben hörte er Gertrud keifen. »Wo bleibscht donn, du wäscht genau, dass om Zwölfe g'esse werd. Isch stell misch hie und koch den gonze Morschend fer dich, und du loschd's verkumme. Isch des de Donk?«

Theo spürte indes, wie ein Krampf Besitz von seinen Beinen nahm. Trotzdem beschlich ihn die Gewissheit, sich richtig entschieden zu haben.

21 ROTWEIN

Samstag, 16. Oktober 2021, 14.15 Uhr

»Du meinst also ernsthaft, dass da im Rotweintank noch ein Mensch liegt?«, fragte Achill, nachdem sie die *Curry-sau* verlassen hatten und am Straßenrand warteten, um bei nächster Gelegenheit die Straße in Höhe der Baustelle am Sankt-Guido-Stifts-Platz zu überqueren.

»Die Frage hast du dir aber lange aufgespart.«

»Na ja, das wurde mir zu heikel, wenn ich nicht ausschließen kann, dass es jemand hört. Schließlich war ich mir nicht sicher, dass die Leute am Tisch neben uns nicht hätten mithören können.«

André lachte. »Dann muss ich dich leider enttäuschen. Das ist unmöglich. Der Most beziehungsweise der spätere Wein wird ja gepumpt und filtriert. Spätestens nach dem Keltern können keine größeren Gegenstände oder Körperteile mehr in den Wein gelangen. Für die Blutspuren im Saignée Rosé gibt es zwei Möglichkeiten: Entweder der Blutende war im Maischebottich, wo die ungekelterten Trauben nach der Ernte hineingekommen sind und der Saft für den Saignée abgezogen worden war und schließlich der Rotwein stand, bis er abgepresst wurde. In diesem Fall müssten sich im Saignée und im dazugehörigen Rotwein Blutspuren finden. Oder Möglichkeit zwei: Der Tote, Teile von ihm oder das Blut gelangten erst danach in den Edelstahltank, in dem der Saignée Rosé reifte. Dann sind natürlich auch nur im Rosé die Blutspuren zu finden.«

Achill schluckte. »Keine schöne Vorstellung, so eine gut durchgezogene Weinleiche im Edelstahltank.«

»Das lässt sich leicht rausfinden. Man muss dazu einfach nur den Rotwein untersuchen.«

Achill grübelte kurz. »Okay, dann lass uns eine Probeflasche von diesem Rotwein kaufen.«

André schmunzelte. »Und von welchem Rotwein direkt?«

»Na von dem, aus dem der Saft für den Saignée Rosé – wie nanntest du es? – abgezogen wurde.«

»Scherzkeks. So einfach ist das nicht. Der Saignée Rosé ist möglicherweise ein sogenanntes Cuvée.«

Achill stöhnte. »Und was ist das schon wieder?«

»Ich muss gestehen, du stellst deine Unwissenheit heute mal wieder ganz aggressiv zur Schau.«

»Ein Cuvée ist ein Verschnitt, also eine Mischung verschiedener Weine«, erwiderte André in nachsichtigem Tonfall. »Und selbst wenn er das nicht ist, wissen wir nicht, aus welcher Rotweinsorte der Saftabzug erfolgt ist. Es steht nämlich nicht auf der Flasche, was der Basiswein war.«

»So, wie du mir das erklärst, könntest du dich direkt bei der *Sendung mit der Maus* als Sprecher bewerben«, brummte Achill missmutig und setzte sich, als die Ampel grün wurde, in Bewegung.

»Und was wirst du jetzt tun? Durchsuchst du das Weingut?«

Achill rollte den Kopf von rechts nach links und wieder zurück. »Hab ich mir auch gerade überlegt. Ich bin mir aber fast sicher, dass wir nichts finden würden. Warum sollte Bundschuh eine Leiche im Weintank lagern. Wenn es wirklich eine Leiche gibt, wäre es doch viel einfacher, sie irgendwo nachts im Weinberg zu vergraben. Jeder halbwegs clevere Mörder schafft – wenn er die Möglichkeit dazu hat – eine Leiche möglichst weit weg und behält sie nicht zu Hause, wo sie leicht gefunden werden könnten. Und dieser Bundschuh hätte mit Sicherheit längst eine Gelegenheit gefunden, sie beiseitezuschaffen. Zudem hätte eine großangelegte Durchsuchung ein Riesenpotenzial, mich lächerlich zu machen und dem ohnehin schon maroden Weinbaubetrieb den Rest zu geben. Das ist zwar eklig, und der Wein sollte möglichst aus dem Verkehr gezogen werden. Aber nur weil sich vielleicht ein Kellermeister oder Kellereiarbeiter verletzt hat, erscheint mir das etwas unverhältnismäßig. Ich bin mir auch sicher, dass der Richter, der mir die Durchsuchung zu genehmigen hätte, ähnlich denkt.«

»Verstehe.«

»Wenn du so einsilbig bist, macht mich das immer etwas unruhig. Du heckst doch wohl nicht schon wieder was aus?«

André lachte verlegen und blieb seinem Freund eine Antwort schuldig.

»André!«, herrschte ihn Achill schroff an.

»Na ja, wenn ich dir jetzt eine ehrliche Antwort gebe, wirst du eh nur versuchen, mich davon abzuhalten.«

Achill schüttelte unwirsch den Kopf. Man sah ihm an, dass er gerade nicht wusste, wie er reagieren sollte. »Dieser Bundschuh ist möglicherweise gefährlich und …«

André lachte. »Na ja, so hat er auf mich nicht gewirkt. Er ist mir eher schwach und deprimiert vorgekommen. Das ist kein gewalttätiger Mensch und schon gar kein Mörder. Eher jemand, der sich selbst etwas antut.«

»Hmm«, erwiderte Achill.

André hatte den Eindruck, dass er ähnlich dachte und ihm gerade die Argumente fehlten, ihn von seinem Plan abzubringen.

»Dann sag mir wenigstens, was du vorhast, damit ich von außen ein Auge auf die Sache werfen kann.«

»Ganz einfach, ich werde versuchen, dort als Vinothekenkraft anzuheuern. Du hast doch sicherlich auch dieses Schild mit der Stellenausschreibung gesehen. Mal sehen, ob mir meine Kultur- und Weinbotschafter-Ausbildung die nötige Qualifikation gibt.«

»Und wie willst du das mit deinen Stadtführungen unter einen Hut kriegen?«

»Na ja, wie man das halt so tut. Ich nehme Urlaub.«

Achill schüttelte über den Pragmatismus seines Freundes den Kopf. »Na, dann tu, was du nicht lassen kannst.«

»Wow, seit der Kanzlerbeisetzung ...«, dabei nickte er Richtung Kohlgrab, das sie gerade passierten, »... bei der du mich absichtlich hinzugezogen hast, ist das das erste Mal, dass du meine Schnüffelei billigst. Scheint so, als vertraust du mir allmählich.«

Achill lachte. »Bild dir bloß nichts darauf ein. Ich glaube nur, dass da nichts weiter dahintersteckt als ein Unfall mit einem abgeschnittenen Finger oder so was Ähnliches. Dieser Winzer wirkt mir einfach zu brav für Mord und Totschlag. Und dir tut etwas praktische Arbeit auch mal ganz gut.«

22 PYRRHUSSIEG

Etwa elf Jahre vorher – Freitag, 15. Juni 2010, 20.15 Uhr

Thomas von Leinhardt ließ staunend seinen Blick über die lang gestreckte Zypressenallee schweifen.

»Unglaublich«, entfuhr es ihm bewundernd, »… und das in der Pfalz.«

Simon lachte. »An Orten wie diesem merkt man, dass das nicht zu weit hergeholt ist, wenn sie viele als die Toskana Deutschlands bezeichnen.«

»Und warum genau hast du mich hierhergeschleppt? Nach Sightseeing war dir jedenfalls die letzte Zeit sehr wenig zumute«, sagte Thomas noch etwas niedergeschlagen. Offensichtlich reichte der grandiose Ausblick über den mediterranen Garten der *Vinothek Mussler* in Bissersheim nicht aus, um seine Stimmung aufzuhellen.

Simon schmunzelte. »Ich dachte, es wäre an der Zeit, eine Zwischenbilanz zu ziehen und über Erfolge zu sprechen.«

»Erfolge?« Thomas lächelte schief.

In diesem Augenblick brachte ihnen die Eigentümerin, Sabine Mussler, die bestellte schön dekorierte Antipastiplatte und eine Flasche Viognier, einen Weißwein aus dem oberen Rhonetal, der allmählich Eingang in die Weinkarten der hiesigen Vinotheken gefunden hatte.

»Du nennst das Erfolg? Wenn sie unsere Hauswand mit dem Wort ›Kapitalistenschweine‹ vollsprühen und man deinen Sohn Felix auf dem Schulweg verprügelt.« Thomas schüttelte verständnislos den Kopf.

»Das vergeht. Du musst in die Zukunft schauen.«

»Mmh«, murrte Thomas.

»Alles läuft genau nach Plan. Heute habe ich den Pacht-vertrag für weitere drei Hektar am Schlossberg unterschrie-ben. Sie gehörten diesem Bundschuh. Damit haben wir nun die angepeilten 25 Hektar, mit denen wir geplant haben, zusammen. Für weitere drei Hektar habe ich schon eine Zusage in der Tasche, die wirksam wird, sobald 2022 die noch bestehenden alten Pachtverträge dazu auslaufen.«

»Ich hoffe nur, du verrechnest dich nicht. Die Pachten, die wir für die neuen Wingerte zahlen, sind so hoch, dass wir drauflegen, wenn wir gezwungen wären, den Wein weiter-hin an die Genossenschaft abzuliefern. Im Übrigen hat uns die Genossenschaft aufgrund der Pachtpreise – die nennen das Pachtpreistreiberei – wegen unsolidarischem Verhalten den Ausschluss angedroht.«

»Macht doch nichts. In zwei, drei Jahren brauchen wir die eh nicht mehr.«

»Jedenfalls ist mir nicht nach Feiern zumute. Unser Vater und unser Großvater haben uns zu einem anerkann-ten Weinbaubetrieb gemacht. Unsere Familie war in Ham-bach respektiert und beliebt, und nun hassen uns alle. Meine Frau hat zufällig gehört, wie gesagt wurde, wir hätten den Winzern im Ort den Krieg erklärt.«

»Das vergeht«, beschwichtigte Simon. »Wenn erst unsere Vinothek …«

»Wenn, wenn, wenn«, äffte Thomas nun aufgebracht dazwischen. »Der Architekt hat schon kräftig kassiert, aber auf dem Bauplatz wuchern noch munter die Brombeerhe-cken.«

Simon grinste wölfisch. »Eigentlich war das der zweite Erfolg, den ich dir melden wollte. Am Montag geht's los, und in neun Monaten steht unser Hingucker.«

23 WINZERPRAKTIKUM

Dienstag, 19. Oktober 2021, 8.15 Uhr

Konrad Bundschuh hatte erfreut gewirkt, als André gestern bei ihm angerufen und sich nach der Stelle in der Vinothek erkundigt hatte.

Er hatte sich noch daran erinnert, dass André bei seinem Besuch am Samstag Interesse an den Weinen aus pilzresistenten Reben bekundet hatte. »Sie haben die richtige Einstellung zu dem, was wir hier tun – das ist das Wichtigste. Den Rest lernen Sie schnell«, war sein Kommentar gewesen.

Besonders aber freute er sich über die Tatsache, dass André kurzfristig beginnen konnte. So hatte er nicht lange gezögert und ihn schon heute, einen Tag nach ihrem Telefonat, zum ersten Arbeitseinsatz einbestellt. »Ein Vorstellungsgespräch brauchen wir nicht. Wir kennen uns ja schon«, war seine lapidare Begründung gewesen.

André hatte ganz außen auf dem ungepflegten Schotterparkplatz vor dem Weingut geparkt. Schließlich wollte er ja den Kunden keinen Platz wegnehmen.

Er schaute sich um. Es war ein freundlicher, wenngleich kühler Herbstmorgen. Die Sonne lag golden auf dem Haardtgebirge und machte aus dem Hambacher Schloss, das majestätisch über dem kleinen Ort Hambach thronte, ein Postkartenmotiv. Auch heute würde dieser Blick wieder von den unzähligen Touristen, die im Herbst die Weinstraße bevölkerten, hunderte Male abgelichtet werden. Wie schön sie doch war, die Pfalz.

André hatte sich nicht quälen müssen, heute hier seinen Dienst anzutreten. Als Stadtführer war er den Umgang mit Gästen gewöhnt und mochte es, ihnen seine Pfalz mit all ihren Schätzen, zu denen natürlich ganz besonders der Wein gehörte, näherzubringen.

Wenn er ehrlich zu sich war, rechnete er nicht mit irgendwelchen grausigen Leichenfunden in Weintanks oder Ähnlichem. Er war sich bewusst, dass Achills schnelle Billigung des Vorhabens auch genau dieser Tatsache zu verdanken war.

Er musste nur Bundschuhs Vertrauen gewinnen, und sicherlich würde ihm dieser schon bald von jenem Unfall erzählen, der zur Kontamination des Weines mit dem menschlichen Blut geführt hatte. Damit wäre seine Mission beendet, und es war ihm überlassen, ob er den armen Tropf hier noch ein paar Wochen bis zum Saisonende unterstützen würde oder nicht.

André wurde jäh aus seinen Gedanken gerissen, als sich kreischend die Tür vor ihm öffnete. Offensichtlich hatte Bundschuh seine Umrisse durch die mit altmodischem, mit der Zeit stumpf gewordenem Nörpelglas gefüllte Tür gesehen.

»Morgen«, begrüßte ihn der Winzer schnörkellos und zwang sich ein Lächeln auf die ausgezehrten Wangen.

André erwiderte den Gruß, und Bundschuh bedeutete ihm, ihm zu folgen.

Sie passierten die noch im Dunkeln liegende Vinothek, und André nahm den schalen Geruch abgestandenen Weines wahr. Offensichtlich war man noch nicht dazugekommen, die Gläser des Vortages zu spülen.

Die haben wahrlich Unterstützung nötig, dachte er und folgte Bundschuh. Der führte ihn ohne weitere Erläuterungen durch die Öffnung der Vinothek zuerst ins Flaschenlager und schließlich an einer völlig veralteten *Vaslin*-Spindelpresse vorbei zu einer industriell anmutenden Stahltreppe.

Sie stiegen empor. Jeder ihrer Schritte verursachte ein dumpfes molltöniges Klingen, gleich dem Schlag einer gebrochenen Kirchenglocke. Die freitragende Stahlkonstruktion vibrierte heftig unter ihren Tritten. Als sie oben ankamen, erschrak André. Seinen Blick starr auf seinen Vordermann gerichtet, griff plötzlich seine linke Hand, die bisher auf dem Handlauf entlanggeglitten war, ins Leere. Ihm war nicht aufgefallen, dass an der der Halle zugeneigten Seite des Treppenpodestes das Geländer fehlte. An dessen Vorderseite ging es ungesichert mindestens vier Meter in die Tiefe.

Er stockte erschreckt.

Bundschuh drehte sich nach ihm um. »Oh, Entschuldigung, das hätte ich Ihnen sagen sollen. Wir schrauben hier im Herbst, wenn wir die Bütten am Stahlseil hängen haben, manchmal das Geländer ab, um deren Inhalt besser in die Kelter bugsieren zu können. Ich werde es gleich wieder anschrauben, bevor noch jemand von der Gewerbeaufsicht kommt.«

André nickte und drückte sich weg von der Gefahrenstelle auf die innenliegende Seite des Podestes.

Er war froh, als Bundschuh eine Glastür aufstieß und sie in einen kleinen Büroraum eintreten konnten, der wie ein Schwalbennest unter dem Giebeldach der Halle eingebaut war.

»Stören Sie sich nicht an dem Chaos. Im Herbst kommt man nicht zum Aufräumen, da haben Lese und Keller Vorrang.«

André nickte und ließ seinen Blick über das Wirrwarr streifen, das den Raum ausfüllte. Regale, die eher in einen Lagerkeller als in ein Büro gepasst hätten, gefüllt mit Aktenordnern, deren Rücken nicht selten mit Streichungen und übermalten Altaufschriften schlampig aneinandergereiht waren. Dazu einige Aktenschränke mit teilweise abgeplatzter Furnier. Sowohl auf dem großen, den Raum beherrschenden Schreibtisch als auch auf dem runden Besprechungstisch zwei Meter davor türmten sich kreuz und quer Schriftstücke und Unmengen noch verschlossener Briefumschläge. Ohne dass er danach gesucht hatte, sprang André gleich zweimal das Wort »Mahnung« entgegen.

Bundschuh schien Andrés Blicke gespürt zu haben und schob die Papiere und Umschläge mit einem weitausholenden Wischen seines Unterarms jäh zur Seite. Dass dabei einige der geschlossenen Kuverts zu Boden fielen, störte ihn nicht weiter.

»Den Begrüßungssekt gibt's nachher unten«, entschuldigte er sich für die nicht vorhandene Bewirtung.

»Kein Problem«, beschwichtigte André, den das Chaos und der hilflose Umgang damit viel mehr in seinen Bann zogen. »Es geht mich ja nichts an, aber Sie sollten sich darum kümmern ... Das kann Ihnen schaden«, kommentierte er die sichtbaren Zeichen kaufmännischer Nachlässigkeit, deren Folgen ihm als Ex-Banker nur zu deutlich bewusst waren.

»Wenn Sie möchten ... ich habe früher bei einer Bank gearbeitet ...«, sprach André stockend weiter. Er hoffte, nicht allzu aufdringlich zu wirken.

»Jetzt wissen Sie auch, warum ich dringend eine Vinothekenkraft brauche. Ich werde mich jetzt, wo Sie mir unten den Rücken freihalten, darum kümmern – versprochen«, erwiderte Bundschuh in einer naiven Treuherzigkeit, die André anrührte. Dabei entging ihm nicht der leidende Gesichtsausdruck in den Augen des Winzers.

Bundschuh erhob sich und zerrte einen abgeschabten Aktenordner, dessen obere Ecken sich wollig aufgequollen nach innen wölbten und auf dessen Rücken mit breitem schwarzem Filzstift das Wort »Personal« zu lesen war, aus einem offenstehenden Aktenschrank.

Er nahm ein leeres Formular heraus, auf dem neben dem Logo der *Landwirtschaftskammer Rheinland-Pfalz* die Überschrift »Personalfragebogen« prangte.

Ohne weiteren Kommentar begann er, indem er bei jedem Leerfeld innehielt und André nach seinen persönlichen Daten fragte, es auszufüllen.

André war überrascht, dass Bundschuh bei all dem Chaos hier tatsächlich vorhatte, ihn in einem ordentlichen Arbeitsverhältnis anzustellen und nicht etwa mit einem aus der Ladenkasse gezogenen Handgeld entlohnen wollte.

Nachdem alle Einstellungsformalien geklärt waren und er mit einem Poloshirt mit dem Logo des Weingutes ausgestattet war, zeigte ihm Bundschuh noch seine künftige Wirkungsstätte in der Vinothek. Er erklärte ihm, wie er im Lager die richtigen Weine fand, und ließ ihn wenige Minuten später mit den ersten Kunden alleine.

*

André war müde, seine Füße schmerzten vom Stehen hinter dem Tresen.

Noch ganz in Gedanken über die Eindrücke des Tages, schloss er seine Haustür auf und betrat kurz darauf die Wohnküche.

Irina saß an ihrem angestammten Platz am Küchentisch mit einer Espressotasse vor sich und schaute lauernd zu ihm auf. »Wow, was ist das denn?« Dabei musterte sie amüsiert das grüne Poloshirt mit dem Logo des Weingutes, das er noch immer trug.

»Wie? Was?«, stammelte er verwirrt.

»Na das Grüne, dieser Couch-Potato-Tarnanzug.«

»Wie bitte? Was?«

»Sieht voll cringe aus, wie du deinen Revuekörper in dieses taillierte Shirt zwängst.«

Nun schaute auch André kritisch an sich hinab. Er musste sich eingestehen, dass das Poloshirt wohl etwas zu knapp geraten war.

»Auch in meinem Alter ist es nicht verboten, sich sportlich zu kleiden.«

Irina lachte. »Aber nicht für Bewegungslegastheniker wie dich.«

»Was soll das denn schon wieder heißen? Arbeite ich dir nicht genug.«

Irina stöhnte theatralisch auf. »Bewegungslegastheniker heißt, dass du dich bewegst wie *Robocop*. Und als wir einmal joggen waren, hast du die Arme fliegen lassen, als hättest du Ganzkörper-Tourette.«

»Na ja, ich werde jedenfalls morgen fragen, ob es das Poloshirt auch eine Nummer größer gibt«, erwiderte André kleinlaut.

»Eine?«, fragte Irina spöttisch. »Und was machst du eigentlich bei diesem Winzer, soll das mal wieder eine von deinen geheimnisvollen Ermittlungen werden?«

»Nein, natürlich nicht«, erwiderte er, wie er sich selbst eingestehen musste, einen Tacken zu schnell. »Es ist eine Art Winzerpraktikum, gehört zu meiner Ausbildung zum Kultur- und Weinbotschafter«, log er.

Obwohl er davon ausging, nachdem er Bundschuh nun etwas näher kennengelernt hatte, dass sich die Sache mit dem Blut bald als harmlosen Unfall aufklären würde, wollte er Irina da nicht mit reinziehen. Zu sehr schämte er sich noch, dass er sie bei seinem letzten Fall im Zusammenhang mit einem Todesfall in einem Speyerer Kloster in Lebensgefahr gebracht hatte.

»Und was machst du bei deinem Praktikum?«

»Ich helfe in der Vinothek aus. Das heißt, ich berate Kunden und biete ihnen an, Wein oder Sekt des Weingutes zu probieren«, erklärte er gespielt naiv.

»Aha, ein echter Sektschubser«, kommentierte Irina und gab sich fürs Erste zufrieden.

24 BEFUNDE

Donnerstag, 21. Oktober 2021, 8.15 Uhr

»Warum du den Wein bei der Landesuntersuchungsanstalt abgegeben hast, war mir von Anfang an nicht klar. Was sollen die feststellen, was die Rechtsmedizin und unsere Leute von der Kriminaltechnik nicht herausgefunden haben?«, fragte Bertling mit einem ärgerlichen Unterton.

Achill lachte. »Immer noch beleidigt, weil ich den Jungen hab laufen lassen?«

»Nein«, wehrte Bertling ab. »Aber deine Geheimniskrämerei – irgendwie bist du anders als sonst.«

»Hmm«, brummte Achill ratlos. Er hatte das Gefühl, dass Bertling zurzeit gar nicht mehr in den Normalmodus ihrer ansonsten so engen und vertrauensvollen beruflichen Beziehung zurückfinden wollte. Klar, es war manchmal ernüchternd, jemanden laufen lassen zu müssen, wenn man subjektiv nicht an dessen Unschuld glaubte. Aber gerade bei diesem Fall schien, jedenfalls aus seiner Sicht, doch nichts Belastendes im Raum zu stehen. Es war ein Unfall, wenngleich mit üblen Folgen. »Es tut mir leid, wenn du das so empfindest. Ich von meiner Seite wollte dir nichts verheimlichen. Du warst doch selbst dabei, als ich die Weinflasche dort abgegeben habe. Warum hast du nicht gefragt, wenn dir nicht klar war, warum mir die Untersuchung wichtig ist?«

»Fragen, fragen, fragen – bei dir muss man immer fragen, um etwas zu erfahren. Warum kannst du nicht einfach mal andere an deinen Gedanken freiwillig teilhaben lassen?«

Achill spürte, dass sich in Bertling so einiges aufgestaut hatte. Wobei ihm die Gründe dafür nicht klar waren. Er wollte auf ihre Spitze nicht eingehen. Er hatte gelernt, dass es wenig Sinn machte, Probleme anzugehen, deren Ursache man nicht kannte. Er beschloss, darauf zu achten und zu ergründen, was Bertling so zornig machte. In ihrer aktuellen Stimmung hielt er es für wenig zielführend, das zu hinterfragen.

»Ich gebe zu, ich hätte dir meine Gründe vorher erläutern sollen. Ich habe mir von dem Test eigentlich nichts Besonderes versprochen, ganz im Gegenteil. Ich wollte mich nur vergewissern, dass die Kontamination des Weines mit Menschenblut bei einer normalen Weinkontrolle, wie sie die Landesuntersuchungsanstalt bei den Winzern sonst routinemäßig durchführt, nicht auffällt. So, wie es ja nun schließlich auch war.«

»Kunststück, ist doch logisch, dass die nur nach Weintypischem und Naheliegendem, wie Zuckerzusatz, Säure und Spuren von Fungiziden, Pestiziden und solchem Zeug suchen.«

»Und was hat die Rechtsmedizin zu den Flaschen gesagt, die du direkt bei Bundschuh gekauft hast?«

»Nichts Neues, die gleiche Kontamination und Konzentration wie bei den anderen Flaschen. Nun ist es bewiesen, dass die Verunreinigung schon auf dem Weingut und nicht etwa im Handel durch Manipulation an den Korken entstanden ist.«

»Und hast du sonst noch Erkenntnisse, die du mit mir teilen müsstest!«, fragte Bertling lauernd.

Achill wurde heiß. Nicht etwa, weil er etwas vor ihr verbarg, sondern weil sie ihm den Eindruck vermittelte, etwas zu wissen, was er ihr hätte sagen müssen.

Er überlegte kurz, aber ihm war nichts von Belang bewusst, auf das sie anspielen könnte. »Nein«, antwortete er schließlich etwas zu zögerlich.

Bertling feixte. »Und wann wolltest du mir sagen, dass dieser von Leinhardt genau neben Bundschuh wohnt? Ist es nicht seltsam, dass er ausgerechnet eine Flasche von Bundschuh nimmt, um diesen Keller aufzuschlitzen?«

»Na ja, was soll daran auffällig sein? Wir wissen doch noch nicht einmal, wer die Flasche an diesem Abend vorm *Saalbau* mitgebracht hat.«

»Doch, das weiß ich. Ich habe schließlich meine Hausaufgaben gemacht. Es war Felix von Leinhardt. Er holte an diesem Abend, als schon alle vor dem *Saalbau* am Feiern waren, einen Leinenbeutel voller Wein- und Sektflaschen aus seinem Kofferraum. Es war ein wilder Mix aus Flaschen des Familienweingutes und von anderen Winzern – zwei waren von Bundschuh.«

»Und die zweite von Bundschuh? Was ist mit der passiert?«

»Nichts. Nach dem Todesfall hat sie ein Freund von ihm, wie auch seine anderen Sachen, für ihn wieder mitgenommen, weil von Leinhardt ja zu uns auf die Wache musste.«

»Trotzdem. Ich bleibe dabei. Das sagt gar nichts. Es war

reiner Zufall, dass von Leinhardt ausgerechnet eine Flasche seines Nachbarn Bundschuh geöffnet hat. Ist doch nicht verwunderlich, dass man auch mal einen Wein vom Nachbarn kauft, um ihn zu kosten.«

Bertling schüttelte energisch den Kopf. »Ich habe das Gefühl, in diesem Fall ist für dich alles Zufall. Du willst wohl nichts finden.«

25 ÜBERRASCHUNG

Freitag, 22. Oktober 2021, 9.15 Uhr

André hatte sich alles genau überlegt. Mittlerweile kannte er die täglichen Routinen und Abläufe auf dem Weingut. Heute war eine gute Gelegenheit gekommen, etwas tiefer zu bohren.

Konrad Bundschuh hatte, wie schon gestern angekündigt, Wein an Endkunden auszuliefern. Er würde erst zum Mittagessen zurück sein. Seine Frau Brigitte war nach Neustadt zum Supermarkt gefahren, um den wöchentlichen Großeinkauf zu absolvieren. André war allein.

Die Kundenfrequenz war morgens um diese Zeit noch zu vernachlässigen. Oder besser gesagt, bis 10 Uhr kam, wie er es aus den Vortagen bereits gewohnt war, sowieso niemand, um Wein einzukaufen.

Er war allein und hatte Zeit, sich umzuschauen. Als Erstes würde er dem Büro einen Besuch abstatten. Noch immer suchte er schließlich den Afrikaner oder Asiaten, von dem das Blut mit den Sichelzellen stammen könnte. Da er ja erfreulicherweise bereits wusste, wo Bundschuh die Personalunterlagen aufbewahrte, war es also ein Leichtes, einfach nachzuschauen, ob es früher – möglicherweise auch als Saisonarbeiter – einen Mitarbeiter gegeben hatte, der in dieses Raster passte.

Er stieg die steile Metalltreppe zum Büro empor. Noch immer fehlte das Geländerteil oben am Podest vor der Tür des Büros. Ausgerechnet heute stand die Tür nicht, wie er es gewohnt war, offen. Ob Bundschuh ihm misstraute und sie vor seinem Weggang verschlossen hatte? Erst jetzt fiel André auf, dass da, wo das Zylinderschloss hingehörte, ein Loch klaffte und der Rahmen der Tür in Höhe des Schlosses grob beschädigt war. Er ließ seine Fingerkuppen über die massive Stahllaibung gleiten und spürte die Wölbung, die ihr wohl mit einem groben Werkzeug, zum Beispiel einem *Ziegenfuß*, beigebracht worden war. Ob es dem Einbrecher um die Tageseinnahmen gegangen war, die Bundschuh hier oben in einem kleinen Tresor sicher verwahrte?

Ein Gutes hatten diese Spuren. Ohne Schloss konnte die Tür nicht zugesperrt sein. Tatsächlich schwang sie auf, als André die Klinke herunterdrückte. Er zog sie hinter sich zu.

Mögliche eintretende Kunden würde er auch so hören, wenn sie die auf dem Tresen installierte Klingel drückten. Ohne weiteres Zögern ging er zielstrebig auf den Aktenschrank zu, der ebenfalls unverschlossen war. Mühelos fand er den Aktenordner mit der Aufschrift »Personal«, zog ihn heraus und legte ihn auf dem runden Besprechungstisch ab.

Er nahm Platz, klappte den Ordner auf und begann zu blättern.

Er wunderte sich, wie bereits beim letzten Mal, über Bundschuhs Ordnungssinn, der so gar nicht zu dem ansonsten etwas chaotischen Ambiente passte.

Feinsäuberlich hatte er mit namentlich beschrifteten Trennstreifen die Personalunterlagen seiner wenigen Mitarbeiter getrennt und alphabetisch geordnet.

Obenauf lagen die Unterlagen von Brigitte Bundschuh, der Ehefrau. Auch sie war formal eine Angestellte des Hauses. Auf dem Trennstreifen war zu lesen, dass sie bereits seit 1990 in den Diensten des Weingutes stand.

Es folgten zwei Trennlaschen, auf denen neben dem Einstellungsdatum auch gleich das Austrittsdatum vermerkt war. Ein Mitarbeiter der Vinothek – wahrscheinlich Andrés Vorgänger – und ein Mann, der wohl im Außenbetrieb letzten Herbst beim Rebschnitt geholfen hatte. Beide hatten alte Pfälzer Namen und stammten aus dem Ort. Auch die Fotos auf den Personalstammblättern gaben keinen Hinweis auf afrikanische oder asiatische Wurzeln.

Die nächste Lasche ließ André innerlich zusammenzucken. Bei der dort genannten Angestellten, einer Marita Bundschuh, fehlte das Austrittsdatum. Hektisch blätterte er weiter. Ihm war bisher nicht untergekommen, dass es aktuell außer Bundschuh und seiner Frau weitere Personen auf dem Hof gab.

»Büroarbeiten ... freitags ... acht Wochenstunden ... 450 Euro monatlich«, las er leise vor sich hin. Dabei brannte sich ihm das Wort »Freitag« geradezu in die Netzhaut. In diesem Augenblick nahm er dumpfe Schrittgeräusche auf der Stahltreppe wahr. »Verdammt«, brummte er tonlos. In einem Schwung klappte er den Ordner zu und stopfte ihn in den Aktenschrank. Er wandte sich um, ging zwei

Schritte auf die Tür zu, weg von Schreibtisch und Akten-schrank.

Schon öffnete sich die Tür. Eine weibliche Gestalt trat ein, zuckte vor Schreck zurück und schrie eine lautes ent-setztes »Huch«. Sie warf wie zur Abwehr die Hände nach oben und taumelte aus dem Raum auf die Lücke im Gelän-der zu. André zögerte eine Millisekunde, stürzte dann aber vor, griff beherzt nach dem Arm der Unbekannten und zog sie zu sich.

Entsetzen machte sich auf ihrem Gesicht breit. Offen-sichtlich hatte sie Andrés Hilfe als Angriff missdeutet. Mit der freien Hand schlug sie ihm unwirsch und ungeschickt ins Gesicht. Ein Schlag traf sein linkes Auge. Nun strau-chelte André benommen zurück, stolperte über den Stuhl, auf dem er eben noch gesessen hatte, und ging ungelenk zwischen Tisch und Stuhl zu Boden.

In Rage und motiviert durch ihren ersten Abwehrerfolg ergriff die Frau einen schweren Aktenlocher auf dem Schreibtisch und hieb damit nach Andrés Kopf. Sie ver-fehlte ihn, der Locher glitt ihr aus der Hand und schlug scheppernd gegen das metallene Tischbein. André rappelte sich hoch und hob abwehrend die Hände. »Ich … ich bin doch nur der neue Mitarbeiter der Vinothek«, stammelte er, zog den zusammengefalteten, von ihm gegengezeichne-ten Arbeitsvertrag, den er eigentlich heute bei Bundschuh abgeben wollte, aus der Innentasche seines Jacketts heraus und hielt ihn ihr hin.

26 SCHMACH

Etwa zehn Jahre vorher – Mittwoch, 15. Juni 2011, 13.15 Uhr

Seine Schmerzen waren heute wieder unerträglich, und ausgerechnet jetzt hatte ihn sein Vater in sein Arbeitszimmer zitiert.

Obwohl er der stolze Stammhalter des Gutes war, hatte er bedingungslos zu gehorchen, wenn sein Vater rief.

Hier, im Büro seines alten Herrn, sah alles noch so aus wie vor 200 Jahren. Zwei gekreuzte Infanteriesäbel über dem Kamin erinnerten an die Zeit, wo ihre Vorfahren noch für den Kaiser gekämpft hatten.

Mit Scham dachte er an seine Kindheit, wo er stets in diesem Raum zum Strafvollzug hatte antreten müssen. Der kleine spanische Rohrstock, den der strenge Vater zu gerne am Hintern seiner Söhne zum Einsatz gebracht hatte, zierte noch heute das oberste Brett des Bücherregals.

»Du taugst nicht zum Winzer!«, konstatierte sein Vater herrisch ohne jedwede Vorrede.

Er war ein stolzer grober Mann mit wettergegerbtem Gesicht und tiefen Falten, die die gebräunte Haut wie eine Gebirgslandschaft wirken ließen.

»Aber ich habe Weinbau studiert. Ich habe im Bordeaux, in Kapstadt, der Pfalz und in Kalifornien alles gesehen, was man braucht, um ein guter Winzer zu sein. Ich lebe für den Wein!«

»Papperlapapp. Du musstest gestern beim Rebenschneiden wieder zur Mittagszeit aufhören. Du hast nicht die Kraft für diesen Beruf.«

»Aber ich kann doch im Keller ...«

»Im Keller, im Keller«, zischte der Alte. »Hast du schon vergessen, dass wir dich im Herbst gerade noch in letzter Sekunde da herausgezogen haben? Hätte nicht dein Bruder ...«

»Mein Bruder hier, mein Bruder da. Ich kann es nicht mehr hören. Immer macht er alles richtig und ich alles falsch, dabei ...«

»Nichts dabei. Du taugst nicht für diesen Beruf. Ihm werde ich das Weingut übergeben. Basta!«

»Aber ich bin der ältere – der Stammhalter.« Doch sein Vater war aufgestanden, und seine Worte verklangen – so wie schon viele Worte vorher – unbeachtet im antiken Mobiliar.

27 SPOTT

Samstag, 23. Oktober 2021, 9 Uhr

André hatte die ganze Nacht kein Auge zugemacht. Zu tief saß der Ärger über sich selbst. Mit seiner unbedachten Aktion gestern hatte er nicht nur sich, sondern auch diese wehrhafte Bürokraft in Gefahr gebracht. Zudem bestand das Risiko, dass man ihn wegen der Schnüffelei rauswarf.

Er wusste nicht, wie die Dame sich gegenüber Bundschuh verhalten würde. Gestern jedenfalls hatte sie nach ihrem Zusammenstoß fast fluchtartig und ohne jeglichen Kommentar das Weingut verlassen.

Den ganzen Tag hatte er damit gerechnet, dass sie bei Bundschuh anrufen und man ihm Vorhaltungen machen würde. Aber nichts war geschehen.

Als Bundschuh ihn auf seine Verletzung am Auge angesprochen hatte, hatte André ihm erzählt, dass er sich gestoßen hätte. Er hatte sich damit zufriedengegeben.

Neben einer möglichen Konfrontation mit seinem Chef würde ihm heute noch Irinas Spott entgegenschlagen. Denn die Verletzung am Auge hatte sich zu einem kapitalen Veilchen ausgewachsen.

Während er sich ihr gestern Abend noch hatte entziehen können, da sie mit einer Freundin unterwegs war, würde er unweigerlich am Frühstückstisch auf sie treffen.

Er beschloss, sehr zeitig zu frühstücken und auch seinen Dienst beim Weingut eher als sonst anzutreten. Damit konnte er möglicherweise noch etwas Aufschub von Irinas Häme gewinnen. Das Veilchen würde bestimmt bis heute Abend nachlassen, redete er sich ein.

*

»Sollte Ihr Auge ernstlich etwas abbekommen haben, werde ich das natürlich der Versicherung melden. Und am besten ist, Sie lassen das mal von einem Augenarzt untersuchen«, kommentierte Bundschuh Andrés Veilchen mit besorgtem Blick.

»Schon gut. Ist nur äußerlich«, wehrte André ab und machte sich daran, die Gläser aus der Spülmaschine zu räumen.

Kurz darauf – Bundschuh war in den Keller verschwunden – öffnete sich die Tür, und sie stand vor ihm.

Sie trug ein T-Shirt mit der Aufschrift »Uffbasse« von einem jener Modelabels, die in der Pfalz gerade wie Pilze aus dem Boden schossen.

Sie blieb mit etwas Abstand vor der Theke stehen und musterte ihn lauernd.

André war sich unsicher, ob er sie kennen sollte, und betrachtete sie gleichfalls, auf irgendeine aufklärende Regung hoffend.

Ihr Blick blieb an seinem Veilchen haften, und ein spöttisches Lächeln überzog ihr Gesicht. »Wow, ich fürchte, ich muss mich wohl für das da entschuldigen.«

»Sie sind, Sie sind diese Marita …«, begann André stockend. Er tat sich immer etwas schwer, sich Gesichter zu merken, und reagierte oft unsicher, wenn er dabei ertappt wurde.

»Meine Freunde nennen mich Rita«, antwortete sie keck.

»Freunde?«, erwiderte er verwirrt.

»Sind Sie etwa noch böse auf mich?«, fragte sie mit gespielt unschuldigem Gesichtsausdruck.

André hatte allmählich seine Fassung wiedergewonnen. »Nein, natürlich nicht, schließlich war ich es, der Sie erschreckt hat …«

Rita lächelte. »… erschreckt und gleich darauf vorm Absturz bewahrt hat. Und Entschuldigung für das Auge.«

»Sie sollten immer dieses Warn-T-Shirt tragen, dann könnte man vielleicht frühzeitig ausweichen«, konterte er süffisant schmunzelnd und wies mit der Hand auf den Aufdruck »Uffbasse«.

»So sind wir Pfälzer halt. Wir machen nicht lange rum, wir packen zu.«

In diesem Augenblick betrat Bundschuh, angelockt von

dem Gespräch der beiden, die Vinothek. »Bist du wieder fit?«, fragte er, an Rita gerichtet.

»Ja, war nur der Kreislauf. Mir war schwindelig, und wenn dieser Herr …«

»Sartorius«, soufflierte André.

»… wenn Herr Sartorius mich nicht gerettet hätte, wäre ich von da oben runtergefallen.« Dabei wies sie nach oben. Während Bundschuh ihrem Fingerzeig folgte, blinzelte sie André verschwörerisch zu.

»Oh … ja … da muss ich dringend …«, stotterte Bundschuh, dem es offensichtlich peinlich war, das fehlende Geländer noch nicht abgesichert zu haben.

28 LAGEBESPRECHUNG

Sonntag, 24. Oktober 2021, 11.45 Uhr

André hatte diesen Termin angeregt.

Er sah sich in der Pflicht, seinem Freund Achill nach nunmehr einer Woche auf dem Weingut einen vollständigen Bericht abzugeben.

Als Ort für ihr Treffen hatte er die *Vinothek Braun* in Meckenheim vorgeschlagen. Er mochte dieses etwas versteckte Juwel, bei dem man abseits der Touristenströme, die am Wochenende die Weinstraße bevölkerten, hervorragende Weine zu fairen Preisen genießen konnte.

»Und, hab ich dir zu viel versprochen?«, fragte er seinen Freund, als sie an einem der lauschigen Tische unter dem Nussbaum an der Rückseite der Vinothek Platz genommen hatten.

»Nicht schlecht«, gab Achill zu und ließ seinen Blick zwischen der Fassade der architektonisch sehr modern gestalteten Vinothek und der großen gelben Sandsteinmauer gegenüber schweifen. »Man meint tatsächlich, die hätten dieses Juwel hier absichtlich versteckt, damit es so schön idyllisch bleibt.«

André schmunzelte nur still. Es freute ihn immer, wenn er den Geschmack seiner jeweiligen Begleiter traf und ihnen etwas Neues zeigen konnte.

»Die haben hier ein vorzüglich ausbalanciertes Rotwein-Cuvée, ›Lignum‹ heißt es. Das dürfte exakt deinen Geschmack treffen«, kommentierte André Achills Griff zur Getränkekarte.

»Rotwein, um diese Zeit?«, erwiderte Achill und wies mit der Hand in die Richtung, aus der gerade das Zwölfuhrläuten zu hören war.

André lachte. »Wann sonst? Um diese Zeit ist dein Geschmackssinn noch am wachsten. Und im Übrigen ist es in der Pfalz nie zu früh für einen guten Wein. Die Hauptsache ist, dass du ihn in Maßen genießt.«

Achill schüttelte den Kopf und bestellte bei der vorbeieilenden Bedienung zwei Viertel Lignum und zwei Elsässer Flammkuchen – einen in Kenntnis, dass André Vegetarier war, ohne Speck.

»Betrachte dich als eingeladen«, kommentierte Achill die Bestellung.

Als die Bedienung den Tisch verlassen hatte, beugte er sich in Andrés Richtung. »Und, was hast du zu berichten?«, fragte er im Flüsterton.

André schmunzelte. »Wie wohltuend es doch ist, wenn ausnahmsweise du der bist, der das wissen will. Nachdem ich vorgestern bei meinen Recherchen etwas weniger Glück hatte, bin ich gestern Nachmittag endlich weitergekommen.«

»Weniger Glück – hat das mit dem zu tun?«, wollte Achill wissen und wies auf Andrés Veilchen.

»Hatte mich eh schon gewundert, wie lange es dauert, bis du danach fragst. Sagen wir mal so, das stammt von einem Flirt mit einer burschikosen, aber nicht unsympathischen Dame.«

Achill lachte. »Seit wann stehst du auf so was? Dachte immer, du sprichst nur mit Nonnen«, sagte er in Anspielung auf ihren letzten Fall.

»Sie ist die Bürokraft von Bundschuh. Aber lass uns endlich zu meinen Erkenntnissen kommen.«

Achill nickte zustimmend.

»Gestern Nachmittag, nachdem sich Herr und Frau Bundschuh zu einer Einkaufstour nach Neustadt verabschiedet hatten und die Vinothek geschlossen war, hab ich eine Überstunde eingelegt und mich ausgiebig im Büro umgesehen.«

»Und?«

»Es gibt und gab nie offiziell geführtes Personal asiatischer oder afrikanischer Herkunft. Wobei Bundschuh in den letzten Jahren sowieso kaum fremde Arbeitskräfte beschäftigt hat. Und wenn, waren sie vom Ort. Die Namen und Bewerbungsfotos zeigen eindeutig, dass sie aus Hambach oder den Nachbarorten stammten. Bei der Weinlese greift er regelmäßig auf ein polnisches Ehepaar zurück, das er schon seit Jahren für circa vier Wochen hier anmeldet.«

»Hmm. Und du meinst, seine Buchführung stimmt – also keine Schwarzarbeit?«

»Ja, davon gehe ich aus. Er und seine Bürokraft scheinen da wirklich sehr sauber zu arbeiten.«

Achill rieb sich übers Gesicht und schien zu grübeln. »Das heißt, die einfachste Erklärung für den mit Blut kontaminierten Wein, nämlich die Verletzung eines an Sichelzellenanämie erkrankten Mitarbeiters, scheidet wohl aus.«

»So ist es.«

»Und sonst – hältst du ihn für irgendwie kriminell?«

»Offen gestanden, nein. Ich halte ihn für eine grundehrliche Haut. Zweifellos etwas niedergeschlagen, aber alles andere als aggressiv. Im Gegenteil, bevor der jemanden im Zorn erschlägt, schießt er sich eher selbst eine Kugel in den Kopf.«

»Und warum sieht es auf dem Hof so, sagen wir mal, etwas runtergekommen aus?«

»Er mag zwar nachlässig mit dem Betrieb umgehen, das ist aus meiner Sicht aber kein Hinweis auf Desinteresse. Ich habe mir seine Bankunterlagen anschauen können. Er steht finanziell mit dem Rücken zur Wand. Der hat schlicht und ergreifend kein Geld für einen neuen Anstrich, und da er auch, außer der Bürokraft und mir als Saisonaushilfe, kein Personal hat, hat er auch niemanden, der aufräumt oder den Pinsel schwingt. Und er selbst ist mit der Arbeit in den Weinbergen und im Keller mehr als ausgelastet.«

»Das bringt uns aber nicht wirklich weiter«, brummte Achill und rieb sich nachdenklich das Kinn.

»Ich hab mich auch nach dem Saignée Rosé umgesehen.«

»Und?«

»Wie bereits gesagt, ist Saignée Rosé ein aus Rotweinlesegut sehr frühzeitig vorgenommener Saftabstich.«

»Ja, klar, sagtest du schon.«

»Ich hab also im Kellerbuch nachgeschaut und den Weg des Weines rückverfolgt.«

»Kellerbuch? Was ist das denn?«

»Über Wein wird genauso Buch geführt wie über Finanzströme. Es wird zunächst im Herbstbuch festgehalten, wie viel Lesegut geerntet wurde, und dann wird in der Folge im Kellerbuch protokolliert, was damit geschieht. Der Grundwein, aus dem der Saignée Rosé hervorging, ist ein Regent-Rotwein. Er wurde am 8.9.2020 gelesen. Es waren zwölf Tonnen. Am nächsten Tag wurden aus dem Lesegut 2.000 Liter Saft für den Saignée Rosé abgepumpt. Er ist somit reinsortig und nicht wie befürchtet ein Cuvée. Das verbleibende Lesegut wurde in der Traubenmühle gequetscht, und die so entstandene Maische ließ Bundschuh fünf Tage in der offenen Bütte stehen, ehe er sie dann am 13.9. in der Kelter abpresste.«

»Aha. Und warum erzählst du mir das so ausführlich?«

»Ganz einfach, weil wir so relativ genau bestimmen können, wann die Kontamination erfolgt ist.«

»Ich verstehe gerade gar nichts, aber mach weiter.«

André rollte ungeduldig mit den Augen. »Das liegt doch auf der Hand. Ist nur der Saignée Rosé kontaminiert, ist dies bei der Verarbeitung oder Abfüllung nach dem 8.9.2020 passiert. Finden wir aber auch im zugehörigen Rotwein Blutrückstände, kann die Kontamination nur zwischen dem Abend vom 8.9. und dem Zeitpunkt, als der Saft am 9.9. nachmittags abgezogen wurde, erfolgt sein. Das Blut müsste dann in die offene Bütte gelangt sein, als Rotwein und Rosé-Saft noch zusammen waren. Verstehst du? Wir hätten ein sehr exaktes Zeitfenster.«

»Hmm«, brummte Achill noch etwas missmutig. »Aber um das rauszukriegen, bräuchten wir eine Probe vom Rotwein?«

André grinste selbstzufrieden.

»Voilà«, sagte er nicht ohne Stolz und reichte seinem Freund eine Leinentasche, die er bisher sicher zwischen den Füßen abgestellt hatte. »Du findest darin eine abgefüllte, etikettierte Regent-Flasche aus dem Verkauf und je eine von mir direkt aus dem Tank befüllte Regent- und Saignée-Rosé-Probe mit handschriftlicher Beschriftung. Damit sollten wir das Zeitfenster der Kontamination deutlich eingrenzen können.«

»Danke. Damit ist deine Mission beendet. Der Rest ist Polizeiarbeit. Jetzt, wo wir bald wissen, welche Weine es vielleicht noch betrifft, wird es Zeit, das kontaminierte Zeug aus den Supermarktregalen zu holen.«

André schluckte. »Dir ist aber schon bewusst, dass das der Todesstoß für das *Weingut Bundschuh* wäre?«

»Mag sein, aber wir müssen die Verbraucher schützen.«

»Schon, aber eine akute Gefahr besteht ja nicht. Schließlich sind ein paar durch Alkohol abgetötete rote Blutkörperchen pro Liter nicht schädlich.«

Achill lachte und schüttelte heftig den Kopf. »Und das gerade aus dem Mund eines sonst so peniblen Ästheten und Vegetariers.«

»Na ja, sagen wir mal so: Es ist eine Güterabwägung. Hier ein Ekelfaktor, den niemand kennt, und auf der anderen Seite eine Lebensexistenz.«

»Wow, du legst dir mal wieder alles so zurecht, wie du es brauchst. Aber wenigstens zum Teil pflichte ich dir bei. Ich habe mich erkundigt, weinrechtlich ist das tatsächlich eine Grauzone. Wie bei allen Früchten und sonstigen natürlichen Lebensmitteln gibt es auch bei Wein immer geringfügige Verunreinigungen, wie beispielsweise durch Insekten oder Ähnlichem. Insofern sieht man über sehr niedrig konzentrierte Fremdstoffe, wenn sie gesundheitlich unbedenklich und geschmacklich unauffällig sind, oft großzügig hinweg. Man kann keine komplette Traubenernte wegschütten, nur weil eine Maus ins Lesegut gefallen ist. So ist es eben bei natürlichen Lebensmitteln, ob wir das ästhetisch finden oder nicht. Später ist es die Aufgabe der Weinaufsicht, darüber zu entscheiden, wie sie mit der Sache umgeht, und nicht unsere.

Insofern will ich dir etwas entgegenkommen und gebe Bundschuh noch eine Galgenfrist. Bis der Wein in Mainz in der Rechtsmedizin ist und wir die Ergebnisse haben, dürfte – wenn wir nicht gerade Gas geben – rund eine Woche vergehen. Solang hast du Zeit, den Fall aufzuklären und für Bundschuh einen Ausweg zu suchen.«

»Was für ein seltsames Entgegenkommen. Du schiebst mir die Verantwortung für Bundschuhs Niedergang zu und machst dich moralisch aus dem Staub.«

»Okay, ich komme dir noch etwas entgegen, ich werde die Zeit nutzen, mir eine Lösung zu überlegen, das etwas abzufedern. So, dass die *Rheinpost* damit nicht gerade ihre Schlagzeilen befüllt.«

29 ORTSTERMIN

Montag, 25. Oktober 2021, 11 Uhr

Etwas ungelenk stieg André auf das Damenrad, das ihm Bundschuh geliehen hatte.

Der war vor ein paar Minuten in die Vinothek geschlendert und hatte André leutselig eröffnet, dass er, jetzt, wo die Lese in den Gärtanks verstaut war, eine Stunde Zeit entbehren könnte, um André durch die Weinberge des Gutes zu führen.

In der Tat hatte ihn Bundschuh gestern schon durch den Keller geführt, in dem sich Tank an Tank reihte. Darin gärte die neue Ernte munter vor sich hin.

André hatte sich selbst davon überzeugen können, wie durch die mit Schwefeldioxid gefüllten Gärröhrchen ganz oben auf den Edelstahltanks die Gärgase entwichen und die Flüssigkeit darin blubberte wie kochendes Spaghettiwasser.

Er fühlte sich einerseits geehrt, dass ihn Bundschuh in dieser Weise in sein Weingut einführte. Andererseits vergrößerte das seine Gewissensbisse umso mehr.

Welche Enttäuschung würde es für ihn sein, sollte er je erfahren, dass André mit denen, die ihn auf kurz oder lang zur Entsorgung des kontaminierten Weines zwingen und dem Weingut den Todesstoß versetzen würden, unter einer Decke steckte. Es musste ihm etwas einfallen, diesen idealistischen Mann zu schützen, aber dazu musste er herauskriegen, was vor einem Jahr passiert war.

Andrés belastete Stimmung schien ganz und gar nicht zur aktuellen Umgebung zu passen, die lieblicher kaum sein konnte. Majestätisch erhob sich das Hambacher Schloss über die Rheinebene. Sein gelber Sandstein schien in der Morgensonne golden zu glühen. Darunter die schier endlosen Weinberge mit ihrem, der Jahreszeit geschuldeten, vom satten Grün ins Goldgelb und Glutrot changierenden Farbenspiel.

André seufzte. Wie schön sie doch war, seine Pfälzer Heimat. Doch all diese Schönheit half ihm nicht, die Trübsal zu überwinden.

Bundschuh ließ sich auf dem Fahrrad zurückfallen und radelte nun neben ihm.

»Ist es nicht wie im Paradies hier?«, fragte er. »Ohne das hier wäre ich längst verrückt geworden«, setzte er versonnen hinzu.

André schluckte über diese Selbstoffenbarung. »Wieso, was belastet Sie?«

»Ach nichts«, wehrte Bundschuh ab und fuhr wieder etwas voraus.

Nach ein paar Minuten stoppte er und stieg vom Rad. »Das ist die Lage Schlossberg«, sagte er und wies mit der Hand auf die Rebflächen unterhalb des Hambacher Schlosses. »Dieser und der Wingert da vorne gehören uns. Früher hatten wir noch zwei weitere Anlagen hier, aber …« Er brach ab, und sein Gesicht wurde wehmütig.

André verzichtete auf eine Rückfrage. Er war sich sicher, dass es nur wieder damit enden würde, dass sich Bundschuh in sich zurückzog.

Sie fuhren weiter zu dem zweiten, etwas oberhalb gelegenen Wingert, auf den Bundschuh eben gezeigt hatte. Als sie angekommen waren, stieg der Winzer ab. »Ich säe immer bodenverbessernde Pflanzen wie Rettich, Phacelia, Luzerne und Koriander aus, das verbessert die Bodenstruktur und lockert die durch den Schlepper verdichteten Böden«, erläuterte er und zog dabei eine der Luzernepflanzen heraus, um André auf die gewaltige Pfahlwurzel aufmerksam zu machen. »Im ökologischen Landbau versucht man, im Einklang mit der Natur zu sein und durch Diversität in der Reihenbepflanzung positive Effekte für die Rebpflanzen zu erreichen.«

»Und was ist dort in der hinteren Hälfte des Wingerts passiert?«, fragte André und wies auf eine mit Unkraut überwucherte Brachfläche, die uneben und löchrig wie eine Kraterlandschaft wirkte.

»Nichts«, antwortete Bundschuh. Seine Züge nahmen einen seltsam verärgerten Ausdruck an. Gleichzeitig meinte André, eine Träne unter seinem rechten Auge zu erkennen.

*

Auch Achill wurde von Gewissensbissen geplagt. Bei ihm war es weniger die Sorge um die wirtschaftliche Zukunft des Winzers, die ihn drückte. So war eben Polizeiarbeit. Jemand tat etwas, was nicht mit den Gesetzen in Einklang stand, und seine Aufgabe war es, denjenigen von weiteren Taten abzuhalten und ihn einer gerechten Strafe zuzuführen. Ob man bewusst oder unbewusst gegen ein Gesetz verstieß, war dabei aus polizeilicher Sicht unerheblich. Entscheidend war eher, ob man dies willentlich oder unwillentlich, vorsätzlich oder fahrlässig tat. Das zu entscheiden und gegebenenfalls mildernde Umstände ins Feld zu führen, war später die Aufgabe der Anwälte und Gerichte. Sie hatten den Grad der Schuld und das Strafmaß zu ermitteln. Und sollte dieser Bundschuh etwa nur fahrlässig gehandelt haben, würde er möglicherweise gar straffrei ausgehen.

Und dass der Wein aus dem Verkehr gezogen wurde, war ohnehin längst überfällig. Schließlich war er, auch wenn keine Gefahr von ihm ausging, schlicht und ergreifend für den Verbraucher unzumutbar.

Nein, Achills Skrupel bezogen sich nicht auf Bundschuh, sondern auf seinen Freund André. Er kannte ihn und seinen Idealismus nur zu gut und war sich sicher, dass das, was er tun musste, wieder einmal ihre Freundschaft auf eine harte Probe stellen würde.

Entgegen seiner eigenen Prinzipien, nämlich alles, was zu tun war, schnell und effizient zu erledigen, hatte er sich daher entschieden, die Weinproben auf dem Postweg und nicht via Eilkurier nach Mainz in die Rechtsmedizin zu schicken. Das würde ihm etwas Luft verschaffen und dafür sorgen, dass er die André versprochene Gnadenfrist auch wahren konnte.

30 DROHUNG!?

Etwa elf Jahre vorher – Montag, 21. Juni 2010, 11 Uhr

Die Gebrüder von Leinhardt hatten durch ihre Sekretärin einen Termin heute um 11 Uhr bei Bundschuh erbeten.

Schon das löste bei Konrad Bundschuh Groll aus. Er hasste es, wenn Winzer so taten, als seien sie Großunternehmer. In seiner Welt nahm man den Mut zusammen und ging aufeinander zu, ohne irgendwelche unschuldigen Mitarbeiter vorzuschieben.

Es war exakt 11 Uhr, als die Brüder die Vinothek betraten.

Beide trugen sie Markenpoloshirts und edle Designerjeans. Bundschuh hingegen eine abgewetzte kurze Hose und ein verwaschenes Winzerhemd. Leute, die es nicht mehr nötig haben, selbst eine Rebenschere in die Hand zu nehmen, dachte er sich, was eine weitere Aggressionswelle in ihm auslöste.

Sie staksten unsicher auf ihn zu, und Simon, der vorausging, wollte ihm zur Begrüßung die Hand reichen.

Bundschuh verschränkte demonstrativ die Arme vor der Brust und ließ ihn einfach mit der ausgestreckten Hand stehen.

Sein Bruder Thomas unternahm erst gar keinen Versuch, ihm die Hand zu schütteln.

»Was wollen Sie von mir?«, fragte Bundschuh geradeheraus.

»Wir wollten ein Geschäft mit Ihnen machen. Ein faires Geschäft«, brachte Simon, der noch immer wegen des abgewiesenen Handschlags verunsichert wirkte, hervor.

Bundschuh lachte laut auf. »Gut, dass Sie das mit dem ›fairen Geschäft‹ ausdrücklich erwähnen. Damit kann ja niemand, der je mit Ihnen Geschäfte gemacht hat, ernsthaft rechnen.«

Simons Unterlippe vibrierte. »Wir wollten Ihnen 4.000 Quadratmeter, also 40 Ar, Ihres Weinberges direkt neben dem Bauplatz unserer Vinothek abkaufen, um Parkplätze für die Gäste anzulegen.«

Bundschuh lachte. »Die zwei Hektar Weinbergsfläche, die Sie mir durch Ihre Pachtpreistreiberei weggenommen haben, reichen Ihnen wohl nicht. Machen Sie doch einfach dort Ihre Parkplätze hin.«

Bundschuh begann nun, mit provozierender Gleichmut die benutzten Weingläser, die noch von den letzten Kunden auf dem Tresen standen, abzuräumen und in der Spülmaschine zu verstauen.

»Wir sind uns klar darüber, dass sich der Kaufpreis für die Fläche nicht am Preis für Wingertsflächen, sondern eher für Bauland orientiert«, mischte sich nun Thomas von Leinhardt, der bis dahin geschwiegen hatte, ein.

Bundschuh rieb mit einem feuchten Lappen die Gläserränder von der Theke.

»Das wären in Summe 400.000 Euro«, präzisierte Thomas von Leinhardt.

»Und der guten Nachbarschaft wegen, legen wir noch etwas drauf und sagen eine halbe Million. Dafür kriegen Sie zwei Hektar Wingertsfläche und können die Einbuße auf dem Schlossberg kompensieren«, schickte Simon hinterher.

»Nur über meine Leiche«, erwiderte Bundschuh gepresst, ohne aufzusehen.

Simons Gesicht überzogen nun rote Flecken. Seine Ohren glühten violett. »Wenn Sie darauf bestehen – gerne«, quittierte er Bundschuhs letzten Satz und verließ mit seinem Bruder im Schlepptau ohne jedes weitere Wort die Vinothek.

31 HORROR

Dienstag, 26. Oktober 2021, 2.35 Uhr

André hörte zuerst diese schrillen Schreie, die sich wie Messerspitzen in seine Magengrube bohrten. Jegliche Barrieren menschlicher Selbstbeherrschung schienen überwunden. Was da an sein Ohr drang, transportierte das nackte Grauen.

Brigitte Bundschuh stürzte außer sich mit weit aufgerissenen Augen und in die Luft geworfenen Armen in die Vinothek. Ihr sonst so rosiges Gesicht war bleich, jedes Leben schien daraus gewichen.

»Um Gottes Willen, was ist?«, schrie André. Ihre Panik war wie eine ansteckende Krankheit auf ihn übergesprungen. Sein Magen krampfte. Seine Hände zitterten, als er auf sie zu lief.

»Was ist passiert?«

Sie vermochte nicht, Worte zu formen. Ihr Gesicht war schmerzverzerrt, als würde ein Messer in ihrem Rücken stecken.

»Um Gottes willen, was ist passiert?«, probierte es André ein drittes Mal.

Ihre Reaktion war nur ein weiterer Schmerzensschrei. Ihre fahrigen Hände, die wie verselbstständigt um sie flogen, wiesen dabei undeutlich nach hinten ins Kelterhaus.

André ließ sie stehen und ging auf wackeligen Beinen in die Richtung, in die sie gezeigt hatte.

Nach wenigen Metern sah er, was sie so aus der Fassung brachte.

Direkt vor ihm, die Füße nur wenige Zentimeter über dem Boden, hing Konrad Bundschuh. Sein Gesicht zur Fratze entstellt, der Hals in einem roten Nylonseil unnatürlich gestreckt, die Zunge hing wie totes Fleisch aus seinem aufgerissenen Mund.

32 FREI

Dienstag, 26. Oktober 2021, 10.05 Uhr

André hatte nach diesem Albtraum kein Auge mehr zugemacht.

Natürlich war es nur ein Traum gewesen, trotzdem war er sich darüber bewusst, dass diese Schimäre nur wie durch eine Nebelwand getrennt von der Realität entfernt war.

Es bedurfte nur eines Ausatmens der Polizei, um sie wegzublasen und den Weg auf das freizumachen, was er heute Nacht in so unglaublich klaren Bildern vor sich gesehen hatte.

Schon seit dem Gespräch mit Achill am Sonntag stand seine äußere Tatenlosigkeit im krassen Widerspruch zur inneren Aufgewühltheit.

Die Hälfte der Galgenfrist, die Achill Bundschuh eingeräumt hatte, war vergangen, und er, der sich so selbstherrlich zum Ermittler aufgeschwungen hatte, war ratloser denn je.

In vier oder spätestens fünf Tagen würden hier im Weingut die Beamten der Weinkontrolle, begleitet von der Polizei, überfallsartig auftauchen und den kontaminierten Wein beschlagnahmen. Das Gleiche, nur etwas weniger martialisch, würde sich bei den Läden und Supermärkten, die Bundschuhs Wein führten, wiederholen. Auch dort würde man die Regale und Lager auf Bundschuhs Wein durchforsten und die betroffenen Flaschen mitnehmen.

Auch wenn man ihm, wie in solchen Fällen üblich, eine gewisse Diskretion zusagte, würde schon irgendein kleines Licht plaudern, seine Reputation wäre am Boden, und spätestens innerhalb einer Woche wäre er auch wirtschaftlich am Ende.

André sah schon die Schlagzeile in der *Rheinpost* deutlich vor sich: »Wein von Bioweingut Bundschuh mit Blut verseucht.« So oder mit so ähnlichen Grausamkeiten würde man reißerisch über Bundschuhs Wein berichten und ihn damit auf einen Schlag ruinieren.

Wie er den Winzer mittlerweile kannte, wäre das nicht nur sein wirtschaftliches Aus. Wahrscheinlich würde man ihn nur Tage später tatsächlich tot an jener Stahltreppe hängend finden.

Er musste endlich etwas tun. Argumente sammeln, die Achill überzeugten, weiter zu ermitteln und die Sache mit dem Wein noch aufzuschieben. Vielleicht gab es auch die Chance, auf eine Erklärung zu stoßen, die Bundschuh nicht belastete und von ihm weg wies.

Doch die Lage war vertrackt. Frau Bundschuh schien völlig paralysiert. Sie sprach faktisch nicht mit ihm. Hielt sich aus allem heraus und gab sich unnahbar. Es war ihm nicht gelungen, mit ihr überhaupt so etwas wie einen Kontakt herzustellen.

Bundschuh schien ihm zwar zunehmend zu vertrauen und würde irgendwann reden, aber das abzuwarten, kostete zu viel Zeit. Zeit, die André und letztlich auch Bundschuh nicht hatten.

Einzig diese Rita war recht offen und unbefangen ihm gegenüber. Sie schien, abweichend von ihrer eigentlichen Arbeitszeitvereinbarung – ein Tag pro Woche –, eher nach Belieben, immer mal stundenweise vorbeizuschauen, so hatten sie schon ein paar Mal Zeit für einige freundliche Worte gefunden.

Bei den wenigen Gelegenheiten, wo er sie erlebt hatte, war sie stets auf ihn zugegangen.

Er hatte erfahren, dass sie Bundschuhs Cousine war. Bestimmt wusste sie, was in dieser Familie gespielt wurde. Im Übrigen gab ihr ihre Arbeit im Büro tiefste Einblicke in den Betrieb.

Er hatte beschlossen, heute Vormittag einen halben freien Tag zu nehmen, um dort weiterzumachen, wo Bundschuh am stärksten gekrampft und abgewehrt hatte. Und zwar just an jenem Wingert am Schlossberg, dessen hintere Hälfte nur noch ein verwilderter Stoppelacker war.

Er wollte klären, warum es sich Bundschuh leistete, in dieser bevorzugten Weinlage eine Fläche brachliegen zu lassen.

Um möglichst unauffällig zu wirken, hatte er sich sein kariertes Wanderhemd und Wanderschuhe angezogen und mit alten, in der Abstellkammer vor sich hin staubenden Nordic-Walking-Stöcken ausgestattet.

»Wie siehst denn du aus?«, flötete Irina, als er notgedrungen an der Küche vorbei musste, wo sie gerade ihr verspätetes Frühstück einnahm.

»Wie soll ich denn sonst aussehen, wenn ich wandern gehe?«

»Wandern? Du?«

»Warum nicht, etwas Bewegung kann nie schaden.«

»Aber doch nicht so«, erwiderte sie und verzog das Gesicht, als hätte sie in eine Zitrone gebissen.

»Wie? Was meinst du mit ›so‹?«

»Na, mit dieser lächerlichen hellblauen Funktionskniebundhose und dieser Augenpeitsche von einem Hemd. Du siehst so farbenfroh aus wie das Testbild im Fernsehen. Und diese komischen Stöcke, willst du etwa im Pfälzer Wald Skifahren? Voll daneben – alter Mann!«

»Alles nur Tarnung. Beim Ermitteln braucht man solche Outfits. Schon Sherlock Holmes war der Meister der Tarnung und Täuschung.«

»Und dann noch dein blaues Auge. Sieht eher aus wie Sherlock Holmes, der am Discounter-Wühltisch was aufs Auge gekriegt hat.«

*

40 Minuten später erreichte André den besagten Wingert am Schlossberg.

Er bog vom betonierten Weinbergsweg ab, folgte einer Rebzeile im vorderen intakten Wingertsteil und arbeitete sich nach hinten zur brachliegenden Hälfte vor. Ihm fiel auf, dass unter den Rebstöcken regelmäßig vertrocknete, meist mit Botrytis – einer Schimmelfäule, die häufig reife Trauben befiel – behaftete Trauben auf dem Boden lagen. Ein Zeichen für eine selektive Handlese, bei der schlechte Trauben abgeschnitten und verworfen wurden. Das passte zu Bundschuhs hohem Qualitätsanspruch, aber nicht zu Blut im Wein.

Er hatte den intakten Weinberg durchquert und kam nun an den brachliegenden Teil. Die Wingertspfähle, das Drahtgerüst und Bambusstöcke, die man bei der Befestigung von jungen Rebstöcken nutzte, waren überwiegend noch vorhanden.

Dazwischen, wo eigentlich die Rebpflanzen hätten sein müssen, spross fast einen Meter hoch eine Mischung aus Unkraut und den verwilderten Resten der Zwischenbepflanzung, deren Sinn ihm Bundschuh noch vor ein paar Tagen erläutert hatte. Fest stand, dass hier schon seit mindestens einem Jahr keine wie auch immer geartete Bodenbearbeitung stattgefunden hatte. In regelmäßigen Abständen, immer da, wo wohl früher ein Rebstock gestanden hatte, gab es einen kleinen Krater, der signalisierte, dass die Rebpflanzen hier herausgezogen oder ausgegraben worden waren.

Seltsam, dachte André. Natürlich kam es regelmäßig vor, dass Weinberge gerodet wurden. Nach 30 oder 40 Jahren, wenn die Kraft und der Ertrag der Pflanzen nachließen, war das durchaus üblich.

Aber normalerweise wurden dann vorher das Drahtgerüst und die Pfähle entfernt. Schließlich störten sie beim Herausziehen der alten knorrigen, tiefwurzelnden Reben, die sich oft fast unentwirrbar mit den Drähten des Spaliers vereinigt hatten.

André besah sich die Drähte und Pfähle, auch hier gab es eine Auffälligkeit. Unterstellte man eine Lebensdauer eines Weinbergs von mindestens 30 Jahren, waren danach auch die Holzpfähle marode und mussten ersetzt werden. Die Stickel hier waren aber nicht verwittert. Im Gegenteil, selbst für Andrés ungeschultes Auge war klar, dass das Akazienholz nicht älter als fünf Jahre sein konnte.

Auch die teilweise noch herumliegenden Bambusstöcke wiesen eher auf eine Bepflanzung mit Jungreben hin.

Warum nur hatte Bundschuh einen neu angelegten Weinberg gerodet? Und warum hatte er nicht, wie üblich, das Drahtgerüst vorher entfernt?

André wollte einen Eindruck von der Fläche des Weinberges gewinnen und schritt ihn mit ausladenden Meterschritten ab.

»Was treiwen donn Sie do?«, herrschte ihn plötzlich eine raue Männerstimme an, als er im Begriff war, das hintere Ende zu erreichen. Aus dem Wingertsweg trat ihm ein feister Endfünfziger entgegen. Ein draller Schmerbauch blähte das blau-weiß gestreifte Winzerhemd, und ein mächtiges Doppelkinn hing ihm über den Kragen. Sein Gesicht war rosig, und seine Nase zierte ein Gespinst roter Äderchen.

»Ich war nur austreten«, log André, dem gerade keine bessere Ausrede einfiel.

»Unser Wingert sin kä Tourischdeklos. Mir hänn kä Luschd, beim Räweschneide in eier Hinnerlossenschafde zu dappe!«

Wow, das saß, gestand sich André ein. Wem keine gute Ausrede einfiel, der musste sich so was gefallen lassen.

»Entschuldigen Sie, Sie haben natürlich recht. Ich dachte, das hier ist nur Brachland.«

»Brachlond«, brummte der Fremde, den André aufgrund seiner Kleidung und seines Auftretens als Winzer identifizierte. »Uff em Schlossberg gibt's kä Brachlond.«

»Aber das hier sieht ganz so aus. Warum bebaut das der Winzer nicht? Ist doch schade um diese schöne Fläche.«

»Der g'hert ähm Bundschuh, dem isch wahrscheinlich die Luschd odders Geld ausgonge.«

»Wieso, was wuchs denn hier?«

Der Winzer lachte. »Bestimmt nix G'scheits. Der Bundschuh mit seine Ökoferz. Des hier hott ausg'sehe wie ä Petersilieplantage.«

»Wie bitte? Petersilie?«, wiederholte André ungläubig.

»Ja, Räwe mit Blätter, wu ausg'sehe hänn wie ähn Bund Peterle.«

»Peterle?«, wiederholte André nun völlig verwirrt.

»Peterle, so saachen mir do in de Palz zu Petersilie.«

»Und warum …«, begann André, unsicher, wie er mit dieser merkwürdigen Information umgehen sollte.

»Warum? Warum? Isch doch klar. B'schdimmt widder so ähn unerlaubte Versuchsobau. Sunscht hedder nidd dän hinnere Dähl vumm Wingert genumme.«

»Wieso wieder?«, bohrte André nach.

»Ich hab nix gsaad, vunn mir hänse nix g'hert. Ich will dodemit nix zu due hawwe.«

»Aber warum hat er den Wingert denn nicht normal gerodet, und warum hat er das Drahtgerüst stehen lassen?«

»Do missensen selwer froche. Des is iwwer Nacht bassiert. Morschends war alles fort. Des werd schunn seun Grund g'habt hawwe, dass es ä Nacht- und Newwelaktion war. Ma sacht jo nix, ma denkt jo bloß.«

33 HASS

Dienstag, 26. Oktober 2021, 12 Uhr

Ungefähr zur gleichen Zeit saß Bertling im Wohnzimmer der Familie Keller in Hambach. Man hatte ihr einen Stuhl neben dem Fenster zugewiesen. Ihr gegenüber auf dem Sofa, das mit einer hässlichen geblümten Wolldecke abgedeckt war, saß Marianne Keller, die Mutter des jüngst vor dem *Saalbau* unter so schrecklichen Umständen verstorbenen Thorsten Keller.

Zu ihrer Rechten thronte Gertrud Keller, Thorstens Großmutter. Beide trugen sie Schwarz, die Großmutter zusätzlich ein schwarzes Kopftuch.

Ganz alte Schule, durchzuckte es Bertling, die hochbetagte Dorffrauen mit schwarzen Kopftüchern nur noch aus ihrer Kinderzeit kannte.

»Danke, dass Sie mir die Gelegenheit geben, Sie nochmals zu den Lebensumständen Ihres Sohnes zu befragen«, eröffnete Bertling das Gespräch.

Marianne nickte.

»Noch mol? Woher donn. Misch hot noch kähner dezu verheert«, quäkte die Alte dazwischen.

Bertling verkniff sich einen Kommentar.

»Ich wollte insbesondere nochmals auf die Beziehung Ihres Sohnes zu Felix von Leinhardt eingehen.«

»Dazu hat mich Ihr Kollege, dieser Herr April, auch schon gefragt«, erwiderte Marianne.

»Achill«, verbesserte Bertling. »Dessen bin ich mir bewusst. Ich möchte das aber noch etwas vertiefen. Bitte nehmen Sie sich diese wenigen Minuten für mich Zeit.«

»Die Leinhardts sinn alles Verbrecher«, tönte die Alte.

Wieder ignorierte Bertling diesen Kommentar und schaute erwartungsvoll Marianne an.

»Thorsten hatte zu Felix keine besondere Beziehung. Sie kennen sich, weil sie früher mit dem gleichen Schulbus nach Neustadt fuhren, und weil man sich halt kennt in so einem kleinen Ort wie Hambach.«

»Waren sie befreundet?«

»Nein, bestimmt nicht.«

»Mit denne isch hier kähner befreundet. Geldgierisches Pack. Seit se moin Theo umgebrocht hän, erschd recht nidd.«

Jetzt horchte Bertling auf. »Wie meinen Sie das, dass sie Ihren Theo umgebracht hätten?«

»Die hännen uffm Gewisse, des hänner doch schwarz uff weiß bei eich in de Agde. Trotzdem hänner se laafe losse, des Kores.«

Bertling schaute hilfesuchend zu Marianne.

»Ja, mein Vater Theo hat vor rund zehn Jahren Selbstmord begangen. In seinem Abschiedsbrief hat er geschrieben, dass ihn die von Leinhardts wegen einer Pachtsache dazu getrieben hätten.«

Bertling schluckte. Ihr war es unangenehm, dass sie hier reingestolpert war, ohne dieses Detail zu kennen. »Entschuldigen Sie, das war mir nicht bekannt. Hat man ... also haben wir das damals untersucht?«

»Unnersucht«, blaffte die Alte. »So ähn Hutsimbel vunn den Neistadter Bolizei war do unn hot den Brief migenumme. Moin Theo hänse uffgschnidde wie ähn Rollbrode, awwer nix war. Die Leinhardts hänse laafe losse.«

»Moment«, Marianne erhob sich und ging aus dem Zimmer.

Bertling fand es nicht gerade angenehm, nun mit der grässlichen Alten alleine zu sein.

»Un ich bin jetzt mutterseelenallä uff dere Welt«, seufzte die Alte, und eine dicke Träne rollte über ihre faltige Wange. Sie zog ein zerfleddertes Papiertaschentuch aus der schwarzen Schürze und schnäuzte sich in einer Lautstärke, dass Bertling unwillkürlich ans Seehundbecken im Landauer Zoo denken musste.

Während der Tränenfluss der Alten geradezu sturzbachartige Dimensionen annahm, kehrte endlich Marianne mit einer zerfledderten Fotokopie in einer Klarsichthülle zurück.

»Das ist eine Kopie des Abschiedsbriefes. Das Original liegt bei euch in der Akte.«

Bertling nahm ihn entgegen und überflog rasch den Inhalt.

In der Tat enthielt der Brief eine genaue Begründung, warum es Theo Keller mit der durch den Pachtschwindel, wie er es nannte, reduzierten Weinbergfläche nicht mehr möglich erschienen war, den Betrieb am Laufen zu halten. Als Konsequenz daraus und um sich die Schande eines Bankrotts zu ersparen, war er bewusst aus dem Leben geschieden. Der Ton des Briefes war sachlich, fast bürokratisch. Persönliche Worte an seine Frau fehlten ganz. Seltsam.

»Danke«, sagte Bertling, durch den merkwürdigen Briefstil noch immer etwas verwirrt.

»Er war halt ein Pragmatiker – durch und durch«, kommentierte Marianne.

»Und gab es deshalb eine Feindschaft zwischen Thorsten und Felix?«

»Nein, ich weiß gar nicht, ob sich Thorsten dieser alten Details so genau bewusst war.«

»Naddierlich hodders gewisst. Isch hab dänn Bu schunn frieh üwwer die Sach uffgeklärt.«

»Nein, glauben Sie mir. Es gab keine Feindschaft. Felix hatte hier im Ort wegen seinem Vater einen sehr schwierigen Stand. Er hatte immer versucht, durch solche Aktionen wie vor dem *Saalbau* auf sich aufmerksam zu machen und wenn schon keine Freunde, doch wenigstens Bewunderer zu finden. Aber dass dabei mein Sohn sterben musste ...« Marianne brach ab und begann zu weinen.

»Egal, was moi Dochter saacht, awer der vunn Leinhardt hot des mit dem Thorsten aus purer Bosheit gemacht. Der hot denn Bu eiskalt umgebrocht.«

34 RENDEZVOUS

Mittwoch, 27. Oktober 2021, 13.15 Uhr

Nur eine Viertelstunde nachdem André in der Vinothek seinen Dienst angetreten hatte, öffnete sich die Tür, und Rita trat wie immer lächelnd und gut gelaunt ein.

»Na, *Herr* Sartorius, schon am Arbeiten?«

Sie pflegte ihn stets zu siezen, machte sich aber einen Spaß daraus, auf das Wort »Herr« eine besondere Betonung zu legen. Natürlich war ihm bewusst, dass sie das tat, weil sie ihm bereits bei ihrem ersten Kontakt das »Du« angeboten hatte, er sich aber nach wie vor siezen ließ. Er tat sich stets schwer, andere näher an sich heranzulassen, und gestand das »Du« nur jenen Menschen zu, die er näher kannte. Dennoch versetzte es ihm jedes Mal einen kleinen Stich, wenn sie das »Herr« wieder einmal so betonte. Aber jetzt einfach so, ohne Anlass das »Du« anzubieten …?

»Rita, ich hätte da … ich würde Sie gerne mal etwas fragen«, begann er stockend.

Sie grinste. »Aber gerne der Herr. Ja, ich bin Single, aber nein, meine Nummer gebe ich nicht so schnell heraus.«

André spürte, wie ihm die Wangen glühten.

»Nein, das war es nicht, ich wollte …«

Rita lachte. »Was? Nicht? Da bin ich aber enttäuscht.«

»Nein, ich wollte Ihnen vielmehr …«

»… endlich das ›Du‹ anbieten?«

»Ja, das auch«, druckste André, der sich nun völlig übertölpelt vorkam. Offensiven Frauen gegenüber wirkte er stets unsicher und war sich dieser Wirkung bewusst.

»Verspätete Du-Anfragen nehme ich nur noch bei einem Glas feinem Winzersekt in einer eleganten Vinothek entgegen. Und nur, um es klarzustellen, das hier ist nicht elegant.« Dabei drehte sie demonstrativ den Kopf und musterte den einfachen Probierraum mit verzogenem Gesicht.

André nahm nun seinen ganzen Mut zusammen. Er stand unter Zeitdruck und konnte sich kein langes Hin und Her mehr leisten. »Wie wär's heute um 18 Uhr in der *Alex Weinlounge* in Herxheim am Berg?«

Nun war es Rita, die stockte. Offenbar hatte sie nicht damit gerechnet, dass er tatsächlich die Initiative ergreifen würde.

»Nun, was macht Frau nicht alles, um das lästige ›Herr‹ loszuwerden. Wir treffen uns also nachher um 18 Uhr, um das Siezen feierlich zu begraben.«

*

André war bereits eine Viertelstunde vor ihrem Date in der Weinlounge angekommen. Es war einer jener lauen Herbstabende, wie es sie in der Pfalz in dieser Jahreszeit nicht selten gibt. Deshalb war der Andrang groß. Hier gaben sich mittwochs beim Afterwork-Sekt die Schönen und Reichen aus dem gesamten Rhein-Neckar-Raum ein Stelldichein.

Glücklicherweise war es André gelungen, einen jener begehrten Tische auf der Südterrasse mit grandiosem Blick über die Rheinebene zu ergattern.

Gerade hatte er noch einen kurzen Small Talk mit Alex, dem umtriebigen Pächter und Namensgeber der *Alex Weinlounge* geführt, als Rita am Tisch eintraf.

Elegant im eierschalenfarbenen, eng geschnittenen Etuikleid mit hochgestecktem Haar und hochhackigen Schuhen, brauchte André einen Augenblick, um sie zu erkennen. Während sein überraschter Blick noch über ihre ungewohnte Erscheinung huschte, wartete sie und grinste.

»Guten Abend, der Herr! Ist hier noch ein Platz für mich frei?«

»Natürlich, gerne, guten Abend«, entgegnete er hektisch. Ungelenk erhob er sich und zog den Stuhl gegenüber unter dem Tisch hervor und lud sie mit einer Handbewegung ein, Platz zu nehmen.

»Es war nur, ich hätte Sie fast nicht erkannt«, setzte er erklärend hinzu.

»Sie meinten wohl, ich würde in meiner Freizeit auch mit T-Shirt und Jeans herumlaufen.« Sie grinste gönnerhaft. Offensichtlich war sie sich ihrer Wirkung bewusst.

»Es ist nicht nur das fehlende ›Uffbasse‹-T-Shirt, Sie sehen heute bezaubernd aus.«

Rita lachte. »Das hört sich ja an wie in einem dieser amerikanischen Spielfilme aus den 6oern. Aber trotzdem danke.«

»Einen Sekt? Damit wir endlich das lästige ›Sie‹ hinter uns lassen können?«, fragte er.

»Aber gerne.«

André gab Alex einen Wink. Er hatte schon im Vorfeld einen Sauvignon Blanc Winzersekt ausgewählt und Alex gebeten, ihn auf sein Zeichen hin an den Tisch zu bringen, denn ansonsten herrschte hier Selbstbedienung.

Rita nickte anerkennend. »Der wahre Gentleman lässt wohl nie seine Tischpartnerin alleine.«

André wehrte ab. »Man kennt sich halt unter echten Vinothekern.«

»Und gut gewählt haben Sie auch noch. Der Ausblick ist wirklich traumhaft.« Sie ließ ihren Blick über die Rheinebene schweifen.

»Ja, das hier ist die höchste Stelle der Deutschen Weinstraße.«

Wenige Augenblicke später kam Alex an den Tisch und stellte die Sektflasche im Kühler und zwei Gläser bei ihnen ab.

»Normalerweise würde ich mit dem Säbel öffnen, aber das kann ja wohl ins Auge gehen«, witzelte Alex und zwinkerte André unmerklich zu, während er die Flasche souverän auf konventionelle Art öffnete und ihre Gläser füllte.

André konnte nur mit Mühe ein Schmunzeln unterdrücken. Alex hatte den besprochenen Text, um den er ihn gebeten hatte, tatsächlich völlig unauffällig reproduziert.

»Hast du auch von dieser schlimmen Sache vorm *Saalbau* gehört?«, fragte er Rita.

»Ja, klar die Zeitungen waren voll davon. Der arme Junge.«

»Wusstest du, dass es mit einer Flasche von unserem Weingut passiert ist?«

»Nein, woher denn? Das ist ja keine gute Werbung.«

»Keine Sorge, das weiß ich nur von jemandem, der selbst dabei war.«

»Dann weißt du sicherlich auch, ob es stimmt, dass der Junge mit dem Säbel Felix von Leinhardt war?«

»Ja, er war es. Ist das nicht der Nachbar von Bundschuh?«, fragte André gespielt naiv nach.

»Ja, umso erstaunlicher, dass der ausgerechnet unseren Wein dabeihatte. Bundschuh und die von Leinhardts sind völlig verkracht.«

»Hab ich schon gehört, und wieso?«, bohrte André weiter.

»Na ja, sie haben seit Jahren nichts ausgelassen, um meinen Cousin zu ruinieren.«

»Und wie stellen sie das an?«

»Wollen wir nicht endlich unser ›Du‹ begießen«, wechselte sie abrupt das Gesprächsthema und erhob ihr Sektglas.

André kapitulierte. Ihm war klar, dass er jetzt mit der Fragerei nicht weitermachen konnte, folgte ihrem Beispiel und stieß mit ihr an. »Auf das ›Du‹!«

Sie beugte sich beim Anstoßen etwas vor, und ihm wehte eine kleine Brise ihres Eau de Toilette mit feinen Düften nach Orangenblüten und Lavendel entgegen.

Für einen Augenblick war er wie paralysiert – unfähig, einen klaren Gedanken zu fassen oder gar ein passendes Gesprächsthema zu finden.

Die Sonne war im Begriff, hinter dem Haardtgebirge zu verschwinden. Ihre letzten Strahlen tauchten die Rheinebene zu ihren Füßen in ein goldenes Licht. Aber es war nicht nur das, was André zunehmend in eine ungewohnte Hochstimmung versetzte. Mit jedem Blick in Ritas Gesicht spürte er ein flaues Gefühl im Magen.

Die letzten Sonnenstrahlen verfingen sich in ihrem kastanienfarbenen Haar und ließen es warm aufglühen. Ihre von der Sommersonne gebräunte Haut hatte sie mit dem hellen, tief ausgeschnittenen Kleid perfekt in Szene gesetzt. Auch die Art, wie sie sprach, humorvoll, spöttisch und voller origineller Sichtweisen, weckte in ihm Gefühle, die er schon sehr lange nicht mehr gespürt hatte.

Er hatte es, nachdem sie ihn vorhin so jäh bei seiner Fragerei abgestoppt hatte, vermieden, weiter zu bohren. Er wollte den Augenblick festhalten und ihn nicht zerstören. Aber mit der nun untergehenden Sonne wurde ihm bewusst, dass die Zeit drängte, wollte er die Gelegenheit nicht ungenutzt verstreichen lassen.

»Ich dachte eigentlich, du arbeitest nur einen Tag in der Woche im Weingut?«, versuchte André, das Gespräch wieder auf Bundschuh zu lenken.

»Ich hoffe, ich störe dich nicht, wenn ich da allzu oft aufschlage«, konterte sie und grinste spöttisch.

»Nein, ganz im Gegenteil, wenn du mir nicht gerade ein blaues Auge haust, genieße ich deine Gegenwart.«

»Wow, danke der Herr. Aus deinem Munde ist das geradezu eine Liebeserklärung.«

André lächelte versonnen. Er fragte sich, ob sie wohl spürte, wie sie gerade sein Gefühlsleben in Unordnung brachte.

»Ich komme nicht nur wegen dir. Meine Arbeitszeit habe ich schon immer sehr unregelmäßig nach meinen Bedürfnissen eingeteilt. Konrad ist es egal, ob ich seine Rechnungen freitags oder mittwochs schreibe. Aber es sind schon lange weit mehr als acht Stunden die Woche. Konrad braucht mich und kann es sich nicht leisten, mich länger zu bezahlen. Ich denke, du siehst auch, wie es um ihn wirtschaftlich steht.«

»Ja natürlich. Ist das der einzige Grund für seine Schwermut?«

Rita lachte laut auf. »Wenn ich dir all die Gründe aufzählen würde, säßen wir morgen noch hier.«

»Da könnte ich mir Schlimmeres vorstellen, als mit dir hier die Nacht durch sitzen zu bleiben.«

»Wow, der Herr wird offensiv.« Rita lachte und entblößte

ihre makellosen weißen Zähne, die im kühlen indirekten Licht der Außenbeleuchtung, in das die Terrasse mittlerweile getaucht war, hell aufblitzten.

»Wenn es dich stört, lass es mich wissen«, scherzte er.

»Ganz im Gegenteil, die wachsende Initiative steht dir gut zu Gesicht.«

Sie lachten beide, und André berührte ihre Hand. Und sie quittierte es mit einem Schmunzeln.

»Aber Spaß beiseite. Konrad war nicht immer so. Noch vor gut einem Jahr war er das krasse Gegenteil von dem, was er heute verkörpert. Die Vinothek lief zwar auch nicht wirklich besser, aber er war optimistisch, oft geradezu schwärmerisch, und liebte das, was er tat.«

»Und was tat er Besonderes?«, fragte André erstaunt.

»Na ja, ich meine das mit dem Bioanbau und den pilzresistenten Reben. Er ist ein hoffnungsloser Idealist. Er hatte damals die Vision, den Bioweinbau zu revolutionieren.«

»Und heute nicht mehr?«

»Ja, so könnte man meinen. Seine Flamme ist erloschen.«

»Hmm«, brummte André und rieb sich nachdenklich das Kinn. »Hängt das mit diesem gerodeten Wingert am Schlossberg zusammen? Er war so komisch, als er ihn mir bei der Weinbergsbegehung zeigte.«

»Kann sein«, seufzte Rita. »Da war letzten Sommer diese seltsame Nacht. Seine Frau hat mir erzählt, dass er nachts sehr unruhig schlief und irgendwann aufgestanden und draußen herumgeistert war. Wie er es zu dieser Zeit öfter getan hat. Alle Reben aus dem Wingert waren verschwunden. Wohin und ob er daran beteiligt war, wissen wir nicht. Er redet nicht darüber.«

»Aber wie ist es möglich, einen Weinberg nachts einfach so zu roden. Braucht man da nicht Maschinen oder wenigstens einen Trecker?«

»Bei alten Weinbergen unbedingt, aber der war nicht älter als zwei Jahre, da reichen ein Spaten und etwas Muskelkraft, um die Pflanzen herauszuziehen.«

»Aber für einen Mann alleine?«, überlegte André laut.

»Du kennst Konrad nicht. Hat er Zorn, wütet er wie ein Berserker, auch wenn man ihm das sonst nicht ansieht.«

»Und seitdem ist er schwermütig?«, bohrte er weiter.

»Ja, dann war noch dieser seltsame Einbruch im Büro. Alles war durchwühlt, aber die Kasse war noch da.«

Sie hielt inne, offensichtlich rang sie mit sich, ob sie weiterreden sollte. André schwieg, er wollte sie nicht drängen.

»Danach war nichts mehr wie sonst. Er trieb seinen Sohn Adrian förmlich aus dem Weingut. Er gab nicht eher Ruhe, bis er bei einem Großweingut in Deidesheim eine Anstellung als Kellermeister gefunden hatte.«

»Ich wusste nicht, dass er einen Sohn hat.«

»Sie waren früher sehr eng miteinander. Schwärmten und arbeiteten oft die Nacht durch im Keller. Kein Mensch weiß, was sie ausgeheckt haben. Aber sie wirkten wie eine verschworene Einheit. Nun ist das Verhältnis zwischen beiden sehr angespannt. Adrian ist ausgezogen und kommt kaum noch nach Hause.«

André rieb sich erneut schweigend das Kinn, so wie er es immer tat, wenn er nachdachte.

In diesem Augenblick drängte sich eine ausgelassene Truppe junger Leute auf die Terrasse. André fühlte sich durch das Stimmengewirr genervt – ausgerechnet jetzt, wo er nachdenken wollte.

»Guten Abend, alter Mann«, hörte er eine bekannte Stimme aus der Gruppe.

Zuerst erwog er wegzuschauen und so zu tun, als hätte er es nicht gehört. Aber schon schälte sich Irina aus der Gruppe und baute sich neben dem Tisch auf.

»Guten Abend«, gab er etwas kühl zurück. Warum musste sie ihn ausgerechnet jetzt bei seinen Ermittlungen stören.

Es entstand eine peinliche Pause. Rita schaute fragend.

Irina durchbrach schließlich das Schweigen, streckte die Hand aus und reichte sie Rita. »Hi, ich bin Irina«, stellte sie sich keck vor.

»Deine Tochter?«, fragte Rita, während sie Irinas Hand schüttelte.

»Nein, meine Mitbewohnerin«, entgegnete André etwas unwirsch.

»Mitbewohnerin«, wiederholte Rita und wirkte irritiert.

35 NACHTSCHICHT

Gut ein Jahr vorher. Montag, 7. September 2020, 2.15 Uhr

Mit diesem Coup würde er seine Ehre als Stammhalter wiederherstellen. Seinem Bruder, aber insbesondere dem Vater, zeigen, dass er mehr zu bieten hatte als nur die Fähigkeit, zehn Stunden im Weinberg zu schuften.

Er würde die Saat legen, die die Dynastie erfolgreich durch dieses Jahrhundert führen würde.

Er würde seinem Vater eindrucksvoll demonstrieren, dass nicht die körperlichen Fähigkeiten ausschlaggebend waren, sondern Gerissenheit, Schneid und vor allem Schläue.

Er hatte es zuwege gebracht, einen Trupp rumänischer Erntehelfer für einen hohen Stundenlohn irgendwo in der Containersiedlung eines großen Gemüseanbaubetriebes zwischen Mutterstadt und Ludwigshafen anzuwerben und auf der Ladefläche eines fensterlosen Transporters hierherzukarren.

Menschen, die kein Wort Deutsch sprachen, die nicht wussten, zu was er sie hier anleitete, die nicht verstanden, was sie taten, die nicht fragten und die es vor allem nicht weitererzählen konnten.

Sie waren namenlos, wie auch er für sie namenlos war. Sie würden in wenigen Stunden die Umschläge mit dem Bargeld annehmen, und er würde sie wieder dort absetzen, wo er sie aufgegabelt hatte. Sie würden es tunlichst vermeiden, über das hier zu sprechen. Sie würden es nicht wollen, den Job bei jenem Gemüsebauern, der sie aus ihrer Heimat geholt hatte, aufs Spiel zu setzen. Spätestens in sechs Wochen würden sie verschwinden – irgendwohin in die Anonymität Transsylvaniens, ihrer fernen Heimat, und nicht wissen, wo sie überhaupt gewesen waren.

Die Arbeit, die er für sie vorgesehen hatte, war hart – keine Maschinen, Schweigen, Beeilung – waren seine Orders, die die zierliche Vorarbeiterin ihren Landsleuten zu übersetzen hatte.

Er hatte sich alles genau überlegt. Sollte sein Coup gelingen, durfte nichts, aber auch rein gar nichts hier zurückbleiben. Kein einziger Rebstock, aber auch kein Spaten und nicht mal ein Zigarettenstummel.

Die meisten dieser rauen Burschen waren Raucher. Er war sich im Klaren, dass Verbote nicht eingehalten würden. Also hatte er zu einer List gegriffen. Er hatte ihnen die Zigaretten einfach abgekauft. 100 Euro für die Schachtel, egal ob angebrochen oder noch eingeschweißt, war zu verlockend, um nicht doch ausnahmsweise eine Nacht auf die Nikotindosis zu verzichten. Ausnahmslos waren sie auf diesen Deal eingegangen und hatten das Geld genommen. In ihren Augen hatte sich eher so etwas wie Mitleid für ihn, den dummen Pfalzmann, gespiegelt.

Für das, was es für ihn in diesem Coup zu gewinnen gab, war das geradezu ein Trinkgeld.

Sechs Mann und die Vorarbeiterin hatten zwei Stunden für diese Aufgabe Zeit. Sie bearbeiteten immer zwei Rebzeilen gleichzeitig. Je ein Mann ging mit dem Spaten voraus und umstach und lockerte das Wurzelwerk der zweijährigen Reben. Der Arbeiter, der ihm folgte, riss den Rebstock aus dem Erdreich. Der jeweils Dritte sammelte die entwurzelten Rebstöcke auf, trug sie zum Transporter und lud sie in den Innenraum. Die Vorarbeiterin beaufsichtigte die beiden Trupps und trug Sorge, dass keine Rebenpflanze zurückblieb.

Der Stammhalter saß im Führerhaus und beobachtete die nächtliche, nur durch das schale Mondlicht erhellte Szenerie und hielt Ausschau nach ungebetenen Besuchern. Er wollte sich so wenig wie möglich den Leuten zeigen. Die Kapuze seines Hoodies und ein lässig um Hals und Kinn geschlungener Schal taten ihr Übriges.

Um der Ermüdung vorzubeugen, hatte er der Vorarbeiterin den Auftrag gegeben, die Männer auf ihren jeweiligen Positionen abwechseln zu lassen.

Besorgt schaute er nach 30 Minuten auf die Uhr. Die Rechnung war einfach. Acht Rebzeilen mit je rund 125 Rebstöcken für zwei Arbeitstrupps. Das hieß: vier Zeilen pro Gruppe. Er hatte für das gesamte Manöver zwei Stunden eingeplant. Folglich musste eine halbe Stunde pro Zeile genügen. Aber beide Trupps waren noch nicht wieder am Wingertsanfang zurück. Sie arbeiteten zu langsam. Er stieg aus und suchte die Vorarbeiterin.

Als er sie endlich gefunden hatte, diskutierte sie gerade im Flüsterton mit den Leuten des zurückgebliebenen Trupps. Offensichtlich hatte sie auch festgestellt, dass es bei diesem Tempo nicht bleiben durfte. Beide Trupps hatten jeweils noch etwa ein Dutzend Rebstöcke zu bewältigen.

Der Stammhalter griff in die Gesäßtasche und zückte sein Portemonnaie. So, dass es alle sehen konnten, zog er drei Hunderter heraus und wedelte damit.

»Die sind für den Trupp, der am schnellsten die nächste Zeile fertig hat.« Die Vorarbeiterin übersetzte.

Das Angebot blieb nicht ohne Erfolg. Merklich steigerte sich das Tempo.

36 FRÜHSTÜCK

Donnerstag, 28. Oktober 2021, 7.15 Uhr

»Was ist denn das, seit wann kriechst du in den Semesterferien vor 10 Uhr aus dem Bett?«, fragte André, als Irina in ihrer ausgebleichten überweiten Schlafmontur in die Küche schlurfte.

»Hab an der Uni zu tun. Bald geht's wieder los.«

»Hmm«, brummte André missmutig. Es wurmte ihn, dass durch Irinas Zufallsauftritt gestern Abend die Stimmung gekippt war und Rita kurz darauf gehen wollte. Trotzdem stand er auf und bereitete ihr wortlos einen Cappuccino – ihre übliche Frühstücksroutine. Er wollte nicht, dass sie sich an seiner *Bezzera*, einer italienischen Siebträger-Espressomaschine, zu schaffen machte, und sie genoss den Vorzug, bedient zu werden.

Sie fläzte sich derweil auf den Stuhl ihm gegenüber. Wie so häufig zog sie die Beine an, stellte ihre nackten Füße vor sich auf die Sitzfläche des Stuhls und legte ihre Arme um die angewinkelten Beine und den Kopf auf die Knie. Lauernd beobachtete sie ihn beim Zubereiten des Cappuccinos.

»Und wer war die Lady?«

»Wow, Kompliment für deine Selbstbeherrschung, hatte nicht erwartet, dass du die Neugier länger als zehn Sekunden zügeln kannst.«

»Zugegeben, du Eremit in einer angesagten stylischen Vinothek am Tisch mit einer hübschen Frau und einer Flasche Sekt vor euch ist ungefähr so, als hätte man die Landung Außerirdischer beobachtet.«

»Also bitte. Erstens ist da nichts Außergewöhnliches dran, wenn ich mich mit einer attraktiven Frau treffe. Schließlich bin ich nicht verheiratet und niemandem Rechenschaft schuldig, und zweitens war es reine Ermittlungsarbeit.«

»Wow, André Bond mit seinem sexy Bondgirl in heißen Ermittlungen in seinem neuen Thriller: *Man trinkt nur zweimal.*«

»Haha«, zischte André und verzog das Gesicht. »Ohne

deine unüberlegte Störung wäre ich vielleicht im Fall sogar weitergekommen.«

»Was kann ich dafür, dass du dich jetzt schon auf hippe Afterworkpartys verirrst. Das ist mein Revier, alter Mann. Und dann auch noch so rausgeputzt mit diesem albernen Schälchen.«

André schüttelte genervt den Kopf. »Wie schon Sean Connery verstehe ich es eben, mich situationsgerecht und kultiviert zu kleiden, wenn ich mit einer Dame ausgehe.«

Irina lachte und schüttelte den Kopf. »Sean Connery – du solltest dein cineastisches Wissen gelegentlich mal wieder updaten. Übrigens, die Monroe ist auch schon tot, und *Bonanza* läuft nicht mehr samstagsabends.«

»Hört sich ja fast an, als wärst du eifersüchtig auf sie.«

Irina grinste spöttisch. »Sagen wir so, es reicht, wenn du hier rumdarthvaderst, ich brauch nicht noch so eine aufgetakelte Lady, die mich bemuttert.«

»Darthvaderst?«, wiederholte André mit verständnislosem Blick.

»Ähm«, Irina stöhnte theatralisch. »Darth Vader, der finstere Bösewicht aus *Krieg der Sterne.* ›Ich bin dein Vater!‹«, imitierte sie mit von lautem Schnauben begleiteter tiefer Stimme. »Na, macht's klick?«

»Soll das ein Kinorätsel werden?«, erwiderte André mürrisch. »Rita hat mir jedenfalls erzählt, dass es in Konrad Bundschuhs näherer Vergangenheit so etwas wie ein dunkles Geheimnis gibt.«

»Wow, Rita, du duzt sie? Das kommt ja einer Verlobung gleich. Bei Verena hast du vier Jahre dazu gebraucht.«

»Hör auf mit dem Unsinn, ich will dir vom Fall erzählen.«

»Ja gerne, natürlich lass ich dich dein Ablenkungsmanöver zünden.«

»Also, Bundschuh hat letztes Jahr nachts einen Weinberg gerodet, ohne mit jemandem darüber zu sprechen. Das ist ja wohl nicht normal. Es war so was wie ein Versuchsanbau, weiß ich von einer anderen Quelle. Ist doch rätselhaft, warum er das nachts tut. Wenn der Versuch nicht geklappt hat, dann kann er das doch auch tagsüber tun. Den Weinberg hat er übrigens, obwohl es eine seiner besten Lagen ist, bis heute nicht wieder neu bepflanzt.«

»Das liegt doch auf der Hand. Vielleicht waren die Reben krank, und er wollte nicht, dass das seine Nachbarn sehen. Gibt's da nicht so was wie die Reblaus?«

Jetzt war es André, der süffisant grinste. »Das mit der Reblaus-Infektion war so etwa um 1885, und Nikolaus II. ist übrigens auch nicht mehr Zar von Russland.«

»Soll das etwa die Retourkutsche für die Aufdeckung deiner cineastischen Lücken sein? Ich hab ja nicht behauptet, mich mit Weinbau auszukennen, du bist der Weinfuzzi von uns beiden.«

»Entschuldige, aber das brauchte ich zur Wiederherstellung meiner Ehre. Aber zugegeben, das mit der Rebkrankheit klingt plausibel«, erwiderte André und rieb sich nachdenklich das Kinn.

»Tja. Ich sehe schon, Moneypenny hat wieder mal den entscheidenden Hinweis geliefert.«

37 WIND

Etwa elf Jahre vorher. Montag, 28. Juni 2010, 10 Uhr

Der 17-jährige Adrian stürmte wie von einer Horde Bestien
gehetzt in die Kelterhalle, in der Konrad Bundschuh gerade
Wein umfüllte. »Die spritzen Chemie, und der starke West-
wind treibt alles auf unseren Weinberg neben dem Haus!«,
schrie er schon einige Schritte, bevor er seinen Vater erreicht
hatte.

»Wer?«, fragte Bundschuh, obwohl ihm die Antwort
schon klar war.

»Na, ein Arbeiter von den von Leinhardts.«

Bundschuh schaltete schnell die Pumpe ab und rannte
Adrian hinterher in den entsprechenden Wingert unweit
des Hauses.

In der Tat hatte der Wind aufgefrischt und blies in Böen
alles vor sich her, was nicht irgendwo festgewachsen oder
verankert war.

Schon von Weitem sah man eine fast haushohe Sprühne-
belwolke, die sich auf den Biowingert der Bundschuhs legte.

Im Dunst erkannte man einen roten Weinbergsschlepper,
der einen Spritzanhänger hinter sich herzog. Er tuckerte
durch die letzte Rebzeile der von Leinhardts, die in direkter Nachbarschaft zu Bundschuhs Weinberg lag.

Bundschuh rannte schwer atmend in der gleichen Rebzeile, in der sich der Trecker bewegte, auf das Gefährt zu.
Der gallig bittere Geschmack, der sich auf seine Zunge legte,
verriet ihm, dass das kein biologisches Spritzmittel war.

»Stopp, sofort aufhören!«, herrschte er den Mann auf

dem Sitz an. Der Fahrer trug Schutzbrille, Atemmaske und Schutzkleidung mit Kapuze und schien ihn nicht zu hören.

Erst als sich Bundschuh breitbeinig in der Rebzeile vor dem nun bis auf etwa fünf Meter herangekommenen Trecker aufbaute und weiter rufend mit den Armen wedelte, stoppte der Spritzwagen.

»Gähän Sie aus Wäg!«, brüllte der Fahrer mit hörbar osteuropäischem Akzent.

»Stopp, Sie können heute nicht spritzen, der Wind bläst euer Gift auf meinen Wingert.«

»Wind, gudd. Spritzmittel kommt überall hin. Muss weitermachen. Chef sagt sprietzen, ich sprietze.«

Bundschuh packte der Zorn. Am liebsten hätte er diese ignorante Kreatur direkt vom Sitz gezogen und verprügelt.

»Sie spritzen hier in direkter Nachbarschaft zu einem Biowingert, das geht bei diesem Sturm nicht. Haben Sie keinen Sachkundenachweis zur Ausbringung von Spritzmitteln gemacht? Sie haben die Abdrift von diesem Gift zu vermeiden!«, versuchte er es ein weiteres Mal.

Der Fahrer schüttelte nur mit dem Kopf. »Das Wingert gehört von Leinhardt, ich sprietze für von Leinhardt. Nix Sachkundenbeweis. Sprietzmittel gudd. Du musst hier weg.«

Als Bundschuh keine Anstalten machte zu weichen und gerade zu einer Entgegnung ansetzte, startete der Mann wieder den Motor. Die Spritze begann wieder wie ein mächtiger Ventilator den Sprühnebel wie einen giftigen Odem um sich zu treiben. Langsam ließ der Osteuropäer den Trecker nun auf ihn zu tuckern.

Bundschuh spürte, wie sich der gallige Hauch nun wieder auf seine Haut und in Mund und Nase legte. »Adrian, bring dich in Sicherheit!«, schrie er den Jungen an, der treu hinter ihm gestanden hatte.

Bundschuh wedelte nun wie wild mit den Armen und brüllte laute Beschimpfungen, die der stürmische Wind zusammen mit dem giftigen Sprühnebel einfach mit sich nahm. Der Fahrer schien es darauf ankommen zu lassen und steuerte, zwar mit mäßigem Tempo, aber stur, auf Bundschuh zu. Als der Trecker nur noch etwa anderthalb Meter vor ihm war, meinte er gar, ein Lachen im Gesicht des durch Maske und Schutzbrille vermummten Mannes zu erkennen. In letzter Sekunde zwängte sich Bundschuh durch die Spanndrähte in die nächste Rebzeile.

38 GEWITTERSTIMMUNG

Donnerstag, 28. Oktober 2021, 10.15 Uhr

André war schon gut eine Stunde in der Vinothek, als sich die Tür öffnete und Rita eintrat.

Heute trug sie einen Hoodie mit dem Aufdruck »Schorlegewitter«, wie es ihn in der Pfalz öfter zu sehen gab.

André ging ein paar Schritte auf sie zu. »Hallo, Rita. Na, Gewitterstimmung?«, sagte er und wies auf ihren Hoodie.

»Kann sein.« Ohne weiteren Kommentar marschierte sie im Stechschritt an ihm vorbei und stampfte die Treppe nach oben. Ihre Tritte versetzten die Metallstufen heute stärker als sonst in Vibrationen und ließen den Boden am Fuß der Stiege erbeben.

André ging ihr übellauniges Verhalten den ganzen Morgen über nicht aus dem Kopf. Er ertrug Disharmonie in seiner Umgebung nur sehr schwer. Vor allem, wenn er glaubte, selbst die Ursache dafür zu sein. Hatte er zu viel gefragt? War sie ihm auf die Schliche gekommen, dass er hier war, um zu ermitteln? Oder hatte es mit Irinas plötzlichem Auftritt zu tun?

Gegen 11.45 Uhr fasste er sich ein Herz. Er wollte nicht, dass sie einfach so in die Mittagspause oder den Feierabend verschwand, ohne dass sie sich ausgesprochen hatten.

Er ging die Treppe hoch ins Büro. Bundschuh hatte mittlerweile das fehlende Geländerteil auf dem Podest vor der Bürotür mit einem metallenen Wingertsstickel und reichlich Draht ersetzt. André klopfte zaghaft. Von innen kam keine Reaktion, also trat er ein.

Rita saß hinter dem Schreibtisch, schaute kurz auf und wandte sich, ohne ein Wort zu sagen, direkt wieder ihren Unterlagen zu.

André wusste nicht, wie er auf sie zugehen sollte, und beschloss, noch etwas auf Zeit zu spielen, vielleicht interpretierte er ihr Verhalten ja falsch.

»Du sagtest, der oder die Einbrecher letztes Jahr hätten alles durchwühlt, aber kein Geld mitgenommen. Haben sie sonst etwas gestohlen?«

»Von meinen Sachen fehlte nichts, aber als wir alles wieder eingeräumt hatten, gab es hier im Schrank zwischen den Ordnern eine Lücke.« Sie wies noch immer, ohne zu ihm aufzuschauen, auf einen offenen Aktenschrank direkt hinter André.

Aufgrund der seltsam explosiven Stimmung vermied er es,

sich zum Schrank umzudrehen. Stattdessen nahm er seinen Mut zusammen und sprach sie an.

»Es ist – also ich habe den Eindruck, du bist sauer auf mich.«

»Sauer? Nein bin ich nicht.« Sie rollte mit dem Stuhl einen Meter zurück und verschränkte die Arme vor ihrer Brust. »Ich stehe nur nicht auf alte Säcke, die sich eine 25-Jährige angeln. Weißt du, die Vorstellung, dass du mich gestern Abend stundenlang anflirtest und danach im Bett mit dieser Irina landest, kotzt mich an.«

André war völlig verwirrt. Wie konnte sie nur das von ihm glauben. Nachdem sich der erste Schock bei ihm gelegt hatte, setzte sich ein anderes Gefühl durch. War er ihr wirklich so wichtig, dass sie ihm wegen einer Beziehung zu einer anderen, deutlich jüngeren, Frau eine Szene machte.

Ohne dass er es beabsichtigte, legte sich ein Schmunzeln auf seine Züge.

»Du musst nicht noch grinsen. Für mich hat es etwas Unanständiges an sich, wenn sich Typen wie du eine Frau angeln, die fast noch ein Kind ist. Du solltest dich schämen!«

Ohne sich von ihrer Ablehnung beeindrucken zu lassen, sprach er langsam und geduldig: »Irina kam vor sieben Jahren aus Speyers Partnerstadt Kursk nach Deutschland. Sie ist eine Austauschstudentin. Ein Bekannter, der sich im Freundeskreis Kursk engagiert, hat mich damals rumgekriegt, ihr ein Zimmer mit Bad zu vermieten.«

»Aha und die Miete arbeitet sie wohl bei dir ab!«

»Nein, sie wird ihm Rahmen eines Stipendiums bezahlt. Und nur damit keine weiteren Missverständnisse entstehen: Wir teilen zwar den Tisch, aber nicht das Bett«, setzte er nun etwas energischer nach. Auch ihm begann diese unsägliche Diskussion allmählich an die Nieren zu gehen.

»Und ja, unser Verhältnis ist über die Jahre sehr eng geworden. Sie hat niemanden von ihrer Familie hier und sieht in mir so etwas wie einen Ersatzvater. Und da ich auch nie verheiratet war und folglich keine Kinder habe, tut es mir gut, für sie da zu sein.«

Andrés Gesichtsausdruck war nun ernst, ernster, als ihm lieb war. In Situationen wie diesen wurde ihm stets bewusst, wie eng ihm Irina mittlerweile ans Herz gewachsen war.

Rita war aufgestanden. Ihr hatte es die Sprache verschlagen. Vorsichtig ging sie auf ihn zu und fasste seine Hand. Als er sie nicht wegzog, strich sie ihm sanft mit der anderen Hand über die Schulter.

»Entschuldige, mein Verhalten ist mir unsagbar peinlich.«

39 OHNMACHT

Etwa elf Jahre vorher – Montag, 28. Juni 2010, 10.45 Uhr

Bundschuh hatte zunächst dafür gesorgt, dass sich Adrian gründlich duschte. Dann reinigte er sich auch selbst intensiv von den Spritzmittelresten auf seiner Haut, die mittlerweile zu einem weißlich-blauen Belag abgetrocknet waren.

Adrian war traumatisiert. Zu sehen, wie sein Vater beinahe unter den Rädern des Traktors geendet hätte, aber vor allem seine Ohnmacht zu spüren, schockierte ihn bis ins Mark.

Als Bundschuh mit der Dusche fertig war und sich neu eingekleidet hatte, fand er den Jungen mit einer Axt in der Hand an der Außentür der Kelterhalle. »Was hast du damit vor?«, fragte er Adrian, dessen verbissene, leichenblasse Züge nun alles Jugendliche vermissen ließen.

»Ich bring sie um, diese Unmenschen, diese Umweltsäue ...« Weiter kam er nicht. Bundschuh war auf ihn zugegangen, nahm ihm die Axt weg, umarmte ihn und drückte den zitternden Jungen fest an seine Brust. Übergangslos ging die Hasstirade in ein lautes Schluchzen über.

*

Gut drei Stunden später stand Bundschuh vor der Tür der Vinothek der von Leinhardts. Er hatte nicht ohne Grund diese Zeit verstreichen lassen. Denn er war sich bewusst, dass jede Minute, die er früher gekommen wäre, das Risiko, dass er sich an einem der Brüder vergriff, erhöhte.

Absichtlich wählte er den Zugang über die Vinothek. Es schadete rein gar nichts, wenn einige der porschefahrenden Luxusweinfreunde mitbekamen, wie die von Leinhardts über chemischen Pflanzenschutz dachten und wie sie mit ihrem Nachbarn umsprangen.

Seine Knie waren weich. Nicht etwa aus Angst vor den beiden, viel mehr aus Angst vor sich selbst. Er war sich nicht sicher, ob er sich beherrschen konnte, oder ob nicht seine Faust ihren Weg in eines dieser selbstzufriedenen Gesichter finden würde. So jedenfalls spukte es ihm bereits seit Stunden immer wieder durch den Kopf.

Er trat ein.

Hinter der Theke stand Simon und bediente süßlich säuselnd eine auffällig geschminkte Blondine.

Bundschuh ging auf ihn zu und baute sich einen Meter vor ihm und seitlich der Kundin auf. Seine Unterlippe vibrierte.

»Wie kommen Sie auf die bescheuerte Idee, ausgerechnet bei diesem Sturm Ihren Wingert mit Chemie vollzuhauen und dabei meine Bioreben zu kontaminieren? Haben Sie Ihren Sachkundenachweis gekauft oder im Preisausschreiben gewonnen?«, schrie er hemmungslos.

Die Dame wich erschreckt zurück. Simon schaute ihn stumm an und grinste.

»Ich kann die ganzen Trauben einfach hängen lassen. Sie sind für mich verloren.«

»Oidium und Peronospora, also echter und falscher Mehltau, spielen uns dieses Jahr besonders schwer mit. Insofern hielten wir eine Behandlung mit einem zugelassenen Mittel für angezeigt. Damit stehen wir im vollen Einklang mit den Empfehlungen des *Rebschutz- und Weinbauinformationsdienstes der Pfalz für konventionellen Weinanbau* vom DLR«, erwiderte Simon gelassen.

Bundschuh war sich klar darüber, dass er sich diese Antwort bereits vor Stunden zurechtgelegt hatte.

»Dass Ihnen im biologischen Anbau nichts wirklich Wirksames zur Bekämpfung zur Verfügung steht und Sie tatenlos dabei zuschauen müssen, wie Ihre Trauben verrotten, findet natürlich mein ehrliches Mitgefühl. Insofern habe ich Verständnis für Ihre emotionale Verfassung.«

»Ihr Mitarbeiter hätte mich beinahe über den Haufen gefahren.«

»Er hat mir in der Tat berichtet, dass Sie sich auf unserem Weinbergsgelände herumgetrieben haben, was in Zeiten von Spritzungen natürlich grob fahrlässig ist. Das sollte Ihnen bekannt sein.«

»Ich musste mich ja irgendwie zur Wehr setzen. Der ganze

Sprühnebel wurde auf meinen Wingert geblasen«, rechtfertigte sich Bundschuh.

»Lieber Herr Bundschuh, auch dafür habe ich Verständnis. Haben wir Ihnen nicht bewusst ein großzügiges Angebot gemacht, den schmalen Wingertsstreifen, der in Nachbarschaft zu unserem Weinberg liegt, abzukaufen? Der angebotene Kaufpreis von 500.000 Euro, das entspricht 125 Euro pro Quadratmeter, war überaus fürstlich und hätte für rund zwei Hektar anderswo gereicht.«

War anfangs die Stimmung im Raum eher nur interessiert und aufgrund der allgemeinen Diskussion um chemischen Pflanzenschutz mit leichten Vorteilen für Bundschuh verlaufen, so schlug sie mit einem Mal um.

Ein offensichtlich weinbaukundiger, dickwanstiger Endsechziger am Tisch hinter Bundschuh polterte laut los. »So sind sie, diese grünen Fundamentalisten und Prinzipienreiter, selbst wenn du ihnen ihr Hab und Gut in Gold aufwiegst, sind sie noch unzufrieden und machen Ärger.«

»Ganz recht, so ist es«, stimmte von Leinhardt gelassen zu. »Wenn Sie mich nun entschuldigen, ich war gerade dabei, dieser Dame bei der Weinauswahl zu helfen, bevor Sie uns unterbrachen.« Dabei wandte er sich wieder der Kundin zu und ließ seinen Nachbarn links liegen.

»Aber, aber …«, begann Bundschuh.

»Lassen Sie's gut sein, wir haben schon verstanden«, kommentierte der Fettwanst von eben und wies mit der Hand lässig Richtung Ausgang.

Bundschuh verließ bebend vor Zorn den Raum. An der Tür wäre er fast mit Adrian zusammengestoßen, der vom Eingang aus alles mitangehört hatte.

40 ZEITDRUCK

Freitag, 29. Oktober 2021, 5 Uhr

André hatte sich wieder die Nacht um die Ohren geschlagen. Anfangs war es nur die schiere Schlaflosigkeit, getragen von der Sorge, Bundschuh nicht vorm sicheren Ruin bewahren zu können, gewesen.

Im Morgengrauen war dazu ein letzter verzweifelter Plan gekommen, der nun in ihm heranreifte.

Um 6 Uhr verließ er schließlich sein Bett und tauschte es gegen den Ledersessel in seinem Arbeitszimmer.

Doch schon kurz nach 8 Uhr strich er resigniert die Segel. Zu komplex, zu vielfältig und zu widersprüchlich waren die Informationen auf den meist fremdsprachigen Internetseiten gewesen. Er musste sich eingestehen, ohne fremde Hilfe nicht weiterzukommen.

Er brauchte die Unterstützung eines erfahrenen Önologen oder sonstigen Weinfachmanns. Nur so konnte er das Geheimnis um die seltsamen petersilienblättrigen Rebpflanzen, die auf so mysteriöse Weise von Bundschuhs Weinberg verschwunden waren, lüften.

Er war sich sicher, dass die hochkarätigsten Fachleute auf diesem Gebiet am Weincampus in Neustadt zu finden waren.

Seit einer Stunde saß er nun am Telefon. Zuerst hatte er Rita gebeten, ihn heute in der Vinothek zu vertreten. Dann hatte er all seine Kontakte am *Weincampus* abtelefoniert, um schließlich den richtigen Mann zu finden. Einhellig empfahl man ihm, mit Professor Doktor Philippe de Sanguigni, einem Franzosen, den es irgendwann im Rahmen seiner internationalen wissenschaftlichen Karriere an den *Weincampus* nach Neustadt verschlagen hatte, Kontakt aufzunehmen. Sanguigni vereinigte viele Talente in sich. Er war Önologe und Phytomediziner – also Weinbauspezialist und Pflanzenmediziner.

Zunächst hatte er sich abweisend gezeigt. Erst als André ihm von den petersilienblättrigen Reben erzählt hatte, hatte er widerstrebend eingewilligt, ihn noch heute zu treffen.

»Isch 'abe den ganzen Tag Vorlesung, es fünxioniert nur, wenn Sie mir beim Mittagessen in der Cantine Gesellschaft leisten«, hatte er ihm mit typisch französischem Akzent zugestanden.

*

Die Mensa am *Weincampus* war nicht sonderlich groß und keineswegs mit den Mensen in den Hochschulen in Mannheim oder Heidelberg zu vergleichen. Sie bestand aus nicht mehr als zwei hintereinanderliegenden Räumen, die jeweils nicht größer als ein Schulsaal waren, und einer Speisenausgabe, die mit ihrer Verglasung eher einem Bahnhofsschalter glich als den weitläufigen Selbstbedienungstheken anderer Mensen.

Dahinter bemühten sich drei eifrige Damen mit etwas zu voluminös geratenen grauen Kochhauben, die entfernt an Baskenmützen erinnerten, den hungrigen Studenten die Verpflegung in üppigen Portionen auf die Teller zu schaufeln.

Obwohl es André nicht nach Essen zumute war, hatte Sanguigni darauf bestanden, dass er sich ebenfalls mit Tablett, Getränk und einer vegetarischen Pizza an der Essensausgabe eindeckte. Als sie alles auf je einem Plastiktablett verstaut hatten, gingen sie zu einem freien Tisch am hinteren Ende des Raumes.

Im Unterschied zu ihrem Telefonat, bei dem er eher abweisend aufgetreten war, war Sanguigni nun sehr höflich und zuvorkommend.

Er überließ André die Auswahl des Sitzplatzes und zog ihm den Stuhl vor, damit er mit dem Tablett in der Hand bequem Platz nehmen konnte.

»Es tut mir leid, dass Sie sich mit dem 'ier begnügen müssen«, sagte er und wies auf das Mineralwasser auf Andrés Tablett. »Es ist eine Blamage, dass es gerade 'ier, wo sich alles um Wein dreht, keinen Wein in der Mensa gibt. Aber vielleicht liegt es daran, dass viele, die 'ier beschäftigt sind, den Wein während ihrer Arbeit trinken, weil sie ihn verkosten müssen«, scherzte er leutselig.

Hier in der Mensa tummelten sich bodenständige Studenten, die in ihrem Leben schon viele Stunden in den elterlichen Weinbergen zugebracht hatten. Sie debattierten, lachten und waren vor allem darauf aus, möglichst schnell ihre hungrigen Mägen zu füllen.

Sanguigni mit seinem charmanten, aristokratischen Auftreten wirkte dazwischen wie ein Außenseiter.

In allem, was er tat, gab er sich kultiviert und erhaben. Auch sein Äußeres war auffallend gepflegt. Er trug einen eleganten dunkelblauen Designeranzug und ein blütenweißes Hemd, das seinen dunklen Teint unterstrich. Sein Haar war dunkelbraun, akkurat geschnitten und frisiert.

Bestimmt ein Südfranzose, dachte André. Als er nach einem kurzen Small Talk über den *Weincampus* zum Thema der petersilienblättrigen Reben übergehen wollte, wehrte Sanguigni ab.

»In Frankreich sagt man: ›Ein gutes Mahl sollte mit dem 'ünger beginnen.‹ Lassen Sie uns erst in Ruhe essen, der 'ünger macht mich immer etwas flau um diese Zeit. Auch wenn das 'ier nicht unbedingt das ist, was einem französischen Gaumen gerecht wird. Aber à d'autres oder wie es bei Ihnen 'eißt, papperlapapp, 'auptsache es stillt den 'ünger. Und die Gewohnheit daran nennt man wohl Äntegration. Und was Ihre Frage angeht, werde isch Sie ohnehin eher enttäuschen müssen«, flötete der Franzose gut gelaunt. Dabei lächelte er charmant und zeigte dabei sein makelloses Gebiss. Auch ansonsten wirkte an ihm alles perfekt und gepflegt. Der einzige kleine Schönheitsfehler, den André ausmachen konnte, war ein leichtes Hinken und der etwas schleppende Gang, der ihm vorhin aufgefallen war, als er mit dem Tablett hinter ihm hergelaufen war.

Also plauderten sie. Wie André bereits vermutet hatte, war Sanguignis Wiege in Südfrankreich gestanden. Seine Familie besaß dort im Rhonedelta zwischen Arles und Saintes-Maries-de-la-Mer ein Weingut.

André kannte die Region aus zahllosen Südfrankreichurlauben ganz gut. So hatten sie reichlich Stoff für eine lebhafte Unterhaltung.

Als sie auch noch den in leuchtendem Pink eingefärbten Pudding, den Sanguigni nur mit einem abfälligen »oh, mon dieu!« kommentierte, gegessen hatten, schaute der Franzose auf und ermunterte André, nun zum Grund seines Besuches zu kommen.

»Ich wollte Sie fragen, was es mit Reben auf sich hat, deren Blätter aussehen wie, na ja, wie Petersilie?«

Der Franzose lachte. »Hat der gute Monsieur Bündschüh mal wieder ein Opfer für sein Winzerlatein gefunden?«, fragte er launig.

André erschrak, eigentlich wollte er um keinen Preis den Bezug zu Bundschuh herstellen. »Aber woher …?«, begann er stockend.

»Na ja, isch mache das 'ier schon ein paar Jahre, da kennt man seine, wie 'eißt das auf Deutsch, ›Pappen'eimer‹.«

André konnte nur schwer ein Schmunzeln über das durch den französischen Akzent verunstaltete Wort unterdrücken.

»Wieso, was ist mit Herrn Bundschuh?«

»Na ja, isch weiß nicht, wie es in Deutschland ist, in Frankreich sagt man zu so etwas Galéjade. So wie die Jäger immer den größten 'irsch und die Fischer immer den größten Fisch gefangen 'aben, so 'at unser Monsieur Bündschüh mal wieder eine neue Rebsorte entdeckt. Er war sehr enttäuscht, als isch ihm nach einer eingehenden Üntersuchung sagen musste, dass seine Reben an einer besonderen Form der *Court-noué* leiden – Entschüldigung, 'ierzulande nennt man das Kurzknotigkeit oder Reisigkronk'eit. Bei dieser besonderen Form kommt es zu Blattdeformationen. Die Ränder rollen sich ein und es entstehen sogenannte ›Feuilles de Persil‹, also petersilienförmige Blattveränderungen. Die Winzer fürchten dieses Virus. Man muss die Fläche sofort roden und für fünf bis acht Jahre brachliegen lassen. Dann sollte man beten, dass die Nachbarweinberge nicht änfiziert sind.«

André rieb sich versonnen das Kinn. War das der Grund, warum Bundschuh so verschlossen reagiert hatte. Als er nach der brachliegenden Fläche gefragt hatte?

»Bündschüh 'at sich viel zu lange um die Rodung gedrückt. Das ist dangereux, also gefährlich, und er 'at sich gegenüber seinen Nachbaren Schüld aufgeladen. Da war es wohl besser aber nischt unbedingt ährlich, von einer speziellen Züchtung zu reden.«

André schwieg. Zu sehr überraschte ihn das, was er eben gehört hatte. Er hatte Bundschuh als aufrechten und ehrlichen Mann erlebt. Kaum zu glauben, dass er ein solches Lügengebäude aufgebaut haben sollte.

41 DIFFERENZEN

Samstag, 30. Oktober 2021, 18.15 Uhr

»Du verwirrst mich gerade«, begann Achill schmunzelnd, als sie an einem der Hightables in der *Sux-Restobar* in Speyer Platz genommen hatten.

»Wieso?«, fragte André irritiert.

»Na ja, weil mir mein Bullenhirn einerseits sagt, dass du mich nicht in eine deiner edlen Vinotheken eingeladen hättest, wenn du mich nicht zu irgendwas rumkriegen wolltest. Andererseits spricht die Tatsache, dass du einen Tag zu früh damit kommst, dafür, dass du entweder den Fall gelöst oder aufgegeben hast.«

André lächelte schief. »Respekt, du hast ziemlich ins Schwarze getroffen. Ich bin tatsächlich zerrissen.«

Gerade wollte er fortfahren, als der Wirt, Philipp Rumpf, an ihren Tisch trat. Achill gab André mit einem Zeichen zu verstehen, dass er bestellen sollte.

»Philipp, bitte bring uns zwei *Deep Red* von Oliver Zeter. Später nehmen wir noch ein paar Tapas.«

Als der Wirt gegangen war, grinste Achill schief. »*Deep Red* ist mir jedenfalls lieber als bloodred.«

André verzog nur das Gesicht. Die Sache ging ihm an die Nieren.

»Dann lass mich mal anfangen«, begann Achill. »Die Untersuchung deiner Proben hat das bestätigt, was wir schon vermuteten. Der Rotwein weist in Art und Beschaffenheit sowie in der Konzentration die gleichen Blutspuren auf wie dieser Saignée Rosé. Wenn ich dich richtig verstan-

den habe, bedeutet das, dass das Blut nicht beim Abfüll-
prozess, sondern schon in die Maische kurz nach der Ernte
gelangte.«

»So ist es«, stimmte André zu. »Damit lässt sich auch der
Zeitpunkt genau eingrenzen. Da die Lese des Weines am 8.9.
erfolgte und der Saftabzug am 9.9.2020, muss die Verunreinigung an diesen beiden Tagen oder in der Nacht dazwischen stattgefunden haben.«

»Wow, nicht schlecht. Und das weißt du alles aus diesem
Herbstbuch so genau?«

»Ja, wie schon gesagt, stehen im Herbstbuch die Erntesor-
ten, -mengen und -termine, und aus dem Kellerbuch kann
man alles über Umfüllungen, Füllmengen und das dazuge-
hörige Datum erfahren.«

Bevor Achill antworten konnte, öffnete André seine
Aktentasche und zog zwei Kopien heraus. »Hier jeweils
eine Kopie der relevanten Seiten aus dem Herbst- und dem
Kellerbuch für deine Akten.«

»Respekt. An dir ist doch ein Polizist verlorengegangen.«

André verzog gequält sein Gesicht. »Du musst nicht meinen, dass mir das Spaß macht, in den Sachen von Menschen
herumzuschnüffeln, die man schätzt und die einem ihr Vertrauen schenken.«

»Niemand hat behauptet, dass Polizeiarbeit immer Spaß
machen muss«, erwiderte Achill lakonisch und hob die
Hände. »Und was hast du sonst noch rausgefunden?«

»Es gab wohl einen sehr engen zeitlichen Zusammenhang mit dem Termin, an dem der Wein verunreinigt wurde,
und einem Einbruch in Bundschuhs Büro. Der oder die
Gangster drangen angeblich durch die Tür zum Kelterhaus
ein. Man sieht dort nichts mehr. Offensichtlich hat Bundschuh das wieder instandsetzen lassen. Die Tür zum Büro,
das oben in der Galerie liegt und über diese Metalltreppe,

die du bestimmt bei deinem Besuch gesehen hast, zu erreichen ist, wurde grob aufgehebelt. Diesen Schaden sieht man
noch. Auch das Zylinderschloss fehlt.«

»Bertling hat in unserem System natürlich nachgeprüft,
ob es laufende oder abgeschlossene Vorgänge zu Bundschuh
gibt. Da war nichts. Er hat weder etwas auf dem Kerbholz
noch gab es nach unseren Akten kriminelle Handlungen, bei
denen er der Geschädigte war. Wenn das mit dem Einbruch
stimmt, hat er es nicht zur Anzeige gebracht.«

»Das passt zu ihm. Er ist ein Eigenbrötler und nimmt die
Dinge lieber selbst in die Hand«, bestätigte André.

»Hmm«, brummte Achill. »Und so, wie du schaust, hast
du noch etwas anderes auf Lager?«

»Ja, aber das weiß ich nicht recht einzuordnen.« Er legte
eine Pause ein und kämpfte mit sich, ob er überhaupt die
weiteren Erkenntnisse, die er selbst noch nicht zu deuten
wusste, vor seinem Freund ausbreiten sollte.

»Erzähl schon. Nicht selten sind es die unbedeutend
scheinenden Details, die helfen, einen Fall aufzuklären.«

»Wohl um die gleiche Zeit, wenige Tage zuvor, hat Bundschuh nachts einen seiner Wingerte gerodet.«

»Nachts?«, fragte Achill erstaunt.

»Ja, ein Winzer, dem der benachbarte Weinberg gehört,
und Bundschuhs Cousine bestätigen das.«

»Zugegeben, das ist seltsam.«

»Ich hab noch etwas herausgekriegt, das die Begründung
liefern könnte. Ich war bei einem Fachmann für Ampelografie und Molekulargenetik am *Weincampus*.«

»Ampelografie? Was ist das denn?«, unterbrach ihn
Achill.

»Na ja, das heißt so viel wie Rebsortenkunde.«

»Wen du nicht alles kennst.« Achill schüttelte den Kopf.

»Na ja, und er hat mir erzählt, dass Bundschuh wohl

einige Tage vor der Rodung bei ihm war und ihm eine Probe der Reben von diesem Wingert mitgebracht hat. Er hat behauptet, eine neue Rebsorte gezüchtet zu haben.«

»Aha, und was hat das mit dem Kahlschlag auf dem Weinberg zu tun?«

»Dieser Ampelografie-Professor hat herausgefunden, dass es keine neue Sorte war, sondern sich lediglich das Laub der Reben durch eine Infektion mit einem gefährlichen Rebvirus verändert hat. Das würde auch die seltsame Nachtrodung erklären. Der Professor meinte, dass man solche Rebflächen umgehend roden müsse, um ein Übergreifen auf gesunde Nachbarbestände zu vermeiden. Und dass Bundschuh schon viel zu lange gewartet hätte.«

»Trotzdem ist das reichlich seltsam«, bemerkte Achill stirnrunzelnd.

»Ja, das sehe ich auch so. Es passt nicht zu Bundschuh. Er ist in allem sehr ordentlich, seine Buchhaltung ist bestens geordnet. Und dann diese Nachtrodung. Ich frage mich, wie er das überhaupt alleine zustande gebracht haben soll.«

»Bricht denn diese Krankheit von heute auf morgen aus?«, fragte Achill grüblerisch.

»Nein, ich hab danach gegoogelt. Es ist wohl ein Prozess, der Jahre dauern kann.«

»Das heißt, das Laub hätte sich erst allmählich verändert.«

»Ja, das denke ich«, bestätigte André und rieb sich das Kinn. »Dann wäre es natürlich Unsinn, dass Bundschuh davon ausgegangen sein soll, dass er eine neue Rebsorte entdeckt hat.«

»Sei's drum, wenn ich ehrlich bin, interessiert mich diese ganze Rebengeschichte auch nicht. Ich bin von der Mordkommission und nicht von der Landwirtschaftskammer. Es gibt in diesem Fall zwar Blut, aber weder eine Leiche noch eine vermisste Person aus dem Umfeld von Bundschuh.

Auch hat niemand wegen Körperverletzung Anzeige erstattet. Es bleibt einfach nur die Aufgabe der Behörden, den Wein aus dem Verkehr zu ziehen. Zuständig ist dabei die ADD in Neustadt, und der leisten wir gerne Amtshilfe und bringen die Sache schnell hinter uns. Und das wird auch höchste Zeit, bevor mir Bertling noch ganz abdreht. Und von dir erwarte ich, dass du mir nicht dazwischengrätschst, auch wenn dir Bundschuh offensichtlich ans Herz gewachsen ist.«

André verzog mürrisch das Gesicht und wippte unschlüssig auf dem Stuhl hin und her, blieb aber stumm.

»André, ich bitte dich inständig. Ich kann mir hier nicht gleich zwei Rebellen erlauben.«

»Rebellen?«

»Ja, Bertling. Ich weiß nicht, was in sie gefahren ist. Sie hat sich da in was verrannt.«

André schmunzelte. »Aha, und in was?«

»Sie glaubt immer noch, dass dieser von Leinhardt, Bundschuhs Nachbarssohn, der vorm *Saalbau* seinen Säbel etwas zu eifrig geschwungen hat, den jungen Keller bewusst töten wollte.«

»Aber welches Motiv sollte er haben? So, wie du erzählt hast, hat der vorher keine Berührungspunkte mit von Leinhardt gehabt.«

»So ist es. Das hab ich auch schon versucht, ihr klarzumachen.«

»Aber?«, bohrte André weiter.

»Na ja, sie ist da auf so eine Sache gestoßen, die zwar auch nichts damit zu tun hat, aber die aus ihrer Sicht die Skrupellosigkeit der von Leinhardts beweisen soll.«

»Aha. Und um welche Sache geht es?«

Achill zögerte, schüttelte den Kopf und blähte die Backen. »Du willst mal wieder, dass ich alle Polizeigeheimnisse vor dir ausplaudere. Es ist immer dasselbe mit dir.«

André schwieg weiter und schaute seinen Freund erwartungsvoll an.

»Na schön. Ist ja längst kein Geheimnis mehr. Vor elf Jahren gab es hier einen seltsamen Selbstmord. Ein älterer Winzer namens Theo Keller, übrigens der Großvater unseres Opfers vom *Saalbau*, brachte sich mit Gift, es war *E 605*, in seinem eigenen Betontank um. Im Abschiedsbrief machte er Simon von Leinhardt, den Vater des Säbelschwingers, dafür verantwortlich. Worauf die Witwe des alten Keller, die Großmutter unseres Opfers, eine Strafanzeige wegen Mordes gegen von Leinhardt einreichte. Das war natürlich Unsinn, weil es keinerlei Anzeichen für eine aktive Beteiligung der von Leinhardts gab. Selbstmord aus Kummer über eine, von einem anderen verursachte wirtschaftliche Notlage, ist eben kein Delikt im Sinne des Strafgesetzbuches.«

André rieb sich das Kinn. »Und um welche wirtschaftliche Notlage ging es dabei?«

»Bertling hat herausgefunden, dass die von Leinhardts wenig zimperlich sind, wenn es um die Durchsetzung ihrer Interessen geht. Sie haben in diesem Fall für Weinbergsflächen völlig überhöhte Pachtpreise geboten, um zu Lasten mancher anderen Winzer vor Ort ihre Fläche rigoros zu vergrößern. Einige Winzer haben sie dadurch aus ihren Pachtverträgen gedrängt. Bei dem alten Keller war das wohl so drastisch, dass er sein Weingut hätte stilllegen müssen, da die ihm verbliebene Fläche einfach zu klein war, um wirtschaftlich weiterzuarbeiten.«

»Das ist natürlich unschön, aber was hat das mit dem Fall oder mit Bundschuh zu tun?«

»Eigentlich nichts. Nur dass Bundschuh wohl auch einige für ihn wichtige Flächen auf dem Schlossberg eingebüßt hat. Seitdem scheint zwischen ihm und den von Leinhardts das

Tischtuch zerschnitten zu sein. So hat es jedenfalls Bertling aus Gesprächen mit einigen Winzern rausgekriegt.«

»Sie ermittelt also auch in diesem Fall?«

»Das ist es ja gerade. Sie scheint sich in dieser Sache völlig zu verselbstständigen. Ich hatte ihr eigentlich verboten, sich weiter um den Fall zu kümmern.«

André lachte. »Das meintest du also mit Rebellen?«

»Ja«, erwiderte Achill grimmig. »Jetzt weißt du mal wieder alles.«

André gab seinem Freund einen Klaps auf die Schulter. »Freut mich, dass ich dieses Mal ausnahmsweise nicht das Problemkind bin.«

»Bohr nur weiter in meinen Wunden. Ich will diese Rebellion schnellstens beenden. Und das geht nun mal nur auf zwei Wegen. Entweder man hängt die Meuterer auf – und dafür ist mir Bertling einfach zu sehr ans Herz gewachsen und ich halte sie für eine ausgezeichnete Polizistin – oder man fährt schnellstmöglich in den Heimathafen ein.«

»Was meinst du mit Heimathafen?«

Jetzt lachte Achill über die Begriffsstutzigkeit seines Freundes. »Ganz einfach. Ich trenne die Angelegenheit sauber, schließe schnellstmöglich die Akten dieses Saalbaufalles als Suizidsache und gebe sie mit Bitte um Einstellung an die Staatsanwaltschaft weiter.«

André nickte.

»Den Teil der Akte, bei dem es um den kontaminierten Wein geht, gebe ich an die ADD, also die Aufsichts- und Dienstleistungsdirektion in Neustadt, bei der auch die Agraraufsicht angesiedelt ist, und unterstütze noch die Kollegen, den Wein sicherzustellen. Die ADD erledigt dann die weinrechtlichen Aspekte, und wir sind raus aus dem Gesamtkomplex – und du grätschst mir ausnahmsweise nicht dazwischen«, fügte er ein weiteres Mal mahnend hinzu.

»Und danach haben wir wieder einen Selbstmord aus einer wirtschaftlichen Notlage heraus, der, wie du dich vorhin ausgedrückt hast, kein Delikt im Sinne des Strafgesetzbuches ist. Nur, dass es dieses Mal Bundschuh ist, der sich das Leben nimmt«, sagte André vorwurfsvoll.

42 PLAN

Etwa elf Jahre vorher – Montag, 9. September 2010, 5.25 Uhr

Die Sonne war noch nicht über den auf der badischen Rheinseite liegenden Höhen des Odenwaldes aufgegangen. Einen Tag nach Neumond gab es auch sonst wenig, was die Nacht hier draußen in den Weinbergen erhellte.

Eine vermummte Gestalt mit schwarzer Sturmhaube, Camouflage-Parka und dunkler Hose kauerte neben einem Wingertspfahl und wartete.

Es war kalt, aber er wusste, dass das Warten bald ein Ende haben würde.

Ein Freund, der während des Studiums bei den von Leinhardts jobbte, hatte es ihm zugetragen: Heute würde man ab 5.30 Uhr die beiden oberen Schlossbergwingerte mit dem Traubenvollernter befahren. Da ein Regengebiet in Richtung Pfalz zog, wollte man schon in den frühen Morgenstunden unter Scheinwerferlicht beginnen, um rechtzeitig, bevor der Regen die Trauben verwässerte, die Ernte einzufahren.

Bereits zehn Minuten später sah er die Scheinwerfer des mächtigen Gefährts, das sich den Hang hinaufquälte. Hinter dem Traubenvollernter kam ein weiteres Gespann, ein Schlepper, der einen Traubenanhänger zog, in den dann der Vollernter die Lese abkippen würde.

Nun hieß es für ihn, auf der Hut zu sein. Der Vollernter kam nur langsam vorwärts, und es dauerte noch ein paar Minuten, bis er in den Seitenweg zu ihm einbog. Noch 200 Meter, und er würde in die erste Rebzeile des von Leinhardtschen Wingerts einbiegen und mit der automatischen Lese beginnen.

Tatsächlich brachte sich der Vollernter nun just vor der ersten Rebzeile in Position. Der Fahrer des Traktors war abgesessen, und man bereitete das hochbeinige Ungetüm auf die Lese vor.

Er lag indes flach auf die kalte Erde gedrückt einige Rebzeilen weiter im Nachbarwingert und wartete.

Es schien ewig zu dauern, bis die Vorbereitungen abgeschlossen waren. Er hörte, wie Thomas von Leinhardt, der den Vollernter fuhr, mit dem Mitarbeiter, der ihn auf dem Trecker begleitete, palaverte und ihm Anweisungen über die Geräusche des laufenden Motors hinweg zuschrie.

Dann hörte er, dass das Motorgeräusch anschwoll. Von Leinhardt gab Gas, und das gewaltige Gefährt, das in der Grundausdehnung etwa einem großen Schlepper entsprach, aber deutlich höher war, setzte sich in Bewegung.

Rebe um Rebe verschwand zwischen den beiden Radwänden, die die Rebzeile rechts und links eng flankierten. Ein Mechanismus ließ die Rebpflanzen erzittern, um ein Abfallen der reifen Beeren zu erreichen. Die herabfallenden Beeren wurden dann von einem Lamellensystem, das die Stämme der Rebstöcke wandernd umschloss, aufgefangen und nach mehreren Sortierschritten in den Vorratsbehälter transportiert.

Während man sich langsam die Zeile emporarbeitete, rannte die vermummte Gestalt ein paar Rebzeilen nebenan den Weinberg empor. Oben bewegte er sich dann erst geduckt und später kriechend zu der Zeile, die gerade abgeerntet wurde.

Der Vollernter hatte bereits die Mitte des Wingerts erreicht.

Jetzt hieß es, sich zu beeilen. Er suchte wieder hinter dem Wingertspfahl Schutz und zog eine Kneifzange aus dem Parka. Zuerst kappte er den unteren Haltedraht. Der Draht gab nach, und das lose Ende zog sich ein paar Meter vom Holzpfahl weg in Richtung Vollernter. Ansonsten passierte nichts. Der nächste Draht darüber schnellte schon mit mehr Wucht weg vom Pfosten, aber eine größere Wirkung blieb aus. Der Vollernterfahrer bewegte sich noch immer in gleichbleibender Geschwindigkeit auf ihn zu und schien von alldem nichts zu bemerken.

Der nächste Draht, auf dem schon ein Gutteil des Gewichtes der reifen Trauben ruhte, verschwand mit einem giftigen Sirren in Richtung Vollernter. Dann kappte er den letzten Draht, auf dem nun die Masse der kompletten Rebzeilen mit ihrem tonnenschweren Behang lastete.

Er hörte ein scharfes Klatschen, als sich der überspannte Draht den Weg zwischen dem Laub bahnte. Blätter flogen. Die Rebzeile mit ihrer fast zwei Meter hohen Laubwand schwankte.

Vom Vollernter tönte ein übles metallisches Knirschen zu ihm herüber. Der Draht hatte sich in der Mechanik verfangen. Von Leinhardt, der offensichtlich in die Monotonie der Arbeit versunken war und in den frühen Morgenstunden noch müde vor sich hin dämmerte, stoppte zu spät.

Der Vollernter bockte. Die Rebenwand neigte sich nun sichtbar und kippte im Zeitlupentempo nach rechts über. Tonnen reifer Trauben zogen nun alles mit sich zu Boden, die Wingertspfähle knickten ächzend ab. Der hochrädrige Vollernter, zu spät gestoppt, kam in Schräglage. Das seitlich abfallende Terrain begünstigte die Schieflage. Gezogen von der Last der Trauben kippte das Ungetüm krachend auf die Nachbarzeile, die es ebenfalls mit sich zu Boden riss.

Die Schweinwerfer des gefallenen Kolosses bohrten bizarre Lichtkegel in den Nachthimmel.

Von Leinhardt brüllte außer sich vor Zorn derbe Flüche in die morgendliche Stille.

Der Vermummte erhob die Faust, und ein breites Grinsen legte sich auf seine Züge.

43 ZUGRIFF

Dienstag, 2. November 2021, 8.45 Uhr

André war elend zumute. Er kam sich wie ein Verräter vor.

Zu wissen, dass das Damoklesschwert, das über Bundschuh schwebte, in nur 15 Minuten mit der Wucht eines Henkerschwerts auf ihn niedersausen würde, und er dabei zusehen musste, verursachte ihm ein übles Magengrummeln.

Verstärkt wurde es durch die Gewissheit, dass allein Achills Erscheinen ihn als Polizeispitzel outete. Bundschuh erinnerte sich bestimmt, dass er vor ein paar Tagen bei seinem ersten Besuch Seite an Seite mit Achill vor ihm an der Theke gesessen war.

Nach dem Aufstehen hatte er kurz erwogen, sich krankzumelden, um der Blamage zu entgehen. Doch die Illusion, vielleicht irgendwie zugunsten Bundschuhs einschreiten zu können, hatte letztlich den Ausschlag gegeben, sich dieser Herausforderung zu stellen.

Völlig entgegen seinen Gewohnheiten schenkte er sich einen von Bundschuhs tanninreichen Roten ein und kippte ihn auf einen Zug hinunter.

Rita, die ihn unbemerkt beobachtet hatte, schmunzelte. »Wow, um die Zeit? Sucht oder Frust?«, witzelte sie.

André blieb ihr eine Antwort schuldig.

*

Pünktlich 15 Minuten später rollten ein Zivilfahrzeug der Polizei und ein Streifenwagen auf den Parkplatz vor der *Vinothek Bundschuh*.

Sie parkten neben einem grauen Transporter mit Neustadter Kennzeichen, der schon ein paar Minuten vorher vor Ort gewesen war. Den Fahrzeugen entstiegen Bertling, zwei Streifenpolizisten der Neustadter Polizei und aus dem Transporter ein Beamter der Agraraufsicht der ADD Neustadt in grauem Anzug.

Bertling ging der seltsamen Prozession entschlossenen voraus und öffnete die Tür zur Vinothek.

André, der, die Eingangstür im Blick, hinter dem Tresen der Vinothek stand, wünschte sich, im Boden zu versinken.

Bertling begrüßte ihn mit einem fast unmerklichen Nicken. »Wir wollen zu Herrn Konrad Bundschuh«, eröffnete sie förmlich mit einer für sie ungewohnt strengen Behördenstimme.

Bevor André antworten konnte, schlurfte Bundschuh aus dem Flaschenlager in die Vinothek.

»Konrad Bundschuh?«, fragte sie knapp.

Er nickte und wirkte dabei unbeteiligt.

»Ihnen wird zur Last gelegt, mit lebensmittelrechtlich nicht zugelassenen Substanzen verunreinigten Wein in Umlauf gebracht zu haben. Wir sind hier, um den Wein zu beschlagnahmen und ein Verkaufsverbot auszusprechen«, verkündete sie ernst.

»… und wir benötigen Einblick in Ihre Weinbuchführung, um uns Klarheit über mögliche Zwischenhändler zu verschaffen und auch dort den Wein zu beschlagnahmen«, setzte der grau Gekleidete mit heiserer, unpassend heller Stimme nach.

André sah, wie sich ein rötliches Glühen über die sonst eher bleichen Wangen Bundschuhs zog.

»Wer versucht mir denn da wieder, ans Bein zu pissen?«, erwiderte er ungewohnt hart. »Ich bin Biowinzer aus Überzeugung, nicht wie diese ganzen Trittbrettfahrer, die das nur machen, weil es gerade gut für den Umsatz ist. Bei mir kommt weder was auf die Reben, was da nicht hingehört, noch setze ich im Keller unerlaubte Substanzen zu. Noch mal, wer will mir denn hier wieder schaden?«

»Es geht nicht um im Bioanbau verbotene Pflanzenschutzmittel, weinbauliche Zusatzstoffe oder Schönungsmittel. Es geht um menschliches Blut in Ihrem 2020er Saignée Rosé und dem Rotwein Regent, aus dem der Saftabzug für den Rosé vorgenommen wurde.«

André beobachtete Bundschuhs Gesicht genau. Dieses Mal erkannte er darin nicht die eben noch an den Tag gelegte trotzige Aufsässigkeit, sondern blankes Entsetzen. Vor die Röte auf seine Wangen schob sich eine Nebelwand, die sein Gesicht in eine weißliche Blässe hüllte. Bundschuh stützte sich an einer Stuhllehne ab. Für einen Augenblick war er unfähig, etwas zu entgegnen.

Bertling warf André einen bedeutungsvollen Blick zu. Offensichtlich interpretierte auch sie Bundschuhs Sprachlosigkeit als stilles Eingeständnis. Das bedeutete, dass er sich die Verunreinigung erklären konnte.

Wie aus dem Nichts erschien nun Rita, stellte sich neben ihren Cousin und legte ihm den Arm um die Schulter. Sie schien alles gehört zu haben und polterte los. »Keine Ahnung, wo das Blut herkommen soll, aber gefährlich für den Verbraucher ist es wohl nicht. Oder? Also machen Sie mal halblang.«

»Das steht hier nicht zur Debatte«, erwiderte der Beamte barsch. »Das Weinrecht gibt genau vor, was im Wein sein darf, und menschliches Blut gehört definitiv nicht dazu. Im Übrigen bezeichnet Herr Bundschuh seine Weine als vegan. Dem Aspekt, dass vermutlich keine Gefahr für den Verbraucher ausgeht, tragen wir schon dadurch Rechnung, dass wir auf den Rückruf, der bereits an den Endverbraucher gelangten Flaschen verzichten. Sie können diese Maßnahme daher wohl kaum als unverhältnismäßig bezeichnen.«

Jetzt war es Bundschuh, der seine Hand kraftlos auf Ritas Unterarm legte. »Lass gut sein, Rita«, sagte er fast tonlos.

André war allmählich klar geworden, dass Achill nicht mehr erscheinen würde. Warum aber war er ferngeblieben? Offensichtlich wollte er vermeiden, ihn als Polizeispitzel zu kompromittieren.

War das nur ihrer Freundschaft geschuldet oder erwartete er, dass André seine Tätigkeit bei Bundschuh fortsetzte?

Er beschloss, aufs Ganze zu gehen und den Einfluss, den er bei Bertling genoss, zugunsten des Winzers in die Waagschale zu werfen.

»Darf ich Ihnen vielleicht einen Vorschlag zur Güte unterbreiten ...«, begann er noch etwas unschlüssig.

»Wer sind Sie denn?«, schnitt ihm der Beamte von der ADD das Wort ab.

»Mein Name ist André Sartorius, ich arbeite hier«, erwiderte er gespielt freundlich.

Seine unerwartete Freundlichkeit schien den Beamten eher zu provozieren, als zu beruhigen.

Er herrschte nun Bundschuh an. »Würden Sie bitte Ihren Mitarbeitern klar machen, dass ich diese Sache nur mit Ihnen und nicht mit jedem Vinotheken-Hansel hier diskutiere.«

Bertling legte ihm die Hand auf den Arm und versuchte, ihn in seiner Tirade zu bremsen.

»Ich glaube, wir sollten uns die Zeit durchaus nehmen und Herrn Sartorius ausreden lassen.«

Der Aufsichtsbeamte winkte mürrisch ab, ließ Bertling aber gewähren.

»Ich kann durchaus nachvollziehen, dass die Weine nicht mehr verkauft werden können und man sie aus dem Handel zurückziehen muss. Aber können wir das nicht so regeln, dass Herr Bundschuh dies tut und nicht die Behörde. Ich denke, der Reputationsschaden wäre sonst existenzbedrohend«, schlug André ruhig und besonnen vor.

»Und dann? Der könnte uns ja dann alles erzählen. Nein, ohne behördliche Mitwirkung und Aufsicht funktioniert das nicht!«, grantelte der Aufsichtsbeamte.

»Sie haben ganz recht. Es muss eine objektive behördliche Kontrolle dieser Maßnahme stattfinden, und sie muss neutral durchgeführt werden«, pflichtete ihm nun Bertling bei.

Der Beamte nickte heftig. Eine gewisse Befriedigung zeichnete sich auf seinem Gesicht ab.

»Herr Bundschuh, an welche Händler haben Sie denn die Weine ausgeliefert?«

»Es waren nicht viele. Nur eine Weinhandlung in Neustadt und eine regionale Supermarktkette mit ein paar Filialen hier im Umland.«

»Ich hole rasch die Unterlagen«, fügte Rita hinzu.

»Gut, das sollte ja zu schaffen sein. Ich werde noch heute mit einem Mitarbeiter des Weingutes die Verkaufsstellen abfahren, und wir werden die Weine dort im Namen des Weingutes zurückrufen. Herr Sartorius, vielleicht können Sie mich ja begleiten?«, sprach Bertling nun André direkt an und konnte dabei ein leichtes Zwinkern nicht unterdrücken.

»Und Sie, Herr Bundschuh, wenn Sie uns mit einer E-Mail bei den Verantwortlichen ankündigen könnten, würde das helfen, dem allem etwas die Schärfe zu nehmen.«

Nun erkannte auch Bundschuh, dass Bertling gerade dabei war, den Reputationsschaden einzudämmen.

»Ja gerne, selbstverständlich«, erwiderte er hektisch.

»Die Polizei, dein Freund und Helfer. Na ja, wenn Sie nicht Besseres zu tun haben, als Wein zu transportieren. Wir in unserer Behörde sind für solche Sperenzchen viel zu ausgelastet«, giftete der Weinaufseher.

Die zwei Streifenpolizisten, die bisher unbeteiligt etwas abseits gestanden waren, konnten sich ein Grinsen über sein beleidigtes Auftreten nicht verkneifen.

»Ich werde nun die Tanks, die den fraglichen Wein beinhalten, sowie die in Flaschen abgefüllten Bestände versiegeln. Morgen komme ich noch mal wieder und versiegle die Rückläuferflaschen aus dem Handel. Der guten Form halber weise ich Sie darauf hin, dass Siegelbruch gemäß Paragraf 136 Strafgesetzbuch ein Straftatbestand ist«, sagte er mit ernster Miene an Bundschuh gerichtet.

»Und von Ihnen erwarte ich gleich morgen ein detailliertes Protokoll, aus dem die Ergebnisse des Rückrufes quantitativ exakt zu ersehen sind«, forderte er Bertling mit schneidender Stimme auf.

»Selbstverständlich. Auch wir bei der Polizei sind exaktes Arbeiten gewohnt. Ich hoffe, Sie können auch mit digitalen Protokollen umgehen«, konterte Bertling und klopfte auf ihr Tablet, das sie, wie fast immer, unter den Arm geklemmt bei sich trug.

44 POLIZEIARBEIT

Dienstag, 2. November 2021, 9.15 Uhr

»Wow, starker Auftritt«, kommentierte André Bertlings Manöver, als sie gemeinsam im Lieferwagen des Weingutes saßen.

»Danke«, erwiderte sie lächelnd. »Aber irgendwie auch schade, dass wir Frauen euch immer erst beweisen müssen, dass wir auch was von unserem Job verstehen.«

»Sorry, ich bekenne mich schuldig«, gestand André zerknirscht ein.

Ihm fiel auf, dass Bertling im Rückspiegel den Wagen des Weinkontrolleurs fixierte.

Er steckte den Zündschlüssel ein und war im Begriff, den Lieferwagen zu starten.

Sie legte die Hand auf seinen Unterarm. »Warte.«

In diesem Augenblick hörten sie, wie der Wagen des Kontrolleurs anfuhr und knirschend über den geschotterten Parkplatz auf die Straße rollte.

»So, jetzt wirst du noch eine Seite von mir erleben, die du bisher nicht kanntest. Komm mit.« Sie glitt von ihrem Sitz und ging auf ihr ziviles Polizeifahrzeug zu. André folgte ihr mit verwirrter Miene.

Sie öffnete den Kofferraum und zog eine Polizeiuniform und eine Schirmmütze heraus. Darauf legte sie eine Koppel mit Handschellen und Pistolenholster.

Andrés staunenden Blicken begegnete sie nur mit einem schelmischen Lächeln. »Pass auf! Ich werde dir jetzt zeigen, wie Polizeiarbeit geht.«

Den Kleiderberg, auf dem Koppel und Mütze thronten, auf den vor sich ausgestreckten Armen, betrat sie nun wieder mit André im Schlepptau die Vinothek.

Bundschuh und Rita standen noch zusammen und schauten erstaunt auf, als sie sie mit dem Kleiderberg vor sich hereinkommen sahen.

»Gibt es einen Raum, wo ich mich umziehen kann?«, fragte Bertling mit routiniertem Gleichmut in der Stimme.

»Umziehen, aber Sie werden doch nicht etwa in Uniform in den Supermärkten aufschlagen?«, fragte Rita erstaunt.

»Doch, wieso? Erfahrungsgemäß wird das alles beschleunigen.«

»Aber …«, setzte Bundschuh zögerlich an.

»Aber was?«, fuhr Bertling barsch dazwischen.

Bundschuh schwieg. Offensichtlich war er unsicher, wie weit er mit seinem Protest gehen konnte.

André, den die Situation mindestens genauso verwirrte wie Bundschuh, kam ihm zu Hilfe. »Wenn die Polizei so auffällig dort aufkreuzt, dass es die Kunden sehen, und dann mit den Weinkartons vom Weingut Bundschuh den Supermarkt verlässt, wird das nicht unbemerkt bleiben, und es wird Gerede geben. Könnten Sie nicht in Zivil …?«

»Warum sollte ich das tun? Wie kommen Sie darauf, dass ich Herrn Bundschuh und dem Weingut Zurückhaltung schulde?«, erwiderte Bertling zickig.

»Ich meine, äh …«, begann André, der diesen Wesenszug an ihr noch überhaupt nicht kannte. Er verstand nicht, was sie da gerade tat. Hatte doch alles vor wenigen Minuten so ausgesehen, als würde sie bewusst die Flamme, auf der das hier köchelte, möglichst klein halten wollen.

»Herr Sartorius hat recht. Könnten wir nicht …«, wieder stockte Bundschuh, »könnten Sie uns nicht soweit entgegenkommen, dass der Rückruf, sagen wir mal, still verläuft?«

Bertling lächelte freudlos. »Und warum sollte ich das tun?«

Bundschuh schien nun gänzlich mit seinem Latein am Ende zu sein und schwieg mit offenem Mund.

»Wollen Sie etwa Geld von uns?«, frage Rita.

»So ähnlich«, antwortete Bertling keck.

»Sie erwarten eine Gegenleistung?«, griff nun Bundschuh wieder ins Gespräch ein.

»Ja, so ist es«, sagte Bertling nun mit fester Stimme und schaute Bundschuh durchdringend an. »Ich brauche einen Beweis, dass Sie es wert sind, Ihr Weingut vor dem sicheren Ruin zu bewahren.«

André war nun völlig verwirrt. Ihm war nicht klar, was

Bertling im Schilde führte. War sie etwa korrupt und wollte sich mit ein paar Kisten Wein schmieren lassen? Er hoffte inständig, dass dem nicht so war. Es würde sein Bild von ihr als sehr korrekte Polizistin auf einen Schlag zerreißen.

Bundschuh schien ebenfalls von Bertlings unverhohlener Forderung bis ins Mark erschüttert. Rita stieg Zornesröte ins Gesicht.

André war sich sicher, dass sie gleich in einem Temperamentsausbruch verbal über Bertling herfallen würde.

»Die Gegenleistung für Ihr wirtschaftliches Überleben ist ...« Bertling legte eine Kunstpause ein, so als müsste sie genau abwägen, was sie fordern könnte. »Die Gegenleistung ist, dass Sie mir nun ehrlich sagen, von wem das Blut im Wein stammt. Und überlegen Sie sich gut, was Sie antworten. Sie haben diese Chance nur ein Mal, und das ist jetzt.« Sie schaute dabei Bundschuh mit stechendem, todernstem Blick in die Augen.

André starrte sie mit offenem Mund an. Von dieser Seite hatte er die junge Kriminaloberkommissarin tatsächlich noch nie kennengelernt. Ihre sonst so sanften, eher etwas verschmitzt dreinblickenden blauen Augen wirkten in diesem Augenblick kalt und unerbittlich, und ihr Blick bohrte sich wie ein Bannstrahl tief in Bundschuhs leichenblasses Gesicht.

Auch die sonst nie um einen kecken Kommentar verlegene Rita stand sprachlos neben ihm und starrte ihn an.

»Ich ... äh«, begann Bundschuh heiser, »... ich weiß nicht ...«

»Wo ist der Raum, in dem ich mich umziehen kann?«, wiederholte Bertling mechanisch ihren Text von vorhin. Wie auf Knopfdruck war ihre Stimme wieder in jene Belanglosigkeit umgeschlagen, in der sie die Frage zum ersten Mal gestellt hatte.

Bundschuhs Augen begannen, nervös zu flackern. Offensichtlich wurde er sich gerade bewusst, dass ihm die Felle davonschwammen. Auch Rita schien das zu bemerken und legte ihm ermunternd die Hand auf die Schulter.

»Ich … also es war der Einbrecher vom letzten Spätsommer.«

»Aha«, erwiderte Bertling, begleitet von einem eher abfälligen Blick. »Und weiter …«

»Es war spät nachts. Ich war erschrocken, wir hatten Angst, ich wollte meine Frau schützen …«

»… und da haben Sie ihn aus Notwehr erschossen«, beendete Bertling seinen Satz. Dabei gab sie ihrer Stimme eine warme, verständnisvolle Färbung.

»Nein, Gott behüte. Ich wollte ihm nicht ernsthaft schaden. Es hätte nur ein Schuss vor den Bug sein sollen.«

Bertling grinste schief. »Und der Schuss ging dabei wohl in und nicht vor den Bug?«

»So ähnlich«, gab Bundschuh kleinlaut zu. »Ich habe ihn an den Beinen getroffen. Es war die alte Schrotflinte meines Großvaters. Sie trifft nicht mehr ganz genau. Er hat stark geblutet.«

»Und dann haben Sie ihn in den Most geworfen?«

»Nein, er stand oben auf dem Treppenabsatz vorm Büro und trug eine Sporttasche über der Schulter.«

Bertlings Blick folgte nun Bundschuhs Hand, die auf das Treppenpodest der Metalltreppe vor der Bürotür wies. »Und wie kam das Blut in den Most?«

»Es war kein Most«, verbesserte Bundschuh. »Es war ein großer offener Bottich mit frisch eingefahrenem Lesegut. Er stand unter dem Podest.«

»Und da tropfte das Blut rein?«

»Nein, zur Lesezeit entfernen wir oben immer das Geländer, um die Tröge, die wir an der Laufkatze da oben herumhieven, besser dirigieren zu können.«

»Sie meinen, er fiel hinein?«

»Ja«, bekannte Bundschuh heiser mit bebenden Lippen.

»Und dann, was haben Sie mit dem Verletzen gemacht?«

»Er lag auf dem Bauch und rührte sich nicht mehr. Es war so schrecklich. Ich hatte Angst, ihn getötet oder schwer verletzt zu haben«, stieß Bundschuh hervor.

Sein Gesicht war nun gerötet und zu einer Fratze verzerrt, als wäre er es, der gerade verwundet worden war.

45 SCHEITERN

Gut ein Jahr vorher – Montag, 7. September 2020, 3.30 Uhr

Das Herz des Stammhalters wummerte. Er kannte seinen Körper, wusste, wann es für ihn gefährlich wurde. Doch es war ihm gerade einerlei.

Das hier war im Begriff zu scheitern. Er würde es nicht schaffen, rechtzeitig fertig zu werden. Hier war es nicht allzu gefährlich, länger zu brauchen, aber für das, was noch kommen sollte, war es fatal.

Sie mussten schneller werden.

Einer der Leute, den sie Karol nannten, war mit zornigen Augen auf ihn zugekommen und hatte ihm seine blutigen Handflächen gezeigt. Das Herausziehen der Reben hatte sich längst als der schwierigste und schweißtreibendste Arbeitsschritt erwiesen. Die Wurzeln der Jungpflanzen waren schon tiefer in den Boden des Schlossbergs eingewachsen als erwartet. Da der Spaten allzu oft an den verwitterten Sandsteinbrocken, die hier das Erdreich durchsetzten, abprallte, war das Herausziehen kräftezehrend.

Sollte die so gut vorbereitete Sache nun daran scheitern, dass man zu lange brauchte und es zu schwer war, die Wurzeln aus dem steinigen Untergrund herauszureißen?

Mittlerweile hatten sich bei fast allen die Unebenheiten und abgeschnittenen Triebansätze an den dünnen Rebstämmchen durch das Leder der Handschuhe gebohrt. Alle klagten über Blessuren und Abschürfungen. Doch er musste sie weiter antreiben – es war keine Zeit für Pflaster und Pausen.

Die zierliche Vorarbeiterin war zum Wagen gelaufen und hatte einen der Ersatzspaten geholt und ihn dem Stammhalter wortlos in die Hand gedrückt.

»Du graben, ich ziehe, sonst nicht schaffen«, hatte sie ihm gesagt und auf die nächste Rebzeile gewiesen.

Sie hatte gut reden. Sie wusste nicht, wie schwach und wenig belastbar sein Körper war.

Aber sollte er wirklich erneut scheitern? Vor Bundschuh, diesem hoffnungslos naiven Ökoaffen, seine nächste Schmach eingestehen müssen?

Er zögerte kurz, nahm den Spaten aus der Hand der Vorarbeiterin und folgte ihr in die Nachbarzeile.

Einer der Landarbeiter klatschte matt.

46 GEWISSEN

Bundschuh saß, in sich zusammengesackt, in der Vinothek. Rita hatte ihm geistesgegenwärtig einen Stuhl untergeschoben.

Offensichtlich hatte das Geschehene bei ihm ein Trauma hinterlassen, das nun in aller Heftigkeit, wie ein unter die Wasseroberfläche gedrückter Eisberg, an die Oberfläche drängte.

»Noch mal, was haben Sie mit dem Verletzten gemacht?«, bohrte Bertling unerbittlich weiter.

»Ich ... er ... er lag auf den Trauben. Ich brauchte eine Leiter, um zu ihm zu kommen«, stieß er hervor.

»Und dann? Drohte er nicht, in der Maische zu ertrinken?«

»Nein, die Trauben geben zwar nach, und überall ist Saft, aber man sinkt nicht auf den Boden der Bütte«, erwiderte Bundschuh hektisch.

»Was geschah dann?«

»Als ich mit der Leiter aus dem Nebenraum zurückkam und das Licht anschaltete, war er verschwunden.«

»Also doch in der Maische versunken?«

»Nein, er muss zu sich gekommen und aus dem Zuber geklettert sein. Es gab Fußspuren, Trauben und Blut vor der Bütt auf dem Boden.«

»Und wie kam er von innen raus, wenn Sie von außen eine Leiter brauchten?«, fragte Bertling mit in Falten gelegter Stirn. Offensichtlich zweifelte sie an Bundschuhs Worten.

»Na ja, die Trauben sind direkt nach der Ernte noch fest, sie geben Halt. Man kann sie ja auch mit den Füßen stampfen, ohne darin zu versinken. Die Bütt war voll. Obendrauf ist es nur einige Zentimeter bis zum Büttenrand und von außen, vom Fußboden, etwa anderthalb Meter. Man braucht von der Außenseite eine Leiter, um reinzukommen, von innen reicht es, sich über den Büttenrand zu wuchten und nach unten fallen zu lassen.«

»Und das hat er wohl getan und ist verschwunden?«

»Ja, ich hörte gleich darauf, wie ein Auto über den Wingertsweg neben dem Haus davonbrauste. Ich bin rausgerannt, habe aber nichts mehr erkennen können. Aber die Traubensaft- und Blutspuren gingen bis zum Weg an die Stelle, von der er davongefahren ist. Er war wohl nicht so schwer verletzt, wie ich gefürchtet hatte, und konnte noch davonfahren.« Bundschuh hatte sich nun merklich beruhigt. Offensichtlich hatte es ihm gutgetan, sich die für ihn traumatischen Ereignisse jener Nacht von der Seele zu reden.

»Kannten Sie ihn?«, hakte nun Bertling wieder ein.

»Nein, es war dunkel, und es ging alles so schnell.«

»Können Sie ihn wenigstens beschreiben?«

»Nein, auch das nicht. In der Bütt lag er auf dem Bauch, und ich konnte sein Gesicht nicht sehen. Ich weiß nur, dass er wohl dunkles Haar hatte.«

Bertling warf André einen bedeutungsvollen Blick zu. »Und die Hautfarbe?«

»Na ja, es war dunkel, es schaute kaum was aus der schwarzen Kleidung raus, und der rote Traubensaft war überall. Mir ist nichts Besonderes aufgefallen.«

Bertling schmunzelte. »Wie muss ich mir denn was Besonderes in Hinblick auf die Hautfarbe vorstellen?«

»Na ja, ich denke …« Bundschuh stockte. »Nein, offen gestanden, kann ich dazu nichts sagen, er war ja ganz schwarz angezogen und trug so eine Sturmhaube, wie sie Motorradfahrer benutzen.«

Wieder warf Bertling André einen verstohlenen Blick zu.

»Aber schon irgendwie dunkel«, fügte Bundschuh unsicher hinzu.

»Hat er gesprochen? Redete er vielleicht in einer fremden Sprache?«, versuchte sie es nun auf eine andere Art.

»Nein, das heißt, als ich geschossen hatte, bevor er gestürzt war, schrie er auf.«

»Aha, und in welcher Sprache?«, wiederholte sie.

»Es war nicht gesprochen, es war nur so ein Laut. So, wie wenn jemand Schmerzen hat, aber doch irgendwie anders.«

Bertling verzog fragend das Gesicht. »Und wie klang es?«

»Es hörte sich wie ›aie‹ an.«

47 MEUTERER

Dienstag, 2. November, 2021, 9.55 Uhr

»Wow, ich wusste gar nicht, wie hart du sein kannst. Sonst kenne ich dich nur als guten Bullen. Oder sagt man da gendergerecht etwa ›gute Bullin‹?«

Bertling lachte, und mit einem Mal war wieder das Mädchenhafte in ihre Züge zurückgekehrt. »Na ja, solang du mich nicht ›gute Kuh‹ nennst, und als guten Bullen hatte ich ja heute dich dabei.«

»Hattest du das mit der Uniform wirklich vor?«

Bertling lachte. »Ihr hättet euren Spaß gehabt, wäre es dazu gekommen. Wir bei der Kripo haben keine Uniformen mehr. Die war von einem der Neustadter Kollegen ausgeliehen. Ich hätte die Hose ganz schön hochkrempeln müssen.«

André schüttelte den Kopf. »Du würdest auch eine gute Pokerspielerin abgeben, dermaßen zu bluffen.«

»Hat doch gewirkt. Und ich bin davon überzeugt, dass er das, was er uns bisher noch verheimlicht hat, dir in den nächsten Tagen preisgeben wird.«

»Heißt das, du willst also weiter ermitteln?«

»Klar. Hat doch erst angefangen, interessant zu werden. Wir müssen unbedingt erfahren, was er da so Wichtiges im Büro aufbewahrt hat, das es lohnte, geklaut zu werden. Von Geld war ja nicht die Rede, und Bundschuh war diesbezüglich sehr zugeknöpft. Daneben interessiert mich, wer der Täter war. Die Beschreibung war jedenfalls völlig unbrauchbar. Ich würde zu gerne erfahren, wie das zu der Sache mit den Sichelzellen passt.«

»Hmm«, brummte André und rieb sich dabei das Kinn.

»Deine Aufgabe für die nächsten Tage ist es, dich um Bundschuh zu kümmern und rauszukriegen, was da genau gestohlen wurde. Daneben kannst du ihm ja noch mal bezüglich der Täterbeschreibung auf den Zahn fühlen – insbesondere, was er mit dem ›irgendwie dunkel‹ meinte.«

»Wird gemacht«, antwortete er diensteifrig. Er konnte sich ein Lächeln über die so ungewohnt toughe Verena Bertling, die er bisher nur als dienstbaren Geist an Achills Seite kannte, nicht verkneifen.

»Und ich werde mal Bundschuhs Nachbarn, diesem von Leinhardt auf den Zahn fühlen. Nach wie vor halte ich das nicht für eine zufällige Verkettung unglücklicher Umstände, was da vorm *Saalbau* passiert ist. Und seit ich von dem seltsamen Selbstmord von vor elf Jahren weiß, schließe ich bei denen rein gar nichts mehr aus.«

»Und was wird Frank dazu sagen, wenn du munter weiter ermittelst? Ich habe ihn so verstanden, dass er den Fall schnellstmöglich zu den Akten legen will.«

Bertling lachte. »Er wird sauer sein, dass ich mir das rausnehme. Was sonst? Aber im Kern wird er mir irgendwann zugestehen, dass er es selbst so ähnlich gemacht hätte. Wenn er sich etwas in den Kopf gesetzt hat, ist er mindestens genauso stur wie ich. Und dann sind ihm die Direktiven seiner Vorgesetzten auch egal. Streng genommen tue ich nur das, was er mir seit Jahren vormacht.«

André lachte. »Na ja, auch wenn ich das durchaus nachvollziehbar finde, wird das euer Verhältnis nicht gerade verbessern.«

»Ja schon, das tut mir auch leid. Ich mag ihn sehr. Und im Allgemeinen respektiere ich seine Ansichten und dienstlichen Anweisungen, aber er sollte auch hin und wieder meine Einschätzungen ernst nehmen und sich nicht einfach darüber hinwegsetzen. Schließlich tut er das mit deinen Einwänden auch.«

André lachte. »Das wäre mir neu. Woran liest du das ab?«

»Na ja, es war immerhin seine Idee, im Büro zu bleiben und dich nicht zu kompromittieren. Auch dass das mit dem Blut im Wein eher auf kleiner Flamme köcheln sollte, war seine Anweisung. Er nahm dein Mitgefühl für Bundschuh ernst. Und wollte, dass wir es möglichst vermeiden, ihn zu ruinieren.«

»Das war mir nicht bewusst. Wie anständig von ihm.«

»Ich wünschte, das wäre er zu mir hin und wieder auch«, erwiderte Bertling und lächelte bitter.

André nickte nur stumm. Obwohl er sie sehr gut verstehen konnte, wollte er sich nicht in den Streit zwischen den beiden hineinziehen lassen. Er würde das auf seine Art regeln.

»Und um das gleich klarzustellen; Nachher das bei den Supermärkten und dem Weinhändler ist dein Part. Ich werde mich nur im Hintergrund halten und alles stumm hierin festhalten.« Dabei klopfte sie, wie so häufig, auf ihr Tablet. »Du redest, und die ganze Sache wird lediglich ein Rückruf des Weingutes wegen irgendwelcher geschmacklicher Weinfehler sein. Dir wird schon eine passende Begründung einfallen.«

48 RÜCKZUG

Gut ein Jahr vorher – Montag, 7. September 2020, 4.45 Uhr

Der sonst so stolz kerzengerade, aufrecht stehende Stammhalter stand tiefgebeugt vor der Ladefläche des Transporters. Seine Lungen pumpten, das Herz wummerte, die Muskeln brannten. Er fühlte, wie sich die völlige Erschöpfung wie Nebelschwaden vor sein Bewusstsein schob und drohte, ihm den Geist zu vernebeln.

Gerade bahnte sich das nächste Desaster an. Er hatte unterschätzt, wie ausladend die Wurzelstöcke an den Reben schon waren. Obwohl es der größte Transporter gewesen war, den er hatte kriegen können, reichte der Platz nicht für die Reben und die Arbeiter.

Er musste eine Entscheidung treffen. Er spürte, dass die Männer murrten, die meisten bluteten stark an den Händen.

Auch seine Handflächen waren aufgerissen. Würde er sie jetzt alle oder zumindest einige zurücklassen, würden sie meutern, dessen war er sich bewusst. Genauso interpretierte er den Gesichtsausdruck der Vorarbeiterin, die ihn flehentlich ansah.

»Ausladen!«, war seine prägnante Anweisung. Er musste so viele der Rebstöcke wieder entladen, dass der Platz für die Mannschaft ausreichte.

Nach dem Absetzen der Landarbeiter plante er zurückzukommen und das Fahrzeug erneut zu beladen. Das würde ihn um mindestens eine Stunde zurückwerfen, und das auch nur, wenn er körperlich überhaupt noch in der Lage dazu wäre.

Als die Männer einen Teil der ausgegrabenen Reben ausgeladen und fein säuberlich ein paar Meter innerhalb des Weinberges aufgeschichtet hatten, schaute ihn die Vorarbeiterin durchdringend an.

»Ich fahre«, war ihre karge Reaktion auf sein erbärmliches Auftreten.

Obwohl er eigentlich vorgehabt hatte, sie alle wieder auf der Ladefläche zu verstauen, damit sie nichts vom Weg sahen und den Ort ihres Wirkens nicht mehr wiederfinden könnten, schwieg er und reichte ihr den Zündschlüssel.

49 ABENDTROPFEN

Am Abend kehrten Bertling und André abgekämpft und müde mit einem Lieferwagen voller Weinkartons und Einzelflaschen nach Hambach ins Weingut zurück. Sie verabschiedete sich und stieg direkt auf dem Parkplatz in ihren Dienstwagen um.

Als er die Vinothek betrat, erwarteten ihn Bundschuh und Rita schon. Der Winzer schien wie ausgewechselt. Aus seinem Gesicht war die typische Blässe gewichen, und die Wangen glühten rosig. Ein ungewohntes Lächeln hatte sich auf die sonst so ernsten Züge gelegt.

Wortlos ging er auf André zu und umarmte ihn. Wie immer, wenn jemand unverhofft Tuchfühlung mit ihm aufnahm, zuckte er zurück, ergab sich aber dann doch Bundschuhs Gefühlsausbruch. Dieser klopfte ihm mit seiner von der Arbeit in den Weinbergen groben, schrundigen Hand unbeholfen den Rücken. »Danke, ich habe Ihnen meine Existenz zu verdanken«, flüsterte er, während er ihn kaum noch aus der Umarmung entlassen wollte.

»Danken Sie lieber Frau Bertling, der Polizistin, sie hat sich, um Ihnen nicht zu schaden, im Hintergrund gehalten.«

»Ich weiß«, bekannte Bundschuh. »Der Eigentümer der regionalen Supermarktkette hat mich schon angerufen. Er sagte, es sei löblich, dass ich aus eigenem Antrieb den Wein mit den angeblichen Fehltönen zurückgezogen habe. Er hatte zwar noch keine diesbezüglichen Kundenbeschwerden, aber trotzdem findet er unser Qualitätsbewusstsein lobenswert. Er hielt übrigens diese Polizistin für eine Mitarbeiterin des Weingutes.«

André lächelt. »Ja, sie hat eure Abmachung eingehalten.«

»Ich ja auch«, beeilte sich Bundschuh. »Was meinen Sie, wird mich dieses Geständnis ins Gefängnis bringen?«, setzte er mit besorgtem Gesichtsausdruck nach.

André lächelte. »Aber nein. Gefährlicher Körperverletzung muss die Polizei zwar von Amts wegen nachgehen. Da sich aber bisher kein Geschädigter gemeldet hat und ohnehin ein guter Strafverteidiger daraus eine Notwehr machen würde, glaube ich nicht, dass es überhaupt zu einer Verhandlung kommt. Wegen des Besitzes der Schrotflinte wird man Sie wahrscheinlich mit einer Geldstrafe wegen unerlaubten Waffenbesitzes belangen, aber auch das ist nur halb so wild. Ich gehe davon aus, dass die Neustadter Polizei gleich morgen noch einmal vorbeikommt und die Waffe sicherstellt.«

»Hat sie Ihnen das gesagt?«, forschte Bundschuh besorgt nach.

»Ja, hat sie. Ich sagte ja schon, sie will Ihnen nicht schaden.«

Auf Bundschuhs Gesicht kehrte das Lächeln zurück, und eine Freudenträne rollte ihm über die Wange.

»Das alles setzt natürlich voraus, dass Sie sich auch weiterhin kooperativ zeigen, hat sie mir gesagt«, log André.

»Wie meinen Sie das?«, fragte Bundschuh mit bangem Blick.

»Na ja, Sie werden in Bezug auf die gestohlenen Sachen und den möglichen Täter noch etwas nachlegen müssen.«

Bundschuh schluckte, ersparte sich aber eine Antwort. Wahrscheinlich musste seine Bereitschaft, tiefere Einblicke zu geben, noch reifen.

»So, nun lasst uns mit einem Gläschen Sekt darauf anstoßen«, schaltete sich Rita in das Gespräch der Männer ein. Sie hatte bereits auf der Theke drei Sektgläser bereitgestellt.

»Aber nimm unseren besten, den Crémant«, erwiderte Bundschuh. Er wirkte, als sei ihm mit dem Geständnis gegenüber Bertling eine gewaltige Last von den Schultern gefallen.

*

Gemeinsam waren sie erfolgreich der Sektflasche zu Leibe gerückt. Als sie leer war, verkündete Rita, dass sie nun Feierabend machen würde, und ging.

Bundschuh hatte danach kurz die Vinothek verlassen und kam mit einer unetikettierten Rotweinflasche unterm Arm zurück.

»Ich glaube, spätestens jetzt werden Sie sich für heute Abend eine Fahrgelegenheit suchen müssen. Vielleicht kriege ich ja auch meine Frau dazu, Sie nach Hause zu fahren«, sagte Bundschuh und grinste verschwörerisch.

»Aber ich muss morgen wieder arbeiten«, wehrte André ab.

»Sie werden mir doch die Gelegenheit, Ihnen das ›Du‹ anzubieten, nicht nehmen. Und das da ist was ganz Besonderes«, entgegnete Bundschuh und wies auf die Flasche.

Dabei verlieh er dem Klang seiner Stimme etwas ungewohnt Feierliches.

André ließ ihn gewähren.

Bundschuh holte zwei voluminöse Rotweingläser aus dem Schrank, öffnete die Flasche, dekantierte den Inhalt in einer bauchigen Karaffe und schenkte sich eine kleine Menge ein. Er schwenkte das Glas, hob es gegen das Licht der Lampe und roch daran. Die Verzückung, die sich dabei auf seine Züge legte, nötigte André unwillkürlich ein Lächeln ab. Dann nahm er vorsichtig einen Schluck, sog geräuschvoll etwas Luft ein und ließ den Wein über die Zunge rollen.

Wieder lächelte er in fast kindlicher Verzückung.

Dann schenkte er ihnen beiden ein größeres Quantum ein.

Auch André hielt erst das Weinglas gegen das Licht, entschied sich aber, lieber ein weißes Blatt Papier hinter das Glas zu halten, um einen genauen Eindruck von der Farbe des Inhalts zu erhalten.

Der Wein war von einem tiefen Rubin- bis Granatrot. Er hatte die Nase noch etwas vom Glasrand entfernt, da stieg ihm bereits ein herrlicher Duft nach Cassis und Brombeere entgegen.

»Wow, wie intensiv er duftet«, kommentierte er, was Bundschuh, der gerade auch das Aroma des Weines inhalierte, mit einem wohligen Grunzen quittierte.

Mit einem Nicken animierte ihn nun Bundschuh, den Wein zu kosten. Er erhob sein Glas und stieß es sanft an das von André. »Auf das ›Du‹. Selten hat es mich so gefreut, jemandem das ›Du‹ anzubieten.«

André nippte und ließ sich einen kleinen Schluck über die Zunge rollen. Ein Feuerwerk an Aromen flutete seinen Mund: wieder Cassis, dunkle Beeren, aber auch grüner Paprika und ein noch nie geschmecktes Aroma nach mediterranen Kräutern.

»Was ist das?«, frage er erstaunt.

Bundschuh lachte nur. »Was meinst du, was es sein könnte?«

André ließ sich Zeit, probierte erneut und schüttelte den Kopf, weil der Wein so gar nicht in die bekannten Raster passen wollte. »Am ehesten noch Cabernet Sauvignon, aber er ist viel aromatischer feiner, subtiler …«

»Ja das ist er, aber ein Cabernet Sauvignon ist es nicht.«

»Hmm«, kommentierte André, dessen Ehrgeiz, die richtige Rebsorte zu erraten, nun geweckt war.

Bundschuh lachte über die Verbissenheit, mit der er nun nippte, kostete und immer wieder am Glas roch.

»Du kannst ihn nicht kennen. Es gibt davon, neben dieser, nur noch zwei weitere Flaschen auf der ganzen Welt. Ich nenne ihn *Saint Pierre*, weil sein Laub an Petersilie erinnert. Zugegeben etwas albern, aber …«

»Aber?«, wiederholte André.

»Aber, das ist jetzt sowieso egal.« Bundschuhs Lächeln war verschwunden, und eine unnatürliche Blässe machte sich auf seinem Gesicht breit. Mit einem Mal wirkte sein Teint, als hätte man ihm Mehl entgegengeblasen.

»Wieso ist es egal?«, fragte André reflexartig. »Der Wein ist spektakulär.«

Bundschuh stieß hörbar Luft durch die Nase aus. »Aber es gibt keine einzige Rebe mehr davon. Er ist ein für alle Zeiten verlorener Schatz. Die Franzosen nennen das ›Vinperdu‹ – verlorener Wein. Dabei war er in allem so perfekt«, fügte er versonnen mit kummervollem Blick hinzu.

Seine gequälten Züge verrieten, welchen Schmerz diese Erkenntnis in ihm erzeugte.

»Er hatte eine vollständige Resistenz gegenüber dem echten und falschen Mehltau. Die Trauben standen lockerbeerig, die einzelnen Beeren berührten sich nicht, Fäulnis konnte so kaum überspringen, die Beerenhäute waren dick, sodass ihnen Botrytis und sonstige Schimmel- und Fäulniserreger nichts anhaben konnten. Das Blattwerk war durch die Petersilienblättrigkeit durchbrochen und ließ Luft an die Reben, dadurch war ein Sommerschnitt kaum erforderlich. Ich kam bei diesen Reben ohne jegliche Spritzung aus. Dazu kam, dass der Austrieb spät war, sodass auch Frühlingsfröste ihm nichts anhaben konnten. Er wuchs schön aufrecht und war dazu sehr ertragreich. Kurz: ein Wein, wie man ihn sich nicht besser hätte erträumen können. Er war einfach nur perfekt. Er hätte den Bioweinbau revolutioniert.«

Bundschuhs Fassung hatte nur noch für diesen euphorischen Redeschwall gehalten. Sein Gesicht legte sich in fratzenhafte Falten, Tränen schossen ihm in die Augen. Der sonst so stoische Mann weinte bitterlich.

*

Während André sich als Retter des Weingutes Bundschuhs feiern ließ, nutzte Bertling die Abendstunden, um weiter zu ermitteln.

Jetzt, wo ihre Dienstzeit vorüber war, war sie wenigstens Achill keine Erklärung schuldig, warum sie weiter Zeit in den aus seiner Sicht längst erledigten Fall investierte.

Sie wollte sich noch, wie mit André abgesprochen, im Weingut der von Leinhardts umsehen. Das war nicht ganz ohne Risiko. Felix von Leinhardt hatte sie bereits an der Seite von Achill bei der Vernehmung kennengelernt, und seinem Anwalt, diesem Professor Doktor Hasso von Lychow, wollte sie auf keinen Fall noch einmal begegnen. Also blieb ihr nichts anderes übrig, als zu hoffen, dass Felix gerade nicht zu Hause war oder sie nicht sah.

Eigentlich gab es keinen vernünftigen Grund, um ihr Auftreten gegenüber den beiden Eigentümern Simon und Thomas zu rechtfertigen. Ihr Magengrummeln bezüglich des Todesfalls vorm *Saalbau*, der lange zurückliegende Selbstmord, dessen Akten längst geschlossen waren, oder dieser seltsame Einbruch bei Bundschuh waren samt und sonders keine hinreichenden Gründe, um irgendwelche Ermittlungen zu erklären. Also musste sie sich eine Begründung suchen. Und diese sollte so bizarr sein, dass sie für eine Überrumpelung ausreichte.

Entschlossen trat sie in die Vinothek, in der an etwa zwei Drittel der Tische Personengruppen saßen, um Wein zu probieren oder mit Pfälzer Tapas und Co einfach nur so zu genießen.

Hinter der Theke stand Thomas von Leinhardt und erläuterte einem Kunden sein neues Herbstcuvée.

Um dem Ganzen etwas mehr Nachdruck zu verleihen, platzte sie dazwischen, fischte ihre Dienstmarke aus der Innentasche ihres Blazers und hielt sie so, dass sie jeder sehen konnte, von Leinhardt direkt unter die Nase.

»Kriminaloberkommissarin Bertling, Kriminalpolizei Ludwigshafen«, stellte sie sich dem verdutzten Winzer vor. »Ich muss Sie dringend sprechen. Können wir uns vielleicht in Ihrem Büro unter vier Augen unterhalten?«

Dem Winzer blieb faktisch keine Chance zum Widerspruch. Sollte er etwa hier vor seinen Kunden einen möglichen Kriminalfall ausdiskutieren?

»Ja natürlich, sofort. Ich muss nur noch …« Von Leinhardt drehte sich um und rief eine Servicekraft herbei, um die unterbrochene Beratung fortzusetzen.

»Folgen Sie mir«, sagte er und ging auf eine Tür hinter dem Schankraum zu.

Als sie zu zweit in dem Büroraum waren und von Leinhardt die Tür hinter sich geschlossen hatte, polterte er los: »Was fällt Ihnen ein, so einen Auftritt vor meinen Kunden hinzulegen. Wie sieht das denn aus?«

Bertling blieb ruhig. Fast gelassen ergriff sie nun das Wort. »Wir haben dafür gute Gründe. Und das, was Sie eben erlebt haben, war bereits die softe Variante. Sollten Sie nicht kooperieren, komme ich gerne in einer halben Stunde mit 20 Kollegen von der Polizei und vom Zoll wieder, und dann werden Sie die raue Variante erleben.« Ihre Stimme klang kalt und bissig und ließ keinen Zweifel an ihrer Entschlossenheit.

Von Leinhardt wurde blass. »Aber ich wüsste nicht, wegen was Sie bei uns ermitteln sollten. Die Sache mit Felix war erwiesenermaßen ein Unfall«, erwiderte er, nun schon weniger selbstbewusst.

»Es geht hier um etwas ganz anderes. Es liegt der dringende Verdacht auf Unterstützung bandenartig organisierten Menschhandels und die Beschäftigung illegaler Einwanderer vor.«

Von Leinhardt schluckte. »Wie bitte?«, empörte er sich. »Ist das wieder so eine haltlose Anzeige von diesem Bundschuh, dieser Dreckschleuder, der uns für alles auf dieser Welt verantwortlich macht. Dieses Mal geht er zu weit!«

»Nein, ist es nicht, wir haben diese Hinweise aus anderen Quellen erhalten. Ich möchte sofort Einblick in Ihre Personalakten. Und danach werde ich mich auf dem Kellereigelände umsehen.«

Von Leinhardt ging ohne weitere Reaktion zum Telefon.

»Das lassen Sie lieber bleiben. Betroffene zu warnen, damit sie sich unseren Ermittlungen entziehen, werte ich als Verdunklungsversuch, der nur unnötig Ihr Strafmaß erhöht.«

»Ich wollte nur meinen Bruder …«, rechtfertigte sich von Leinhardt verdattert. »Ich versichere Ihnen, bei uns hat alles seine Richtigkeit«, setzte er nun unterwürfig hinzu.

»Okay, dann lassen Sie mich meine Arbeit machen, und ich verspreche Ihnen, ich bin in einer halben Stunde wieder ohne großes Aufsehen von Ihrem Weingut verschwunden.«

Von Leinhardt nickte servil.

»Die Personalakten der Mitarbeiterinnen und Mitarbeiter, die in diesem und dem Vorjahr bei Ihnen beschäftigt waren«, blaffte Bertling kalt.

Von Leinhardt ging zum Aktenschrank. Offensichtlich hatte er in der Tat nichts zu verbergen und wollte die Polizei so schnell wie möglich aus dem Haus haben.

Nach und nach legte er ihr rund 50 Hängeordner vor.

Bertling überflog jeweils die Personalbögen – Namen, Funktion und Staatsbürgerschaft.

Die meisten Mitarbeiter waren entweder Servicekräfte der Vinothek oder Erntehelfer für die Lese oder den Rebschnitt.

Frauen schieden für sie sofort aus. Schließlich hatte Bundschuh von einem männlichen Einbrecher gesprochen. Unter den Männern waren nur wenige, die aus der Gegend stammten, das Gros aber waren Ernte- und Weinbergshelfer aus Osteuropa. Auch diese schieden aus, da, wie Professor Ngora erklärt hatte, Sichelzellenanämie in der Regel nur in Afrika oder Asien auftrat.

Sie war fast durch, als ihr schließlich in einer Akte das Passfoto eines Schwarzafrikaners entgegenprangte. Anselm Yeboah war sein Name. »Staatsangehörigkeit: Deutsch«, war auf dem Personalbogen zu lesen.

Als von Leinhardt sah, dass sie sich mit dieser Akte etwas intensiver beschäftigte, eilte er rasch herbei. »Er kommt ursprünglich aus Gabun, hat aber mittlerweile die deutsche Staatsbürgerschaft. Er wohnt in Speyer und arbeitet schon seit acht Jahren bei uns.«

»Ich brauche eine Kopie dieses Personalbogens«, erwiderte Bertling ungerührt.

War das ihr Mann? War das der Einbrecher bei Bundschuh, dessen Blut den Wein verunreinigt hatte?

50 ABSACKER

Dienstag, 2. November 2021, 23.15 Uhr

»Da oben am Schlossberg, wo ich dir vor einer Woche meine Weinberge gezeigt habe, wuchs er. Es war der erste etwas großflächigere Anbau. Fast 20 Jahre meines Lebens gingen diesem Stadium voraus.«

André nickte, vermied es aber, Bundschuh, dem der Alkohol die Zunge gelockert hatte, zu unterbrechen.

»Vereinfacht gesagt, war die Rebe das Ergebnis aus mehreren Kreuzungen. Unter anderem der Schweizer Chasselas-Rebe für die Blattform, der wilden Amurrebe aus Russland für die Immunität gegenüber Mehltau und Dornfelder beziehungsweise Cabernet-Sauvignon für Ertragsreichtum, Farbe und Geschmack.«

André schluckte. Er konnte nur schwer den gewaltigen Aufwand ermessen, den Bundschuh wohl getrieben haben musste, um so weit zu kommen.

»Du musst dir vorstellen, dass man für jede Einzelkreuzung Rebblüten, die sich sonst selbst befruchten würden, sozusagen kastriert, indem man mit einer feinen Pinzette jeden Staubfaden einzeln ausrupft. Meine Frau und Adrian haben damit Tage und Wochen zugebracht. Dann stülpt man über die verbliebenen, nur noch weiblichen Blüten ein Tütchen und pinselt Pollen aus einer Blüte des Kreuzungspartners hinzu. Man lässt die Trauben heranreifen und sät nun die Kerne aus. Aus den entstandenen rund 100 Sämlingen je Traube selektiert man die besten. Kreuzt sie aufs Neue mit anderen Partnern, um so diesen Sortenmix zu erhalten. Da man die Erfolge immer erst beurteilen kann, wenn so ein Zwischenergebnis selbst blüht und Früchte trägt, braucht man viele Jahre, um wirkliche Fortschritte zu sehen. Dabei hat man ständig Rückschläge. Ansonsten einwandfreie Pflanzen erweisen sich als zu frostempfindlich, was man erst merkt, wenn es einen tüchtigen Frost gibt. Sie reagieren schlecht auf Trockenheit oder sind anfällig gegen irgendeine Erkrankung. Das alles kostet Unmengen an Zeit und Geld. Und trotzdem kommen die allermeisten Züchter, die so etwas versuchen, ihr Leben lang nie zu einem richtigen Durchbruch.«

André nickte voller Bewunderung für Bundschuhs Sachkenntnis und sein Durchhaltevermögen.

»Und wenn es einem dann wie mir vergönnt ist, Erfolg zu haben, was einem Lottogewinn gleichkommt, gilt es, die Pflanzen zu vermehren. Das funktioniert nicht über den natürlichen Weg. Jede Bestäubung würde wieder zu unerwünschten Mutationen und Fremdbestäubungen oder sonstigen Verfälschungen der neuen Sorte führen. Man macht das über sogenannte Klone.«

»Klone«, wiederholte André ungläubig.

Bundschuh schmunzelte, als er seine Verwunderung bemerkte.

»Keine Sorge, das hat mit Gentechnik rein gar nichts zu tun. Man nennt das auch vegetative Vermehrung. Im Gegensatz zur geschlechtlichen Vermehrung wird kein neues Erbmaterial eines Vermehrungspartners zugeführt, sondern die jungen Pflanzen haben die exakt gleichen Gene wie die Elternpflanzen. So bleibt die neue Sorte mit all ihren positiven Merkmalen unverändert erhalten.«

André nickte. »Aber wie funktioniert das Klonen?«

Bundschuh lächelte nachsichtig. »Es ist kein Hexenwerk. In Wahrheit hat es wohl jeder, der einen eigenen Garten oder wenigstens Zimmerpflanzen hat, schon mal selbst probiert. Man nimmt dazu einfach ein Pflanzenteil, bei Reben ein Stück einer Rute, und steckt es in ein geeignetes Substrat – meist Sand oder ein Sandgemisch. Nach ein paar Wochen bilden sich Wurzeln, und es ist ein sogenannter Steckling entstanden.«

»Verstehe«, erwiderte André etwas abwesend und versuchte, das Neuerlernte gerade noch zu ordnen. »Aber wo nimmt man so viele Stecklinge für einen ganzen Weinberg her?«

»Man muss Geduld haben und in Stufen arbeiten. Von den auf den ersten Blick aussichtsreichsten Kandidaten, bei uns waren das immerhin 37, vermehrt man nun je fünf Stecklinge. Genug, um eine Kleinstmenge Wein zu erzeugen. Aber nicht zu viel, um die Platzkapazitäten zu überschreiten.«

»Und daraus hast du die Pflanzen ausgewählt, die den besten Wein hergaben.«

»Genau. Pro Rebpflanze gibt es etwa eine Flasche Wein. Genug, um zu testen. Adrian und ich selektierten weiter, und am Ende der Kette stand unser *Saint Pierre*, den du gekostet hast. Er war perfekt.«

Wieder schossen Tränen in Bundschuhs Augen.

Um zu vermeiden, dass er wieder in einen Tränenausbruch versank, fragte André weiter. »Und wie vermehrt man das Ganze dann auf eine Fläche wie die oben am Schlossberg?«

»Man schneidet aus den Trieben der fünf Pflanzen so viele Stecklinge wie möglich und baut nochmals eine Zwischenstufe auf, die dann zahlenmäßig ausreichend ist, um daraus genügend Rebpflanzen für einen Flächenanbau zu erhalten.«

»Und warum hast du die Fläche dort oben gerodet?«

In Bundschuhs Gesicht legte sich ärgerliche Überraschung. »Ich, gerodet? Nein, sie wurden mir nachts gestohlen. Jede einzeln herausgerissen und mitgenommen. Sie waren erst zwei Jahre alt, noch leicht auszureißen. Trotzdem muss es ein ganzer Trupp gewesen sein. Es waren über 1.000 Pflanzen.«

André schluckte. »Weißt du, wer dir das angetan hat?«

»Wissen nicht, aber ich bin mir fast sicher, dass es diese von Leinhardts waren. Entweder sie wollen sich mit fremden Federn schmücken oder es war einfach nur reine Missgunst.«

»Hast du irgendwelche Beweise?«

»Nein, natürlich nicht, außer meiner Familie wusste niemand, dass ich an so was dran bin.«

»Und wieso sollte von Leinhardt etwas darüber wissen?«

»Na ja, er wohnt in unmittelbarer Nachbarschaft. Vielleicht hat er uns irgendwann belauscht oder hat seine eigenen Schlüsse gezogen. Ich hab ihn auch ein paarmal droben im Versuchswingert erwischt, als er sich die Reben ganz genau angeschaut hat.«

»Hmm«, brummte André und rieb sich das Kinn. Er war für eine Weile unfähig, etwas zu entgegnen, zu sehr bewegte ihn Bundschuhs Geschichte.

Bundschuh erhob sich wortlos und schlurfte nach hinten ins Flaschenlager. Bald darauf kam er mit einer weiteren unetikettierten Flasche unter dem Arm wieder. »Lass ihn uns austrinken. Ich will ihn nicht mehr sehen.«

»Und wo sind diese Reben der Zwischenstufe? Kann man sie nicht wieder vermehren?«, fragte André, ohne auf Bundschuh einzugehen.

Dieser lachte bitter. »Sie sind auch gerodet.«

»Auch von den Dieben in dieser Nacht?«

»Nein, von mir ein halbes Jahr zuvor. Ich dachte, ich brauche sie nicht mehr. Im Übrigen waren sie am Ende.«

»Aber wieso …«, fragte André erstaunt.

»Man vermehrt diese Zwischenpflanzen wurzelecht, das

heißt, um den Prozess einfacher zu gestalten, werden sie nicht wie sonst alle Reben bei uns auf die Wurzeln amerikanischer, reblausresistenter Reben aufgepfropft. Für die kurze Zwischenphase, für die man sie benötigt, funktioniert das. Aber nach und nach werden sie von der Reblaus befallen und sterben ab. Und da man sie nicht mehr braucht, wenn man eine große Anlage hat, deren Hunderte Rebpflanzen genügend Ruten für Stecklinge abgeben, rodet man diese wurzelechten Reben, um nicht unnötig die Reblauspopulation im Boden zu erhöhen.«

»Es gibt also wirklich keine einzige Pflanze deiner Saint-Pierre-Rebe mehr?«

Bundschuh konnte sich ein schiefes Grinsen nicht verkneifen. »Wenn es die gäbe, würde ich nicht jammern, sondern neu anfangen.«

»Entschuldige«, sagte André, der sich erst jetzt der Naivität der Frage bewusst geworden war.

»Schon gut«, wehrte Bundschuh ab. »Vielleicht gibt es sie ja doch, aber eben nicht bei mir. Irgendwann gelingt ja noch dem Dieb oder einem seiner Helfershelfer damit der große Durchbruch.«

Bundschuh entkorkte die zweite Rotweinflasche und schenkte ihnen großzügig ein. Sie nippten voller Ehrfurcht daran und genossen den edlen Tropfen.

Eine dumpfe Kraftlosigkeit machte sich unter den beiden breit und nahm ihnen die Energie für ein sinnvolles Gespräch. Sie hingen ihren Gedanken nach und schwiegen.

Nach einer Weile wagte André einen weiteren Anlauf.

»Ich kenne mich da nicht sonderlich gut aus, aber gibt es nicht so etwas wie ein Patent auf Rebsorten?«

»Das gibt es wirklich. Man nennt es Sortenschutz. Man beantragt ihn beim Bundessortenamt, ganz in unserer Nähe in Haßloch. Aber, um deiner nächsten Frage zuvorzukommen: Ich war gerade dabei, einen Sortenschutz vorzubereiten. Es gab eine Fotodokumentation, Zuchtprotokolle und die vorbereiteten Formulare. Ich hätte nur noch 32 gepfropfte Rebpflanzen hinzufügen und das Ganze in Haßloch abgeben müssen.«

»Und warum ...«, begann André zögerlich.

»Warum ich es nicht getan habe? Ganz einfach, weil ich ein penibler Trottel bin und es wieder einmal ganz besonders gut machen wollte. Ich habe noch vorher beim *Weincampus* in Neustadt eine DNA-Analyse in Auftrag gegeben. Ich wollte, dass meine Reben nicht nur an den äußerlichen Merkmalen, sondern auch an ihrem genetischen Code zu identifizieren sind, und damit auf Nummer sicher gehen.«

»Hmm, das klingt aber doch vernünftig, warum ...?«

»Warum, warum«, erwiderte Bundschuh ärgerlich. »Weil sich wohl ausgerechnet in dieser Probe irgendwo ein Virus herumgetrieben hat und mir ein Professor am *Weincampus* deshalb mit Zwangsrodung gedroht hat.«

Das bestätigte die Äußerung des Franzosen, den André bereits am *Weincampus* getroffen hatte.

»Und wieso kam es nicht zur Zwangsrodung?«

Bundschuh schnaubte resigniert. »Weil ich den Typen so lange angefleht habe, das nicht zu tun, bis er mir irgendwann zubilligte, den Vorgang unter den Tisch fallen zu lassen.«

»Hmm«, brummte André und schüttelte frustriert den Kopf.

»Den Rest der Geschichte kennst du ja schon. Während ich mich um den angeblichen Virus kümmerte, war fünf Tage später die komplette Anlage nachts geplündert, und wiederum zwei Nächte danach hat dann dieser Einbrecher den Aktenordner mit den Zuchtunterlagen oben aus dem Büro gestohlen. Und jetzt weißt du, warum ich geschossen habe. Und ganz ehrlich, nachdem das mit dem Wingert geschehen war, hätte ich keine Skrupel gehabt, jeden, der sich meinem Grundstück nähert umzulegen.« Der Gesichtsausdruck Bundschuhs war nun von fast toxischer Bitterkeit überzogen.

»Und warum bist du nicht mit der Sache zur Polizei gegangen?«

»Weil ich nicht wusste, ob dieser Einbrecher überlebt hat. Mit einem Mord an der Backe hätte die Geschichte mit dem Sortendiebstahl, für die ich ja auch keine Beweise mehr hatte, nur wie eine dumme Ausrede geklungen.«

51 EIGENLEBEN

Mittwoch, 3. November 2021, 8.15 Uhr

»Könntest du mich …? Also, ich meine nur, wenn's dir nichts ausmacht … also … ich …«

Irina lachte. »Wow, alter Mann, das nenne ich mal eine selbstbewusst formulierte Frage. Ich bin von deiner morgendlichen Formulierungstechnik beeindruckt.«

»Ja, ist halt …«

Irina fiel ihm ins Wort. »Ist halt übel, wenn man sich abends die Kante gibt, den Wagen beim Trinkgelage stehen lassen muss und sich dann noch von einer Frau nach Hause abschleppen lässt. War das deine Flamme, diese Rita?«

»Das Trinkgelage, wie du es nennst, war ermittlungstechnisch geboten, ich hatte nur geringfügig den zugelassenen Alkoholgrenzwert überschritten, und die Dame, die mich freundlicherweise nach Hause gefahren hat, war die Ehefrau von Konrad Bundschuh.«

»Das mit der knappen Alkoholgrenzwertüberschreitung halte ich für ein Gerücht. Du hast immerhin einen Küchenstuhl umgeworfen. Und die Dauer, der Rhythmus und die Schalttechnik, bis du mal wieder am Dreifachlichtschalter im Treppenhaus den richtigen gefunden hast, hat ausgesehen wie die Lichtshow zu *Strobo Pop*. Das alles wirkte für mich nicht gerade nach nahe am Alkoholgrenzwert.«

»Aber um auf meine – wie du zu Recht anmerktest – nicht ganz so vollendet wie sonst gelungene Eingangsfrage zurückzukommen, würdest du mich gleich zu Bundschuh fahren?«

»Man, also besser Frau, hatte das von Anfang an vorausgesehen. Der alte Mann sucht nach einem Taxiservice mit charmanter Damenbegleitung. Aber das hat seinen Preis, mein trinkfreudiger Hausgenosse.«

André schnaubte theatralisch. »Sag schon.«

»Mir ist nach zweierlei. Einem gepflegten Cappu, gleich hier vor Ort, und einer rückhaltlosen Aufklärung über den Stand deiner Ermittlungen unterwegs.«

In diesem Augenblick vibrierte Andrés Mobiltelefon – es war Bertling.

»Wir sollten uns umgehend treffen. Ich bin bei von Leinhardt auf etwas oder besser jemanden gestoßen, der unser Mann vom Einbruch sein könnte«, plauderte sie frisch von der Leber weg, ohne sich lange mit einer Begrüßung aufzuhalten.

»Du bist schon genauso knapp wie dein Chef. Der fällt auch immer gleich mit der Tür ins Haus.«

Bertling lachte kurz auf. »Besser gesagt, ich bin wegen meines Chefs in Eile, ich hab nicht viel Zeit. Er kommt bald zurück, und ich will ihn erst einweihen, wenn wir tragfähige Erkenntnisse haben.«

»Das passt ganz gut zu meinen Erkenntnissen, auch da weist einiges auf die von Leinhardts hin.«

»Wusste ich's doch. Wie wär's mit einem gemeinsamen Mittagessen bei dir irgendwo um Neustadt?«

»Okay, sagen wir in der *Vinothek Isler* in Neustadt-Diedesfeld so um 12.30 Uhr?«

»Passt«, sagte Bertling und legte ohne weitere Verabschiedung auf.

»War das Verena?«, fragte Irina, nachdem er das Handy weggesteckt hatte, neugierig.

»Ja, war sie. Sie hat mich gestern ein paar Mal sehr überrascht. Sie ist eine wirklich gute Polizistin.«

»Wow, wie doch eine abendliche Trunkenheit die Erkenntnisse schärft. Das war mir schon lange klar. Wenn Frank sie nicht immer wie so eine Glucke bewachen würde und sie endlich mal aus seinem Schatten treten ließe, hätte sie sich noch schneller weiterentwickelt. Ich glaube manchmal, der Einzige, der nicht merkt, was sie drauf hat, ist ihr eigener Chef.«

»Meinst du das ernst?« André rieb sich das Kinn.

»Was sonst? Im Gegensatz zu dir trübt mir nicht der Restalkohol die Sinne.«

»Dann ist das wohl die Ursache, warum zwischen den beiden gerade der Haussegen schief hängt.«

»Tut er das?«

»Ja, sie ermittelt gerade hinter seinem Rücken und zieht mich mit rein. Ich weiß nicht recht, wie ich mich verhalten soll, schließlich ist er mein Freund.«

»Schlauberger, schon mal darüber nachgedacht, dass sie Hilfe von dir erwarten könnte? Vielleicht sieht sie in dir einen Vermittler, der Frank mal auf die Sprünge hilft.«

»Hmm«, brummelte André, legte die Stirn in Falten und schwieg.

*

Als André mit etwas Verspätung im Weingut eintraf, stand Bundschuh bereits im Blaumann und mit einem Eimer Farbe auf dem Parkplatz der Vinothek.

Er war gerade dabei, eine Leiter am Metalltor des Kelterhauses anzustellen.

»Ich hab mir gedacht, Zeit für einen neuen Anstrich, sieht ja schäbig aus.« Dabei grinste er übers ganze Gesicht.

»Und das nach so einem Abend«, frotzelte André und rieb sich demonstrativ die Stirn.

»Ihr Stadtleute vertragt eben nix. Für einen echten Winzer war das nur ein kleines Absackerchen.«

André lachte. »Aber ausgerechnet heute streichen …«

»Vielleicht ist es Zeit für einen Neuanfang. Etwas Farbe, mal wieder Spaß an der Arbeit, nicht immer diese Ängste«, erwiderte Bundschuh, der die Arbeitssachen hatte liegen lassen und sich zu ihm gesellte.

»Weißt du, ich bin dir für das gestern sehr dankbar. Ich glaube, ich muss loslassen. Mich damit abfinden, dass mein Traum ausgeträumt ist, und mich darauf besinnen, wie ich das Weingut wieder auf Spur bringe.«

André fühlte sich hin und her gerissen. Einerseits freute es ihn, dass Bundschuh, nachdem er ihm die Angst, entlarvt und verhaftet zu werden, genommen hatte, gerade neuen Lebensmut schöpfte. Umgekehrt war ihm überhaupt nicht zum Aufgeben zumute. Er war besessen von der Idee, Bundschuhs Reben doch auf irgendeinem Wege wiederzufinden.

*

Pünktlich um 12.30 Uhr saßen sich Bertling und André auf dem großen, wie immer perfekt gepflegten Rasen vor der *Vinothek Isler* gegenüber und warfen seitlich einen Blick auf das über ihnen thronende Hambacher Schloss. »Was für ein schöner Fleck Erde«, seufzte Bertling.

»Da passen aber Inhalt und Tonlage nicht ganz zusammen«, kommentierte André.

»Na ja, wundert dich das? Mich belastet, dass ich momentan meinen Chef hintergehe. Das ist eigentlich nicht meine Art. Aber ...«

»... der Zweck heiligt die Mittel«, vollendete André ihren Satz und lächelte schief.

»Manchmal kann ein Gewitter auch reinigend sein – wenn man es überlebt«, ergänzte sie.

»Verstehe«, sagte André. Er hatte sich noch keine abschließende Meinung gebildet, wie er mit der Sache umgehen sollte, und zog es vor zu schweigen.

»Okay, dann lass uns mal zum Fall kommen«, begann Bertling.

André berichtete ihr von Bundschuhs Schilderungen rund um seine Neuzüchtung und deren Verlust.

Bertling ließ ihn in Ruhe aussprechen und hielt sich mit Fragen solang zurück, bis er geendet hatte.

»Das heißt also, die neue Sorte und alles, was auf sie hindeutet, ist verschwunden, und da der ganze Zuchterfolg von viel Glück abhängt, lässt er sich nicht einfach so reproduzieren.«

»So ist es. Wenn dir jemand einen Lottohauptgewinn

stiehlt, kannst du auch nicht einen neuen Tippzettel aus-
füllen und das Ganze wiederholen.«

»Verstehe. Aber irgendwo müssen die gestohlenen Rebstöcke doch sein?«

»Ja schon.«

»Warum hat Bundschuh nicht danach gesucht?«

»Das hat er. Er hat gesagt, er hätte alle Weinbergsgemar-
kungen zwischen Bad Dürkheim und Landau abgefahren
und nirgends die Reben gefunden. Sie sind ja gut erkenn-
bar und müssten ihm erst recht sofort ins Auge springen.«

»Aber auf der anderen Seite muss man sich fragen, ob
die von Leinhardts wirklich so dumm wären, einfach einen
Kilometer weiter einen Wingert mit genau diesen Reben
anzulegen.«

»Ja, dafür halte ich sie auch für viel zu clever. Habt ihr
die Möglichkeit, die Liegenschaften von ihnen zu checken,
vielleicht haben sie ja noch in irgendeinem versteckten Win-
kel einen Weinberg?«

Bertling legte die Stirn in Falten. »Das ist sehr aufwendig und bringt nichts. Die Grundbuchämter sind nicht ver-
netzt. Das heißt, man müsste bei jedem separat anfragen. Da
der versteckte Wingert ja auch sonst wo – zum Beispiel in
Baden, Rheinhessen oder einem anderen Weinbaugebiet –
sein könnte, wäre das eine Riesensache. Und es wäre eh
naheliegender und vor allem wesentlich einfacher, sich einen
solchen Wingert irgendwo zu pachten, als ihn zu kaufen.
Dann findest du im Grundbuch auch nicht die Leinhardts
als Eigentümer.«

»Und wenn wir die Konten der von Leinhardts durch-
leuchten? Vielleicht gibt es entsprechende Pachtzahlungen.«

Bertling lachte. »Ich glaube, du stellst dir gerade Polizeiarbeit etwas zu einfach vor. Nur mal so für den Nicht-Bul-
len: Es gibt da so was wie Datenschutz. Nicht alle Daten,

die theoretisch verfügbar sind, sind es auch praktisch. Und schon gar nicht ohne richterlichen Beschluss. Und den würden wir nie bekommen. Wir haben ja keinerlei Beweise, die einen solchen Entscheid rechtfertigten. Einfach die Behauptung Bundschuhs, dass die von Leinhardts ihre Finger mit ihm Spiel haben, reicht bei Weitem nicht aus.«

»Hmm«, brummte André frustriert. »Und nun?«

»Manchmal hilft es bei unserer Arbeit, die Perspektive zu wechseln. Wenn wir nicht über das Diebesgut weiterkommen, dann vielleicht über den Täter.«

»Aha, du meinst also den Einbrecher.«

»Genau.« Nun erzählte Bertling von ihrem gestrigen Auftritt in der Vinothek der von Leinhardts.

»Eines muss man dir lassen, Schneid hast du«, merkte André anerkennend an.

Bertling lachte. »Ich glaub wohl eher, das war eine Vorstufe zum Selbstmord. Allein mit der Frage, wie viele Gesetze ich dabei verletzt habe, könnte man wohl eine ganze Polizeiklasse auf dem Hahn tagelang beschäftigen.

»Auf dem Hahn?«, fragte André verwirrt nach.

Bertling lachte. »Sorry, das war Bullendeutsch. So nennen wir unter uns die Polizeihochschule in Hahn. Trotzdem, wenn das ans Licht kommt, bin ich geliefert«, fuhr sie mit ernstem Gesichtsausdruck fort.

»Und du meinst, dieser Ex-Gabuner könnte es gewesen sein?«

»Na ja, sagen wir mal so: Es ist schon sehr bemerkenswert, dass bei von Leinhardt, den Bundschuh in Verdacht hat, ausgerechnet ein Afrikaner arbeitet, auf den diese Sichelzellensache zutreffen könnte. Wie viele Afrikaner, die auf Weingütern arbeiten, kennst du?«

»Klar, sonst niemanden.«

»Er arbeitet dort übrigens seit acht Jahren. Also vertraut

ihm von Leinhardt. Demnach wäre es nicht unwahrschein-
lich, dass Leinhardt ihn bei der Einbruchsache ins Vertrauen
gezogen und auf seine Dienste zurückgegriffen hat.«

»Ist es nicht ganz einfach, das herauszufinden? Wir müssen
nur rauskriegen, ob er an Sichelzellenanämie erkrankt ist.«

Wieder lachte Bertling auf. »Ganz einfach. Du machst
mir Spaß.«

»Lass das meine Sorge sein«, sagte André, ohne die
geringsten Selbstzweifel erkennen zu lassen.

»Wie willst du das bewerkstelligen? Ihn fragen oder die
Praxis seines Arztes durchwühlen?«

»Mir wird schon was einfallen«, erwiderte er gedankenverloren.

52 ZUSCHLAG

Gut ein Jahr vorher – Montag, 7. September 2020, 4.45 Uhr

Irgendwann während der Fahrt, als die Vorarbeiterin wusste,
wohin sie den Wagen steuern sollte, war der Stammhalter
eingeschlafen.

Er, dem sein Pflichtgefühl aufzwang, stets die Kontrolle
innezuhaben, hatte sie längst verloren.

»Wir sind da. Leute auszahlen!«, sagte sie und rüttelte ihn dabei am Arm.

Schläfrig, fast wie in Trance, gab er ihr und den Arbeitern die vorbereiteten kleinen Bündel zuzüglich dem, was er ihnen als Prämie und Motivationsanreiz auf dem Weinberg versprochen hatte.

»Gudd«, kommentierte sie sein Verhalten, offensichtlich hatte sie mit Schwierigkeiten gerechnet.

»Ich komme mit zurück, du brauchst Hilfe«, sagte sie mit grimmiger Ausdruckslosigkeit.

Er wollte einen Augenblick abwehren, sah aber schnell ein, dass er ohne fremde Unterstützung erst recht scheitern würde.

»Danke«, sagte er unterwürfig.

»500«, erwiderte sie emotionslos. »… im Voraus.«

Ohne jedweden Ansatz zum Widerspruch zählte er ihr die 500 Euro in die Hand. Damit war seine Geldtasche bis auf wenige Euro endgültig geleert. Er war sich sicher, dass sie genau gewusst hatte, wie hoch sein Spielraum noch gewesen war. Ihre Gerissenheit beunruhigte ihn.

53 VERFOLGER

Mittwoch, 3. November 2021, 18.15 Uhr

André hatte sich den ganzen Nachmittag über Gedanken gemacht, wie er diesem afrikanischen Mitarbeiter der von Leinhardts, von dem ihm Bertling am Mittagstisch berichtet hatte, auf den Zahn fühlen könnte.

Wenn er ehrlich zu sich war, hatte er nicht die geringste Idee, wie er an einen Tropfen Blut oder sonstiges genetisches Material von ihm kommen könnte.

»Besser wäre Blut, das wirbelt nicht so viel Staub auf«, hatte ihm Bertling noch am Nachmittag per *WhatsApp* mitgeteilt.

Die hat gut schreiben, dachte er sich. Schon eine Genprobe zu besorgen, war André kaum möglich erschienen. In den Kriminalfilmen gelang es den Ermittlern häufig, so eine Probe von einem gebrauchten Glas oder einer Zahnbürste und Ähnlichem zu beschaffen.

Aber wie sollte er das bei einem Mann anstellen, den er weder näher kannte noch irgendetwas über seine Lebensgewohnheiten wusste. Auch sein Arbeitsplatz, die einzige Konstante, die ihm bekannt war, war für Ermittlungen quasi verbrannt. Durch Bertlings martialisches Auftreten dort wäre wohl jede Annäherung an Yeboah mit Argusaugen beobachtet worden. Zudem war ihm nicht klar, ob ihn die von Leinhardts nicht bereits bei Bundschuh gesehen hatten und man ihm damit sofort per se eine böse Absicht unterstellen würde.

Was bei einer Genprobe schon schwierig war, war bei einer Blutprobe geradezu aussichtslos. Man konnte ja schlecht den

Fremden einfach so um etwas Blut bitten. Und allzu viele Gelegenheiten, bei denen man freiwillig ein wenig von dem roten Saft vergoss, zum Beispiel beim Arzt oder Zahnarzt, gab es nicht und wenn, hatte André dazu keinen Zugang.

Obwohl er kurz davorstand, die Sache aufzugeben, wollte er doch wenigstens den Abend nutzen, ihm zu folgen, um auszukundschaften, wo Yeboah wohnte und wie er nach Hause kam. Würde er beispielsweise öffentliche Verkehrsmittel benutzen, wäre es vielleicht einfacher, an ihn heranzukommen.

André hatte Bundschuh am späten Nachmittag angeboten, einen Fassadenteil, den dieser morgen anstreichen wollte, von Spinnweben und Schmutz zu befreien. Rita löste ihn für die Zeit an der Probiertheke der Vinothek ab.

Vom erhöhten Standort auf der Leiter hatte er einen guten Blick auf die Ausfahrt des Weingutes der von Leinhardts. Damit es nicht auffiel, wenn er fluchtartig seinen Arbeitsplatz verlassen würde, hatte er ein wichtiges Telefonat angekündigt, nach dem er dann gleich gehen müsse. Bundschuh hatte es arglos geschluckt.

Tatsächlich. So gegen 17.15 Uhr tastete sich ein etwas ramponierter Golf aus der Ausfahrt des Weingutes. Der Fahrer war, wie André unschwer an der Hautfarbe erkannte, Anselm Yeboah.

Eilig stieg er die Leiter hinab und sprang in sein Auto. Glücklicherweise war Bundschuh gerade im Kelterhaus und konnte nicht Zeuge seines seltsamen Alarmstarts werden.

Yeboahs Golf trug ein Speyerer Kennzeichen.

Nicht schlecht, dachte André. Wenigstens blieb ihm dadurch wahrscheinlich ein allzu großer Umweg erspart.

Erwartungsgemäß wählte Yeboah den kürzesten Weg zur B39, und von da an ging es auf der Hauptroute nach Speyer.

André gönnte sich einen etwas weiteren Abstand, da es nicht nach einem überraschenden Abbiegen oder Ähnlichem aussah und er auf jeden Fall unentdeckt bleiben wollte.

Alles lief wie am Schnürchen. Sie näherten sich, von Dudenhofen kommend, der Stadtgrenze von Speyer. André verkürzte den Abstand, weil er Yeboah nicht im dichteren Stadtverkehr verlieren wollte.

Kurz vorm Ortsschild bog Yeboah auf die B9 Richtung Süden ab, fuhr aber bereits nach wenigen 100 Metern die nächste Abfahrt in den Stadtteil Speyer-Süd ab.

André war nun dicht hinter ihm und meinte zu erkennen, dass Yeboah mit den Händen gestikulierte. Er schien nicht im Geringsten von ihm, seinem Verfolger, Notiz zu nehmen.

In der Paul-Egell-Straße vor einem der drei großen Wohnblöcke aus den 70ern blinkte er kurz und bog auf einen der direkt vor dem mittleren Hochhaus liegenden Pkw-Stellplätze ein.

Yeboah öffnete die Autotür, und laute Rap-Musik drang aus dem Fahrzeuginnern. Jetzt war André auch klar, wie das Gestikulieren einzuordnen war. Yeboah hatte wahrscheinlich mitgegroovt.

Der Mann ging den kurzen Weg zur Haustür, legte noch einen Stopp beim Briefkasten ein, entnahm Post und verschwand schließlich im Haus.

André wartete einige Minuten, um dann selbst Klingelschild und Briefkastenanlage zu inspizieren. Alles war feinsäuberlich beschildert. Yeboah wohnte im siebten Stock, der Schriftzug am Namensschild gab keine Hinweise auf etwaige Mitbewohner.

So gut ihm die Verfolgung gelungen war, so ernüchternd war das Ergebnis. Auch wenn er nicht ernsthaft darauf spekuliert hatte, gab es nichts, was sein Problem vereinfachen würde, keine offene Terrasse, wo man einfach ein abgestelltes Glas hätte entwenden können, Nichts dergleichen.

André stieg entmutigt ins Auto und fuhr nach Hause.

54 KRIEGSLIST

Donnerstag, 4. November 2021, 2.15 Uhr

André hatte den ganzen Abend darüber sinniert, wie er an eine Blut- oder DNA-Probe von Yeboah kommen könnte. Die seltsamsten Ideen waren ihm erschienen. Von der Vortäuschung eines fingierten mobilen Blutspendedienstes bis hin zu einer plumpen Einladung zu einem wie immer gearteten Umtrunk, war ihm alles Mögliche durch den Kopf gegangen.

Allen Einfällen war eines gemein, sie waren höchst aufwendig und hatten trotzdem keinerlei Aussicht auf Erfolg.

Wie immer, wenn ihn die Last seiner unbefriedigenden Gedanken zu schwer wurde, tat er das Einzige, was ihn wirklich beruhigte: Er ging in den Garten.

Obwohl das sonst meist tagsüber der Fall war, beschloss er dieses Mal, eine Ausnahme zu machen und einen kleinen Nachtspaziergang zu wagen. Selbst jetzt im November war das Wetter, wie in der Pfalz häufig, noch mild, und die Temperatur lag um 2.15 Uhr oberhalb der Zehngradmarke.

Er erhoffte sich zwar keine Eingebung, aber doch wenigstens durch die kühle, frische Luft eine Hilfe beim Einschlafen.

Doch selbst in dieser anderen Umgebung kam er von seinen Gedanken nicht los.

Er schlich die Wege entlang und war blind für alles um ihn herum.

In solchen Situationen, in denen er kurz davorstand, die Grenze zum Autismus zu überschreiten, waren es eher die olfaktorischen als die optischen Reize, die er empfing.

Gerade jetzt, wo nur ein dünner Streifen Mond die Szenerie erhellte und nur noch für eine Schwarz-weiß-Wahrnehmung ausreichte, war es der feine Duft der Kräuter, dem er folgte. Da waren die mannshohen Rosmarinsträucher zu seiner Linken, durch deren holzige Zweige er die Hände aus alter Gewohnheit streichen ließ, danach zu seiner Rechten der knorrige Szechuanpfeffer-Baum mit dem betörenden Pfefferaroma. Heute Nacht wirkte es frisch und belebend auf ihn.

Gedankenverloren griff er nach einem Zweig, um ein paar der verbliebenen reifen Beeren, die nur noch lose an der stachligen Rute hingen, abzustreifen.

»Aua!«, zischte er ärgerlich vor sich hin, als sich das Dornenpaar eines Nachbarzweiges schmerzhaft in die verletzliche Haut seines Handrückens bohrte.

Reflexartig zog er die Hand zurück und leckte sich über die Wunde. Er nahm den metallischen Geschmack von Blut wahr. In diesem Augenblick zog sich ein Grinsen über sein Gesicht.

*

Auch Rita schlief unruhig. Sie hatte nun schon seit Dienstag ihre Beobachtungen für sich behalten. Sie wollte die fast euphorische Stimmung ihres Cousins nicht trüben.

Schließlich hatte sie Monate von diesem Moment, da er wieder neue Energie schöpfte, geträumt. Und die Chancen standen gut, sogar sehr gut, dass er den Verlust überwinden und in die Normalität zurückfinden würde.

Umgekehrt musste sie sich Klarheit verschaffen und ihn warnen, konnte, nein durfte das Geheimnis nicht für sich behalten.

*

Auch Bertling lag zu dieser Stunde wach in ihrem Bett. Es fühlte sich falsch an, ihren Chef und, wenn sie ehrlich zu sich war, Freund und Weggefährten Frank Achill so zu hintergehen.

Auch wenn es aktuell atmosphärische Störungen gab, verbanden sie doch zahllose gemeinsame Erlebnisse und Situationen, in denen sie sich gegenseitig die Haut gerettet hatten. Eine tiefe Freundschaft, weit über das Berufliche hinaus, schweißte sie zusammen.

Und diese setzte sie gerade aufs Spiel.

Auch dass sie André da mit reingezogen hatte, missfiel ihr. Er war ihr ans Herz gewachsen. Nun brachte sie ihn in eine Situation, in der auch er im Begriff war, seine Freundschaft zu Achill zu verspielen.

Ganz zu schweigen von »seinen Ermittlungen«, wie er sie nannte, die, seit sie nunmehr auch diesen Afrikaner miteinbezogen, alles andere als ungefährlich waren. Ein Mann, der nachts in ein Weingut einbrach, würde, um seine Haut zu retten, nicht davor zurückschrecken, André Gewalt anzutun.

55 BLUT

André hatte wie immer alles perfekt vorbereitet. Er hatte seine kleine Überraschung sorgsam präpariert und auf der gegenüberliegenden Seite vom Eingang zu Yeboahs Wohnblock angehalten.

Nun hieß es nur noch, das schlichte, spitze botanische Blutabnahmebesteck richtig zu platzieren und abzuwarten.

Glücklicherweise war der Stellplatz neben Yeboahs Wagen frei. André fuhr darauf und öffnete die Beifahrertür und die hintere Tür auf der Beifahrerseite. So gaben ihm die beiden Türen den größtmöglichen Sichtschutz, um dazwischen den Türgriff von Yeboahs Fahrertür zu präparieren.

Glücklicherweise war alles noch ruhig.

André kniete sich vor Yeboahs Tür und band sorgfältig mit zwei dünnen Fädchen einen etwa fünf Zentimeter langen Abschnitt des Szechuanpfeffer-Zweigs innenliegend in den Türgriff des Wagens. Er hatte auf der einen Seite alle Dornen entfernt, sodass sich das Zweigstück eng auf den Drücker legen ließ und noch Platz für die Finger frei blieb.

Er hatte bewusst den Faden für die Befestigung sehr dünn gewählt. Schließlich sollte es Yeboah nach dem kleinen piksenden Griff ins Schloss einfach haben, das mit seinem Blut betropfte Zweigstück zu entfernen und entweder ins nahe gelegene Gebüsch oder in den Mülleimer zu werfen. Von wo es André ein paar Minuten später in Ruhe aufklauben konnte. Alles sah aus wie ein Dummejungenstreich und würde kein Aufsehen erregen. So jedenfalls der Plan.

Als er den Zweig installiert hatte, warf er noch einen zufriedenen Blick auf sein Werk. Tatsächlich war kaum etwas zu sehen. Im Übrigen tat die morgendliche Dunkelheit den Rest, um die Chance, dass Yeboah in die Falle tappte, zu erhöhen.

André stieg wieder ins Auto und fuhr um die nur wenige Meter entfernte Straßenecke. Hier stellte er den Wagen hinter einer mannshohen Hecke auf dem Gehwegrand ab.

Das hohe Gebüsch gab ihm Sichtschutz, aber trotzdem war er in Hörweite. Nach einigen Rangiermanövern schaffte er es gar, eine Stelle zu finden, wo ihm eine winzige Lücke im Buschwerk wenigstens teilweise freie Sicht auf das Zielfahrzeug bot.

Alles war perfekt. Nun vergrub er sich tief in den Fahrersitz, verzichtete auf jedwedes elektronische Gerät, um sich nicht durch irgendein leuchtendes Display zu verraten, kurbelte die Fahrerscheibe herab, um alles um ihn herum hören zu können, und wartete.

Minuten vergingen. Allmählich verließen die ersten Pendler das Haus und stiegen in ihre Pkws, die sie rings um den Block abgestellt hatten.

Aus Minuten wurden Viertelstunden und diese addierten sich zu einer Stunde, bis gegen 7.15 Uhr endlich Yeboah aus dem Haus groovte. Er trug dicke Kopfhörer über den Ohren und verließ eilig mit tänzelnden Schritten das Gebäude.

Der drahtige Afrikaner ging beschwingt zum Wagen. Die Musik und eine junge Frau in knallengen Jeans, die ihn auf dem Bürgersteig passierte, schienen ihn abzulenken. Ohne Weiteres packte er in den Türgriff.

»Aie! Zut alors! – verdammt noch mal!«, schrie er in französischer Sprache und zuckte mit der Hand zurück.

André konnte sein Glück kaum fassen. Da war es wieder, das »Aie«, von dem Bundschuh gesprochen hatte. Auch damals war es genau dieser Schmerzenslaut, den der Einbrecher nach Bundschuhs Treffer aus der Schrotflinte herausgeschrien hatte. Nun war er sich sicher: Der Gabuner war der Mann, den sie suchten.

Die Untersuchung des Blutes mit den Sichelzellen darin würde alles ans Licht bringen. André konnte sich ein zufriedenes Grinsen nicht verkneifen.

Yeboah hatte schnell die Ursache für den Stich in seine Hand bemerkt und fischte den blutbeschmierten Zweig aus dem Türgriff.

Auch das hatte geklappt. Am liebsten hätte sich André selbst applaudiert.

Zwar teilweise durch das Buschwerk verdeckt, konnte André erkennen, wie Yeboah die Wagentür öffnete und das Zweigstück mit einer unwirschen Bewegung in den Fußbereich des Autos feuerte.

»Verdammt!«

»Was dun donn Sie do? Erschtens is hier Parkverbot, und zwäddens wolle ma do so Tybbe, die hier unser Haus und die Audos beowachten, nidd hawwe.«

André erschrak, sein Herz wummerte. Zeitgleich materialisierte sich vor seiner herabgelassenen Fahrerscheibe ein etwa 45 Jahre alter, grobschlächtiger Mann im grünen Overall und mit einer Gartenschere in der Hand.

»Entschuldigung, es war nur, ich wollte ... ich fahr sofort weg.«

»Awer dalli, dalli!«, sagte der Hausmeister und wandte sich, wohl zufrieden, dass sein autoritärer Auftritt von Erfolg gekrönt sein würde, ab.

In diesem Moment sah er, dass Yeboah, der eben noch mit sich selbst beschäftigt gewesen war, angelockt durch das laute Gezeter des Hausmeisters, argwöhnisch durch die Hecke auf André starrte.

Ohne eine Sekunde zu zögern, setzte sich der durchtrainierte Mann in Bewegung und tauchte, ehe André den Wagen starten konnte, vor seiner offenen Seitenscheibe auf, wo eben noch der Hausmeister gestanden hatte.

Ab hier ging alles sehr schnell. Ehe André in irgendeiner Form reagieren konnte, spürte er schon eine Faust, die ihn grob in Augenhöhe traf. »Was soll das, Connard – Arschloch. Isch mach disch platt!«, schrie der Gabuner.

Gerade holte er zu einem erneuten weit kraftvolleren Schlag aus. André wusste, dass ihn dieser endgültig niederstrecken würde, und riss linkisch die Hände hoch, um sich zu schützen.

Doch Yeboah entschied sich anders. »Hab keine Lust, wegen dir Ärger zu kriegen, perverses Arschloch! Cassetoi – verpiss dich«, spie er zornig aus. »Ihr Leute von Bundschuh habt eh alle was an der Klatsche.«

So schnell er über die Grünanlage hergestürmt war, so schnell zog er sich nun zurück, startete sein Auto und fuhr davon.

56 EINSPRUCH

Donnerstag, 4. November 2021, 8.15 Uhr

Achill saß am Schreibtisch und las gerade aufmerksam das kriminaltechnische Gutachten zu einem anderen Fall, als es klopfte und Sekundenbruchteile später, ehe er noch etwas hatte entgegnen können, seine Bürotür aufflog.

Platzgreifend und mit einem breiten Grinsen im Gesicht trat Professor Doktor Hasso von Lychow, der Rechtsbeistand der Familie von Leinhardt, ein.

Der Bauch des beleibten Mannes quoll – wie der Teig eines Muffins über das Papiertütchen – über den Hosenbund des Juristen.

»Guten Tag, Herr Kriminalhauptkommissar, was für eine Freude, Sie persönlich anzutreffen.«

Achill nickte, herausgerissen aus seiner Lektüre, abwesend.

Ehe er etwas entgegnen konnte, hatte sich von Lychow schon in den Besucherstuhl seitlich neben Achills Schreibtisch geworfen, der dies mit einem bedenklichen Knarzen quittierte.

Achill hasste es, wenn Besucher direkt in sein Büro stürmten. Lagen doch auf dem Tisch stets vertrauliche Dokumente, die man auf die Schnelle nie vollständig vor den neugierigen Augen der jeweiligen Gäste in Sicherheit bringen konnte.

Von Lychow schien das alles nicht zu kümmern. Selbstgefällig wie eine Buddhastatue thronte er auf dem Besucherstuhl, der unter seiner Fülle geradezu verschwand, und faltete die Hände über der Wölbung des dicken Bauches.

»Ich muss gestehen, Sie überraschen mich immer wieder. Was wären meine grauen Tage ohne Menschen wie Sie«, brandete es in einem theatralischen Singsang geradezu aus dem Juristen heraus.

»Ich kann mir kaum vorstellen, dass Sie mich extra mit einem Besuch beehren, um mir Ihre Wertschätzung zu vermitteln«, entgegnete Achill in seiner schlichten, meist etwas unmelodisch klingenden Sprechweise.

»Doch, ganz bestimmt, ich muss gestehen, dass mir das geradezu fulminante Versagen Ihrer Behörde schon eine gewisse Bewunderung abnötigt.«

Achill schluckte. Er war sich zwar keiner Schuld bewusst, wusste aber aus Erfahrung, dass von Lychow nicht so einen selbstgefälligen Auftritt hinlegen würde, wenn er nicht etwas Vorzeigbares vorweisen konnte. »Ich weiß nicht, von was Sie speziell sprechen, aber ich gehe davon aus, Sie werden mich gleich aufklären«, entgegnete er trocken.

»Speziell«, äffte von Lychow und lachte. »Ich glaube, es ist wohl eher ein Lapsus universalis, also ein allumfassendes Versagen, mit dem wir es hier zu tun haben. Ich habe mir auf der Herfahrt mal die Mühe gemacht, alle Gesetzesverstöße herauszuarbeiten, und bin auf 22 gekommen. Werde es gelegentlich mal meinen Studenten als Übung vorlegen.«

Achill spürte, wie der Ärger alleine durch das ungehörig platzgreifende Eindringen dieses überheblichen Fettwanstes in Zorn überging. »Von Lychow, ich habe zu tun! Was wollen Sie von mir?«

Von Lychow brach in Gelächter aus und griff nach einem Taschentuch, um sich die Tränen aus den Augen zu wischen. »Na, Sie machen mir Spaß. Ein Anruf von mir an der richtigen Stelle, und Sie haben wahrscheinlich hier gar nichts mehr zu tun.«

»Um was geht es?«, wiederholte Achill seine Frage.

»Da wären zum Beispiel: Amtsmissbrauch, Rufschädigung, Falschverdächtigung, Verletzung der Aufklärungspflicht, Verletzung des Rechtes auf rechtliches Gehör, Vereitelung der effektiven Rechtsvertretung, Einleitung eines Ermittlungsverfahrens ohne Anfangsverdacht, Durchsuchung von Geschäftsräumen ohne richterliche Anordnung, Erschleichung von Beweismitteln et cetera, et cetera. Von der Körperverletzung durch einen angeworbenen Spitzel, die es noch näher zu untersuchen gilt, mal ganz abgesehen.«

Achill schluckte. »Und was soll ich damit zu tun haben?«, fragte er verwirrt.

Hasso von Lychow atmete hörbar aus. »Aber Herr Kriminalhauptkommissar, jetzt enttäuschen Sie mich. Wollen wohl ein Bauernopfer inszenieren und Ihre junge Kriminaloberkommissarin und Ihren Helfershelfer über die Klinge springen lassen? In Anbetracht der Schwere der Vorwürfe ist das zwar verständlich, aber unschön.« Von Lychow verzog enttäuscht das Gesicht.

»Bertling«, entfuhr es Achill, der gerade seine Gedanken zu ordnen versuchte.

»Ganz recht, jene junge, sonst so sympathische Frau in unheiliger Allianz mit Ihrem langjährigen Zuträger und Informanten, diesem Stadtführer – wie heißt er doch gleich – Sartorius. Um es mal völlig unjuristisch auszudrücken: Das geht überhaupt nicht, dass diese Dame in die Geschäftsräume meines Mandanten eindringt. Vor den Gästen einen Auftritt hinlegt, als hätte er sich sonst was schuldig gemacht. Und das ausgerechnet in der Situation, wo die Familie von Leinhardt alles daransetzt, ihren Sohn wegen dieses üblen Unfalls vorm *Saalbau* aus der Schusslinie zu ziehen. Und dann auch noch diese völlig an den Haaren herbeigezogene Sache mit dem Menschenhandel. Ich habe mich bei der Staatsanwaltschaft erkundigt. Es gibt diesbezüglich weder ein Ermittlungsverfahren noch eine Zuständigkeit bei Ihnen oder Frau Bertling. Und dann diesen harmlosen Herrn Yeboah dermaßen anzugehen und zu verletzen. Sind Sie von allen guten Geistern verlassen? Wir sind doch nicht in Russland, was bilden Sie sich überhaupt ein!«

Von Lychow war in seinen Vorwürfen immer lauter geworden, und die letzten Sätze hatte er geschrien. Offensichtlich ging ihm die Art und Weise, wie man seine Mandanten behandelte, tatsächlich unter die Haut.

Achill war es bei all den Vorwürfen und Vorhaltungen übel geworden. Auch wenn er von all dem nichts wusste, glaubte er nicht, dass von Lychow log. War ihm denn die Arbeit in seinem Kommissariat dermaßen entglitten, dass das hatte passieren können?

Was würde ihm noch vor die Füße fallen?

»Ich … ich werde mich darum kümmern«, entgegnete er völlig verdattert.

Offensichtlich spürte auch von Lychow, dass Achill ehrlich überrascht war, und schlug versöhnlichere Töne an. »Hören Sie, Achill. Ich weiß, dass Sie sonst ein vernünftiger Polizist sind. Aber das, was da gerade läuft, geht ganz und gar nicht. Ich erwarte, dass Sie jegliche Untersuchungen, Ermittlungen und sonstige Schnüffeleien und Aktionen gegenüber der Familie von Leinhardt sofort einstellen, Unterlagen und Erkenntnisse dazu vernichten und sich bei der Familie entschuldigen. Des Weiteren erwarte ich eine saubere Presseerklärung, bei der Sie ohne jedwede Einschränkung von der Schuldlosigkeit des jungen von Leinhardt bei der *Saalbau*-Geschichte berichten. Im Gegenzug werde ich davon absehen, Sie wegen dieser ganzen Geschichte dranzukriegen. Das ist mehr als fair.«

Achill nickte, sein Gesicht war kreidebleich. »Natürlich, gehen Sie davon aus, dass ich das aus der Welt schaffen werde, aber bitte lassen Sie Frau Bertling aus der Sache raus«, stammelte er unbeholfen.

»Sehr ungern«, grummelte von Lychow in sein Doppelkinn und atmete hörbar durch die Nase aus.

57 WUNDENLECKEN

Donnerstag, 4. November 2021, 8.15 Uhr

André war nach dem Zusammenstoß mit Yeboah kopflos davongefahren. Zunächst war es ihm nur wichtig, jenem drahtigen Mann mit den flinken Fäusten zu entkommen. Was, wenn er es sich noch anders überlegte und ihm eine richtige Abreibung verpasste, schließlich hatte er durchaus Grund dazu. So wie seine Hand geblutet hatte, hatte er sich anständig bei der so minutiös und eigentlich so chirurgisch fein angelegten Operation verletzt.

Insgesamt wurmte ihn das alles. Er hatte auf ganzer Linie versagt und sich obendrein noch der Lächerlichkeit preisgegeben.

Den Zweig hatte Yeboah in sein Auto geworfen, also war die Sache mit der Blutprobe gescheitert. Der Umstand war umso ärgerlicher, als er sich spätestens mit diesem »Aie«, das

Yeboah von sich gegeben hatte, sicher war, den Täter vor sich gehabt zu haben. Trotz der Handgreiflichkeit war ihm nicht entgangen, dass es wohl Zeugen gab, die den Zwischenfall beobachtet hatten. Hoffentlich hatte ihn niemand erkannt. Es reichte schon völlig aus, dass Yeboah ihn als Mitarbeiter Bundschuhs identifiziert hatte. Auch das würde wahrscheinlich zu weiteren Verwicklungen führen.

Unterdessen spürte André ein wachsendes Spannungsgefühl rund um sein linkes Auge. Es schwoll zunehmend zu, und sein Sichtfeld wurde mehr und mehr eingeschränkt. Anfangs hatte er einfach nur versucht, schnell und weit vom Ort des Geschehens zu entkommen, und bewusst eine Richtung gewählt, die nicht zu seinem Haus führte. Nun war er sich allmählich sicher, dass er nicht von Yeboah verfolgt wurde.

So beschloss er, nun auf dem kürzesten Weg nach Hause zu fahren.

*

Auch Bertling war ganz und gar nicht wohl zumute. In einem dicken Wollpulli, aus dem nur noch die Fingerspitzen ragten, saß sie fröstelnd zu Hause vor ihrem PC.

Sie hatte sich via E-Mail einen Tag freigenommen. Unmöglich konnte sie heute Achill unter die Augen treten – zu groß war ihr schlechtes Gewissen.

Ehe sie eine klare Vorstellung hatte, wie sie ihm das alles beichten und dabei zusätzlich noch klarmachen sollte, dass sich etwas an ihrer Zusammenarbeit ändern musste, wollte sie möglichst keinen Kontakt mehr mit ihm. Zu groß war ihre Angst, die Situation weiter zu verschlimmern.

Daneben sorgte sie sich um André. Ein paar Mal hatte sie schon versucht, ihn zu erreichen, aber stets war sie auf seinem Anrufbeantworter gelandet. Irgendetwas sagte ihr, dass er wieder im Begriff war, sich zu gefährden. Sie hätte ihn nicht immer weiter da hineinziehen sollen.

Gerade surfte sie lustlos, ohne jedwede Erwartung, über die Homepage des *Weingutes von Leinhardt*, als ihr Handy vibrierte.

Es war Achill. Sie beschloss, nicht dranzugehen. Sie wollte sich bewusst noch diesen Tag Zeit nehmen. Vielleicht konnte sie sich später mit André treffen und mit ihm einen Schlachtplan entwickeln, wie sie auf Achill zugehen würden. Sie vertraute in dieser Frage auf Andrés Gespür und seine Intuition.

Gerade wandte sie sich wieder der Seite von Leinhardts zu und klickte auf den Online-Weinshop des Weingutes, als sie förmlich von einem Geistesblitz getroffen wurde. Da vor ihr lag mit einem Mal ganz offen die Antwort auf all ihre Fragen.

*

André hatte sich noch rasch für den heutigen Tag beim Weingut krankgemeldet und hoffte inständig, dass Irina schon nach Mannheim zur Uni aufgebrochen war, wenn er nach Hause kam. Er hatte keine Lust, nun auch noch für sein Versagen mit ihrem scharfzüngigen Spott bedacht zu werden.

Doch er hatte Pech.

»Wie siehst du denn aus?«, fragte sie in einem Mix aus Verwunderung und echter Sorge.

»Na ja, es wurde halt etwas rauer«, erwiderte André und versuchte, es möglichst belanglos klingen zu lassen.

»Geht es dir gut?«, hakte sie besorgt nach.

»Ja klar, nur eine Prellung.«

»Du solltest noch mal mit Pfarrer Bender sprechen, da war von Wange nicht von Auge die Rede.«

»Wie? Wo?«

Irina lachte. »Na bei Matthäus Kapitel fünf, Vers 39. Schon vergessen, dass ich mal für ein paar Wochen unter Nonnen gelebt habe?«

Sie spielte dabei auf ihren letzten Fall an, bei dem sie undercover im Speyerer Sankt-Guido-Kloster ermittelt hatte.

»Aber mal Spaß beiseite, was ist passiert?«

»Ich wollte unserem verdächtigen Gabuner nur ein paar Tropfen Blut abzapfen. Das fand er nicht so witzig und hat mir eine aufs Auge gehauen.«

Er gab bewusst seiner Antwort eine humorvolle Note, um sie nicht zu beunruhigen.

»Das ging wohl gründlich ins Auge. Jetzt bist du der, dem man Blut abgezapft hat.«

»Nein, wieso?«, wehrte sich André.

»Na das auf deiner Wange.«

»Wie? Was auf meiner Wange?«

»Na das Blut, das dort klebt.«

»Ich blute aber nicht. Wo soll es herkommen?«

Irina ging zum Waschbecken und kehrte mit einem befeuchteten Küchentuch zurück. »Komm schon, du siehst aus wie ein Pfund Gehacktes.«

André nahm am Küchentisch Platz und begann, mit der Selfiefunktion seines Smartphones die Blessuren in seinem geschundenen Gesicht zu untersuchen.

»So, alter Mann, jetzt heißt es tapfer sein. Schwester Irina wird dich nun verarzten.«

André reagierte nicht und inspizierte nun unter Zuhilfenahme der Finger weiter seine Wange.

»Hmm. Da ist nichts«, brummelte er vor sich hin.

»Noch eine Minute, mein väterlicher Freund, dann siehst du wieder einigermaßen zivilisiert aus«, sagte Irina, stellte sich hinter ihn und lehnte seinen Kopf an ihre Front, um besser wischen zu können.

»Halt! Nein!«, brach es laut aus ihm heraus.

»Wow, der alte Mann hat Angst. Soll ich dir einen Whisky einschenken, oder braucht der Herr ein Beißholz? Im *Western* klappt das immer.«

»Nein, du bist gerade im Begriff, wichtiges Beweismaterial zu vernichten.«

»Wow. In der Tat. Wie solltest du von deinem gefährlichen Einsatz bei deiner neuen Flamme prahlen, wenn wir das nicht bildlich festhalten würden.« Irina zückte ihr Smartphone und hielt es in typischer Selfiemanier vor sein Gesicht.

»Ist vielleicht gar nicht mal so schlecht, es zu dokumentieren«, sagte André abwesend.

»Sag ich doch. Aus solchen Fotos werden Helden geboren. In Russland würde man dir dafür bestimmt einen Orden verpassen.«

»Nein, du verstehst nicht, es ist ein Beweismittel. Du solltest es sicher abspeichern.«

»Klar doch, wenn es erst mal in *Facebook* gepostet ist, kann die ganze Welt an deiner Heldentat teilhaben.«

»Nein, du verstehst nicht. Das Blut. Es ist nicht von mir. Ich habe keine offene Wunde. Es ist von Yeboah. Auf meinem Gesicht klebt das, wofür ich das alles getan habe. Wir haben ihn«, triumphierte André.

Irina lachte und ging wortlos zur Spüle.

»Was machst du?«, fragte er, als sie die Tür zum Unterschrank öffnete.

»Beweise sichern. Was sonst?«, erwiderte sie, während sie grinsend eine große Plastiktüte aus dem Schrank zog.

»Du willst doch nicht im Ernst so ins Polizeipräsidium nach Ludwigshafen fahren. Der erstbeste Polizist, der dich mit Veilchen und dem blutverkrusteten Gesicht sieht, wird dich in die Ausnüchterungszelle sperren«, ereiferte sich Irina.

»Aha, und du glaubst, mit deiner dämlichen *Aldi*-Tüte überm Kopf wäre es besser?«

»Nein, aber sagen wir ästhetischer.« Irina prustete los.

André wurmte es, dass sie den Wert des Beweismittels, das da rotbraun verkrustet auf seiner Wange klebte, einfach nicht erkennen wollte. Man würde es nach Mainz schicken, untersuchen und darin dieselben Sichelzellen nachweisen wie im Wein. Damit wäre der Gabuner des Einbruchs und letztlich auch des Sortendiebstahls überführt. André war sich zwar bewusst, dass das Blut, das da auf seinem Gesicht vor sich hin trocknete, aufgrund der illegalen Beschaffung nicht gerichtsverwertbar war. Aber es reichte, damit sie Achill überzeugen konnten. Danach wäre es für Bertling und Achill ein Kinderspiel, mit harten Bandagen auch an gerichtstaugliche Indizien zu kommen. Mit etwas Glück würde man die gestohlenen Reben finden, und Bundschuhs Lebenswerk wäre gerettet.

Nach einem weiteren Wortgefecht mit Irina hatte er sich schließlich bereit erklärt, zunächst telefonisch mit Bertling Kontakt aufzunehmen, um die beste Vorgehensweise abzusprechen.

Irina wählte auf ihrem Smartphone ihre Nummer und reichte das Gerät an André weiter. »So, damit du nicht doch noch auf dumme Gedanken kommst. Und bitte nicht so nah an die Wange halten. Ich mag keine Blutspuren auf dem Display.«

Nach zwei drei Freizeichen meldete sich Bertling. »Irina, ist etwas passiert? Geht es André gut?«

»Keine Sorge, ich bin es selbst.«

»Hat wenigstens bei dir alles geklappt und geht es dir gut?«

»Ja klar, außer einer Schramme ist alles bestens. Und die Blutprobe von diesem Yeboah habe ich auch sichergestellt.«

»Gut, dann bring sie mir vorbei. Ich werde sie persönlich in Mainz bei diesem Hämatologen abgeben.«

»Na ja, eigentlich gerne, aber Irina meint, ich soll nicht selbst fahren.«

»Wieso, bist du doch schwerer verletzt?«, fragte sie besorgt.

»Nein, aber die Probe, wie soll ich sagen, sie ist mir förmlich ins Gesicht geschrieben. Ach, komm einfach so schnell wie möglich vorbei. Du wirst verstehen, warum …«

58 UNRUHE

Donnerstag, 4. November 2021, 10.15 Uhr

Achill tigerte unruhig im Büro auf und ab.

Als von Lychow gegangen war, war er außer sich vor Wut in Bertlings verwaistes Zimmer gestürmt. Als ihm Jonas, ein weiteres Mitglied seines Teams und ihr Tischnachbar, dann auch noch eröffnete, dass sie sich überraschend einen Tag freigenommen hatte, stand er kurz davor, die Fassung zu verlieren.

Mehr und mehr wurde ihm seine Ohnmacht bewusst. Er hatte keine Ahnung, was und wo sie und André gerade herum ermittelten, in welchen Fettnapf sie traten oder welche Dummheit sie machten.

Natürlich ging sie nicht ans Telefon, und natürlich tat André das Gleiche. Man ließ ihn hier einfach verhungern. Womit hatte er es verdient, dermaßen hintergangen zu werden?

Einem ersten Impuls folgend, hatte er erwogen, seinen Vorgesetzten zu informieren. Schließlich wollte er nicht den gleichen Fehler machen wie Bertling und ihn hintergehen. Schnell aber war ihm bewusst geworden, dass dann ihr Schicksal besiegelt wäre.

Aus der Sache würde ein offizieller Vorgang, dessen Folge unweigerlich ein Disziplinarverfahren wäre. Und am Ende würde es Bertling mit großer Wahrscheinlichkeit den Job kosten. Und mit etwas Pech und den üblichen Intrigen der Neider, die es in jeder Behörde gab, auch seinen eigenen.

Fakt war, dass er gezwungen war, gute Miene zum bösen Spiel zu machen, wollte er nicht, dass die Mordkommission völlig implodierte.

Er beschloss, sich zunächst selbst ein Bild vom aktuellen Sachstand zu machen und zu Bundschuh aufs Weingut zu fahren. Dort würde er höchstwahrscheinlich auch André treffen. Und vielleicht gab es doch für alles eine Erklärung.

*

»Wie siehst du denn aus?«, fragte Bertling. »Bist du doch schwerer verletzt?«

»Nein, es ist nur das Auge. Das Blut stammt von Yeboah, das müssen wir nach Mainz bringen.«

Bertling lachte. »Opfer hab ich ja schon dort abgeliefert, aber lebende Beweismittel ...« Sie schüttelte ungläubig den Kopf. »Du musst mir unbedingt erzählen, was sich zugetragen hat.«

»Gerne, aber bitte unterwegs, ich möchte diese Kriegsbemalung so schnell wie möglich loswerden.«

59 COUP

Gut ein Jahr vorher – Montag, 7. September 2020, 4.45 Uhr

Es kam ihm vor, als hätte die kleine emsige Frau längst die Führung ihres ungleichen Teams übernommen. Während sie Packen um Packen der auf dem gerodeten Wingert zwischengelagerten Rebpflanzen wieder in den Transporter lud, tat er etwas, was bei ihr Staunen hervorrief.

Er spürte ihre ungläubigen Blicke auf sich, als er mit einer Rebenschere die Ruten der eben erst gerodeten Pflanzen in kurze Stücke schnitt.

Als sie nach 20 Minuten fast zeitgleich fertig waren, packte er die Rutenstücke in drei mit nassem Stoff ausgelegte geräumige Plastikboxen und verschloss sie jeweils mit einem luftdichten Deckel.

Sie unterließ es, ihn nach dem Sinn seiner Arbeit zu fragen. Ihm war klar, dass sie genau wusste, dass er ihr ohnehin nicht antworten würde.

»Wir fahren«, sagte er abgespannt und reichte ihr aufs Neue den Autoschlüssel.

Er dirigierte sie mit knappen Worten durch das Labyrinth von Weinbergswegen am Schlossberg sowie einem Villenviertel, bis sie schließlich einen Kreisverkehr erreichten.

»Hier einbiegen!«, wies er sie an und zeigte auf einen Privatweg.

»Einfahrt verboten!«, gab sie zu bedenken.

»Einbiegen!«, wiederholte er seine Anweisung.

Sie schüttelte nur den Kopf und tat, wie ihr geheißen.

Nach wenigen Sekunden stoppte sie erneut. »Schild«, sagte sie und wies auf ein neuerliches Durchfahrt-verboten-Schild.

»Egal«, erwiderte er barsch.

Sie folgten nun einem schmalen, einspurigen Fahrweg, der tief in den Wald führte.

Er hatte sein Smartphone auf dem Schoß liegen und navigierte sie nach etwa einem Kilometer in einen unbefestigten Waldweg.

»Gefährlich!«, mahnte sie ihn, als der Transporter heftig – wie ein Schiff auf rauer See – nach links und rechts schwankte.

»Weiter«, war sein knapper Kommentar.

Der Weg zog sich nun einen steilen Aufstieg empor, das Steigungsstück war mit einem ausgefahrenen Basaltsteinpflaster belegt. Mehrfach schrammte die Unterseite des Wagens laut krachend über einzelne weit emporragende Pflastersteine.

»Weiter!«, war das Einzige, was er zu ihren schmerzvoll zusammengezogenen Augenbrauen hervorbrachte.

Dann wurde der Weg flacher, aber schmaler. Der Lichtstrahl der Autoscheinwerfer zuckte unruhig über Wurzelwerk, Baumstümpfe und Äste, die am Wegesrand wie Skelette aufragten.

Sie bremste scharf, als ein umgefallener kleiner Baum den Weg versperrte.

»Wegräumen!«, war sein barscher Befehl.

»Nein, umkehren, das zu gefährlich!«

»Wegräumen und weiterfahren!«, schrie er.

Sie atmete hörbar aus, zögerte, schaute in den Rückspiegel, offensichtlich, um abzuwägen, ob hier überhaupt ein Umkehren möglich war.

Auch er war verunsichert. Er hatte sich das alles einfacher vorgestellt. Man hatte es ihm jedenfalls anders beschrieben. Aber die Verlockung eines völlig verlassenen uneinsehbaren Orts im Wald war stärker.

»Wegräumen und weiterfahren!«, wiederholte er.

»1.000 Euro mehr!«, war ihr harscher Kommentar. Er war sich sicher, dass sie spürte, dass er das, was er da Seltsames tat, unmöglich alleine ausführen konnte. Sie wusste, dass er ohne sie scheitern würde.

»Du hast doch gesehen, da ist nichts mehr«, sagte er und hielt ihr sein Portemonnaie entgegen, aus dem nur noch eine einsame Zehneuronote lugte.

Sie deutete auf seine EC-Karte, die vorne in einem Fach steckte. »Du nachher Geldautomat. 1.000 Euro holen!«

Er schnaubte, wütend, von ihr so vorgeführt zu werden.

»Gut, aber du fahren und ausladen«, brummte er boshaft, ihren osteuropäischen Akzent nachäffend.

Sie stieg aus und zog den oberarmdicken Stamm vom Weg. Danach kletterte sie wieder in den Wagen und fuhr schweigend weiter.

Zweige und Blätter streiften mit scharrenden Geräuschen

rings herum am Chassis über den Lack. Sie vermied jeglichen Kommentar. Offensichtlich erforderte der schmale holprige Weg all ihre Aufmerksamkeit.

Endlich, nach rund einem Kilometer, endete der Weg vor einer Bank.

Gegenüber prangte, eingerahmt von zwei krüppligen Kiefern, das von starken Schweinwerfern in Szene gesetzte Hambacher Schloss und wirkte wie eine Fata Morgana am mittlerweile blauschwarzen Nachthimmel.

»Wir sind da«, sagte er und war erleichtert.

»Wenden!«, befahl er, als er ihr fragendes Gesicht sah.

»Aussteigen!«, wies er sie schließlich an, als sie den unhandlichen Transporter zitternd vor Angst in dem völlig unübersichtlichen holprigen Waldstück gewendet hatte.

Beide stiegen aus, und er führte sie, mit einer starken Taschenlampe bewaffnet, an eine Felsabbruchkante wenige Meter vor der Bank.

»Alter Steinbruch«, war seine knappe Erläuterung.

Sie schaute ihn fragend an und winkte mit ihrer flachen Hand ungläubig vor ihrem Gesicht, was wohl symbolisieren sollte, dass sie ihn für verrückt hielt.

»Reben da runterwerfen!«

Sie nahm die Taschenlampe aus seiner Hand, tastete sich vorsichtig an die Abbruchkante, suchte ängstlich Halt an den dünnen Bäumen neben ihr und starrte in die Tiefe.

Vor ihr tat sich ein gewaltiger Schlund auf. Rote Sandsteinklippen fielen viele Meter senkrecht nach unten. Nur mit Mühe konnte sie im Schein der Taschenlampe überhaupt den Grund des Lochs erkennen, aus dem man einst Sandsteine gebrochen hatte.

»Gefährlich!«, sagte sie bockig.

»Du bekommst dafür Geld, viel Geld«, mahnte er sie.

Sie wandte sich nochmals um und schritt an der

Abbruchkante entlang. »Hier, Stelle gudd«, erwiderte sie und wies auf einen verhältnismäßig gut erreichbaren Abschnitt.

»Reben holen!«, wies er sie barsch an und zeigte mit dem Kopf auf den Transporter.

Sie schnaubte abfällig, folgte aber seiner Anweisung.

Dann öffnete sie die Hecktür des nur wenige Meter entfernten Kastenwagens, stieg hinein und begann die Rebpflanzen in großen Bündeln aus dem Wageninnern zu zerren und vor dem Wagen auf den Waldboden zu werfen.

Als sie die Fracht entladen hatte, schleppte sie das erste Bündel an die Abbruchkante und wälzte es über den Rand.

Laub raschelte, als die Reben nach unten auf den Boden des Steinbruchs prasselten.

Sie schaute matt auf den noch vor dem Wagen liegenden großen Rebhaufen.

»Du helfen!«, zischte sie vorwurfsvoll.

Widerwillig setzte sich nun auch er in Bewegung und schleppte schwer atmend ein Bündel an die Abbruchkante und schob es in die Tiefe.

So schufteten sie beide, bis sie rund Dreiviertel der Reben in das gewaltige steinerne Loch gezerrt hatten.

Er spürte, wie mit jeder Tour seine Atemlosigkeit zunahm. Der Sauerstoffmangel vernebelte ihm mehr und mehr den Geist. Mechanisch, mit dem unsicheren Gang eines Betrunkenen, stolperte er den kurzen Weg vom Wagen zur Kante und zurück.

Auch sie zeigte deutliche Spuren der Erschöpfung. Ihr Gesicht glänzte schweißnass im Schein der Taschenlampe, die sie zur Beleuchtung ihres Arbeitsweges auf der Sitzfläche der Bank abgelegt hatten.

Wieder wankte er auf einer weiteren Tour vor sich hin, die Beine wie Sandsäcke schwer und kraftlos. Plötzlich stolperte er über eine Wurzel, fiel. Ein höllischer Schmerz im Knöchel, ein brennendes Reißen am Knie.

Unfähig, sich zu rühren, ermattet und von ersten Krämpfen geschüttelt, lag er bäuchlings auf dem Waldboden und wimmerte.

Sie kam zu ihm gelaufen, zerrte, soweit sie dazu mit ihrer schmalen Statur in der Lage war, an seinem Arm. »Aufstehen, weitermachen!«, schrie sie nun nicht minder verzweifelt.

Seine Kräfte waren zu Ende. Die Verletzungen an Knöchel und Knie so schmerzhaft, dass er nicht mehr in der Lage war, sich aufzustellen.

Sein Atmen war zu einem Hecheln geworden, schwarze Schleier schienen wie vom Wind geblähte Vorhänge vor seine Augen zu wehen.

Sie schleppte ihn zur Bank, wo er matt in sich zusammenfiel.

»Sitzen bleiben, nicht einschlafen«, schrie sie ihn verzweifelt an. Auch ihre Kräfte gingen zu Ende.

Er hörte, wie sie weiter zwischen Auto und Kante hin und her pendelte. Sie stöhnte, fluchte, rang laut um Luft. Ob es drei oder 13-mal waren, hätte er nicht mehr sagen können.

Irgendwann baute sie sich vor ihm, die Hände in die Taille gestemmt, auf. »Fertig, zurückfahren!«

Er ließ sich von ihr beim Aufstehen helfen und hinkte, von ihr gestützt, mit schmerzverzerrtem Gesicht zum Wagen. In seinem Knöchel hämmerte der Schmerz.

Als sie das Heck des Fahrzeuges erreichten, stoppte er und wies auf einen Benzinkanister, den er an der Wand zum Führerhaus angeschnallt hatte.

»Holen«, presste er ermattet heraus und zeigte mit der Hand zum Kanister.

»Du verrückt. Alles Wald – brennt!«, wehrte sie sich mit Panik in der Stimme.

»Unten Steinbruch, Steinboden, Reben anzünden!«,

erklärte er kraftlos, immer wieder von stoßweisen Atemzügen durchbrochen.

»Nein!«, war ihre barsche Antwort.

»Doch, sonst kein Geld«, sagte er und setzte »Nur ich PIN!« hinzu.

Es bedurfte noch eines längeren harschen Wortwechsels, ehe sie sich besann und die Kante mit der Taschenlampe nach einem Weg nach unten absuchte.

Erst als sie tatsächlich einen schmalen Pfad ausgemacht hatte, der zum Grund des Steinbruches führte, gab sie nach.

»Noch 1.000 Euro!«

Er nickte nur matt. Er war sich bewusst, dass sie ihn in der Hand hatte und die Einzige war, die ihn hier lebend herausbringen konnte.

Sie nahm den Kanister und das Feuerzeug, das er ihr reichte, und kraxelte den Pfad hinunter.

Er hörte, wie sich ihre Schritte knackend und immer wieder begleitet von kleinen Steinlawinen den Naturpfad hinunter entfernten.

Der Schein der Taschenlampe war im tiefen Loch, das von fast drei Seiten von Felswänden beschirmt war, längst verschwunden.

Nach etwa zehn Minuten nahm er den Geruch von Holzrauch wahr.

Ein Gefühl der Erleichterung durchströmte ihn. Sollten sie es doch allen Widrigkeiten zum Trotz geschafft haben?

Nach weiteren fünf Minuten hörte er sie den Weg emporstapfen, und die Strahlen der Taschenlampe schnitten durch die düstere Baumkulisse vor ihm.

»Wo Kanister?«, fragte er, als sie auf ihn zu kam.

Sie zögerte. »Verbrannt in Feuer.«

Ein heller Lichtschein fraß sich züngelnd in die nächtliche Dunkelheit. Offenbarte das, was er sich in seinen Vorstellungen ausgemalt hatte: Berge von Rebpflanzen, die lichterloh auf dem steinigen Boden in Flammen standen.

Wortlos, unfähig zu sprechen und zu denken, starrte er in die Flammen. Der Geruch des Holzfeuers wirkte mit einem Mal heimelig, trug er doch alle Ängste und die Pein der letzten Stunden mit sich fort.

»Gehen«, sagte sie matt.

Er warf einen letzten Blick in die Flammen, so als wollte er sich versichern, dass sie wirklich real waren. Erst dann gab er nach und bat sie, ihm beim Einsteigen zu helfen.

Wieder hielt er ihr den Wagenschlüssel entgegen.

»Fahren«, zischte er heiser und völlig entkräftet.

Als sie auf dem Fahrersitz neben ihm Platz genommen hatte, strich er ihr dankbar über den Unterarm. »Danke.«

Sie zuckte wie ein verfolgtes Tier zurück.

60 WUT

Freitag, 5. November 2021, 10.45 Uhr

»Ich habe die Nase gestrichen voll!«, schrie Thomas von Leinhardt.

Bundschuh hatte den sonst so ruhigen und überlegten Mann noch nie vorher so in Rage erlebt.

»Das geht eindeutig zu weit!«

Bundschuh schwieg verwirrt. Ihm war nicht klar, auf was von Leinhardt hinauswollte.

»Was hat denn angeblich Herr Yeboah verbrochen, dass du ihm das antust?«

»Ich ... ich weiß nicht, von was du da redest?«, erwiderte Bundschuh verunsichert.

»Du brauchst dich gar nicht erst dumm zu stellen!«, schrie von Leinhardt und packte Bundschuh am Kragen. »Ich weiß, dass dieser gelackte Typ hier bei dir arbeitet. Und diese Polizistin geht auch bei dir ein und aus. Warum schwärzt du uns an?«

»Aber ich hab doch gar nichts gemacht«, erwiderte Bundschuh treuherzig.

Von Leinhardt konnte sich nun nicht mehr halten und schüttelte ihn. »Als dein Junge uns den Vollernter demoliert hat, haben wir geschwiegen, obwohl wir wussten, dass er es war. Wir zeigen unsere Nachbarskinder nicht an. Aber jetzt ist Schluss! Ein für alle Mal. Jetzt ist Schluss!« Von Leinhardts Stimme überschlug sich. Er schob Bundschuh an die Wand der Vinothek und drückte ihn, mit der Hand am Hemdkragen, dagegen.

»Ich mach dich fertig, wenn du uns nicht in Ruhe lässt!«

»Aufhören ... aufhören ... ich weiß von nichts!«, stammelte Bundschuh, dem allmählich durch von Leinhardts strammem Griff die Luft ausging.

»Du weißt von nichts, du weißt von nichts!« Von Leinhardt schien nun völlig die Kontrolle über sich zu verlieren und hieb mit der freien Hand Bundschuh in die Magengrube. »Ich mach dich fertig!«, tobte er keuchend.

In diesem Augenblick öffnete sich die Tür zur Vinothek

und Achill trat ein. »Was treiben Sie hier?«, schrie er von Leinhardt an, der nun zügellos auf Bundschuh eindrosch.

Entschlossen ging er auf das rangelnde Paar zu, schnappte nach von Leinhardts Arm und drehte ihn ihm auf den Rücken. »Aufhören!«, brüllte er, während von Leinhardt mit schmerzverzerrtem Gesicht aufschrie.

Er nestelte ein paar Handschellen aus der Sakkotasche und legte die eine Seite um von Leinhardts Handgelenk, die andere befestigte er an einem soliden Heizungsrohr.

»Aber das können Sie nicht. Ich will einen Anwalt«, wimmerte von Leinhardt.

»Den werden Sie kriegen, aber erst beruhigen Sie sich mal ein paar Minuten.«

Bundschuh rieb sich den Hals und stand noch immer wie paralysiert an der Wand.

»Und Sie schließen hier ab. Hier ist bis auf Weiteres geschlossen!« Achill wies auf die Zugangstür.

Bundschuh tat ohne Widerrede das, was er ihm aufgetragen hatte, und schaute ihn erwartungsvoll an.

»Wo können wir uns ungestört unterhalten?«, fragte Achill schroff.

»Oben im Büro.«

»Aber Sie können mich doch nicht ...«, setzte von Leinhardt an.

»Doch ich kann, Herr von Leinhardt. Und damit Ihr feiner Herr von Lychow nichts auszusetzen hat, nehme ich Sie jetzt offiziell fest, wegen tätlichen Angriffs auf Herrn Konrad Bundschuh. Es steht Ihnen frei, sich zum Tatvorwurf zu äußern. Sie müssen sich insbesondere nicht selbst belasten. Alles, was Sie sagen, kann gegen Sie verwendet werden. Ich gebe Ihnen gleich Gelegenheit, mit Ihrem Rechtsbeistand zu telefonieren. Haben Sie die Belehrung verstanden?«

Von Leinhardt schluckte, nickte und schwieg. Ihm war

allmählich klar geworden, dass die Sache für ihn brenzlig werden konnte, und es wohl besser war, nicht weiter zur Eskalation beizutragen.

»Und wenn Sie hier Dummheiten machen, sitzen Sie in einer halben Stunde auf der Wache in einer unserer wenig luxuriösen Haftzellen im Keller und verbringen dann die Nacht dort. Verstanden?«

Von Leinhardt nickte erneut und senkte demütig den Kopf.

»Und wir gehen jetzt hoch in Ihr Büro«, sagte Achill, an Bundschuh gewandt.

Dieser war noch zu sehr benommen, um etwas zu sagen, und schlurfte Achill voraus auf die Treppe zu.

Oben angekommen, wies Achill auf den runden Tisch, und sie nahmen gegenüber Platz.

Allmählich kehrte etwas Leben in den angeschlagenen Winzer zurück. »Kenne ich Sie nicht? Sie waren doch mit Herrn Sartorius hier?«

»Genau. Mein Name ist Kriminalhauptkommissar Frank Achill vom Polizeipräsidium Ludwigshafen. Ich bin im Übrigen der Vorgesetzte von Frau Kriminaloberkommissarin Bertling, die Sie ja bereits kennengelernt haben.«

»Verstehe«, antwortete Bundschuh knapp und legte seine Stirn in Falten.

»Wo ist eigentlich Ihr Mitarbeiter, Herr Sartorius?«

»Er hat sich heute krankgemeldet.«

»Aha«, brummte Achill verärgert. Es wunderte ihn nicht, dass André sich auch hier zurückgezogen hatte. Wenn er nur keine Dummheiten machte, dachte er und wandte sich wieder an Bundschuh. »Ich bin nur hier, um Ihre Aussage zu protokollieren, damit alles seine Richtigkeit hat.«

»Ja klar«, erwiderte Bundschuh, doch seine Züge verrieten, dass ihm ganz und gar nichts klar war. »Und Herr Sartorius …«, setzte er fragend an.

»Herr Sartorius ist nichts weiter als ein Bekannter von mir.«

»Aha, und hat er?«

Achill wusste zwar nicht, auf was Bundschuh genau hinauswollte, konnte sich aber vorstellen, dass die Frage darauf abzielte, ob André gegenüber der Polizei ausgesagt oder auf sonstige Weise mit ihnen Informationen ausgetauscht hatte.

»Ja, er hat mir von den Ereignissen der letzten Tage berichtet«, löste Achill die angespannte Atmosphäre.

Bundschuh nickte und wirkte wie ein begossener Pudel.

»Wir können das Ganze hier erheblich abkürzen, wenn Sie mir chronologisch und strukturiert über alles Auskunft geben und ich es festhalten kann. Mit etwas Glück bin ich in einer halben Stunde wieder weg und schaffe Ihnen auch Ihren Nachbarn da unten vom Hals.«

Was nun folgte, war eine minutiöse Schilderung von all dem, was Bundschuh auch schon gegenüber Bertling und André ans Licht gebracht hatte: den nächtlichen Rebdiebstahl, den Einbruch, die Sache mit Sanguigni und den Verdacht in Bezug auf die von Leinhardts.

Achill gewann zunehmend das Gefühl, dass es Bundschuh gar für befreiend hielt, all das, was seine Seele seit Jahren belastete, mit der Polizei zu teilen.

Als sie fertig waren, legte Bundschuh wieder die Stirn kraus und schaute Achill ernst und durchdringend an. »Und André, ich meine Herr Sartorius, ist ein Spitzel, also ein Informant der Polizei?«

»Nein, ist er nicht. Ganz im Gegenteil, das, was Sie mir erzählt haben, wusste ich bisher nicht. Aber Sie sollten ihm dankbar sein. Er hat bei mir sein ganzes Gewicht in die Waagschale geworfen, dass die Sache mit dem Weinrückruf so still vonstattengegangen ist.«

Bundschuh nickte mit undurchdringlicher Miene. Er wirkte erschöpft.

»Und nun bitte ich Sie, mir die Schrotflinte auszuhändigen«, beendete Achill die Befragung.

Bundschuh eilte zu einem alten stählernen Waffenschrank, schloss ihn auf und reichte ihm die altertümliche Flinte.

»Und was soll ich mit diesem von Leinhardt machen? Wollen Sie wegen des Gerangels zivilrechtlich gegen ihn vorgehen?«

»Nein, um Gottes willen, das will ich nicht. Das alles muss endlich ein Ende haben«, sagte Bundschuh ernst.

61 TIEFENBOHRUNG

Freitag, 5. November 2021, 12.15 Uhr

Die Dame am Empfang der Hämatologischen Ambulanz in der Uniklinik Mainz wirkte irritiert, als sich Bertling und André, mit mittlerweile komplett zugeschwollenem blauem Auge und blutbeschmiertem Gesicht, vor ihr aufbauten.

»Ich fürchte, Sie sind hier falsch. Die Unfallaufnahme ist in einem anderen Gebäude«, flötete sie schnippisch.

»Wir sind richtig. Wir wollen zu Herrn Professor Ngora«, erwiderte Bertling mit fester Stimme und schob der Dame diskret ihren Dienstausweis auf den Tresen.

»Da muss ich Sie leider enttäuschen, der Herr Professor ist heute auf einem wissenschaftlichen Symposium in Straßburg. Er ist erst ab Montag wieder hier.«

»Gibt es so etwas wie eine Assistentin oder einen Assistenten?«

»Ja, Frau Doktor Michalskova.«

»Und wo finden wir die?«

»Ich werde sie für Sie rufen«, säuselte die Empfangsdame und hatte schon den Telefonhörer in der Hand.

Zehn Minuten später saßen sie in einem kleinen Kabuff, das als Büro und Behandlungsraum der Ärztin diente.

In wenigen Sätzen erläuterte Bertling den Grund ihres Besuches.

»Aha, und Sie erwarten nun quasi eine Blutprobengenerierung aus geronnenem Blut?«

»So ist es.«

»Ich fürchte, Sie sind hier falsch. Das ist was für die Rechtsmedizin. Die ist für solche forensischen Untersuchungen zuständig.«

»Das ist mir durchaus bewusst, aber Frau Professor Doktor Schmollinger-Backhaus hat eigens zu dieser speziellen Sache Herrn Professor Ngora konsultiert.«

»Äh«, begann die Ärztin und ihre Augen verrieten, dass ihr bei der Angelegenheit nicht wohl zumute war, »dann ist es bestimmt besser, wenn Herr Ngora persönlich das Blut untersucht.«

Das war auch Bertling sympathischer, schließlich hatte sie keine Lust, ihr alles wieder von Neuem zu erklären und immer mehr Staub aufzuwirbeln. »Wie ich hörte, ist er heute auf einem Symposium.«

»Ja, er ist erst am Montag wieder hier in der Klinik.«

»Wir werden unseren Herrn Sartorius wohl aber nicht bis Montag hier sitzen lassen können.«

»Jaja, natürlich. Ich werde die Probe, so gut es geht, für Herrn Ngora abnehmen und entsprechend sichern.«

Die Ärztin erhob sich, ging zur Schrankwand hinter sich und kam mit einer Nierenschale, einem Metallspatel und einer Petrischale zurück. Dann zog sie Latexhandschuhe an und setzte sich breitbeinig auf den Hocker vor André. Mit dem Spatel begann sie, das verkrustete Blut so abzukratzen, dass es in die kleine Glasschale, die sie mit der anderen Hand darunter hielt, hineinrieselte.

»So, das wird reichen«, sagte sie, als der Boden des Glasschälchens mit rotbraunem pulverisiertem Blut bedeckt war.

Sie verschloss die Petrischale mit einem passenden Deckel und holte ein Formular, in das sie Gewinnungsdatum und Uhrzeit des Blutabstriches sowie Namen, Kontaktdaten und die gewünschte Diagnostik, die sie mit »Abgleich mit der Blutprobe aus der Weinflasche aus Neustadt« titulierte, eintrug.

»So, ich denke, Herr Ngora wird sich bis Mitte nächster Woche bei Ihnen melden. Sie können sich jetzt das Gesicht waschen«, sagte sie zu André und wies ihm den Weg zur Toilette.

*

Achill fühlte sich nach dem Besuch bei Bundschuh alles andere als befriedigt. Ganz im Gegenteil. Die schiere Menge an Informationen, die man ihm verheimlicht hatte, schockierte ihn. Der Ärgerklumpen, der in seinem Magen festsaß, schien wie ein Krebsgeschwür weiter zu wachsen.

Was würde noch alles ans Licht kommen, wenn er nur etwas tiefer bohrte?

Einerseits hatten Bertling und André mit der Sache um den Sortendiebstahl zwar Neues zutage gefördert, andererseits konnte er noch immer keine Verbindung zum Unfalltod vorm Neustadter *Saalbau* finden.

Letztlich hatte er mit seiner Einschätzung dazu recht behalten.

Nichtsdestotrotz interessierte ihn die Geschichte mit dem Sortendiebstahl. Im Frust über Bertlings und Andrés Geheimniskrämerei ihm gegenüber hatte er beschlossen, der Sache selbst auf den Grund zu gehen. Er wollte sich nicht mit Informationen aus zweiter Hand, die er auch nur bekam, wenn es André und Bertling in den Kram passte, zufriedengeben.

So hatte er beschlossen, diesem französischen Professor, von dem Bundschuh geredet hatte, einen Besuch abzustatten. Er fühlte sich aufgewühlt, frustriert und verärgert. Er hatte diese Halbheiten satt. Er würde sich nicht weiter mit gefilterten Informationen abspeisen lassen, keine Rücksichten mehr nehmen, nur weil André Flurschaden vermeiden wollte.

Als er den *Weincampus* durch den Haupteingang betrat, war er so schlecht vorbereitet wie selten. Er wusste nur, dass er einen Professor Sanguigni suchte, was dieser Herr genau tat und wo er ihn finden würde, war ihm nicht bekannt.

Im weitläufigen Foyer, in dessen Front zwei große Holztüren mit schokoladenfarbenen tönernen Türgriffen in die Aula abgingen, erspähte er links so etwas wie eine verglaste Pförtnerloge.

Er ging darauf zu und erkundigte sich beim Pförtner, wo Professor Sanguigni zu finden sei.

»Haben Sie einen Termin?«, fragte der Mann gelangweilt.

»Nein, den brauche ich auch nicht«, erwiderte Achill barsch und schob ihm den Dienstausweis unter der Plexiglaswand hindurch entgegen.

Der Pförtner quittierte das, indem er die Augen aufriss und etwas in seinen PC eingab.

»Sie haben Glück, seine Vorlesung ist gerade vorbei, und wahrscheinlich erwischen Sie ihn noch in seinem Zimmer, ehe er in die Mensa geht. Moment, ich bringe Sie zu ihm«, sagte der Mann und schälte sich umständlich aus der Pförtnerloge.

Als sie vor Sanguignis Zimmer standen, trat Achill vor, klopfte kurz und betrat, ohne eine Antwort abzuwarten, das Büro.

Eilig machte sich der Pförtner davon. Offensichtlich hatte er keine Lust, sich für Achills rüdes Benehmen eine Abfuhr vom Professor einzufangen.

Ein Mann mit südeuropäischem Aussehen, das dunkelblaue Sakko fein säuberlich auf einem Kleiderbügel hinter seinem Stuhl an einen Griff der Schrankwand gehängt, schaute irritiert zu Achill auf.

»Professor Sanguigni?«, fragte er, ohne sich mit einer Begrüßung aufzuhalten.

»In der Tat. Und mit wem 'abe isch die Ehre?«

»Kriminalhauptkommissar Frank Achill von der Mordkommission.«

»Oh là là, guten Tag, Monsieur le Commissaire«, erwiderte der Franzose mit Ironie in der Stimme. »Welchem Umstand 'abe isch denn Ihren werten Besuch zu verdanken?«

»Ich ermittle im Rahmen von Einbruch, Körperverletzung und Patentdiebstahl.«

»Sie sagten aber eben Mordkommission, wenn isch misch nicht täusche?«

»Manchmal gibt es an unseren Fällen eben auch Nebenaspekte, die es zu beleuchten gilt.«

»Und was wollen Sie dann bei mir? Isch bin ein Mann der Wissenschaft und mit diesen Grob'eiten nischt vertraut.«

Achill war nicht in der Stimmung für Sanguignis professorales Getue.

»Vor etwas mehr als einem Jahr konsultierte Sie Herr Konrad Bundschuh, um für eine von ihm neu gezüchtete Rebsorte eine DNA-Untersuchung zu erbitten.«

»Isch erinnere mich dünkel«, erwiderte Sanguigni und rieb sich die Schläfen, als ob er damit seinem Erinnerungsvermögen auf die Sprünge helfen könnte.

»Sie wiesen ihn damals ab, mit der Begründung, das Material sei von Viren befallen, und die äußerlichen Merkmale, zum Beispiel die petersilienartigen Blätter, seien auf diese Erkrankung zurückzuführen.«

»Mag sein. Über meinen Schreibtisch wandert so vieles.«

»Dann suchen Sie mir doch bitte den Vorgang raus. Schließlich müsste das dokumentiert sein. Ich kann mir nicht vorstellen, dass Sie als Institution des Landes Rheinland-Pfalz solche Aufträge nur per Handschlag abwickeln.«

»Nein, ganz bestimmt nicht. Bei uns 'at naturellement alles seine Richtigkeit. Isch kann den Vorgang für Sie im Archiv heraussuchen lassen, das wird möglicherweise ein paar Wochen in Onspruch nehmen.«

»Ich erwarte morgen einen Satz Kopien dieser Unterlagen«, sagte Achill in einem Ton, der keinen Widerspruch duldete, »… ansonsten lasse ich Sie aufs Präsidium vorladen.«

»Sehr wohl, isch werde wie immer mein Bestes geben.«

»Kennen Sie Herrn Konrad Bundschuh?«

»Ja, bien sur — natürlich — , so wie man eben die Winzer in der Region kennt.«

»Hatte er mit seinen Neuzüchtungen bisher Erfolg, und hat er schon Patente eingereicht?«

»Patente. Pardon, aber bei Pflanzen nennt man das doch nicht Patente«, korrigierte er nachsichtig lächelnd. »Man spricht bei Reben von Sortenschutz. Und dazu müsste ich

Sie ans Bündessortenamt nach 'aßloch verweisen, dort ist man
für so etwas zuständig. Isch bin nicht im Bilde über die Züch-
tererfolge von 'errn Bündschüh. Vielleicht kann Ihnen auch
die Rebschule Freytag in Lachen-Speyerdorf 'elfen, dort ist
man möglicherweise schon in früheren Stadien eingeschaltet.«

»Hmm«, brummte Achill, dem allmählich das Pulver auszugehen drohte, mit dem er den Franzosen beschoss.

»Sie können sich aber auch die Wege sparen. 'err Bündschüh ist bekannt dafür, dass er jedes Jahr eine neue Entdeckung macht. Und keine 'atte bisher Erfolg. Es ist für ihn so
etwas wie eine mensonge de la vie, oder wie man bei Ihnen
sagt: Lebenslüge.«

»Sei's drum. Ich erwarte morgen den Satz Kopien per
Mail oder Fax an diese Adresse.« Damit schnippte er dem
Professor seine Visitenkarte entgegen.

62 WURZELBEHANDLUNG

Freitag, 5. November 2021, 13.50 Uhr

Als sie das Klinikgebäude verlassen hatten und wieder im
Auto saßen, warf Bertling einen Blick auf ihr Smartphone.
»Fünf Anrufe in Abwesenheit, alle von Frank.«

André tat es ihr gleich. »Auch bei mir hat er es dreimal versucht.«

»Scheiße!«, sagte Bertling mit schmerzhaft verzogenem Gesicht.

»Ich fürchte, das geht so richtig schief mit euch beiden«, brummte André. »Wie willst du da wieder rauskommen?«

»So wie er es selbst auch machen würde. Erfolge vorweisen, das stimmt jeden Vorgesetzten milde.«

»Wenn du dich da mal nicht verschätzt. Er macht sich bestimmt Sorgen um dich.«

»Ich weiß«, erwiderte Bertling und senkte betroffen den Blick.

In diesem Moment vibrierte ihr Handy erneut, und wieder sah sie Achills Nummer im Display.

»Willst du nicht rangehen?«

»Nein, das muss ich persönlich mit ihm besprechen, am Telefon funktioniert so was nicht.«

André nickte.

Bertling startete den Motor, und sie fuhren aus dem Mainzer Stadtgebiet zurück Richtung Süden.

Gut eine Viertelstunde sagte niemand etwas. Zu sehr waren sie von dem Zwist mit Achill aufgewühlt. Beide wussten, dass es mit jeder Minute, die sie das klärende Gespräch hinausschoben, schwieriger würde, wieder zusammenzufinden.

*

Achills Frust wich allmählich einer gewissen Gleichgültigkeit. Das Verhältnis zwischen ihm und Bertling war zerbrochen. Basta.

Wie er es auch drehte und wendete, hatte sie sich einem Telefonat mit ihm verweigert. Er kannte sie nur zu gut und wusste, dass sie normalerweise mindestens im Viertelstundentakt aufs Handy schaute, wenn sie nicht gerade schlief. Und um diese Zeit – es war mittlerweile 14 Uhr – würde sie wohl kaum schlafen.

An der nächstbesten Tankstelle stattete sich Achill mit einer Cola und einem Fleischkäsebrötchen aus. Er schlang das Brötchen mit wenigen Bissen hinunter, mechanisch, ohne Hunger. Die Cola schüttete er achtlos hinterher. Er fühlte sich leer, zu tief saßen Frust und Enttäuschung. Er beschloss, bevor er den Rückweg nach Ludwigshafen antrat, noch an jener *Rebschule Freytag* vorbeizufahren, von der Sanguigni gesprochen hatte. Etwas Aufklärung zur Rebzucht mit all ihren Geheimnissen würde nichts schaden. Schließlich hatte er keine Lust mehr, am Informationstropf von André oder diesem arroganten Professorenschnösel zu hängen.

Die *Rebschule Freytag* lag am südlichen Ortseingang von Lachen-Speyerdorf inmitten von Äckern und Rebflächen. Hinter einem modernen Büro- und Wohngebäude erstreckten sich die Gewächshäuser und Arbeitsräume.

Nach dem spartanischen Mittagsmahl hatte er sich auf dem Parkplatz der Tankstelle noch die Zeit genommen, um nach der Rebschule zu googeln. Zu seiner Überraschung war es kein langweiliger Gartenbaubetrieb. Hinter der Fassade des modernen Anwesens verbarg sich etwas, das man auf Neudeutsch mit dem Begriff *Hidden-Champion* umschrieb, nämlich ein Unternehmen, das eine gewisse nationale Branchenführerschaft innehatte. In zweiter Generation geführt, betreute die Rebschule rund 800 Kunden im In- und Ausland. Gerade was moderne Neuzüchtungen pilzresistenter Reben anging, war man ganz weit vorne und hatte viele wesentliche Innovationen der letzten Jahre erfolgreich mit auf den Weg gebracht.

Geschäftsführer und Inhaber war Volker Freytag, und genau nach ihm fragte er am Empfangstresen.

»Sie haben Glück, er ist im Haus«, kommentierte die Rezeptionsdame seine Anfrage und geleitete ihn in Freytags Büro gleich links neben der Theke.

»Herr Kriminalhauptkommissar Achill von der Mordkommission der Ludwigshafener Polizei«, stellte ihn die Sekretärin vor. Dabei legte sie eine besondere Betonung auf das Wort Mordkommission.

»Mordkommission?«, wiederholte Freytag und schaute erstaunt auf.

»Keine Sorge, es ist nichts diesbezüglich passiert. Ich bin nur hier, weil ich für eine Umfeldermittlung Ihre Expertise brauche.«

Freytag passte nicht in das vorgefertigte Bild, mit dem Achill gekommen war. Er war kein Mann mit sonnengegerbtem Gesicht, der tagtäglich noch selbst Hand an irgendwelche Rebpflanzen legte. Vor ihm saß ein Unternehmer in seinem gepflegten Büro.

Die Sekretärin bot André noch einen Kaffee an, bevor sie ging, und Freytag wies freundlich auf den Stuhl vor dem Schreibtisch.

»Was kann ich für Sie tun? Wo liegt Ihr Interesse?«

Achill hatte keine Lust auf Umschweife und kam direkt zur Sache. »Kennen Sie den Hambacher Winzer Konrad Bundschuh?«

»Klar«, sagte Freytag und schmunzelte. »Aber das ist nichts Besonderes. Ich kenne nahezu jeden Winzer hier in der Pfalz. Fast alle beliefere ich regelmäßig mit Jungpflanzen.«

»Ja klar«, antwortete Achill und überlegte, wie er das Gespräch fortsetzen sollte. »Ist er bei Ihnen auch schon als Rebzüchter in Erscheinung getreten?«

»Ja, er arbeitet seit Jahren daran, neue Sorten zu züchten. Er ist ein sympathischer Kerl, der das aus Überzeugung tut. So etwas schätze ich. Wissen Sie, es hilft uns allen, wenn wir Pflanzenmaterial herauszüchten können, das weniger anfällig ist und sich somit die Ausbringung von Spritzmitteln reduziert. Wir haben so manches Mal unser Wissen ausgetauscht. Ich habe ihm seltene Kreuzungspartner besorgt und 2018 oder 2019 eine größere Menge Wurzelunterlagen.«

»Wurzelunterlagen?«, fragte Achill neugierig.

»Ja, wie Sie vielleicht wissen, leiden unsere Rebstöcke hier seit dem ausgehenden 19. Jahrhundert an der Reblaus. Der Weinbau bei uns funktioniert nur noch, weil wir alle Rebstöcke veredeln. Das heißt, wir verbinden die Wurzel einer amerikanischen Rebpflanze, die unempfindlich gegen die Reblaus ist, mit einem Trieb einer einheimischen Weinrebe wie zum Beispiel Riesling, Burgunder und so weiter. Eigentlich ist das unsere Hauptaufgabe.«

»Verstehe«, brummelte Achill in Gedanken. »Sie meinten aber im Satz vorher, dass Bundschuh nur die Wurzelunterlage bei Ihnen gekauft hat.«

»Das stimmt. Er ließ uns nicht die Edelreiser, also die Nutzreben, auf die Wurzelstöcke aufpfropfen, sondern kaufte nur die Wurzelunterlage, um das Pfropfen selbst zu erledigen.«

»Kommt das häufig vor?«

»Nein, zugegebenermaßen war er der einzige Winzer in den letzten Jahren, der mit diesem Wunsch an uns herangetreten ist.«

»Haben Sie eine Ahnung, warum er das tat?«

»Na ja, das liegt auf der Hand. Er ist wohl ein Geheimniskrämer, der sich nicht von uns in die Karten schauen lassen wollte.«

»Hatte er denn Grund dazu?«

Freytag lachte. »Nein, bei uns natürlich nicht. Wir arbeiten immer wieder mit Züchtern zusammen und helfen, neue Sorten marktfähig werden zu lassen. Die beste Sorte bringt einem nichts, wenn man nicht eine Rebschule hat, die bei der Vermehrung hilft. Das kriegt ein einzelner Winzer nicht alleine hin.«

»Hmm, verstehe«, erwiderte Achill und rieb sich übers Gesicht. »Und warum war er dann so vorsichtig?«

»Ich kann es nicht mit Sicherheit sagen, bei ihm könnte ich mir vorstellen, dass er schlichtweg sparen wollte. Normalerweise lässt man sich eine neue Sorte beim Bundessortenamt schützen. Das kostet aber Geld, und das jährlich. Viele versuchen dabei, Zeit zu schinden, und schieben die Registrierung dort solang es geht hinaus.«

»Klingt plausibel. Und glauben Sie, dass an Bundschuhs spektakulärer Entdeckung wirklich was dran ist?«

»Ich kenne ihn nun schon seit vielen Jahren. Er ist zwar ein Eigenbrötler und Idealist, aber kein Aufschneider. Und nach alldem, über was er mit mir je gesprochen hat, weiß ich, dass er Ahnung hat, von dem, was er tut. Und wenn er behauptet, er hätte eine aussichtsreiche Sorte entwickelt, dann würde ich ihm das abnehmen.«

Achill blieb stumm. Er musste einen Augenblick verdauen, was er soeben gehört hatte. »Kennen Sie eigentlich Herrn Professor Sanguigni vom *Weincampus*?«, fragte er zögerlich.

»Na ja, so groß ist unsere Branche nicht. Man kennt sich in der Regel.«

Achill hatte das Gefühl, dass Freytag gerade etwas auswich. »Und welchen Eindruck haben Sie von ihm?«

»Er ist wohl ein ausgewiesener Fachmann auf dem Gebiet der Molekulargenetik und Ampelografie.«

»Ampelografie?«, wiederholte Achill fragend.

»Der Rebsortenkunde«, erläuterte Freytag.

»Und mit Weinkrankheiten, Viren und so was kennt er sich da auch aus?«

»Ich denke schon. Er hat selbst ein Weingut in der Familie, auf dem er angeblich viele Jahre gearbeitet hat. Zusammen mit seinem Studium müsste ihn das in die Lage versetzen, auch beim Thema Viren und Rebkrankheiten mitzureden.«

»Und wo liegt sein Weingut? Ist es hier in der Region?«

»Nein, er ist Franzose, und sein Familienweingut befindet sich ganz im Süden Frankreichs im Rhonedelta, in der Camargue.«

63 BEGEGNUNG

Freitag, 5. November 2021, 13.55 Uhr

Achill fühlte sich schlaff und leer. Zwar war das Gespräch mit Freytag interessant und aufschlussreich gewesen, doch drückte ihn der Konflikt mit Bertling förmlich zu Boden.

Er hatte mit sich gekämpft, ob er noch mal ins Büro sollte oder gleich nach Hause. Vielleicht würde ihn ja ein Glas Rotwein mit seiner Sabine auf andere Gedanken bringen.

Aber dennoch entschied er, im Präsidium noch mal nach dem Rechten sehen, gerade heute, wo Bertling ja so überraschend Urlaub genommen hatte.

Wieder versetzte ihm dieser Gedanke einen Stich. Ja, er musste sich eingestehen, dass sie nicht nur eine beliebige Mitarbeiterin in seinem Team war, sondern sich zu seiner Stellvertreterin entwickelt hatte, der er bis dato bedingungslos vertraut hatte. Sollte dies nun wirklich alles vorbei sein?

Als er den langen Korridor zu seinem Zimmer betrat, fiel ihm ein merkwürdiges Paar auf: eine etwa 50-jährige Frau und ein pickelgesichtiger junger Mann, der neben ihr auf dem Stuhl im Wartebereich saß.

Beide trugen sie schlecht sitzende Jeans und verwaschene T-Shirts darüber, als wären sie direkt von der Arbeit auf dem Acker oder in der Werkstatt hierhergekommen.

Als er seine Bürotür hinter sich geschlossen hatte und am Schreibtisch saß, wandte er sich unverzüglich der Tagespost zu, die heute noch ungeöffnet auf dem Tisch lag. Wieder eine Kleinigkeit, die ihn an die Abwesenheit von Bertling erinnerte.

Er rief Jonas, ebenfalls ein Teammitglied und Bertlings Tischnachbar, zu sich. »Was von Bertling gehört?«, fragte er möglichst beiläufig, ohne von der Post aufzublicken.

»Nö«, antwortete Jonas einsilbig.

»Sonst was?«

Wieder das stereotypische »Nö«.

»Und die zwei da draußen?«

»Warten auf Sie.«

»Und wann wolltest du mir das sagen?«, brüllte Achill viel zu ausfällig.

»Na, Sie haben sie doch gesehen, die sitzen schon seit …«, Jonas schaute auf die Uhr, »… seit anderthalb Stunden hier.«

»Und wenn ich nicht mehr reingekommen wäre?«, fragte Achill scharf.

»Na, dann hätte ich sie so gegen 17 Uhr heimgeschickt.«

»Aha, und das ist für dich bürgernahe Polizeiarbeit?«

»Hatte ihnen schon Wasser angeboten«, verteidigte sich Jonas.

Achill schwieg, hätte er Jonas das erwidert, was ihm durch den Kopf ging, hätte er in diesem Moment sein Team noch um ein Mitglied dezimiert.

»Und weswegen sind sie hier?«

»Irgendwas im Zusammenhang mit dem Säbelschwingerfall.«

Achill horchte auf. »Und wegen was genau?«

Jonas schüttelte mit einfältigem Blick den Kopf.

Achill schluckte herunter, was er gerade dachte. »Los, hol sie rein!«

Jonas nickte und verließ das Büro.

Wenige Sekunden später klopfte es an der Tür, und Jonas öffnete, ohne eine Antwort Achills abgewartet zu haben. »Herr und Frau Picker«, stellte Jonas sie, für seine Verhältnisse unerwartet förmlich, vor.

Der pickelgesichtige Junge grinste, offensichtlich wirkte es für ihn komisch, als »Herr« vorgestellt zu werden.

»Tach, Herr Kommissar, mir hänn schunn long uff Sie gewaade«, begrüßte ihn die Mutter etwas säuerlich.

»Ein dringender Einsatz«, log Achill, dem nicht danach war, sich nun auch noch zu entschuldigen.

»Aha«, sagte die Alte und schaute ungläubig, während ihr Sohn das kleine Metallmodellauto, das vorne auf Achills Schreibtisch stand und das ihm seine Tochter einmal im Kindergartenalter geschenkt hatte, in die Hand nahm.

Achill schluckte erneut den Ärger herunter.

»Was kann ich für Sie tun?«, fragte er stattdessen in dienstlichem Ton.

»Sie wärren entschuldische, dass ma erscht heit kummen.«

Achill wedelte kreisförmig mit der Hand, um den Redefluss der Frau zu beschleunigen.

»Also, de Matzel hott was g'hert, des wolld er Ihne verzehle.«

»Matzel?«, fragte Achill unwirsch.

»Marcel«, korrigierte der Junge die pfälzische Aussprache seiner Mutter.

Achill kochte innerlich. Was sollte dieses Bauerntheater, hätte nicht Jonas diese beiden Einfaltspinsel übernehmen können? »Aha, und was wollen Sie mir erzählen?«, fragte er lustlos.

»Ah 's war in dere Nacht, wu der vunn Leinhardt denn klä Keller abg'stoche hot.«

»Und was war da?«

»Ah de Bu war gonz in de Neh g'stonne. Der hott sogar ähn Blutspritzer uffm Tee-Schert ghadd. Un er hodd g'hert, was de junge vunn Leinhardt g'saad hott, bevor er dem Kläne Keller den Flaschestumpe in den Hals gerennt hott.«

Jetzt horchte Achill auf. »Und was hat er gesagt?«

64 KRÖTENSCHLUCKEN

Freitag, 5. November 2021, 14 Uhr

Bertling hatte André gebeten, das letzte Stück der Fahrt zurück nach Speyer zu übernehmen.

Sie fühlte sich elend. Das Zerwürfnis mit Achill hatte ihr auf den Magen geschlagen.

Zuerst hatte sie die Mails auf ihrem Tablet gecheckt, dann war sie auf die Telefonliste und den Anrufbeantworter ihres Smartphones übergegangen.

Dreimal hatte sie aus- und wieder eingeschaltet, alles in ihr sträubte sich dagegen, die Sprachnachrichten, die ihr Achill aufgesprochen hatte, anzuhören.

Schließlich steckte sie die Kopfhörer in die Ohren und überwand sich.

Die erste Nachricht war von heute um 10.20 Uhr.

Achill wirkte außer sich vor Wut. »Ruf mich unverzüglich zurück! Und unterlass den Scheiß. Von Lychow war hier!«

Bertling schluckte. Wow, das war schnell gegangen, von Leinhardt hatte wohl direkt nach ihrem Auftritt die Kavallerie verständigt.

Wieder zögerte sie, dann hörte sie die zweite Nachricht von heute, 11 Uhr, an: »Und das gilt auch für André. Du trägst fortan die volle Verantwortung für alles, was er tut. Schluss damit!« Bertling hatte ihren Chef noch nie so außer sich erlebt. Er hatte die Worte geradezu auf ihre Mailbox gespien.

Die nächste Nachricht stammte von 13.20 Uhr. Achill klang dieses Mal ungewohnt matt. Da war nicht mehr der

Ärger in seiner Stimme, sondern nur noch Resignation. »Das ist nun der letzte Anruf. Ich werte dein Schweigen als Signal an mich. Ich bin sehr enttäuscht von dir und André.«

Bertling schluckte erneut und wischte sich eine Träne von der Wange.

Entgegen Achills Ankündigung, sich nun nicht mehr zu melden, gab es noch eine weitere Nachricht von ihm. Bertling wartete. Sie konnte sich nicht entschließen, sie abzuhören. Nach fünf Minuten rang sie sich durch.

»Es gibt neue Erkenntnisse. Du hattest recht. Ich brauche dich hier.« Dieses Mal hatte Achills Stimme anders geklungen, tatkräftig und entschlossen, so wie sie ihn kannte.

»Wir müssen sofort ins Präsidium, beeil dich!«, mahnte sie André.

»Sind auf dem Weg«, schrieb sie Achill in die Textnachricht, die sie direkt im Anschluss verschickte.

65 BILANZ

Freitag, 5. November 2021, 14.50 Uhr

Bertlings Knie waren weich, und ihr Magen rumorte, als sie vor Achills Bürotür stand. Noch nie hatte sie ein so schlechtes Gefühl gehabt, wenn sie bei ihm anklopfte. Früher war sie oft, einen Scherz auf den Lippen und eine Tasse Kaffee in der Hand, einfach so, ohne zu klopfen, bei ihm hereingestürmt und hatte sich an den freien Schreibtisch gegenüber seinem gesetzt.

Doch heute war es anders. Sie war sich bewusst, dass nun etwas zwischen ihnen stand – und sie trug die Schuld daran.

André, der direkt hinter ihr war, schien es ähnlich zu gehen. Auch er war seltsam blass, und seine Ungeduld, die ihn in solchen Augenblicken dazu zwang, irgendetwas zu tun, um den Prozess zu beschleunigen, war wie weggeblasen.

Wortlos, ohne zu drängeln, starrte er auf Bertlings Hand, die sich wie in Zeitlupe hob, um anzuklopfen.

Sie klopfte, und sie warteten. Das befreiende »Herein« ließ auf sich warten.

Als es schließlich doch schwach durch die Tür drang, atmete Bertling hörbar ein, blähte die Backen und blies die Luft wieder geräuschvoll aus, erst dann drückte sie die Klinke nach unten.

Nachdem sie eingetreten waren, erhob sich Achill vom Stuhl und positionierte sich neben dem Schreibtisch. Auch er war seltsam blass. Schweigend starrten sie sich sekundenlang an.

»Entschuldigung«, entfuhr es Bertling heiser.

Achill ging wortlos einen Schritt auf sie zu. Dann geschah etwas Unerwartetes. Der sonst so geradlinige, unemotionale Mann breitete die Arme aus und schloss unsicher die vor ihm stehende junge Frau in die Arme.

André meinte gar zu erkennen, dass seine Augen glasig wurden.

Er löste die Umarmung und fand sogleich in die alte Sachlichkeit zurück. »Wir sollten unsere Zusammenarbeit auf andere Füße stellen«, merkte er knapp an.

André fragte sich, was er damit wohl meinte. Bertling schien es ähnlich zu ergehen, auch in ihrem Gesicht lokalisierte er eine gewisse Verunsicherung.

»Wird Zeit für einen Kassensturz«, stieß er hektisch hervor und wippte von einem Bein aufs andere.

Als Bertling und André nichts erwiderten und nur durch ein angedeutetes Nicken ihre Zustimmung signalisierten, wies er linkisch auf den Platz gegenüber an dem freien Schreibtisch und den Stuhl seitlich, auf dem üblicherweise seine Gäste saßen.

Sie setzten sich.

»Ich muss einräumen, das du mit deiner Einschätzung, dass es doch kein Unfall war, möglicherweise recht hast«, leitete Achill heiser ein.

»Wieso?«, platzte es aus Bertling heraus.

»Vor einer Stunde waren Mutter und Sohn Picker bei mir. Sie haben sich gemeldet, weil der Sohn, er ist 19, gesehen haben will, dass von Leinhardt die abgesplitterte Flasche auf den jungen Keller zubewegt und dabei etwas zu ihm gesagt hat.«

Bertling und André horchten auf, wagten aber nicht, Achill zu drängen.

»Der Junge will gehört haben, dass von Leinhardt so etwas wie: ›Dann eben so, du Idiot‹ zu ihm gesagt hat.«

»Aber was hat er damit gemeint?«, fragte Bertling.

Achill zuckte mit den Achseln. »Ich kann das auch nicht einordnen.«

André rieb sich das Kinn. »Und in welcher Beziehung steht dieser Picker zu von Leinhardt und Keller?«

»Er ist ein eher unscheinbarer, stiller Junge. Ich hatte den Eindruck, dass er zu beiden keine besondere Beziehung hat. Er scheint sie insgeheim als Ältere zu bewundern und hielt sich wohl gerne bei Feten und solchen Veranstaltungen unter ihnen auf, ohne richtig dazuzugehören.«

»Die anderen Zeugen haben übereinstimmend ausgesagt, dass Felix von Leinhardt und dieser Keller sich zwar kannten, aber keine besondere Beziehung zueinander hatten«, warf Bertling ein.

»Das bestätigt Marcel Picker auch. Er meinte nur, an diesem Abend in der Toilette beobachtet zu haben, wie sie sich angegiftet hätten und von Leinhardt Keller mit erhobenem Zeigefinger gedroht haben soll. Wobei diese Geste still, ohne Wortwechsel vonstattenging. Es wirkte auf ihn so, als würde sich das auf etwas beziehen, wovon beide wüssten.«

»Hmm«, brummte Bertling gedankenverloren.

»Ich möchte, dass du dich darum kümmerst und noch mal im Elternhaus von Keller nachhorchst. Und bei dieser Gelegenheit möchte ich dir die Verantwortung für den Fall auch formal übertragen. Ich habe das schon mit dem Chef geklärt.«

Bertling zog die Augenbrauen hoch. »Okay, ich kümmere mich darum.«

»So, und nun möchte ich, dass ihr alle eure Karten offen auf den Tisch legt«, sagte Achill mit entschlossenem Gesichtsausdruck.

André spürte, dass es ihm ernst war, und dass das so etwas wie eine letzte Gelegenheit für Bertling war, auf den Pfad der sie verbindenden Kollegialität und Freundschaft zurückzukehren.

Auch sie schien das so aufzufassen und erhob die Stimme. »Gerne. Und ich gebe zu, dass dies weit überfällig ist. Entschuldige noch einmal.« Was nun folgte, war ein nüchterner Bericht über ihre Ermittlungsstände. Zunächst erläuterte sie, wie aufgrund von Andrés Vorarbeit die Beschlagnahmung des Weines bei Bundschuh abgelaufen war.

»Bundschuh wird den Wein übrigens zu Industriealkohol brennen lassen, obwohl er möglicherweise sogar wieder freigegeben wird, da die Größenordnung der Verunreinigung unterhalb der Grenzwerte liegt. Er sagte mir, er will reinen Tisch machen.«

André horchte erstaunt auf. Wo hatte Achill diese Erkenntnisse her. »Das hat er mir noch nicht gesagt«, warf er ein.

Achill lachte. »Kunststück. Du bist ja auch offiziell im Krankenstand, wie er mir sagte.«

André schluckte. Hieß das etwa, dass er gegenüber Bundschuh als Polizeispitzel aufgeflogen war? Er verbiss sich allerdings eine Rückfrage, schließlich trugen er und Bertling mit der mangelnden Einbeziehung Achills dafür die Schuld.

»Wir gehen übrigens davon aus, dass der Einbruch bei Bundschuh und möglicherweise auch der Rebdiebstahl vom Wingert am Schlossberg auf das Konto der von Leinhardts geht. Der Einbruch wurde unseres Erachtens von einem dort beschäftigten Gabuner mit dem Namen Anselm Yeboah verübt«, fuhr Bertling mit der Schilderung ihrer Erkenntnisse fort.

»Und wie kommt ihr zu dieser Einschätzung?«

»Na ja, Bundschuh und die von Leinhardts liegen seit Jahren im Clinch. Bundschuh fürchtet, sie wollten ihn mit allerlei Aktionen wie zum Beispiel diesem Herausdrängen aus Pachtverträgen und sonstigen Nickligkeiten wie der Kontamination seiner Biowingerte mit konventionellen Spritzmitteln nur sturmreif schießen. Er glaubt fest, dass sie erreichen wollen, dass er ihnen seine Flächen irgendwann aufgrund wirtschaftlicher Schwäche übergeben muss.«

»Dass er das so sieht, wundert mich nicht. Aber die Pachtgeschichte richtete sich gegen alle Hambacher Winzer und nicht explizit gegen ihn. Du selbst hast mir das von diesem Keller erzählt.«

»Ja schon. Aber Bundschuh hat Simon von Leinhardt

auch mehrfach auf dem Versuchswingert mit seiner Neuzüchtung gesehen.«

»Hmm«, stöhnte Achill, blieb aber ansonsten still.

»Sie haben ein starkes Motiv. Die Tatsache, dass ihnen Bundschuh den Weinberg neben ihrer Vinothek nicht verkauft, trifft sie schwer. Der Parkplatz reicht hinten und vorne nicht, und oft müssen ihre Besucher weit entfernt parken, was den Weinverkauf nicht gerade fördert«, sprang ihr André zur Seite.

»Und dieser Gabuner, warum soll ausgerechnet er bei Bundschuh eingebrochen haben?«

»Na ja, das ist doch klar. Er ist der Einzige, auf den das Profil mit der Sichelzellenanämie passt.«

Achill verzog das Gesicht. »Und das ist alles, was ihr gegen ihn in der Hand habt?«

»Er arbeitet schon seit vielen Jahre bei den von Leinhardts, genießt deren Vertrauen und wäre bestimmt derjenige, den sie mit so etwas betrauen würden.«

»Mir gegenüber hat Bundschuh den Einbrecher nur als dunklen Typen, nicht aber als Schwarzafrikaner beschrieben. Habt ihr da andere Erkenntnisse?«

»Äh, nein, das deckt sich mit dem, was er André und mir erzählt hat.«

»Dünn, sehr dünn«, brummte Achill unzufrieden. »Dafür also die Geschichte mit der Verletzung durch André. Allmählich dämmert mir, was ihr vorhattet.«

»Ja, zugegeben. Es war meine Idee. Verena wusste davon nichts.«

Achill lachte. »Das hättest du nicht eigens erwähnen müssen. So eine Schwachsinnsidee fällt auch nur dir ein.«

»Ja, zugegeben, sie war schon etwas unkonventionell, aber funktioniert hat sie am Ende.«

»Will heißen?«, erwiderte Achill nun interessiert.

Bertling berichtete ihm nun von dem Blut in Andrés Gesicht und ihrer Fahrt zu Professor Ngora nach Mainz.

Achills Züge verzogen sich in eine Mischung aus Ungläubigkeit und Ärger.

»Schon mal was von Verwertungsverbot gehört?«, fragte er Bertling und rollte mit den Augen.

»Ja schon, aber es wäre ja nur darum gegangen, einen Anfangsverdacht, nur für uns intern, zu erhärten.«

Achill lachte. »Ich hätte nie gedacht, das mal sagen zu müssen. In Anbetracht dieser Geschichte ist von Lychow geradezu sanftmütig mit mir umgegangen. Wobei der mit seiner Mahnung ›Wir sind doch nicht in Russland‹, aber direkt ins Schwarze getroffen hat. Ich hoffe nur, die in Mainz erzählen das nicht weiter. Wenn das bis hierher durchdringt, werden wir auf Jahre die Sensation unter den Anekdoten sein, die bei unseren Weihnachtsfeiern ausgetauscht werden.« Achill schüttelte den Kopf und rieb sich anschließend mit beiden Händen übers Gesicht, als wolle er diese Geschichte von sich waschen. »Und wie soll es deiner Meinung nach nun weitergehen?«

»Wir warten, bis wir die Ergebnisse aus Mainz haben, dann wissen wir, ob wir mit Yeboah richtig liegen. Und in der Zwischenzeit schaue ich mir mal mit André Simon von Leinhardts Rebanlagen in Wollmesheim bei Landau an.«

Nun blickten Achill und André erstaunt auf.

»Wie … wo hat von Leinhardt noch Rebflächen?«, fragte André.

»Und wie kommst du darauf«, schob Achill mit bangem Blick nach.

Bertling lachte. »Nein, ich habe keine Grundbuchbeamten bedroht. Es steht ganz simpel auf von Leinhardts Homepage. Soweit ich mir daraus zusammenreimen konnte, hat sich Simon von Leinhardt vor vier Jahren von Felix' leiblicher Mutter scheiden lassen und ist nun mit einer Winzerin aus Wollmesheim liiert. Ihre Weine vermarktet er ebenfalls über seine Homepage. Er nennt das sein ›Kooperationswein- gut‹, und ich könnte mir vorstellen, dass, wenn er tatsäch- lich Bundschuhs Reben geklaut hat, er sie dort kultiviert. So wären sie aus den Augen von Bundschuh.«

»Aber etwas naiv wäre er schon, wenn er dann auf seiner Homepage noch dafür Werbung macht«, wandte Achill ein.

66 FEHLANZEIGE

Freitag, 5. November 2021, 10 Uhr

Wieder saß Bertling im Wohnzimmer der Familie Keller in Hambach.

An der Szenerie hatte sich im Vergleich zum letzten Mal nichts geändert. Sie saß auf dem Stuhl neben dem Fenster. Ihr gegenüber auf dem Sofa mit der hässlichen geblümten Wollde- cke saß Marianne Keller, die Mutter, zu ihrer Rechten thronte die Großmutter, Gertrud. Wieder trugen beide Schwarz.

»Sie känne jo gar nidd genuch vunn uns kriesche«, krächzte die Alte.

Bertling war sich nicht sicher, ob dies ein schräger Scherz

sein sollte oder ob sie der Polizei tatsächlich überdrüssig war. Bei ihrem letzten Besuch hatte die Alte eher den Eindruck gemacht, als würde sie sich mehr Engagement der Behörden wünschen.

»Sagen wir so, es gibt neue Erkenntnisse, denen ich auf den Grund gehen will.«

»Welche Erkenntnisse?«, fragte Marianne.

»Darüber kann ich leider aus ermittlungstaktischen Gründen keine Auskunft geben«, leierte Bertling die polizeiübliche Standardfloskel herunter.

»Haben Sie die Sachen Ihres Sohnes noch aufgehoben?«

»Ha jo, dem Bu sei Zimmer isch unberiert«, mischte sich die Großmutter wieder ein.

»Ist es möglich, dass ich mich darin mal umsehe? Und könnte ich das Smartphone Ihres Sohnes für ein paar Tage mit aufs Präsidium nehmen?«

»Ah, hänn Se so ähn Durchsuchungsdings?«, krächzte die Alte.

»Nein, ich habe *noch* keine richterliche Anordnung«, erwiderte Bertling und gab dem Wort »noch« eine besondere Betonung. »Ich dachte, es sei in Ihrem Interesse, dass wir den Fall intensiv untersuchen.«

»Ha jo, nadierlich. Moi Dochter bringt Se nuff.«

Marianne erhob sich und schüttelte empört den Kopf. Bertling hatte den Eindruck, dass dies mehr der harschen Anweisung ihrer Mutter als ihrer Bitte galt.

Als beide in Thorstens Zimmer angekommen waren, blieb Marianne dicht hinter Bertling stehen und beobachtete argwöhnisch, was nun geschehen sollte.

»Können Sie mir das Smartphone Ihres Sohnes aushändigen?«

Mit mürrischem Blick öffnete Marianne die Nachttischschublade und überreichte ihr das Gerät.

»Kennen Sie vielleicht das Gerätepasswort?«

Marianne schluckte, Tränen schossen ihr in die Augen. »Es ist ›Paula‹, der Name seiner Freundin.«

Bertling nickte und ließ das Gerät direkt aus der Hand der Mutter in einen Beweismittelbeutel gleiten.

»Und einen Laptop oder PC hatte er doch bestimmt auch?«

Marianne nickte und übergab Bertling eine Laptoptasche, die neben dem kleinen Schreibtisch stand. »Das Passwort ist, glaube ich, dasselbe.«

Bertling nickte erneut. »Danke, ich denke, ich komme nun alleine zurecht.«

Nachdem die Mutter das Zimmer verlassen hatte, begann Bertling, den Raum systematisch zu durchsuchen.

Neben den Schubladen und Schränken untersuchte sie das Bett, Kissen, Matratze und den Unterbau. Es gab keine versteckten Gegenstände. Auch an den Unterseiten der Schubladen gab es keine aufgeklebten Schriftstücke oder Ähnliches. Hinter den Schränken gab es ebenfalls nichts zu finden.

Auch die zahlreichen Bücher, meist Fachbücher über Önologie, die Thorstens Regal zierten, blätterte Bertling durch. Außer ein paar fachlichen Randanmerkungen gab es darin nichts zu finden. Bei den Ordnern war die Situation nicht anders.

Bertling fotografierte den Vorlesungsplan, den sie in einem der Ordner fand, und lichtete noch den Raum aus verschiedenen Perspektiven ab.

Insgesamt waren die Erkenntnisse mager. Aber offen gestanden hatte sie auch mit nichts anderem gerechnet. Vielleicht gab ja Handy oder Laptop noch etwas her.

*

Ähnlich unergiebig war auch Achills heutiger Beitrag zum Fall.

Er hatte gestern mit Professor Sanguigni vereinbart, dass ihm dieser die Unterlagen zur Untersuchung der Bundschuhschen Rebstöcke zukommen lassen würde. Heute wollte er, möglichst bevor sich Sanguigni in die Mittagspause oder gar den verfrühten Feierabend verzog, danach fragen.

Die magere Antwort seiner Sekretärin war: »Der Herr Professor hat sich heute einen Tag freigenommen. Er möchte sich ein verlängertes Wochenende gönnen und verreisen.«

Achill kochte vor Wut, was nahm sich dieser Fatzke heraus, ihn einfach so abzublocken.

67 PANIK

Freitag, 5. November 2021, 16.30 Uhr

Sein Herz wummerte. Er spürte, wie ihm das Blut durch die Arterien schoss. Atemlos war er. Heiser und kurzatmig schrie er seinen Leuten Anweisungen zu, welches Geschirr sie ihm am großen Traktor anbauen sollten.

Sie hatten nicht verstanden, für was er es brauchen würde, hatten widersprochen, waren widerspenstig gewesen.

Erst als er sie anschrie und ihnen drohte, konnte er sich durchsetzen.

Er war verzweifelt. Die Last war zu groß, hatte ihn zu viele Nächte Schlaf gekostet und letztlich wie eine Felslawine überrollt.

Die Ärzte hatten ihm geraten, einige Gänge zurückzuschalten, wollte er sein Pensionsalter noch erleben. Seine Konstitution war zu schwach für das alles.

Sein Vater hatte recht behalten. Er war ein Versager. Und er musste sich eingestehen, dass er im Leben keine Fußspuren hinterlassen würde. Dass er nie, als 22. Nachfahre des Weingutgründers, zu einem Gemälde im langen Korridor vor dem Arbeitszimmer seines Vaters kommen würde. Er war ein Nichts – kraft- und erfolglos.

Dabei wäre alles so perfekt gewesen. Der sogenannte *Green Deal* an dem die EU gerade arbeitete, würde festlegen, dass bis ins Jahr 2030 die Ausbringung von Pestiziden um 50 Prozent zu senken sei. Da momentan aber der wachsende Befall der Reben mit Mehltau und falschem Mehltau immer weiter stieg, erforderte die Realität genau das Gegenteil – nämlich eine stetig steigende Behandlung mit Pestiziden.

Die Rebzüchtung dieses Bundschuh war der Schlüssel, um dieses Problem zu lösen, nämlich Rebpflanzen, die immun gegen diese Pilzerkrankungen waren. Sie hätten ihn, der sie anstatt dieses Ökotrottels auf den Markt gebracht hätte, reich gemacht und ihn zum goldenen Retter des europäischen Weinbaus werden lassen.

Eine Mischung aus Trotz und Trauer trieb ihm Tränen in die Augen.

Wenn ihm schon der Erfolg verwehrt blieb, sollte ihm wenigstens auch die Schande erspart bleiben. Er war nicht stark genug für das Gefängnis, das ihm drohte. Er wusste, dass es seinen Tod bedeuten würde.

Aber er hatte es selbst in der Hand, wenn er nur schnell und entschlossen handelte. Noch gab es eine Chance.

Morgen, ganz in der Frühe, bevor die Arbeiter auf dem Hof oder in den Weinbergen waren, würde er das hier zu Ende bringen.

Dann war da nur noch eine letzte Sache zu tun, vor der es ihm graute. Die so gar nicht seinem Naturell entsprach, aber getan werden musste – wollte er überleben.

Am Montagabend würde er unter alles einen Schlussstrich ziehen und das tun, was ihm die Ärzte schon lange rieten.

Aussteigen und die wenigen Jahre, die ihm noch blieben, mit süßem Nichtstun und feinem Wein irgendwo in Südafrika, Chile oder Australien zu einem letzten Traum werden lassen.

68 AFTERWORK

Freitag, 5. November 2021, 17 Uhr

Gegen 17 Uhr rief Achill Bertling zu sich ins Zimmer.

Als sie hereinkam, sah er auf und rieb sich nachdenklich übers Gesicht. Er überlegte, wie er beginnen sollte.

»Die letzten Tage sind natürlich auch an mir nicht spurlos vorbeigegangen. Ich habe darüber nachgedacht, wie ich zu einer besseren Zusammenarbeit beitragen könnte. Schließlich habe ich gestern Abend noch mit André telefoniert. Er hat mir eine ganz schöne Standpauke gehalten, obwohl ich mich bis dahin im Recht sah.«

Er legte eine kurze Pause ein, um sich erneut zu sammeln. »Er war voll des Lobes über dich. Du hast ihn wohl durch dein entschlossenes und cleveres Auftreten überzeugt. Wobei ich nicht weiß, ob ich den Auftritt bei den von Leinhardts clever finden soll. André meinte, du hättest dir solche Spezialeinsätze, wie er es nannte, wohl bei mir abgeschaut. Aber zugegeben, dein Schneid hat mir imponiert. Ein Satz von ihm blieb mir besonders in Erinnerung. Er meinte, du seist erwachsen geworden und eine vorzügliche Polizistin.«

Bertling schluckte und spürte, wie ihre Wangen zu glühen begannen. Sie ließ ihn ohne jegliche Erwiderung weiterreden.

»Er meinte weiter, dass ich hin und wieder auf dein Magengrummeln hören sollte, schließlich würde ich auch immer davon reden, etwas im Gefühl zu haben.«

Bertling schmunzelte.

»Dann hat er mir vorgehalten, dass du dir dein lausiges Informationsverhalten von mir abgeschaut haben könntest.«

Bertling lachte nun laut auf. »Und ihr seid noch befreundet?«, fragte sie augenzwinkernd.

»Natürlich, dachtest du etwa, ich könnte mit einem harten Feedback nicht umgehen?«

»Dann lass mich dir auch ein Feedback geben.«

Achill schaute ernst. »Ja klar, mach aus deinem Herzen keine Mördergrube.«

»Ich bin mir durchaus bewusst, dass mein Alleingang nicht in Ordnung war. Aber mir war die Lösung des Falles einfach zu wichtig, um alles so laufen zu lassen. Aber ebenso wichtig ist mir, dir zu sagen, dass du ein toller Chef bist und ich keinen anderen möchte.«

Achill schluckte. Auch seine Wangen glühten nun. Es war ihm unangenehm, gelobt zu werden.

»Dann lass uns künftig zur besseren Kommunikation vor jedem Wochenende eine kurze Bestandsaufnahme machen und die neue Woche planen«, rettete er sich, bevor es allzu emotional wurde, wieder in die Polizeiarbeit.

»Das ist eine gute Idee«, konstatierte sie. Dann berichtete sie ihm kurz vom Besuch bei den Kellers. »Das Smartphone und den Laptop werde ich so schnell wie möglich gemeinsam mit einem Kollegen von der Kriminaltechnik auswerten. Ich will wissen, ob es darauf irgendwelche Bezüge zu von Leinhardt gibt. Sieht ja so aus, als wäre zwischen den beiden doch mehr gelaufen, als wir bisher dachten.«

»Gut, aber bitte erst ab Montag. Ich glaube nicht, dass uns in dieser Sache etwas davonläuft. Am Montag kommt ja möglicherweise auch eine Rückmeldung von Professor Ngora zu Yeboahs Blut. Und vielleicht liefert dann auch endlich Sanguigni die Analysedaten der damaligen Untersuchung von Bundschuhs Wunderreben.«

»Ich würde mir am Montag gerne mal die Rebflächen von Leinhardts sogenanntem Kooperationsbetrieb anschauen«, erwiderte sie. »Soll ich André mitnehmen? Er kennt sich mit Rebstöcken ganz gut aus.«

»Nein, um Gottes willen. Ich möchte, dass er sich etwas aus dem Fall zurückzieht. Er war schon wieder viel zu tief mit drin. Ich würde dich bitten, einen Spezialisten vom *Weincampus* anzufordern. Aber nicht diesen Sanguigni. Ich möchte nicht, dass er das zum Anlass nehmen könnte, mich noch einen Tag länger auf die Analysedaten warten zu lassen. André soll am Montag wieder in die Vinothek gehen und Bundschuh ruhighalten.«

Bertling nickte.

»Ich bin zuversichtlich, dass uns die nächste Woche erheblich weiterbringen wird.«

Bertling nickte zufrieden.

Dann erhob sich Achill ungelenk und zögerte einen Augenblick. »Ich hätte da noch was.«

Bertling schaute verunsichert auf.

Er ging zu seinem Schrank und holte eine kleine Topfpflanze und eine lederne Schreibtischunterlage heraus.

Bertling konnte sich nicht erklären, was das zu bedeuten hatte.

Dann ging er umständlich an ihr vorbei, um die beiden gegenübergestellten Schreibtische herum und drapierte sorgfältig beides auf dem freien Platz ihm gegenüber.

»Ich denke, künftig sollte der Platz meiner Stellvertreterin hier bei mir sein.«

Er wandte sich ihr zu und reichte ihr die Hand.

69 STAUB

Samstag, 6. November 2021, 5.30 Uhr

Er hatte auf Hilfe verzichtet, wollte keine Zeugen. Es würde schnell gehen und es würden keine Spuren zurückbleiben.

Er hatte sich noch gestern den Häcksler an den Traktor anbringen lassen.

Zum Glück hatte man die Junganlage noch nicht mit Pfählen und Drähten ausgestattet.

Mit dieser gewaltigen Maschine, gezogen von einem kraftvollen Motor, würde die Rebanlage innerhalb einer Stunde in Staub verwandelt werden.

Er bog auf Kollisionskurs auf die erste lichte Rebzeile ein, senkte die Häckselapparatur am Heck des Schleppers und gab Gas. Der Auspuff blies eine schwarze Rauchfahne über seinen Kopf in den blauvioletten Morgenhimmel.

Dann nahm er Fahrt auf. Die Rebpflanzen, die nur von einem Rohrstock gestützt waren, verschwanden eine um die andere unter den Messerscheiben des Häckslers, die sich gierig in die rote sandige Erde fraßen. Sie zermalmten alles, was sie zu fassen bekamen.

Kraftvoll wurden die dünnen Rebenstöcke mitsamt den sie haltenden Rohrstöcken aus dem Erdreich gerissen und von den scharfen blitzschnell rotierenden Häckselmessern in bohnengroße Hackschnitzel zerkleinert. Ein Traum, aus dem so viele über Jahre hinweg all ihren Optimismus und ihre Energie gezogen hatten, zerstob unwiederbringlich in winzige Staub- und Holzpartikel.

Trotzdem – für ihn bedeutete es in diesem Augenblick Freiheit.

70 ERKENNTNISSE

Montag, 8. November 2021, 8.30 Uhr

Auch André hatte das Wochenende gutgetan. Achills Verhalten war eine positive Überraschung für ihn gewesen. Er bewunderte ihn – den sonst so pragmatischen und eher sachbezogenen Freund – für dessen ungewohnt empathische Vorgehensweise.

Achill hatte es tatsächlich verstanden, all das aufgestaute Negative abzuschütteln und sich für einen Neuanfang zu öffnen.

Doch für ihn selbst begann der Morgen in der Vinothek mit einem Paukenschlag. Er war alleine und gerade dabei, die Weinbestände im Kühlschrank zu überprüfen. Abgestandenes musste entsorgt und neue Flaschen aus dem Lager geholt werden.

Zu dieser Zeit erwartete er noch keine Kundschaft, da öffnete sich die Tür schwungvoll, und Rita kam herein.

Kein Lächeln wie sonst, kein Gruß, sie presste ihre Lippen verkniffen zusammen, marschierte schnurstracks auf ihn zu, blieb vor ihm stehen und verpasste ihm eine schallende Ohrfeige. »Ich weiß ja nicht, was für ein krankes Spiel du spielst. Aber was du mit diesem armen Afrikaner der von Leinhardts getrieben hast, ist einfach nur widerwärtig. Rassistenschwein!«

André schluckte, wollte etwas erwidern, doch Rita fuhr mit ihrer Tirade fort.

»Meinst du, ich hätte nicht bemerkt, wie du dieser Bertling bei ihrem Einsatz hier dauernd Blicke zugeworfen hast. Das Ganze war eine abgekartete Sache. Ich bin dir die letzten Tage nachgefahren. Du bist den ganzen Tag mit der Bullentussi rumgefahren, während du dich hier krankgemeldet hast. Und heute Morgen beklagte sich Thomas von Leinhardt bitter bei mir und erzählte, was du seinem Mitarbeiter angetan hast.

Was bist du eigentlich? Einfach nur ein Rassist oder auch noch ein Bullenspitzel?«

Wieder versuchte sich André, dem die Wange nicht nur wegen der Ohrfeige glühte, zu rechtfertigen.

»Du musst gar nichts sagen. Ich will mit Typen wie dir nichts mehr zu tun haben. Und Konrad werde ich bitten, dich hochkant rauszuwerfen. Das war's zwischen uns!«

Ehe er etwas erwidern konnte, machte sie auf dem Absatz kehrt und ließ donnernd die metallene Eingangstür zur Vinothek ins Schloss fallen.

*

Nahezu zeitgleich hatte Achill erneut zu Sanguigni Kontakt aufgenommen. Der Franzose zeigte sich zerknirscht und räumte ein, dass er wohl vergessen hätte, Achill über seine Abwesenheit am Freitag zu informieren.

Natürlich habe er mittlerweile die zugesagten Daten eruiert, müsse allerdings noch auf einen Kollegen warten, der sie morgen aus dem elektronischen Archiv auf der Daten-Cloud wiederherstellen würde.

Achill war wegen des nochmaligen Aufschubs wenig erfreut, aber die Aussicht, dann wenigstens morgen sicher mit diesen Informationen versorgt zu werden, stellte ihn fürs Erste zufrieden.

*

André war selbst zwei Stunden nach Ritas Auftritt noch immer wie gelähmt. Das Schlimmste daran war, dass er ihr ihren Zorn nicht verübeln konnte.

Er hatte sich in der Tat wie ein verdeckter Ermittler bei Bundschuh und ihr eingeschlichen und ihr Vertrauen missbraucht. Zudem hatte er eine private Beziehung zu ihr aufgebaut und war dadurch an Informationen gekommen.

Leider erst in den letzten beiden Stunden, womöglich zu spät, war ihm bewusst geworden, wie er diese so temperamentvolle Frau schätzen gelernt hatte. Zwischen ihnen war weit mehr entstanden als nur eine rein kollegiale Beziehung. Dass sie die Energie aufgebracht hatte, ihm zu folgen, belegte ihm, dass wohl auch er ihr wichtig gewesen war. Wahrscheinlich waren die beidseitige Sympathie und die Lust auf mehr die Ursache für ihren emotionalen Ausbruch von vorhin.

André bereute zutiefst, ihr Vertrauen so schändlich missbraucht zu haben. Wahrscheinlich war damit die Aussicht auf eine dauerhaftere Beziehung zu ihr auf ewig dahin.

*

Bertling hatte sich die letzten zwei Stunden gemeinsam mit einem Mitarbeiter der Kriminaltechnik dem Laptop und dem Smartphone des am *Saalbau* getöteten Thorsten Keller gewidmet.

Glücklicherweise hatte der junge Mann, wie von seiner Mutter vorausgesagt, tatsächlich beide Geräte nur mit dem Vornamen der Freundin gesichert.

Der Laptop war von ihm offensichtlich nahezu ausschließlich zu Studienzwecken genutzt worden. Neben Skripten und Fachtexten enthielt er im Wesentlichen nur noch einen Mail-Account. Sie nahmen sich rund eine Stunde

Zeit, um sich durch die einzelnen E-Mail-Nachrichten zu scrollen. Nichts. Mails über Lerngruppen, Datenaustausch mit Studienfreunden, Bestellungen bei Onlinehändlern und hie und da eine Nachricht an die Freundin. Offensichtlich nutzte der junge Mann für die wirklich privaten Dinge wohl eine Messenger-App auf dem Smartphone.

Auch Fotos, Videos oder Audiomitschnitte fehlten fast komplett, und wenn es sie gab, bezogen sie sich meist aufs Studium.

»Der nutzt den Laptop, als wäre es ein Firmengerät«, konstatierte ihr Kollege von der Spurensicherung resigniert.

Bertling konnte dem nicht widersprechen.

※

Bundschuh war erst nach ein paar Stunden in der Vinothek erschienen. Außer einer knappen Begrüßung vermied er den Kontakt zu André.

Offensichtlich war er unschlüssig, wie er auf Andrés Zusammenarbeit mit der Polizei, über die er von Achill vergangene Woche aufgeklärt worden war, reagieren sollte.

André war sich sicher, dass, würde erst Rita mit Bundschuh sprechen, seine Arbeit auf dem Weingut abrupt enden würde.

Umgekehrt war sein Selbstbewusstsein nach dem Zusammenstoß mit ihr heute Morgen noch so beschädigt, dass er außerstande war, die Sache aktiv anzusprechen. Und so schlichen beide wortlos, unfähig zu einem offenen Gespräch, umeinander herum.

※

Nach dem Telefonat mit Sanguigni hatte Achill aufgelegt und sofort wieder bei der Zentrale des *Weincampus* angerufen. Dieses Mal direkt im Sekretariat von Professor Doktor Sauerkamp, dem Präsidenten der Institution.

Leider war dieser gerade nicht im Haus. Trotzdem nannte man ihm einen Ansprechpartner für sein Anliegen. Nämlich einen erfahrenen Ampelografen und Praktiker, der in der Lage war, alle einschlägigen Rebsorten und auch die pilzresistenten Neuzüchtungen, die in der Region wuchsen, direkt in der Anlage zu erkennen.

Der Spezialist, Doktor Christoph Engel, war sehr hilfsbereit und unkompliziert. Er zeigte auf Anhieb die Bereitschaft, Verena Bertling, die heute Nachmittag noch die Weinberge von Simon von Leinhardts neuer Partnerin in Wollmesheim bei Landau in Augenschein nehmen sollte, zu unterstützen.

Nur bei einem Punkt blieb er hart. Er verwies mit Nachdruck auf die formale Notwendigkeit eines Amtshilfeersuchens beim Präsidenten des *Weincampus*.

Auch wenn solche Formalien bei Achill auf wenig Begeisterung stießen, ließ er sich sofort wieder mit dem Sekretariat des Präsidenten verbinden. Dort sicherte man ihm zu, eine entsprechende schriftliche Mailanfrage dem Präsidenten unverzüglich nach seiner Rückkehr zur Genehmigung vorzulegen.

*

Kurz bevor sich Bundschuh anschickte, in die Mittagspause zu gehen, kam er auf André zu und baute sich linkisch vor ihm an der Theke auf. Mit der Handfläche seiner rechten Hand rieb er sich unschlüssig über die Lippen.

»Es ist … also … wie soll ich sagen? Ich gebe zu, dass mich das irritiert, dass du, also Sie mit der Polizei, mit diesem Hauptkommissar wie auch immer, zusammenarbeiten. Ich weiß nicht recht, wie ich damit umgehen soll.«

André war sich bewusst, dass Bundschuhs merkwürdiges

Umschwenken vom Du aufs Sie kein Versehen war. Offensichtlich war er sich nicht im Klaren, ob das Du »echt« oder eben nur ein Teil der Strategie gewesen war, nah an ihn heranzukommen.

»Verstehe«, erwiderte André. Auch er wusste nicht, wie er regieren sollte.

Bundschuh ergriff wieder zögerlich das Wort. »Heute Morgen noch, nachdem Rita bei uns in die Wohnung polterte und sich über Sie beschwert hat, wollte ich unsere Zusammenarbeit beenden. Ich halte es schon immer so, dass ich mir die Zeit nehme, mir vor Entscheidungen die Dinge durch den Kopf gehen zu lassen. Nachdem ich nun noch einen Anruf von diesem Sanguigni vom *Weincampus* hatte, habe ich mich entschieden, das Gute an der Sache zu sehen«, erläuterte Bundschuh umständlich, nur um gleich wieder eine Pause zu machen.

»Und ich muss gestehen, dass ich Ihnen trotz allem vieles zu verdanken habe, und dass Sie das nicht für uns getan hätten, wenn wir Ihnen gleichgültig wären.«

»Ich kann dir versichern, dass ihr mir nicht egal seid. Ich schätze sehr, was du geleistet hast, und bedaure, was man dir angetan hat. Und mittlerweile ist es für mich geradezu zur Mission geworden, euch zu helfen«, antwortete André.

Bundschuh schluckte. »Danke. Es tut mit gut, das von dir zu hören.«

»Wenn ich nur wüsste, wie ich dir helfen könnte.«

»Vielleicht hat sich ja schon was ergeben«, erwiderte Bundschuh und lächelte zurückhaltend. »Dieser Sanguigni hat mir erzählt, dass er im Auftrag von diesem Kriminalhauptkommissar nach den Analyseunterlagen meiner Reben suchen musste. Er hatte ja damals gemäß unserer Absprache die schriftlichen Unterlagen vernichtet.«

»Ja, ich weiß«, gab André zu. Er war es leid, mit Bundschuh Versteck zu spielen.

»Er hat nun wohl mithilfe eines Kollegen so was wie ein elektronisches Backup, das vom Gerätespeicher automatisch in einer Daten-Cloud gespeichert wird, gefunden.«

»Wow, das sind gute Nachrichten.«

»Ja, wenn das wirklich stimmt, habe ich wenigstens den theoretischen Nachweis einer gelungenen Sortenzüchtung anhand der DNA.«

André nickte anerkennend.

»Selbst wenn mir das alleine, ohne eine Rebpflanze in Händen zu haben, nichts nützt, so hilft es mir wenigstens, allen Zweiflern zu zeigen, dass ich kein Spinner bin.«

»Ja, das verstehe ich.«

»Er hat mich heute Abend zu sich in den *Weincampus* eingeladen und will mit mir in Ruhe alle Unterlagen durchgehen. Du kannst mir die Daumen drücken.«

»Das tue ich. Und ich kann dir sagen, dass auch die Polizei noch Pfeile im Köcher hat. Vielleicht finden wir ja noch eine deiner Rebpflanzen.«

*

Bei Bertling und dem Kriminaltechniker an ihrer Seite hatte sich bereits das mittägliche Hungergefühl eingestellt.

Dennoch zogen sie die Erkenntnisse, die sie aus Kellers Smartphone erhalten hatten, so in ihren Bann, dass sie weiterarbeiteten.

Während Keller auf dem Notebook nur die Studienunterlagen verwaltet hatte, bot das Smartphone einen reichen, fast unendlichen Fundus an Informationen.

Zuerst durchsuchten sie den Telefonspeicher. Tatsächlich hatte es drei Tage vor Kellers Tod ein einzelnes Telefonat zwischen ihm und Felix von Leinhardt gegeben.

Kellers zweiter Mail-Account gab hingegen wenig Verwertbares her. Dieses zusätzliche Mailkonto hatte er überwiegend genutzt, um mit seiner Freundin zu kommunizieren und Fotos von allem Möglichen auszutauschen.

Spannender war der Fotospeicher. Bertling und der Kollege hatten bereits Hunderte von Schnappschüssen von ausgelassenen Feten, Vinothekenabenden und Ausflügen durchgeschaut. Kellers Angewohnheit, gefühlt jede Mahlzeit zu fotografieren, ließ ihre Mägen revoltieren. Dann kam eine Serie von Fotos, die besonders ihre Aufmerksamkeit erregte. Es waren Aufnahmen von seiner Arbeit am *Weincampus*. Wie sie sich anhand der Studienpläne auf dem Laptop rückversichern konnten, hatte Keller wohl ein Praktikum in einem zur Uni gehörenden wissenschaftlichen Institut absolviert. Waren es anfänglich eher nichtssagende Aufnahmen von Laboren und Geräten, so wurden diese zunehmend spezifischer und detailorientierter.

Dazwischen folgte ein Foto, das Bertling aufschreckte. Es war eine Fotografie von einem belaubten, schon etwas welken Rebaustrieb. Die Blätter daran hingen schlaff auf den Labortisch darunter. Unverkennbar war deren petersilienartige Form. Bertling schluckte. War das Zufall, oder waren sie auf eine Spur gestoßen?

Die Fotoserie ging weiter, wie Aufnahmedatum und -uhrzeit zeigten. Nach dem Foto der Rebe folgte eine Aufnahme eines Formulars – offensichtlich ein Auftrag zur genetischen Untersuchung von eingereichtem Rebmaterial.

Bertling stockte der Atem, als sie den Namen des Einreichers las. »Simon von Leinhardt« stand da in Druckbuchstaben.

Es folgten weitere Aufnahmen von Messergebnissen, Displayabbildungen und Gensequenzierungen, mit denen sie beide nichts anfangen konnten, deren jeweiliges Aufnahmedatum Stunden beziehungsweise Tage nach dem der Fotos vorher lagen.

71 LANDAUSFLUG

Montag, 8. November 2021, 14 Uhr

Nicht ohne Stolz legte Bertling gleich im Anschluss ihre Erkenntnisse Achill vor.

»Das scheint ein Trieb von Bundschuhs Neuzüchtung zu sein«, kommentierte Achill die Fotos interessiert. »Schau dir die Blätter an. Und was hat man da untersucht? Dazu müssen wir einen Fachmann vom *Weincampus* befragen.«

Bertling freute sich über die Begeisterung, die er gerade an den Tag legte. Bewies sie doch, dass er auch durchaus in der Lage war, sich über ihre Ermittlungserfolge zu freuen.

»Nach diesen Blättern musst du nachher, wenn du dir die Rebflächen des Kooperationsweingutes von Simon von Leinhardt anschaust, Ausschau halten.«

»Ach was«, kommentierte Bertling und grinste schief.

»Sorry, wird nicht wieder vorkommen«, erwiderte Achill und lächelte ebenfalls.

»Du meinst also auch, dass er sich einen Trieb dieser Reben vor dem Diebstahl hat genetisch untersuchen lassen?«, fragte sie.

»Ja, vernünftig wäre das. Man rodet nicht einen kompletten Weinberg und bricht ein, um dann eine völlig wertlose Rebsorte zu stehlen. Es passt ganz gut. Und dass sie möglicherweise auch noch einen Schwarzafrikaner als Handlanger hatten, der an dieser Sichelzellenanämie leidet, wirkt nun auch schlüssig. Vielleicht hast du ja wirklich eine heiße Spur nicht nur für den Sortendiebstahl, sondern auch für ein mögliches Motiv für die Sache vorm *Saalbau*. Es ist schon bemerkenswert, dass Keller im Besitz dieser pikanten Informationen war und sich fotografische Belege darüber angefertigt hat. Das könnte durchaus ein Indiz dafür sein, dass es doch kein Unfall war. Scheint fast so, als hättest du doch was von mir gelernt«, frotzelte Achill frech grinsend und kassierte dafür einen scherzhaften Ellbogenstoß von ihr.

»So, und nun los nach Wollmesheim. Der Präsident des *Weincampus* hat unserem Amtshilfeersuchen zugestimmt. Melde dich dort an der Rezeption an. Man wird dann einen Fachmann für Rebsortenkunde rufen. Jonas hat dir vom Katasteramt Landau noch einen Lageplan mit den gekennzeichneten Flurstücken der Weinberge von Simon von Leinhardts neuer Flamme besorgt. Es sind zwölf Grundstücke, verstreut in einem Radius von rund zehn Kilometern. Ihr werdet ganz schön Arbeit haben.«

*

Nach den verbindlichen Worten von Bundschuh hatte André neuen Mut gefasst. Er wollte Ritas Beschuldigungen nicht einfach so auf sich sitzen lassen. Schließlich war sie ihm alles andere als gleichgültig, und wenn er ehrlich zu sich war, zog ihn ihre kecke Art durchaus an. Ein Gefühl, das er schon lange nicht mehr für eine Frau gehegt hatte.

Als sie von der Mittagspause zurück war, fasste er sich ein Herz und klopfte an die geschlossene Tür des Büros.

Es passierte nichts, erst beim zweiten Klopfen nahm er ein genervtes »Ja« von innen wahr.

»Das habe ich mir fast gedacht, dass du noch hier aufschlägst. Es war alles ganz anders, ich wollte das ja gar nicht, es war doch nur zu eurem Vorteil, ich hab nichts gegen Afrikaner, bla, bla, bla«, leierte sie genervt herunter, als er eintrat.

»Nein, es war nicht anders. Ich habe hier in Absprache

mit meinem Freund, dem Kriminalhauptkommissar, rumgeschnüffelt und habe Herrn Yeboah vorsätzlich verletzt.«

Rita schnaubte und schüttelte den Kopf. »Ein ehrliches Arschloch zu sein, macht es auch nicht besser!«

»Dein Cousin ist mir dabei sehr ans Herz gewachsen, und ich würde alles tun, was in meiner Macht steht, um ihm zu seinem Recht zu verhelfen. Und das mit Anselm Yeboah war nichts anderes als eine, zugegebenermaßen, sehr holprige und unbeholfene Beweisaufnahme, die mir im Nachhinein peinlich ist. Mit Rassismus hatte das ganz und gar nichts zu tun. Und mit dir essen war ich, weil ich dich anziehend finde und nicht, um dich auszuhorchen. Und ich würde es jederzeit mit Freude wieder tun.«

Rita riss erstaunt die Augen auf. »Wow, und das hast *du* wirklich über *deine* Spießerlippen gebracht?«

André schwieg, offen gestanden war er gerade selbst über sich verwundert.

»Dann tu's doch wieder«, erwiderte sie keck.

»Wie? Was?«

»Na, mich zum Essen ausführen. Aber schnell, bevor ich mir's anders überlege.«

»Äh, dann, wie wär's mit heute Abend?«

Rita rollte erneut mit den Augen, aber dieses Mal gefolgt von einem spöttischen Lächeln. »Aber nur unter zwei Bedingungen. Erstens, du klärst mich auf, was das mit diesem Yeboah sollte, und zweitens …«, sie machte eine Pause, »… du lässt dir etwas Besonderes für mich einfallen.«

*

Der Rebsortenspezialist, den Bertling am *Weincampus* in Neustadt aufgelesen hatte, entsprach ganz und gar nicht ihren Befürchtungen. Statt eines verknöcherten Akademikers war es ein Mann Anfang 30, der in Flanellhemd und Outdoorjacke eher wie ein Winzersohn als wie ein Spezialist für Ampelografie daherkam. Bescheiden, ohne viel Aufhebens, hatte er sich ihr nur mit seinem Vornamen Christoph vorgestellt, sie hatte es ihm gleichgetan und ebenfalls auf alle Titel und den Nachnamen verzichtet und ihm das »Du« angeboten.

Nach gut einer halben Stunde Fahrzeit, in der sie ihn instruiert und ihm die Rebfotos von Keller gezeigt hatte, kamen sie an ihrem Zielgebiet an.

Nun galt es, sich auf den ausgedruckten und mit roten Kreisen gekennzeichneten Lageplänen vom Katasteramt Landau zurechtzufinden.

Leider gab es darauf kaum Orientierungspunkte außer der Landstraße. Ansonsten fehlten Straßennamen oder sonstige gut nachvollziehbare Wegpunkte.

Der erste Weinberg, der direkt an der L509 unweit der Stadtgrenze von Landau lag, war einfach zu finden. Sie parkten am Straßenrand, stiegen aus und steuerten auf den Wingert zu. Dann machte sich Christoph an einem der Weinbergsstickel zu schaffen. »Schau, die markieren zum Glück mit dem Namen ihres Weinguts die Stickel.« Er wies auf ein kleines Metallschild, auf dem Logo und Name des Weinguts aufgedruckt waren.

Dann nahm er eines der wenigen am ersten Rebstock verbliebenden Blätter in Herbstgelb in Augenschein »Pinot Blanc«, kommentierte er. »Moment noch.« Er verschwand in der Rebzeile, joggte bis zu deren Ende und trabte bald darauf wieder zurück. »Fehlanzeige, alles nur Weißburgunder.«

Er warf noch einen Kontrollblick in die anderen Zeilen, und es konnte weitergehen.

*

Seit dem Anruf Sanguignis hatte Bundschuh weiche Knie. Dieser Franzose, der bisher irgendwie abweisend und kühl gewirkt hatte, war heute Morgen am Telefon so anders gewesen. Er hatte fast euphorisch gewirkt, als er Bundschuh berichtete, dass es möglicherweise eine Lösung für sein Problem gab.

Bundschuh tat sich noch schwer, daran zu glauben. Zu groß war die Angst, wieder enttäuscht zu werden, zu unglaublich die Geschichte, die ihm Sanguigni aufgetischt hatte.

Aber versuchen musste er es auf jeden Fall. Würde er es nicht wenigstens probieren, würde er sich sein Leben lang darüber grämen, vielleicht die letzte Chance, die ihm blieb, nicht genutzt zu haben.

*

Ihre Suche zog sich hin. Gemarkungsgrenzen und Weinlagen waren für den Ortsfremden so gut wie nicht zu lokalisieren. Die einzige Möglichkeit, die richtigen Weinberge zu finden, bestand darin, sich eine Straße zu suchen, die Flurstücke dazwischen bis zum jeweils markierten abzuzählen und zu hoffen, einen Treffer zu landen.

Schon zu oft waren sie in einen der Wingertswege eingebogen, hatten die Wingerte, die häufig an der anders gearteten Pfahlausstattung zu unterscheiden waren, durchgezählt und waren dann doch gescheitert. Der Grund lag darin, dass ausgerechnet zwei benachbarte Winzer sich für gleichartige Ausstattung ihrer Drahtspaliere entschieden hatten, und so nicht zu erkennen war, dass es sich tatsächlich um zwei verschiedene Grundstücke handelte.

Es noch mal zu versuchen, war dann die Devise – vielleicht war es ja das Nachbargrundstück oder gar der benachbarte Weg.

Die Sonne war schon dabei, den Kamm des Haardtgebirges Richtung Westen zu überqueren. Die Dämmerung setzte ein, und bald war es zu dunkel, um weiterzusuchen.

Christoph, der Rebsortenspezialist, drängte. Er würde diese Woche nicht mehr zur Verfügung stehen, ein praller Vorlesungskalender und ein Auslandsaufenthalt standen an. Deshalb war es ihm wichtig, noch heute fertig zu werden.

Das wollte Bertling auch, aber nicht um den Preis, etwas zu übersehen oder gar einen Wingert ganz auszulassen.

*

Die Dämmerung hatte schon eingesetzt, als André die Vinothek verließ.

Frau Bundschuh hatte sich bereit erklärt, sich die letzte halbe Stunde der Öffnungszeit um den Weinverkauf zu kümmern. Es war heute eh nicht viel los.

André hatte für 18 Uhr einen Tisch in der Vinothek des *Weingutes Köhr* in Ruppertsberg reserviert. Aber vorher musste er unbedingt noch nach Hause, sich frisch machen und umziehen. Er wollte gegenüber Rita keine Schwäche zeigen. Alles sollte perfekt sein. Sie war ihm wichtig, auch wenn ihm das erst seit ihrem Streit bewusst geworden war.

72 ABENDSTUND

Montag, 8. November 2021, 17.30 Uhr

»So, das ist nun der Zweitletzte«, murmelte Bertling unzufrieden.

Bisher war ihnen beim Rebbestand auf den inspizierten
Weinbergen nichts Außergewöhnliches aufgefallen. Riesling,
die Burgundersorten, etwas Cabernet-Sauvignon und Merlot,
nichts, was irgendwie verdächtig war oder Christophs geüb-
ten Ampelografen-Blick besonders auf sich gezogen hätte.

Dabei hatte alles so schlüssig gewirkt, der dunkelhäu-
tige Yeboah, der möglicherweise das beim Einbruch in den
Wein gelangte Sichelzellenblut in sich trug. Die Tatsache,
dass Simon von Leinhardt eine Probe der Neuzüchtung
hinter Bundschuhs Rücken hatte am *Weincampus* untersuchen lassen. Er hatte Kenntnis, Gelegenheit und Motiv,
seinen Nachbarn zu bestehlen oder ihn einfach nur wirtschaftlich zu schwächen.

Als sie sich dem auf der Flurkarte gekennzeichneten
Weinberg näherten, stand ein Transporter mit dem Aufdruck »Weingut Ökonomierat von Leinhardt« davor.

»Sind das die, die du in Verdacht hast?«, fragte Christoph.

Bertling schwieg, sie wollte nicht unnötig Polizeiinterna
weitergeben.

Sie war unschlüssig, was sie tun sollte. Warten, bis der
Wagen, der da am Weinbergsrand parkte, abzog, was ja bei
der nun rasch einsetzenden Dunkelheit nur Minuten dauern konnte, oder die Gelegenheit nutzen. Und dies auf die
Gefahr hin, dass es zu einer Konfrontation kommen würde.

Bertling hielt etwa 200 Meter vor dem Wagen an und befestigte das Pistolenholster am Gürtel ihrer Jeans. Sie war fest entschlossen, heute die Sache endlich zu Ende bringen.

Christoph zog die Augenbrauen hoch, als er sie dabei beobachtete.

*

Der *Weincampus* war ein weitläufiges Karree, in dem neben Hörsälen, Büros, Labors und einer Aula auch zahlreiche praktische Forschungseinrichtungen wie Gewächshäuser, Kellereigebäude und Gerätehallen untergebracht waren.

Es lag mitten in der Reblandschaft östlich vor Mußbach, einem Ortsteil von Neustadt an der Weinstraße.

Bundschuh überfiel ein beklemmendes Gefühl, als er durch das noch offene Rolltor in das weitläufige Gelände einfuhr. Was würde er vorfinden? Was würde ihm dieser Sanguigni heute für Geschichten erzählen? Oder stand er gar vor einem Durchbruch bei der Suche nach seiner verschollenen Neuzüchtung?

Auf dem Parkplatz vor dem Portal des Hochschulkomplexes parkte nur noch ein Wagen.

Bundschuh marschierte Richtung Hauptportal. Dort, direkt in der Warteecke vor der Rezeption, die zu dieser Zeit natürlich nicht mehr besetzt war, würde Sanguigni auf ihn warten. So jedenfalls ihre Vereinbarung.

*

Überpünktlich um 17.45 Uhr betrat André die stilvoll gestaltete Vinothek des *Weingutes Köhr*. Alles war perfekt, die hochmodernen Acrylmöbel reflektierten das in Pink- und

Rosatönen gehaltene Licht und gaben dem Raum ein stylisches Ambiente.

Man konnte fast nicht glauben, im beschaulichen Weinort Ruppertsberg zu sein. Alles wirkte, als sei man in einem jener hochgestylten Läden in Berlin, Hamburg oder Frankfurt.

André war mit seiner Auswahl zufrieden. Ganz nach Ritas extravagantem Geschmack, dachte er.

*

Sanguigni trug wie immer einen dunklen Anzug. Für einen Augenblick kam sich Bundschuh in seiner abgetragenen Winzerkluft schäbig vor.

Generös reichte er Bundschuh die Hand und begrüßte ihn wortreich und charmant.

Schaumschläger, ging es Bundschuh durch den Kopf. Aber er war nicht hier, um sich mit diesem Herrn Professor anzufreunden, sondern etwas über sein Eigentum zu erfahren oder es sogar wiederzubekommen, woran er allerdings noch gar nicht zu denken wagte.

»Isch darf vorgehen?«, fragte Sanguigni beiläufig und setzte sich, ohne eine Antwort abzuwarten, nach rechts in Richtung Treppenhaus in Bewegung.

Bundschuh folgte ihm mit weichen Knien.

*

Bertling fuhr wieder langsam an und ließ das Auto die letzten Meter zum Lieferwagen der von Leinhardts nur noch ausrollen, um unnötige Geräusche zu vermeiden.

Sie war gespannt, wer denn der Fahrer des Transporters wohl war.

Sie hatte Christoph gebeten, dicht hinter ihr zu bleiben. Er sollte gleich am Anfang der Rebzeilen anhand der verdorrten Blätter eine erste Schnell-Diagnose abgeben und sich danach sofort wieder ins Auto zurückziehen.

Sie ging ein paar Schritte vor, verharrte und horchte.

Nichts, keine Stimmen, die verraten hätten, um wie viele Personen und um wen es sich handelte, keine Schrittgeräusche.

Sie schlich weiter und lugte in die erste Rebzeile des Wingerts. Sie war leer.

Sie riss einige dürre, stark gekräuselte Blätter vom Rebstock und schaute sie sich im schwindenden Restlicht an.

Wie Petersilie!, durchzuckte es sie. Euphorie überkam sie. Ihr Herz schlug heftig. Sie lag richtig. Sie war am Ziel. Jetzt nur nichts mehr falsch machen.

Eilig winkte sie Christoph herbei, und reichte ihm das Laub.

Er schaute darauf, hielt die Blätter über sich in die Richtung, wo das letzte Licht der Sonne den Himmel noch rötlich einfärbte, und wiegte unschlüssig den Kopf.

»Sieht aus wie Chasselas ...«, begann er.

Bertling gebot ihm mit einem Handzeichen zu schweigen. Sie vernahm ein paar Zeilen vor ihr das Geräusch von schweren Schritten, die den hohen Bewuchs zwischen den Rebzeilen niederwalzten.

Sie gab Christoph das Zeichen, sich zurückzuziehen, und legte die Hand auf das Griffstück ihrer *Walther P99*. Alles in ihrem Körper war angespannt, ihr Herz pulsierte wie nach einem Hundertmeterlauf. »Nur jetzt nicht patzen«, sagte sie sich stimmlos vor.

*

Auch Bundschuhs Herz schlug heftig. Heftiger, als es die paar Stufen in den ersten Stock des Gebäudes rechtfertigten.

Oben angekommen, betraten sie einen nüchternen Korridor. Nach ein paar Schritten öffnete Sanguigni links eine Tür, ging einen Schritt zur Seite und ließ Bundschuh eintreten. »Voilà, unser molekulargenetisches Labor.«

Der Raum war überschaubar. Auf den Tischen, die rechts und links an den Wänden entlangliefen, waren Gerätschaften und PCs aufgebaut.

In Bundschuh regte sich Widerstand. Was sollte das hier werden? Er hatte keine Lust, sich von Sanguigni nun professoral irgendwelche Geräte erklären zu lassen. Zweifel durchzuckten ihn, ob das hier überhaupt etwas bringen würde, oder ob Sanguigni ihm einfach irgendetwas vorspielte, um seinen Stand gegenüber der Polizei zu verbessern.

»Sie fragen sich bestimmt, was wir 'ier wollen«, sagte Sanguigni, als hätte er Bundschuhs Gedanken erraten. »Zunächst das, was Ihnen gewiss am wichtigsten ist.« Er öffnete einen Kühlschrank und zog eine Glasschale, auf der drei Rebstecklinge mit eingekürzten Wurzeln lagen, heraus.

»Voilà, Ihre Wunderreben!« Lächelnd gab er Bundschuh die Schüssel in die Hand.

Für einen Augenblick fürchtete Bundschuh, sie fallen zu lassen, so heftig waren seine Gefühle. Dabei wusste er noch nicht einmal, was er fühlen sollte. Freude, weil er seine »Kinder« wieder hatte? Erstaunen, weil er sich nicht erklären konnte, wie aus den Trieben, die er vor über einem Jahr bei Sanguigni gelassen hatte, nun angewurzelte Jungpflanzen geworden waren? »Aber wieso ...«, setzte er, unschlüssig, was er zuerst fragen sollte, an.

*

André schaute nervös auf die Zeitanzeige seines Smartphones. Es war kurz nach 18 Uhr. Würde Rita doch noch einen Rückzieher machen und ihn versetzen? Ihn quasi als kleine Rache hier vor sich hin köcheln lassen?

Schon zweimal hatte ihm die Bedienung und später der freundliche Sohn des Hauses etwas angeboten. Zweimal hatte er mit dem Hinweis, auf seine Begleiterin warten zu wollen, abgelehnt. Bloß nichts falsch machen, war die Devise des Abends.

*

Bertling kauerte verborgen hinter dem ersten Rebstock ihrer Rebzeile und wartete, bis jemand einige Zeilen weiter vorne ins Freie treten würde.

Ob es Simon war? Wenn ja, müsste sie sich auf eine Konfrontation mit dessen streitbarem Rechtsanwalt Professor Doktor von Lychow gefasst machen, durchzuckte es sie. Vorsichtshalber steckte sie die Pistole, die sie bereits gezogen in der Hand hielt, wieder in das Holster.

*

»Aber bitte, nehmen Sie doch Platz«, sagte Sanguigni höflich. Offensichtlich hatte er erkannt, in welcher emotionalen Aufwallung sein Gast war.

»Isch weiß, isch bin Ihnen eine Erklärung und ein Pardon schuldig. Isch möchte Ihnen darlegen, wie es zu dem 'ier gekommen ist«, begann er ungewohnt warmherzig und nickte in Richtung der Reben im Glasgefäß, das Bundschuh noch immer fest umklammert in Händen hielt.

»Als Sie im letzten Jahr 'ier waren und mir diese Triebe brachten, habe isch sie mit dem Gerät 'ier untersucht. Es ist eine petite Appareil – also Apparat –, mit dem man einen PCR-Test machen kann. PCR steht für ›Polymerase Chain Reaction‹ auf Deutsch: Polymerase-Kettenreaktion«, begann er in professoralem Ton.

Bundschuh nickte, obwohl ihm lieber wäre, Sanguigni käme schneller zur Sache.

»Man trennt damit durch eine Temperatür von 96 Grad die DNA-Kette und lässt sogenannte Primer-DNA an die getrennten DNA-Stränge der Reben anlagern.«

»Herr Professor, bitte, was sind das für Reben?«, unterbrach ihn Bundschuh.

»Es sind Ihre Reben. Wir haben, wie Sie wissen, durch dieses PCR-Verfahren hier herausgefunden, dass sie mit dem Virus der Reisigkronk'eit befallen sind.«

»Ja, mag sein«, wiegelte Bundschuh ab. »Aber wo kommen sie jetzt plötzlich her?«

»Zugegeben, das ist eine komplizierte Geschichte. Als Sie mich darum baten, das Material zu vernichten, um es nicht zu einem offiziellen Vorgang zu machen, hat ein Student entgegen meiner Weisung die Ruten zurückgehalten und bewurzeln lassen. Und das hier ist das Ergebnis. Auf das ich bei der Suche nach den damaligen Unterlagen, um die mich der Monsieur le Commissaire gebeten 'at, gestoßen bin.«

Bundschuh rieb sich mit seinen schrundigen Händen übers Gesicht. So ganz zufrieden stellte ihn diese merkwürdige Geschichte, die ihm Sanguigni gerade auftischte, nicht.

»Und wegen der Reisigkronk'eit 'aben die Reben auch diese eigentümliche Blattform wie eine Strauch Persil, Pardon, Petersilie.«

»Das hatten wir doch schon«, zischte Bundschuh nun ärgerlich. »Die Blattform wurde von mir bewusst herausgezüchtet, das ist ein wesentliches Merkmal meiner pilzresistenten Rebsorte.«

»Sottises! Oder wie man 'ier sagt, papperlapapp! Sie wollen Ihre Reben wieder'aben, und ich mache Sie Ihnen nun virenfrei, und die Sache ist in Ordnung, und Sie und der Commissaire sind zufrieden.«

Bundschuh schnaubte. Einerseits wirkte diese Geschichte mit den Viren für ihn nach wie vor unglaubwürdig. Andererseits war die Aussicht, vielleicht wieder an seine Züchtung zu kommen, verlockend. Was hatte er zu verlieren? Sollte sich doch dieser Professor austoben, Hauptsache, danach hatte er die drei Exemplare in Händen und konnte sie – wenn auch mit Verzögerung – vermehren.

»Aber nur, wenn Sie mir garantieren, dass diese drei Pflänzchen überleben«, erwiderte er trotzig.

»Naturellement, es ist mein Profession. Wir setzen dieses Verfahren bereits seit einem 'alben Jahr erfolgreich ein. Sie können dabei sein, mir 'elfen, und nach zwei Stunden nehmen Sie Ihre Pflänzchen mit.«

Die Verlockung, noch heute Nacht die zarten Rebpflanzen seines Saint Pierres in feuchte Erde topfen zu können, ließ bei allen Zweifeln sein Herz höherschlagen. War er wirklich am Ziel der nun über ein Jahr andauernden Suche angekommen?

»Okay, Angebot angenommen«, sagte er voller Zuversicht und reichte Sanguigni reflexartig die Hand, um ihren Deal zu besiegeln.

Sanguigni lächelte. »Sie werden es nicht bereuen, lassen Sie uns gleich nach unten ins Freie gehen. Die Maschin' steht im Außenbereich.«

73 HERZKLOPFEN

Montag, 8. November 2021, 18.10 Uhr

Mittlerweile war der rote Sonnenball im Westen hinter dem Haardtgebirge verschwunden. Nur noch ein schwacher warmer, kupferner Lichtschein spendete ein wenig Licht.

Unruhig schaute André durch die Glasfront auf den Hof hinaus.

Würde ihn Rita wirklich versetzen? Er überlegte schon, wie er sein Schamgefühl überwinden und es anstellen sollte, der Bedienung klarzumachen, dass er gleich wieder aufbräche, weil man ihn versetzt hatte.

In diesem Augenblick erkannte er Rita, wie sie gemessenen Schrittes ohne jede Eile auf hochhackigen Schuhen über den Hof stolzierte. Er mochte ihre Art, sich zu bewegen. Alles an ihr wirkte grazil und elegant. Selbst wenn sie an ihrem Arbeitsplatz in der Vinothek nur mit Jeans und Hoodie bekleidet war, sah sie darin stilvoll und chic aus.

Heute trug sie ein schnörkelloses, eng geschnittenes moosgrünes Baumwollkleid, das ihr eine schlichte Anmut verlieh. Als sie André durch die Scheibe erkannte, winkte sie und lächelte.

Ihm fiel ein Stein vom Herzen, und dieses angenehme Gefühl wurde sogleich durch ein ungewohntes Herzklopfen ersetzt.

*

Auch Bertlings Herz schlug ihr bis zum Hals. Sie drückte ihren Rücken durch – was sie bei Begegnungen dieser Art immer unbewusst tat, wahrscheinlich ein Reflex, um größer zu wirken.

Die Schritte waren nun unmittelbar vor ihr in der übernächsten Rebzeile. Gleich würde der Unbekannte zwischen den Reben ins Freie treten. Sie wollte ihn überraschen und direkt stellen, auch wenn sie sich bewusst war, dass dies möglicherweise später als rüde eingestuft würde, schließlich gab es zu diesem Zeitpunkt keinerlei gerichtsfeste Beweise gegen von Leinhardt.

Dann war es soweit. Ein dunkler Schatten bewegte sich vor das karge Licht der Sonne. Bertling sprang vor. Was sie sah, verschlug ihr die Sprache, ihr Herz drohte für einen Augenblick stehen zu bleiben.

*

André war angespannt, wenn auch aus völlig anderen Gründen. Rita hatte mittlerweile den Raum betreten, stand vor ihm und lächelte ihn gewinnend an. Ihre ebenmäßigen weißen Zähne kamen zwischen ihren orangerot geschminkten Lippen hübsch zu Geltung.

Trotz ihres Lächelns kannte er sie mittlerweile gut genug, um zu wissen, wie schnell ihr temperamentvolles Naturell umschlagen konnte.

Mit hängenden Armen stand er unschlüssig lauernd etwa einen Meter vor ihr. Ob sie ihren Zwist gänzlich überwunden hatte?

Sie grinste schelmisch, als sie seine Unsicherheit spürte.

Er fasste sich ein Herz, ging auf sie zu und umarmte sie. Als er realisierte, dass sie die Umarmung erwiderte, küsste er sie sanft erst rechts, dann links auf die Wange.

Er meinte zu fühlen, dass sie sich nur langsam aus seinen Armen löste. Ob sie seine Gefühle teilte?

Er ging um den Tisch herum und zog ihren Stuhl vor, damit sie bequem Platz nehmen konnte.

Sie grinste. »Wow, alte Schule!«

André wusste nicht, ob sie sich über ihn lustig machte oder ob sie es tatsächlich anerkennend gemeint hatte, und errötete.

*

Bundschuh war Sanguigni in den Außenbereich gefolgt.

Auf der Zufahrtsstraße, die er vorhin schon auf seinem Weg zum Parkplatz genutzt hatte, gingen sie Richtung Schiebetor.

Sie passierten Hallen, Lager und Gewächshäuser und bogen schließlich in die zweite Querstraße ein. Vor einer Halle, deren Vorder- und Rückwand weggelassen waren, um darin Schlepper und allerlei landwirtschaftliches Gerät abzustellen, blieb Sanguigni stehen.

»'ier ist sie, unsere Wündermaschin'«, kommentierte er etwas atemlos.

Bundschuh wunderte sich, dass Sanguigni nach der kurzen, nur gut 100 Meter langen Wegstrecke so angestrengt wirkte, und nickte nur. Auch ein leichtes Hinken war ihm aufgefallen.

Vor ihnen stand, nur durch die einige Meter entfernte Straßenlaterne beleuchtet, so etwas wie ein Tieflader-Auflieger, auf dem ein quaderförmiger geschlossener Blechtank montiert war.

Sanguigni drückte auf einen Lichtschalter, und mehrere Neonröhren an der Decke flammten auf und tauchten die Halle in bläulich-fahles Licht.

Geblendet von der plötzlichen Helligkeit, erkannte Bundschuh vor dem Blechtank eine Installation, die ihn an seine Heiztherme zu Hause erinnerte.

Sanguigni baute sich vor der Anlage auf und begann, noch immer etwas atemlos, die Gerätschaften zu erklären.

»Das, was Sie 'ier sehen, ist nichts anderes als ein be'eizbares Wasserbad. Wir baden erkrankte Reben bei 50 Grad Celsiüs darin. Et voilà, nach einer Stunde sind die Viren abgetötet und unsere Schützlinge gesund.«

Bundschuh ging, die Rebpflänzchen fest in der Hand, interessiert um die Anlage herum und kam wieder vor dem Professor zum Stehen.

»Lassen Sie uns keine Zeit verlieren. Schließlich wollen wir beide noch etwas vom Abend 'aben«, sagte Sanguigni.

Dann wandte er sich der Anlage zu, stellte den Temperaturregler auf 50 Grad, öffnete einen Wasserabsperrhahn und schaltete den Ölbrenner, der das Wasser wie ein handelsüblicher Durchlauferhitzer erwärmte, an. Gleich darauf sprang der Brenner an und durchbrach mit einem Rauschen die Stille der Nacht.

Bundschuh hörte, wie das erhitzte Wasser in den verzinkten Blechtank der Anlage gepumpt wurde und an die Blechwände schwappte.

»So und nun müssen wir ihre Saint-Pierre-Schützlinge baden schicken.«

Für einen kurzen Augenblick wunderte sich Bundschuh darüber, dass Sanguigni den Namen, den er seiner Rebsorte gegeben hatte, kannte. Hatte er ihn ihm gegenüber irgendwann erwähnt?

»'ier, darin werden wir sie zum Baden schicken.« Sanguigni reichte Bundschuh einen Drahtkorb, der entfernt an den Einsatz einer Fritteuse erinnerte.

»Normalerweise tauchen wir die Reben in einer großen Gitterbox hinein. Darin sind dann viele 'ündert Pflanzen, aber für diese drei wäre das etwas zu überdimensioniert.«

»Verstehe.« Bundschuh betrachtete ratlos den Korb.

»Wenn Sie so freundlich wären, mir bei der Procedüre zu 'elfen. Leider bin isch gesundheitlich nicht so auf der 'öhe. Wir müssen den Deckel des Tanks mit der Seilwinde an der Decke an'eben und den Korb mit den Reben an eine Vorrichtung an der Seite des Tanks ins Innere 'ängen. Deckel zu, und die Kleinen können baden. Et voilà, nach einer Stunde sind sie gesund.«

Wieder verursachte die Vorstellung, schon bald mit seinen wiedererlangten Schätzen aus dem Rolltor fahren zu können, ein Gefühl der Wärme in Bundschuh.

*

André hatte indes für Rita und sich einen Blanc de Blancs Sekt geordert. Sie ließen sanft die Gläser aneinanderschlagen, schauten sich tief in die Augen und nippten an dem herrlich frischen Schaumwein, in dem eine feine Perlage aufstieg.

Das harmonisch ausbalancierte Cuvée aus den weißen Burgundersorten Chardonnay, Weißburgunder und Auxerrois schmeckte vorzüglich und lockerte etwas Andrés Anspannung.

»Wie schön, mit dir hier zu sein«, sagte Rita unvermittelt und legte sanft ihre Hand auf die seine.

André spürte ein Kribbeln in der Magengegend. Selten hatte er sich in den letzten Jahren so zu einer Frau hingezogen gefühlt.

Er wollte etwas Passendes entgegnen, als der Kellner zu ihnen an den Tisch trat.

Sie waren so ineinander vertieft, dass sie es versäumt hatten, die Speisekarte zu studieren. Der Kellner empfahl ihnen das Tagesgericht: Merlanfilets mit rotem Reis aus der Camargue.

Rita war begeistert. André, als Vegetarier, reagierte eher

zurückhaltend. »Der rote Reis klingt sehr interessant, aber ich bin Vegetarier«, erwiderte er kleinlaut.

»Kein Problem, unser französischer Koch wird ihnen dazu etwas Vegetarisches zaubern«, antwortete der Kellner beflissen.

André stimmte schnell zu. Er konnte es kaum erwarten, sich wieder Rita zu widmen.

Gerade hatten sie wieder das Gespräch aufgenommen, als der Koch zu ihnen an den Tisch trat. »Auch das noch«, klagte André im Flüsterton.

Rita grinste spöttisch.

»Sie sind der veschetarische Monsieur«, begann der Mann laut mit starkem französischem Akzent.

André schnaubte innerlich. Er hatte jetzt keine Lust, seine kulinarischen Vorlieben mit dem ganzen Restaurant zu teilen.

»So ist es«, antwortete er leise.

»Isch kann Ihnen zum Riz rouge, also dem roten Reis, ein schönes Ragout mit getrockneten Tomaten und Kräuterseitlingen bereiten. Wir essen das gerne. Sie müssen wissen, isch komme aus der Camargue.«

Auch das noch, dachte André. Er befürchtete, dass sie sich nun minutenlang irgendwelche Anekdoten und Geschichten aus der Camargue anhören mussten.

Um das Ganze abzukürzen, antwortete er hastig. »Ja gerne, bestens, das nehm ich!«

»So, das ist aber spannend. Von wo kommen Sie denn genau?«, hakte Rita spitzbübisch grinsend nach.

»Aus Aigues-Mortes. Kennen Sie das?«

»Ja natürlich«, erwiderte sie und tat interessiert. Anscheinend genoss sie Andrés Ungeduld.

»Der Name Aigues-Mortes 'eißt tote Wasser. Es lag früher mitten in Sümpfen.«

»Oh, das wusste ich nicht, wie interessant.«

»Der Reis 'at seine Farbe von den tonhaltigen roten Böden, auf denen er wächst.«

Nun musste auch André schmunzeln, obwohl er sich im Klaren war, dass sie ihn und seine Ungeduld bewusst auf die Schippe nahm. Es war genau dieses Spöttische an ihr, das ihn so in ihren Bann zog.

*

Sanguigni hatte Bundschuh gebeten, eine Leiter aus der Ecke des Raumes herbeizuschleppen und sie an den Tank zu lehnen. Nun bat er ihn, den Haken der Seilwinde in einer Öse im Deckel einzuhängen. Als Bundschuh fertig war, betätigte Sanguigni mittels einer Fernbedienung die Winde, und langsam hob sich der schwere Metalldeckel des Tanks.

Bundschuh kletterte die Leiter hinunter. Rieb sich den Staub von den Händen und beobachtete, wie der Professor die Seilwinde stoppte, als der Deckel etwa einen Meter über dem Wassertank schwebte.

»So, nun Ihre Schützlinge«, sagte Sanguigni und schaute Bundschuh erwartungsvoll an.

»Ich?«, fragte Bundschuh unsicher.

»Ja bitte, sind Sie so nett. Isch bin zurzeit etwas ändisponiert. Eine Blütkronk'eit.«

Bundschuh griff nach dem Metallkorb mit den drei Reben und stieg erneut die Leiter empor.

Oben angekommen, suchte er nach der von Sanguigni beschriebenen Haltevorrichtung. Der Tank war bereits zu etwa zwei Dritteln gefüllt, und warmer Wasserdampf ließ seine Brille anlaufen.

»Die 'alterung ist gegenüber an der Wand des Tanks. Aber kein Problem, man kommt von dieser Seite gut dran.«

Jetzt konnte auch Bundschuh trotz der angelaufenen Brille die Metallhaken erkennen. Er stieg noch eine Sprosse höher, stützte sich mit der Linken am Tankrand ab und beugte sich, den Metallkäfig in der Rechten weit von sich gestreckt, nach vorne.

»Isch 'alte Ihnen das Leiter«, hörte er den Professor säuseln. Die Leiter vibrierte kurz, als Sanguigni die Holme umfasste.

*

Bertling stand nun Auge in Auge etwa zwei Meter vor dem Fremden und blickte in dessen tiefschwarze Augen. Für einen Sekundenbruchteil glaubte sie, die mittlerweile hereingebrochene Dunkelheit hätte ihr einen Streich gespielt.

Doch der tiefschwarze Teint des kräftigen Mannes vor ihr war nicht der Nacht geschuldet. Vor ihr stand mit weit aufgerissenen Augen – wahrscheinlich genauso erschreckt wie sie – Anselm Yeboah.

»Polizei! Hände über den Kopf! Sie sind wegen des Verdachtes auf Einbruchdiebstahl festgenommen!«, schrie sie mechanisch mit spitzer Stimme.

Der Mann holte aus. Etwas Hartes traf sie an der Schläfe. Sie taumelte.

*

Bundschuh lag nun nahezu waagerecht über dem Tank. Fast sein ganzes Gewicht ruhte auf dem linken Arm, die Kante des stählernen Wannenrands grub sich schmerzhaft in seine Handfläche.

Plötzlich hob sich die Leiter unter ihm.

»Was soll das?«, schrie er zornig.

Er verlor das Gleichgewicht und stürzte kopfüber in das heiße Wasser.

Seine Füße suchten Halt. Der Boden war uneben. Rohrleitungen, Metallschienen erstreckten sich über den Wannenboden. Schmerzhaft brannte das heiße Wasser auf Händen und Gesicht. Noch schützten Jacke und Hose den Körper vor der nassen Hitze überall um ihn herum.

Endlich hatte er wackeligen Halt gefunden und richtete sich auf. Zum Glück reichte sein Kopf über den Wasserspiegel.

»Sanguigni, was soll das!«, schrie er zornig.

Im gleichen Moment registrierte er, dass sich der schwere Deckel, der eben noch einen Meter über ihm geschwebt war, schon merklich absenkte.

Er riss die Hände hoch, um ihn abzufangen. Seine Fingerkuppen erreichten ihn.

Er korrigierte den ungünstigen Stand, stolperte, fiel.

Er suchte wieder umständlich Halt. Sein Kopf stieß wie ein auftauchender Delfin aus dem Wasser. Für einen Augenblick war er orientierungslos, weil ihm die Augen brannten und er Wasser geschluckt hatte. Er hustete. Als er wieder den Überblick zurückgewonnen hatte, säumte nur noch ein dünner Lichtstreifen den Tankrand. Ein dumpfes metallenes Geräusch ertönte, das in seinen Ohren schmerzte. Dunkelheit!

*

»Bist du verletzt?«, drang Christophs Stimme dumpf an Bertlings Ohren. »Er hat dir diese Schere an den Kopf geworfen«, fügte er hinzu und zeigte ihr eine Rebenschere mit roten Metallgriffen.

»Wo ... wo ist er hin? Ich muss ihn einholen. Er ... er

ist unser Mann, sonst wäre er nicht geflohen«, stammelte sie hektisch.

»Er ist da vorne in der Rebzeile verschwunden.«

Bertling raffte sich auf. »Wir müssen ihm nach. Ich muss eine Fahndung rausgeben.«

74 RIZ DE CAMARGUE

.

Montag, 8. November 2021, 18.30 Uhr

So wie bei einem Schiffbrüchigen, der langsam am Strand eines einsamen Gestades erwacht, schlich sich die Gewissheit in Konrad Bundschuh, dass das weder ein grausamer Traum noch ein Unfall war.

Die Hitze war unerträglich. Anfangs hatte er geschrien und getobt. Aber als er spürte, dass ihm bald die Luft ausgehen würde, hatte er sich nur still den qualvollen Schmerzen, die das heiße Wasser an Gesicht, Händen und zunehmend am ganzen Körper verursachte, ergeben.

Mühsam hatte er endlich Halt für seine Füße gefunden und stand nun mit tief in den Nacken gelegtem Kopf fast aufrecht im Metalltank.

Er hatte diese unbequeme Haltung gewählt, um Mund und Nase in die immer kleiner werdende Luftblase unterhalb des Deckels halten zu können.

Doch der Wasserspiegel stieg und stieg. Schon mehrfach hatte er die Stellung korrigieren müssen, um kein Wasser einzuatmen.

Aber noch etwas beunruhigte ihn. Das Wasser, das durch das Einlassrohr an seinen Füßen weiter in den Tank rauschte, fühlte sich heißer an als das, das schon darin war. Spielte ihm nur sein Gefühl einen Streich oder hatte der Professor etwa die Temperatur erhöht. Bundschuh wusste, dass spätestens bei 60 Grad sein Tod sicher war.

Wie ein Brecheisen, das langsam einen Türspalt vergrößerte, zwang sich die Frage in seine Gehirnwindungen, ob Ertrinken oder Verbrühen die günstigere Option zum Sterben wäre.

Eines war ihm mit einem Mal bewusst: Er würde hier nicht lebend herauskommen.

Von Sanguigni war keine Gnade zu erwarten. Was sollte ihn umstimmen? Würde er ihn hier nur festhalten wollen, hätte er den Wasserzulauf längst unterbrochen und die Temperatur nicht gesteigert.

Dieser widerwärtige Franzose sott ihn hier wie einen Hummer im Kochtopf.

Und da sie die Einzigen auf dem abseits, inmitten der Weinberge gelegenen Gelände waren, war auch Hilfe von außen nicht zu erwarten.

Die irrwitzige Frage, ob man eigentlich bewusst den Tod durch Ertrinken herbeiführen konnte, drängte sich durch die qualvollen Schmerzen in sein vom Grauen zerwühltes Bewusstsein.

*

Bertling hatte sich allmählich erholt. Sie hatte Christoph abhalten wollen, dem drahtigen Weinbergsarbeiter zu folgen, doch es war vergeblich. Der junge sportliche Mann war in die gleiche Rebzeile abgebogen und rannte Yeboah hinterher.

Sie war noch benommen und trabte ihnen nach, während sie mit dem Handy Achill anrief.

»Schnell. Wir haben ihn. Es ist Yeboah. Ich brauche hier Verstärkung. Er flieht durch die Weinberge. Richtung Norden auf das Ortsgebiet von Wollmesheim zu«, stammelte sie hastig ins Telefon.

»Ich komme und alarmiere die Kollegen in Landau. Gib mir die Geo-Koordinaten durch«, antwortete Achill.

*

Derweil saßen Rita und André in der stilvoll illuminierten Vinothek des *Weingutes Köhr* und lauschten amüsiert den Worten des französischen Kochs.

»Ja, deshalb wächst bei uns auch Reis. Früher gab es in der Camargue sogar Moskitos. Und diese petits Insectes verbreiteten dort munter Malaria.«

*

Bertling stand schwer atmend, vornübergebeugt, die Finger oberhalb der Knie in die Schenkel gekrallt, in der Mitte der Rebzeile. In ihrem Kopf wummerte der Schmerz wie ein Dampfhammer. Yeboah und sein Verfolger waren schon außer Sicht. Nur mühsam hörte sie noch deren eilige Schritte, die sich Richtung Ortsrand entfernten.

Sie beschloss, zum Wagen zurückzukehren und Yeboah mit dem Auto den Weg zum Ort abzuschneiden.

*

Achill saß bereits im Zivilfahrzeug der Polizei. Kurzerhand hatte er seinen Freund und Kollegen Bernd Scherer vom Kriminaldauerdienst beim Weg nach unten auf den Parkplatz mitgenommen.

Er vertraute ihm und wusste, dass er auch verschlungene Wege mitging, ohne später jeden Schritt zu protokollieren. Mit aufgesetztem Blaulicht bretterten sie mit 80 Stundenkilometern durch die Stadt Richtung Auffahrt zur A65, die direkt von Ludwigshafen nach Landau führte.

Auch die Landauer Kollegen hatte er bereits alarmiert und darum gebeten, Yeboah zur Fahndung auszuschreiben.

*

André saß völlig abwesend am Tisch. Als ihn der Koch fragte, ob ihm roter Reis mit Ratatouille anstatt der Kräuterseitlinge lieber wäre, starrte er nur wortlos und apathisch vor sich hin.

»Was ist?«, fragte Rita und rüttelte ihn am Arm.

André blieb auch ihr eine Antwort schuldig. Zu sehr war er mit seinen Gedanken beschäftigt. Wie immer in solchen Situationen war er in einer Art Autismus gefangen, und die Sinne waren für alles, was um ihn herum geschah, wie abgeschaltet.

*

Bundschuh stand das Wasser selbst bei seiner seltsamen Kopfhaltung bis oberhalb der Oberlippe. Jede Bewegung führte dazu, dass ihm die Wellen an der Wasseroberfläche die Luft nahmen.

Er beschloss, ein letztes Mal aufzubegehren, sich dem Schicksal nicht kampflos zu ergeben.

Wild trommelte er an die Blechwände. Die Hände fühlten sich an, als würde er sie gegen glühende Kohlen schlagen. Wellen brennenden Schmerzes durchzuckten ihn. Er wollte weinen, aber seine Augen, sein Gesicht wirkten wie mit rot glühenden Feuerhaken ausgebrannt.

*

Achill und Scherer rasten derweil mit knapp 200 Sachen über die nächtliche A65.

»Ich hätte sie nicht alleine gehen lassen dürfen. Es ist meine Schuld«, stammelte Achill immer wieder gebetsmühlenartig vor sich hin.

*

Bundschuh hatte die Kraft verlassen. An Atmen war nur noch zu denken, wenn er ein kleines Wellental nutzte und gierig nach Luft schnappte. Seine Lunge brannte wie Feuer. Der eingeatmete heiße Dunst verbrühte ihm die empfindlichen Lungenbläschen. Er konnte spüren, wie die Sauerstoffausbeute aus den gierigen Luftzügen, die er wie ein Fisch auf dem Trockenen in sich aufschnappte, geringer wurde. So würde er also sterben. Innerlich verbrühen und daran ersticken.

Es gab keinen Ausweg mehr. Ihm blieb nur, sich seinem Schicksal zu ergeben und zu hoffen, dass es wenigstens schnell gehen würde, bis er endlich das Bewusstsein verlor und die Schmerzen ein Ende hatten.

*

Bertling war aus dem Wingertsweg Richtung Ortschaft auf die Landstraße abgebogen und rauschte mit quietschenden

Reifen an den Weinbergen entlang. Sie hatte beschlossen, kurz vor dem Ortsrand wieder in einen der Wirtschaftswege rechts der Straße abzubiegen. Mit etwas Glück würde es reichen, um vor Yeboah und Christoph dort zu sein.

*

Bundschuhs Bewusstsein schwand in Schüben. Es war, als flackere eine Kerze. Schon der nächste kleine Windzug würde sein Lebenslicht zum Erlöschen bringen.

Er hatte vor einigen Minuten das Kämpfen eingestellt – zu schwach war er. Die Schmerzen umgaben ihn im Inneren wie im Äußeren und stachen wie glühende Speerspitzen auf ihn ein.

Mittlerweile sehnte er die Sekunde herbei, in der sein Leben in den Tod hinüberschwappte. Nur er versprach noch Linderung von der alles verbrennenden Pein.

Jetzt wusste er, wie es war, wenn der Tod die gierigen Finger nach einem ausstreckte. Doch in diesem Falle bedeutete der Tod für ihn Erlösung.

Erlösung von all den irdischen Qualen.

*

Einem Traumwandler gleich, erhob sich André. Sein Stuhl kippte hinter ihm geräuschvoll zu Boden. 60 Augenpaare wandten den Blick zu ihm. Er starrte nur leer vor sich hin. Mechanisch zog er das Portemonnaie aus der Innentasche seines Sakkos, zog einen Hunderter heraus und warf ihn auf den Tisch.

Rita und der Koch schauten ihn verdutzt an.

»Ich muss weg«, war sein einziger Kommentar.

»Bleib wenigstens zum Essen!«, sagte Rita. In ihrer Stimme lag sowohl Bitte als auch Anklage.

»Es ist wichtig. Wir haben uns getäuscht«, erwiderte er in einer Tonlage, die gut zu einem Roboter gepasst hätte. Ohne weiteren Kommentar hastete er aus der Vinothek und ließ Rita, den Koch und auch die Gäste drum herum, die Zeugen der eigenwilligen Vorstellung geworden waren, verwundert zurück.

*

Bertling hatte in der Dunkelheit den Abzweig viel zu spät erkannt. Mit quietschenden Reifen riss sie den Dienstwagen in den Wingertsweg. Feuchter Lehm spritzte auf. Ein Spanndraht pflügte ächzend eine tiefe Rille in den rechten Kotflügel, ehe er zerriss.

Doch Bertling interessierte das nicht. Ihre ganze Aufmerksamkeit galt den beiden Männern, die im Lichtkegel des Wagens vor ihr auf dem Weg kämpften.

Christoph hielt den Flüchtigen mit stählernem Griff am Gürtel, während sein Kontrahent mit Fäusten um sich schlug, um sich zu befreien.

Bertling gab noch einmal Gas. Sie musste ihr Glück nun erzwingen. Verbissen steuerte sie den Wagen auf die Kämpfenden zu.

Beide starrten wie benommen auf das auf sie zurasende Scheinwerferpaar.

*

Jetzt war es soweit. Bundschuh konnte das Licht der Erlösung sehen. Die Himmelpforte tat sich über ihm auf. Ein gleißendes Lichtband, das ihn einhüllte.

So war es also, wenn man eintrat. Ein tiefes Gefühl von Erleichterung und Leichtigkeit erfüllte ihn.

Nun war alles vorbei.

*

Bertling hielt noch immer auf sie zu.

Yeboah hatte aufgehört, sich zu wehren. Er wandte sich zurück Richtung Weinberg. Der drahtige schwarze Mann zog nun Christoph wie einen Sack hinter sich her.

Viel zu schnell raste sie auf die beiden zu. Kurz vor Yeboah bremste sie scharf. Split und Staub stoben neben den Reifen, die eine schwarze Spur auf dem Betonweg zeichneten, auf. Der Wagen schlingerte, brach aus und kam quer zum Stehen.

Yeboah war wie gelähmt vor Schreck. Bertling öffnete die Wagentür und sprang heraus. Ohne zu zögern, warf sie sich auf den kräftigen Mann. Bog ihm den Arm auf den Rücken, brachte ihn in Bauchlage und kniete auf seiner Schulter und Hüfte. Genauso wie sie es einst in der Polizeischule gelernt hatte.

Yeboah stöhnte laut auf und unterließ es, sich zu wehren.

Handschellen klickten.

Auch Christoph klagte schmerzerfüllt, Blut rann ihm aus Mund und Nase.

*

»Konrad, wach auf!«, schrie André. »Wach auf!«

Verzweifelt versuchte er, den reglosen Leib, der wie eine in rote Farbe getauchte Schaufensterpuppe im Tank hing, an den Händen über Wasser zu halten. In seiner Position auf der Leiter hatte er keine Chance, den leblosen Körper alleine aus der heißen, dampfenden Brühe zu ziehen.

Sanguigni hatte sich nicht gewehrt, als André, dem einzigen Licht auf dem Gelände folgend, angekommen war.

Apathisch saß er zusammengekauert auf einer Palette und wimmerte paralysiert in französischer Sprache vor sich hin. Weder Hilfe noch Gegenwehr war von ihm zu erwarten.

André spürte, dass der Griff seiner Hände, die sich im fast siedenden Wasser verzweifelt um Bundschuhs Handgelenke krallten, zunehmend an Kraft verlor. Er würde den Mann nicht mehr lange aufrecht halten können – ihn in wenigen Minuten verlieren.

75 LORBEEREN

Mittwoch, 10. November 2021, 10 Uhr

Man hatte sich dafür entschieden, den großen Saal am Ende des kahlen Flures, von dem auch die Türen zu den Büros der Mordkommission abgingen, für die Pressekonferenz zu nutzen.

Neben den üblichen Verdächtigen – den Reportern, der *Rheinpost* und des *Mannheimer Abendblattes* sowie den Verantwortlichen einiger Online-Nachrichtenkanäle – waren zahlreiche Vertreter großer überregionaler Zeitungen und Presseagenturen gekommen.

Daneben waren verschiedene Hörfunkkorrespondenten und je ein Team des *Rhein-Neckar-Fernsehens* und des *SWR* im Saal.

Ihnen gegenüber, an der quergestellten Tischreihe, saßen: der Ludwigshafener Polizeipräsident, der Oberstaatsanwalt, flankiert vom Präsidenten des *Weincampus* auf der einen und Bertling auf der anderen Seite.

André hatte man zugestanden, neben Achill im Presseblock zu sitzen. Seine Hände waren dick mit Salbe bestrichen, die Brandschmerzen hatten bereits merklich nachgelassen.

Anders als bei Bundschuh, da er länger im heißen Wasser hatte zubringen müssen und auch seine Lunge verletzt war, hatte man ihn noch nicht aus der Unfallklinik in Ludwigshafen-Oggersheim entlassen können.

Obwohl sein Körper noch rot wie ein gekochter Hummer war, waren die Ärzte zuversichtlich, dass er die Sache ohne bleibende Schäden überstehen würde. Glücklicherweise hatte die Temperatur des Wassers knapp unter dem kritischen Punkt gelegen, und er war überwiegend mit Verbrennungen ersten Grades davongekommen.

Der Polizeipräsident klopfte mit seinem Löffel dreimal an die Kaffeetasse, um sich Gehör zu verschaffen.

»Guten Tag, werte Vertreterinnen und Vertreter der Presse, wir haben Sie heute eingeladen, um Ihnen den vorläufigen Abschlussbericht zum sogenannten Säbelschwingerfall zu geben«, begann Polizeidirektor Metzger seinen Vortrag. »Unterstützt werde ich heute von Herrn Oberstaatsanwalt Doktor Frankenberger und Herrn Professor Doktor Sauerkamp, Präsident des *Weincampus* in Neustadt. Er wird Ihnen heute alle weinbauspezifischen Fachfragen beantworten.«

Sauerkamp lächelte gequält.

»Daneben freut es mich, Ihnen ein neues Gesicht an dieser Stelle, nämlich die Ermittlerin in dieser Sache, Frau Kriminaloberkommissarin Verena Bertling von der zuständigen Mordkommission, ganz rechts außen, vorstellen zu dürfen.«

Bertling huschte bei der Nennung ihres Namens ein rosiger Schatten übers Gesicht.

Achill blinzelte ihr verschwörerisch zu.

Ohne weitere Vorrede kam der Polizeipräsident direkt zur Sache: »In der Nacht vom Samstag, dem 25. September, kam es, wie Sie ja bereits berichtet haben, zu einem bizarren Todesfall vorm Neustadter *Saalbau*. Unsere anfängliche Auffassung, dass es sich dabei um einen reinen Unfall aus jugendlichem Übermut unter Einfluss von Alkohol gehandelt hat, müssen wir nach neuesten Erkenntnissen anzweifeln.«

Ein Raunen ging durch den Saal. Bertling schaute zu André gegenüber im Publikum, und ein kaum wahrnehmbares triumphierendes Lächeln umspielte ihren Mund.

»Wir wissen heute, dass es wohl einen – wenn auch nicht unbedingt massiv vorgetragenen – Erpressungsversuch seitens des Opfers gegenüber dem Täter Felix von Leinhardt gegeben hat. Dies könnte ein Motiv für ein mögliches Gewaltverbrechen darstellen. Insofern bleibt es dem Gericht überlassen, festzustellen, ob es sich wirklich um einen Unfall oder gar um ein Tötungsdelikt gehandelt hat.«

Wieder ging ein Raunen durch die Menge.

»Bei der von uns vorgenommenen sorgfältigen Beweisaufnahme fanden wir in der Weinflasche Verunreinigung mit Blut, das weder dem Opfer noch dem Täter zuzuordnen war. Dies veranlasste Kriminaloberkommissarin Bertling zu weitreichenderen Untersuchungen.«

Er legte eine kleine Kunstpause ein, um den Anwesenden die Gelegenheit zu geben, diese besonderen Umstände zu verarbeiten.

»Im Rahmen einer gezielten Fahndungsarbeit bei einem Weingut im räumlichen Umfeld von Neustadt konnten weitere Bestände von dem mit menschlichem Blut kontaminierten Wein sichergestellt werden. Obwohl die Kontamination unter den zulässigen Grenzwerten lag, wurde der Wein umgehend vom betroffenen Winzer im Einzelhandel zurückgerufen und aus dem Verkehr gezogen. Es bestand zu keiner Zeit ein Risiko für die Verbraucher oder, wie es gendergerecht heißt: die Verbrauchenden.« Der Polizeipräsident lachte mechanisch über den aus seiner Sicht gelungenen Wortwitz.

»Im Zuge tiefergehender Untersuchungen beim besagten Weingut – bei der auch ein V-Mann der Polizei eingesetzt wurde ...«, Achill grinste André an, »... wurden die ermittelnden Beamten auf ein weiteres Verbrechen vom Spätsommer letzten Jahres aufmerksam, das seinerzeit nicht zur Anzeige gebracht worden war. Nämlich ein sogenannter Sortendiebstahl.«

Einige der Reporter schauten verwirrt auf.

»Wie ich an Ihren fragenden Gesichtern sehe, bedarf dieser Terminus einer tiefergehenden Erläuterung seitens Herrn Professor Doktor Sauerkamps.«

Sauerkamp richtete sein Einstecktuch, das etwas zu tief in die Brusttasche des Sakkos gerutscht war, räusperte sich und begann: »Ein Sortendiebstahl ist vergleichbar mit einem Patentdiebstahl. Eine in jahrelanger Kleinarbeit aufwendig herausgezüchtete Rebsorte, die viele positive Eigenschaften hat, wie unter anderem im vorliegenden Fall die vollständige Resistenz gegenüber Oidium und Peronospora – Verzeihung – dem echten und dem falschen Mehltau – wird auf verbrecherische Art entwendet.«

»Wie das denn? Hat man die etwa ausgegraben?«, rief ein Reporter der *Blitz-Zeitung* dazwischen.

»Ich wäre auf diesen Umstand im Verlauf meiner chronologischen Schilderung noch gekommen«, erwiderte Sauerkamp etwas beleidigt.

»Ja, in der Tat, man hat in einer Nacht etwa 1.000 Rebpflanzen aus einem Weinberg bei Hambach ausgegraben«, fügte er schließlich hinzu. »Daneben wurden Dokumente und Fotos, die den Züchtungserfolg belegt haben, bei einem nächtlichen Einbruch aus dem Büro des Winzers gestohlen. Bei diesem Raubzug hat der Winzer den Einbrecher sozusagen in flagranti überrascht und ihm mit einer Schrotflinte in die Beine geschossen.«

»Der Dieb wurde nur leicht verletzt. Wir gehen, vorbehaltlich einer gerichtlichen Würdigung, von Notwehr aus«, mischte sich nun Bertling ein. Ihr war wichtig, an dieser Stelle von Notwehr zu sprechen. Sie hatte in anderen Fällen die Erfahrung gemacht, dass, wenn einmal die Presse eine These vervielfältigt hatte, sich auch das Gericht gerne dieser anschloss. Sie wollte nicht, dass Bundschuh, der ohnehin schon einiges erlitten hatte, nun noch wegen versuchten Totschlags hinter Gitter kam.

»Der so Verletzte fiel in einen Weinzuber, was schließlich zur Kontamination des Weines mit seinem Blut geführt hat«, ergänzte der Polizeipräsident.

»Noch ehe der Winzer einen Notarztwagen verständigen konnte, ist der nur leicht verletzte Einbrecher zu Fuß geflohen.« Bertling hatte sich bewusst noch einmal eingemischt, um auch noch diesen Pflock einzurammen.

»Sie können nun mit Ihrem Bericht über den Sortendiebstahl fortfahren«, sagte der Polizeipräsident an Sauerkamp gewandt.

»Nun ja …«, begann er gönnerhaft in professoralem Tonfall. »Der Dieb hatte auf diesem Wege sowohl das komplette Pflanzenmaterial als auch die umfassende schriftliche Dokumentation an sich gebracht. Um seine Flucht und die Verbringung des Zuchtmaterials ins benachbarte Ausland – nach Südfrankreich – zu erleichtern, schnitt er sich eine überschaubare Menge Vermehrungsmaterial von den aus dem Boden gezogenen Rebpflanzen ab. Sie müssen sich das wie kleine Holzstöckchen mit je einem Auge daran vorstellen«, setzte Sauerkamp hinzu und deutet mit Daumen und Zeigefinger eine wenige Zentimeter umfassende Länge an. »Den Rest der Reben hat er in einem nahe gelegenen, von außen kaum einsehbaren und schwer zugänglichen Steinbruchgelände bei Neustadt-Hambach verbrannt. Wie er übrigens erst heute, nachdem seine Gehilfin bei dieser Aktion, eine rumänische Landarbeiterin, gestanden hatte, zugab. Die junge Frau arbeitete bei einem Mutterstadter Gemüseanbauunternehmen und konnte auf einem Überwachungsvideo, auf dem zu sehen war, wie ihr Auftraggeber ihren Lohn am Geldautomaten abhob und auszahlte, identifiziert werden«, ergänzte der Polizeipräsident.

»Die so gewonnenen Edelreiser – so nennt man die abgeschnittenen Triebteile – verbrachte der Täter umgehend, fachmännisch vor Trockenschäden geschützt, nach Südfrankreich, wo er sie, wie im Weinbau üblich, auf Wurzelunterlagen pfropfte und später auf einem Versuchsweinberg auspflanzte. Mithilfe der Dokumentationen des hiesigen Winzers und den Trieben stieß er beim *Office de la Vigne et du Vin* in Paris – dem französischen Pendant zu unserem Bundessortenamt – ein weltweites Sortenschutzverfahren an.«

»So ein Schuft!«, zischte Achill André ins Ohr.

»Als der Druck unserer zielgerichteten Fahndungsarbeit stärker wurde, vernichtete der Täter abermals die jungen Rebpflanzen, indem er sie schredderte. Er ist geständig und konnte zweifelsfrei des Sortendiebstahls und des versuchten Mordes an dem Hambacher Winzer überführt werden«, setzte der Polizeipräsident selbstzufrieden hinzu.

»Und die so aussichtsreiche neue Sorte, was geschieht

nun damit?«, fragte der *Blitz*-Reporter mit provozierendem Grinsen.

»Die muss wohl bedauerlicherweise als verloren angesehen werden«, gab der Polizeipräsident zerknirscht zu.

»Was für ein Fahndungserfolg!«, ätzte der Journalist.

»Unrecht hat er nicht. Da erfindet jemand eine Sorte, die Millionen Tonnen Spritzmittel eingespart hätte, und nun wurde sie einfach abgefackelt beziehungsweise geschreddert. Alles wegen diesem Scheißtypen Sanguigni, der auch noch genau wusste, was er da anrichtet«, zischte André zu Achill hinüber.

»Immerhin gelang es dem hier im Saal anwesenden Kriminalhauptkommissar Achill, einen Mordversuch, den der Beschuldigte arrangiert hatte, um die Tat zu vertuschen, in buchstäblich letzter Sekunde zu vereiteln und den Winzer nur leicht verletzt zu retten.«

»Können Sie uns paar Details zu diesem mysteriösen Täter verraten?«, fragte der Reporter der *Blitz-Zeitung* spöttisch.

Professor Sauerkamp räusperte sich und signalisierte dem Polizeipräsidenten, dass er zu antworten gedachte. »Ich muss leider einräumen, dass der Beschuldigte ein langjähriger Mitarbeiter unseres Hauses ist. Unsere Institution ist eben auch nur ein Spiegelbild der Gesellschaft. Mit vielen weißen, aber eben auch diesem einen schwarzen Schaf.«

»Was genau wollte der Beschuldigte vertuschen?«, fragte der Reporter des *Mannheimer Abendblattes*. »Wo genau fand die Tat statt?«, der Reporter der *Rheinpost*.

»Er wollte komplett auf Nummer sicher gehen. Obwohl der betroffene Winzer bisher auf eine Anzeige verzichtet hatte, lenkte ihn, wie er angab, die Befürchtung, dass ihn der Winzer in der Nacht des Einbruches erkannt haben könnte oder sich irgendwann daran erinnern würde«, erwiderte der Polizeipräsident.

»Der Mordversuch fand auf dem Gelände des *Weincampus* statt«, gestand der Präsident kleinlaut.

»Und wie?«, bohrte der Reporter der *Blitz-Zeitung* weiter.

»Durch Ertränken in einem Wassertank«, antwortete der Polizeipräsident, um nahtlos fortzufahren: »So, ich glaube, dass wir nun alle Ihre Fragen umfassend beantwortet haben.« Er erhob sich und bedeutete seinen Tischnachbarn, dass sie ebenfalls die Veranstaltung zu verlassen hatten.

76 PHÖNIX

Donnerstag, 18. November 2021, 11.15 Uhr

Bundschuh war gerade erst vor 40 Minuten vom Krankenhaus nach Hause zurückgekehrt, als Andrés Wagen bei ihm auf den Hof rollte.

Die Vinothek war seit den schrecklichen Ereignissen geschlossen, und André musste am Privathaus klingeln.

Bundschuh öffnete selbst. André erschrak, als er ihn sah. Seine Haut war noch immer wie nach einem schweren Sonnenbrand gerötet. Es wirkte seltsam unpassend zu seinem sonst so ausgelaugten und verhärmten Aussehen.

»Keine Sorge, der Arzt hat gemeint, ich würde nur noch etwa zwei Wochen als Rothaut rumlaufen müssen«, scherzte Bundschuh matt, als er Andrés Reaktion sah.

»Entschuldigung, dass ich hier einfach so reinplatze, wenn … also ich meine, wenn ich dich störe, komme ich gerne ein anderes Mal wieder.«

Bundschuh lachte kraftlos. »Stören, du machst es dir wohl zur Angewohnheit, immer dann reinzuplatzen, wenn ich es nötig habe. Wenn du in jener schrecklichen Nacht nicht reingeplatzt wärst, dann …«

André schaute betroffen zu Boden, als er die Tränen in Bundschuhs Augen sah.

»Na ja, und heute scheinst du es schon wieder zu tun.« Bundschuh öffnete stumm die zur Faust geballte Linke und entblößte eine ganze Hand voll weißer Dragees. »Ich wollte mir ein Ende setzen, und nun störst du mich auch dabei noch«, sagte er lakonisch streckte die Hand aus und ließ die Tabletten auf die kleine Blumenrabatte neben dem Eingang rieseln. »Zugegeben, ich hab keine Lust mehr auf das alles. Ich will nicht mehr.«

»Darf ich reinkommen?«, fragte André und versuchte, dabei möglichst gleichgültig zu klingen.

»Lass uns lieber ein paar Schritte gehen. Ich bin noch nie gerne in der Stube gehockt.«

Bundschuh trat noch einmal zurück in den Hausflur und stattete sich mit einer Jacke aus. Dann schlenderten sie ziellos die Andergasse entlang. Vorbei an von Leinhardts Vinothek, die ebenfalls geschlossen hatte, dann bogen sie rechts ab in die Weinberge hinauf.

»Ihm geht es auch nicht gut. Thomas und Simon haben miteinander gebrochen. Simon und seine Familie sind nach alldem weggezogen. Felix ist auf Kaution freigekommen und wartet auf die Verhandlung. Die Chancen stehen sehr gut, dass er aus Mangel an Beweisen freikommt. Letztlich wird es nicht mehr nachzuweisen sein, ob Vorsatz im Spiel war und er die Hand mit dem Flaschenstumpf noch rechtzeitig hätte wegziehen können. Yeboah ist, nachdem man ihn aus der Untersuchungshaft entlassen hat, untergetaucht. Keiner weiß, wohin und warum. Ich tippe darauf, dass es nur ein Angstreflex war und er bald zurückkommt. Er hat wohl vor seiner Flucht aus Gabun dort einiges durchgemacht, und sein Vertrauen in die Polizei ist nun restlos erschüttert«, informierte André.

»So wie mir dein Freund, dieser Achill, erzählte, hab ich ihnen Unrecht getan. Sie hatten wohl mit dem Sortendiebstahl nichts zu tun.«

»So ist es. Die Kollegin Bertling hat diesen Yeboah unnötigerweise festgenommen. Er war in keiner Weise an der ganzen Sache beteiligt. Auch die Reben mit den petersilienförmigen Blättern, die sie auf dem Weinberg bei Wollmesheim für deine hielt, waren einfach nur von der Sorte des petersilienblättrigen Chasselas, die ja auch in deiner Züchtung einfloss. Trotzdem haben wir ihr zu verdanken, dass sie unnachgiebig weitergebohrt hat. Sie wurde dafür offiziell belobigt.«

»Schön für sie, und dieser Yeboah wird es überleben«, erwiderte Bundschuh freudlos.

»Simon von Leinhardt hat ausgesagt, dass er das Rebmaterial von deiner neuen Sorte aus deinem Versuchswingert mitgenommen und aus reiner Neugier untersuchen lassen hat. Dass es möglicherweise durch den Erpressungsversuch des jungen Keller zum Verhängnis seines Sohnes werden könnte, konnte er nicht ahnen.«

»Mein Mitleid mit diesem borniertem Fatzke hält sich in Grenzen. Schließlich hat er viele hier ins Unglück gestürzt.«

Wieder gingen sie schweigend weiter.

»Wie du auf diesen Franzosen als Täter gekommen bist und mich dadurch schließlich in letzter Minute gerettet hast, hab ich bis jetzt nicht verstanden.«

André lachte. »Na ja, plötzlich war alles ganz klar. Als mich der Koch in dieser Vinothek darauf brachte, dass früher auch das Rhonedelta ein Malariagebiet war, fügte sich mit einem Mal alles wie ein Puzzle zusammen. Menschen mit Sichelzellenanämie sind gegen Malaria immun, was ihnen in diesen Gebieten zu einem genetischen Vorteil verhilft. So kommt es immer dort, wo von alters her die Malaria tobte, zu einer ungewöhnlichen Häufung dieser Erbkrankheit. Wir hatten nur am Anfang den Fehler gemacht, uns lediglich auf die heutigen Malariagebiete Afrikas und Südostasiens zu fokussieren. An Südeuropa dachten wir nicht. Und das änderte sich in diesem Augenblick. Dann kam eines zum anderen. Das Hinken, das ich bei Sanguigni beobachtet hatte, Ergebnis der schlecht versorgten Schusswunde, die du ihm beigebracht hast. Dann dieses ›Aie!‹. Lange dachte ich, dass das auf Yeboah als Täter hindeutete, da ich ihn das auch schreien hörte. Dann wurde mir mit einem Mal klar, dass das seiner französischen Sprache zu verdanken war. Es ist einfach nur die dortige Entsprechung unseres ›Aua!‹. Wieder ein belastendes Indiz gegen Sanguigni. Dann die Sache mit diesem Virus. Keiner von uns, einschließlich dir, fand sie so richtig glaubwürdig. Dann deine seltsame abendliche Einladung in sein Institut. Plötzlich lag es auf der Hand, dass alle Stränge bei ihm zusammenlaufen und dass er gerade dabei war, den einzigen Augenzeugen seines Einbruchs, der ihn jederzeit wiedererkennen könnte, aus dem Weg zu räumen.«

»Nicht schlecht«, erwiderte Bundschuh und deutete ein mattes Händeklatschen an. »Ich könnte mich heute noch in den Hintern beißen, dass ich so dämlich war, ihm diese

Geschichte mit den drei Rebpflanzen abzukaufen. Sie waren nichts anderes als irgendwelche Setzlinge, die er aus dem Fundus des *Weincampus* genommen hat.«

»Na ja, ich verstehe dich. Warum hättest du dir diese Chance entgehen lassen sollen. Du konntest ja nicht ahnen, dass er dich gleich umbringen will.«

»Aber dass Rita diesem Franzosen alles zu meinen Reben ausgeplaudert hat, nur weil er ihr schöne Augen gemacht hat …« Bundschuh schüttelte den Kopf. »Auch wenn sie es nicht in böser Absicht getan hat. Ich will sie nicht mehr in meinem Haus sehen. Ich kann ihr nicht mehr vertrauen.«

»Wobei ich immer noch nicht verstanden habe, wie es dazu kam«, fragte nun André.

»Na ja, das ist im Grunde genommen ganz einfach. Sie jobbte damals, als ich Sanguigni die Reben brachte, aushilfsweise beim *Weincampus* als Sekretärin. Es war für ihn, alleine schon aufgrund unserer gleichen Nachnamen, nicht besonders schwer herauszufinden, dass sie mit mir verwandt war. Er machte ihr schöne Augen, und schon plauderte sie alles aus, was er wissen wollte. Du weißt ja aus eigener Erfahrung, wie sie auf elegante Männer anspringt.« Bundschuh lachte freudlos.

André spürte, wie seine Wangen heiß wurden. In ihm hatten sich längst Zweifel breitgemacht, ob nach all dem seine Beziehung zu ihr eine Chance hatte weiterzubestehen.

Die nächsten Minuten liefen sie schweigend den Weinbergsweg am Schlossberg empor, bis sie plötzlich vor Bundschuhs gerodetem Wingert standen, mit dem alles begonnen hatte.

Der Winzer blieb andächtig stehen und starrte auf den verwilderten ehemaligen Weinberg. »Am liebsten würde ich ihn zubetonieren. Hier könnte die grüne Hoffnung für den ganzen europäischen Weinbau heranreifen, und nun ist alles verloren.« Bundschuh schluchzte hörbar auf und verbarg sein Gesicht hinter seinen Handflächen.

Nach einer Weile machte er kehrt, und sie setzten stumm ihren Weg fort.

»Zeigst du mir, wo er sie verbrannt hat?«, fragte Bundschuh nach einigen Minuten.

»Ich weiß nicht, ob das gut ist«, entgegnete André unschlüssig.

»Ich will endgültig von dem Scheiß Abschied nehmen«, krächzte Bundschuh heiser.

»Hmm. Es ist aber ein ganzes Stück zu gehen. Er hat sie oben im alten Steinbruch an der Südseite des Heidelbergs verbrannt – etwa zweieinhalb Kilometer von hier. Ich weiß nicht, ob du …?«

Bundschuh lachte bitter auf. »Nur weil ich rot bin wie ein gekochter Hummer, bedeutet das nicht, dass ich nicht laufen kann.«

Ohne weiter etwas zu entgegnen, setzten sie ihren Weg fort und bogen kurz darauf in die Freiheitsstraße ein, die sie unterhalb des Hambacher Schlosses vorbeiführte. Als sie an einem Kreisverkehr ankamen, bog André in einen Privatweg ab. Das letzte Wegstück legten sie auf einem schmalen Waldweg zurück.

Als sie fast am Ziel waren, keuchte Bundschuh atemlos. »Ich bin wohl doch etwas außer Übung. Warum hat sich das dieser Sanguigni angetan? So weit auf schlecht befestigten Wegen in den Wald zu fahren?«

»Er war wohl etwas zu perfektionistisch. Im Prinzip ist der Steinbruch ideal. Er ist von drei Seiten uneinsehbar. Keiner sieht, wenn dort nachts ein Feuer brennt. Und durch die Felswände drumherum kann es sich auch nicht im Wald ausbreiten.«

Als sie an der kleinen Bank oberhalb des Steinbruches angekommen waren, setzte sich Bundschuh. Die körperliche Anstrengung hatte ihm offensichtlich zugesetzt. Wortlos starrten sie aufs Hambacher Schloss, das sich vor ihnen auf dem Schlossberg majestätisch wie ein Postkartenmotiv präsentierte.

»Und wo genau ist nun dieser Steinbruch?«, fragte Bundschuh nach einer Weile.

»Genau hier unterhalb der Felsabbruchkante da vorne. Er ist nur schwer begehbar. Es ist gefährlich.«

Bundschuh erhob sich und näherte sich vorsichtig der Kante.

»Und da haben sie nachts die Reben runtergeworfen? Ein Wunder, dass sie noch leben.«

»So ist es«, bekannte André. »Wobei Sanguigni hier diese rumänische Landarbeiterin vorgeschickt hat.«

»Lass uns runtersteigen«, bat Bundschuh.

André sträubte sich. »In deinem Zustand?«

»Glaubst du, ein Winzer, der sein Leben lang an irgendwelchen Hängen herumgekraxelt ist, kann das nicht?«

Ehe sich André versah, bewegte sich Bundschuh auf dem schmalen, steilen unbefestigten Trampelpfad abwärts Richtung Steinbruch. Missmutig und in Sorge, der angeschlagene Winzer könnte hinabrutschen, folgte er ihm.

»Hier«, sagte André nun auch außer Atem, als sie an der Sohle des Steinbruchs angekommen waren, um die noch das Absperrband der Polizei gezogen war.

Wie vor einem offenen Grab faltete Bundschuh die Hände und brummelte etwas vor sich hin. Dicke Tränen rollten über seine Wangen.

»Wie haben sie es bloß geschafft, die alle zu verbrennen?«, fragte Bundschuh schwermütig.

»Sie haben mit Benzin nachgeholfen. Die Polizei fand

noch einen halb vollen Kanister, offensichtlich hatte die Rumänin Angst, gleich noch den Wald mit in Brand zu stecken.«

Bundschuh hob schließlich das blau-weiße Flatterband und lief auf das Aschefeld, bis er mittendrin stand. Aus der Asche ragten bereits wieder erste Grashalme.

André sah, wie sich Bundschuhs Gesicht zu einer schaurigen Fratze verzerrte. Seine ohnehin ausgeprägten Falten schienen sich bis auf die Schädelknochen zu vertiefen. Seine Augen waren weit aufgerissen. Voller Entsetzen stierte er auf den schwarzen Boden unter sich. Wieder stürzten ihm Tränen aus den Augen. Ein ersticktes unartikuliertes Geräusch, das klang, als würde man ihm eine glühende Lanze in die Brust stoßen, verließ seine Lippen.

André wollte helfen, wusste aber nicht wie.

Bundschuh schluchzte nun laut auf, als stünde er vor dem Grab eines Sohnes. Eben noch wie angewurzelt, setzte er sich nun mit staksigen Schritten in Bewegung – er durchmaß das Chaos aus nicht mehr zu identifizierendem verkohltem Rebschnitt und Wurzeln. Dann warf er sich auf die Knie. Für einen Augenblick mutete es an, als wolle er beten.

Dann vergrub er seine Arme tief in der rabenschwarzen Masse, so als wolle er die Asche um sich fühlen. Dann grub er mit bloßen Händen erst langsam und dann immer schneller. André packte das Entsetzen, er ging auf ihn zu und wollte ihn wegreißen.

Bundschuh schüttelte ihn jäh ab und scharrte wie besessen weiter in der Asche. Schon waren seine Arme bis an die Schultern mit Ruß verklebt – wirkten selbst wie verkohlte Äste. Er grub wild und fanatisch, als ging es darum, einen Erstickenden zu bergen. Er riss tiefschwarze verbrannte Holzkohlestücke, die André nun als ehemalige

Rebstöcke erkannte, aus dem Haufen und warf sie energisch hinter sich.

Er grub tiefer und tiefer. André wusste sich nicht anders zu helfen und kniete sich neben den Mann, den er in den letzten Wochen so schätzen gelernt hatte, und legte ihm den Arm um die Schulter.

Doch Bundschuh schüttelte ihn abermals unwirsch ab.

Er grub weiter, förderte nun zentimeterlange Holzkohlefragmente zutage. Irgendwann – André wusste selbst nicht, warum – half er ihm, ohne zu wissen bei was.

Sie gruben nun beide und waren bald völlig in Schwarz gehüllt. André schmeckte Holzkohle im Mund. Die Asche hatte sich mit dem Schweiß der Grabenden vermischt und klebte als zäher Brei in ihren Gesichtern. Bundschuh schien wie in Trance. Die Vertiefung vor ihnen wuchs und wuchs, bis sie erstmals auf Rebstöcke stießen, die nur oberflächlich verbrannt waren.

Bundschuh beschleunigte sein Tempo nochmals, grub, schwitzte. An den mittlerweile aufgesprungenen, noch vom heißen Wasser geschundenen Händen, mischte sich nun auch Blut mit der Asche. Er zerrte einen Rebstock, dessen Holz noch unversehrt wirkte, aus dem Scheiterhaufen. Welkes, totes Laub hing trostlos an bizarr verdrehten und geknickten Trieben herab. Er hob ihn hoch, inspizierte ihn, warf ihn zur Seite, nur, um noch fanatischer weiter zu graben.

Irgendwann – André hatte jegliches Zeitgefühl verloren – war ihre Grube knietief. Roter Sand mischte sich mit der Asche, durch die sich ihre blutenden Finger wühlten.

Dann passierte etwas Überraschendes. Bundschuh zog einen fast unversehrten Rebstock hervor, der sich wohl wie durch eine Wunder tief ins Erdreich unter der Feuerstelle gedrückt hatte. Oben zwei zerdrückte gelblichweiße Triebe, unten eine Wurzel, an der ein kompakter Ballen Erde klebte. Bundschuh brach eine Triebspitze ab. Der verholzte Zweig hatte einen grünlichen Kern.

Er hob die Pflanze in die Luft, wie eine Trophäe. Drückte sie an seine Brust, als sei es ein Säugling. Stöhnte, lachte, weinte vor Glück.

ENDE

NACHWORT DES AUTORS

Liebe Leserinnen und Leser, wenn Sie meine Krimireihe kennen, wissen Sie, dass es mir stets ein Anliegen ist, neben der reinen fiktionalen Unterhaltung auch realitätsnahe Hintergründe zu vermitteln. Ich bewege mich damit irgendwo zwischen dem, was man auf Neudeutsch *True Crime* nennt, und dem sogenannten *Infotainment*.

Auch beim vorliegenden Kriminalroman ist das der Fall. Fiktiv sind natürlich die beiden Winzerfamilien Bundschuh und von Leinhardt. Wer die Weingüter in der Hambacher Andergasse sucht, wird sie nicht finden.

Natürlich habe ich wieder einmal sehr umfangreich recherchiert und die frei erfundene Handlung eng mit tatsächlichen Hintergründen verwoben. Alle weinbaulichen Details sind sorgsam geprüft und sollten der Realität entsprechen.

Wenn Sie die Gelegenheit haben, bei einem »Tag der offenen Tür« des *Weincampus* in Neustadt zu Gast zu sein, wird Ihnen möglicherweise auch ein/e freundliche/r Mitarbeiter/in die am Ende des Romans vorkommende Heißwasseranlage zeigen können – sie gibt es wirklich.

Auch der im Buch thematisierte *Green Deal* wurde kurz nach Abschluss des Manuskriptes am 22. Juni 2022 von der EU-Kommission verabschiedet. Die Intention dahinter ist, dass man geschädigte Ökosysteme wiederherstellen und landwirtschaftliche Flächen, Meeresgebiete, Wälder und städtische Gebiete in ganz Europa renaturieren will. Bis 2030 sollen 50 Prozent weniger Pestizide eingesetzt werden, um auch die von ihnen ausgehenden Risiken zu halbieren. Bei allen ehrbaren Absichten dahinter stellt dies für den europäischen Weinbau eine fast unrealistische Anforderung dar, die nur mit einem großflächigen Umstieg auf moderne resistente Rebsorten möglich sein wird. Insofern sind die züchterischen Bemühungen, die überall in Europa angestellt werden, immens. Und tatsächlich kam es in den letzten Jahren auch – wie im Roman – zu Sortendiebstählen.

Doch bei allen Erfolgen der Züchter sollte man nicht vergessen, dass es neben aussichtsreichen Züchtungen – davon gibt es bereits eine Reihe – auch Winzerinnen und Winzer braucht, die bereit sind, bestehende Rebflächen zu roden und mit den resistenten Neuzüchtungen zu bepflanzen.

Doch zu guter Letzt wird es entscheidend sein, dass auch die Verbraucherinnen und Verbraucher bereit sind, sich von ihren altgewohnten Weinsorten zu trennen und den neuen Züchtungen ihre Aufmerksamkeit zu widmen und sie letztlich auch zu kaufen.

In der Pfalz gibt es mittlerweile zahlreiche Weinbaubetriebe, die diese Sorten kultivieren und daraus bemerkenswerte Weine ausbauen.

So sollten Sie unbedingt Ihren nächsten Ausflug in die Pfalz nutzen, um Cabernet Blanc, Sauvignac, Satin Noir und Co für sich zu entdecken.

*

Hier noch ein paar vertiefende Anmerkungen zu den im Roman beschriebenen Sachverhalten:

Die flüssige Lesbarkeit eines Romanes erfordert hie und da eine Vereinfachung, wenn es um formale oder fachliche Aspekte geht.

Um besonders interessierten Leserinnen und Lesern keine offene Frage schuldig zu bleiben, möchte ich speziell bei diesem Roman ausnahmsweise ein Glossar anfügen, das all das vertieft, was im Textteil möglicherweise etwas zu kurz kam.

*

Weincampus

Im Text spreche ich der Einfachheit halber immer nur vom »Weincampus«, dabei ist die Realität etwas komplexer.

Der *Weincampus Neustadt* ist eine wissenschaftliche Einrichtung der Hochschulen Ludwigshafen, Bingen und Kaiserslautern, die gemeinsam mit dem Dienstleistungszentrum Ländlicher Raum (DLR) Rheinpfalz für praxisnahe Lehre und anwendungsorientierte Forschung steht.

Beide Institutionen arbeiten eng zusammen, sodass deren Mitarbeiterinnen und Mitarbeiter häufig in Doppelfunktion für beide Institutionen tätig sind. Insofern hätte man fallweise auch von DLR sprechen müssen, was ich der Einfachheit halber unterlassen habe.

*

Petersilienblättrige Chasselas Rebe

Ja, es gibt sie wirklich, natürlich nur als Kreuzungspartner zu Bundschuhs spektakulärer Neuzüchtung.

Die weiße Rebsorte kommt aus Frankreich. Zur Bezeichnung gibt es fast 100 Synonyme. Die gängigsten sind Petersiliengutedel, Geschlitzter Gutedel oder Chasselas à Feuille de Persil.

Größere Anbauflächen dazu gibt es kaum. Lediglich in

Pflanzensammlungen oder Schauwingerten werden hie und da noch einige wenige Exemplare kultiviert. Auch der *Weincampus* in Neustadt besitzt noch einige Exemplare.

*

Reisigkrankheit

Auch sie gibt es wirklich. Die Reisigkrankheit oder auch Kurzknotigkeit (französisch: Court-noué) ist eine Viruserkrankung bei Reben. Sie wird durch Nematoden im Boden übertragen, schädigt langfristig die Rebe und führt zu beträchtlichen Ernteausfällen. Dort, wo sie besonders stark auftritt, hilft nur die Rodung und eine anschließende mehrjährige Brache.

Meist wird sie über infizierte Jungpflanzen verbreitet. Nicht zuletzt deshalb arbeitet der *Weincampus* an entsprechenden Verfahren, um die Viren in gerade diesen abzutöten. So unter anderem auch die im Buch vorkommende Heißwasserbehandlung.

Der Vollständigkeit halber sei noch erwähnt, dass sie tatsächlich zu Blattdeformationen führen kann, die das Laub petersilienblättrig erscheinen lassen.

*

Piwis – Pilzwiderstandsfähige Reben

Im Roman ist an vielen Stellen von »Pilzwiderstandsfähigen Reben« die Rede. Doch was verbirgt sich genau dahinter?

Gerade in feuchten Sommern wie dem 2021 geht davon fast so etwas wie ein Zauber aus. Wärme und gleichzeitige Dauerfeuchte sind geradezu Gift für den Weinanbau. Pilzkrankheiten wie der Echte und der Falsche Mehltau führen nahezu über Nacht zu gravierenden Ernteausfällen. Und hier geht es nicht um ein paar Trauben weniger, sondern um Komplettausfälle. Wer 2021 mit offenen Augen durch die Weinberge spazierte, konnte nicht selten jene Weinberge ausmachen, bei denen keine einzige Traube mehr an den Stielen hing. Doch man kann mit viel Aufwand etwas dagegen tun. Nämlich seine Rebstöcke behandeln. Konventionelle Winzer tun das mit chemischen, meist systemisch wirkenden Spritzmitteln, Biowinzer mit Kupferlösungen oder Backpulver. Leider sind Letztere nicht ganz so wirksam, da sie nicht in die Pflanze eindringen und nur oberflächlich das Blatt schützen. Deshalb muss man im biologischen Weinbau häufiger ran. Ein Biowinzer berichtete mir, dass er seine Rebflächen 2021 37 Mal gespritzt hätte.

Nicht nur wegen des wärmeren Klimas, sondern auch wegen der zunehmenden Sporendichte in unserer Luft nehmen diese Reberkrankungen von Jahr zu Jahr zu. Doch es gibt einen Ausweg – nämlich Piwis. Die neu gezüchteten Reben sind ganz oder wenigstens teilweise immun gegen die beiden Mehltauarten. Doch was sich so schön und einfach anhört, ist weit schwieriger und langwieriger, als man denkt. Eine neue Rebsorte zu züchten, zu selektieren, zu vermehren und schließlich in ein langwieriges Genehmigungsverfahren zu geben, beansprucht nicht selten 30 Jahre.

Und dann muss es noch gelingen, den daraus hergestellten Wein zu einer echten »Marke« zu machen und dafür Kunden zu gewinnen. Erfolgreiche und bei den Verbrauchern eingeführte Piwi-Arten sind zum Beispiel die Rebsorten Regent und Cabernet Blanc. Weniger bekannt sind Solaris, Phönix oder Muscaris. Wer solche Weine für sich entdecken möchte, dem seien die *Weingüter Klaus Rummel* in Landau-Nußdorf (www.rummel-biowein.de) oder das *Weingut Galler* in Kirchheim (www.weingut-galler.de) ans Herz gelegt. Hier stehen vielfältige pilzwiderstandsfähige Reben im Versuchsausbau, und es werden teils hervorragende Bioweine daraus ausgebaut.[*]

---

[*] Entnommen: Ittensohn, Uwe: Weinbar.Essbar.Wanderbar, 2022, Meßkirch, Seite 24.

DANKE

Je komplexer ein Stoff, desto größer der Rechercheaufwand und desto umfangreicher der Kreis der Unterstützer.

Für viele Stunden des Testlesens und für zum Teil recht zeitaufwendige Interviews ist dieser Dank der einzige Lohn für meine oft langjährigen schriftstellerischen Wegbegleiterinnen und Wegbegleiter.

Zuallererst geht mein besonderer Dank an meine Frau Christiane, die wieder einmal große Nachsicht bewies, wenn ich sie an die ungewöhnlichsten Schauplätze mitschleppte oder ihr bergeweise Manuskriptseiten zum Testlesen vorlegte.

Daneben unterstützte mich die im Literaturbetrieb sehr erfahrene Sandra Lode, die mit gewohnt kritischem Blick das Manuskript begutachtete und mich wieder einmal mit unzähligen wertvollen stilistischen Tipps versorgte.

Dasselbe gilt für Christoph Lode, alias Daniel Wolf, alias Kilian Eisfeld. Seine kritische Stimme, als *Spiegel*-Bestseller-Autor, ist mir besonders wichtig, wenn es um den rechten Plot und Stil geht.

Daneben spiegeln mir Sabine und Frank Seidel die Sicht des Lesers wider, signalisieren mir, wenn ich zu komplex denke oder ich meine kleinen Brotkrumen, die letztlich zum Täter führen, zu sparsam auslege.

Nun zu meinen fachlichen Beraterinnen und Beratern:

Wie könnte es anders sein, spielten dieses Mal die Fachleute aus der Weinbranche eine ganz besondere Rolle.

Zum Beispiel das Biowinzer-Ehepaar Christine und Jochen Gradolph vom *Neuspergerhof* in Rohrbach bei Landau, die mich mit Erfahrungen aus dem Alltag eines Bioweingutes versorgten und mein Manuskript kritisch unter die Lupe nahmen.

Genauso wichtig war mir die Expertise von Volker Freytag von der *Rebschule Freytag* – der Profi überhaupt, wenn es um neue Rebzüchtungen geht –, der sogar im Roman einen Echtauftritt hat.

Daneben geht ein ganz großer Dank an Anika Kost, die als extrem engagierte Leiterin des *Lehrgangs zum Kultur- und Weinbotschafter Pfalz* am DLR in Neustadt für meinen fachlichen Unterbau sorgte. Übrigens kann ich die Teilnahme nur jedem Pfalz- und Weinenthusiasten wärmstens empfehlen (Infos unter: https://www.kultur-und-weinbotschafter.de).

Sie war es auch, die mir wertvolle Kontakte zu den hochkarätigen Fachleuten am *Weincampus* und DLR Rheinpfalz herstellte und mir schließlich auch als kundige Testleserin unter die Arme griff.

Unter ihnen geht mein besonderer Dank an Christine Freund – selbst engagierte Kultur- und Weinbotschafterin –, die sich mit der Entwicklung von Vermarktungs- und Kommunikationsstrategien für neue Rebsorten beschäftigt.

Daneben unterstützten mich von wissenschaftlicher Seite Herr Doktor Joachim Eder, Mitarbeiter am Institut für Phytomedizin des *Weincampus*, und der am gleichen Institut tätige Molekularbiologe Doktor Thierry Wetzel.

Dass Doktor Thierry Wetzel im Berufsleben auf dem gleichen Stuhl wie meine Romanfigur Doktor Philippe de Sanguigni sitzt und ebenfalls Franzose ist, ist tatsächlich reiner Zufall. Die Figur Sanguignis war längst entwickelt, als ich ihn bei einem Besuch am *Weincampus* kennenlernte. Es ist mir ein ganz besonderes Anliegen zu versichern, dass er ein extrem freundlicher, hilfsbereiter und humorvoller Mensch ist und als Elsässer nicht nur geografisch, sondern auch persönlich meilenweit von meiner Romanfigur entfernt.

Sanguignis Stimme und Aussprache soufflierte mir übrigens Agnès Wittner – waschechte Französin und ehrenamtlich tätig an der *Bibliothèque Française* in Speyer.

Ein großer Dank geht auch an die Rechtsanwältin Eva-Constanze Gröger, die mich bei allen juristischen Feinheiten beriet und die ich im Laufe unserer Zusammenarbeit gar animierte, auch die Ausbildung zur Kultur- und Weinbotschafterin in Angriff zu nehmen.

Um für Sie die schönsten und spannendsten Handlungsorte in Hambach zu finden, ließ ich mich von der erfahrenen Kultur- und Weinbotschafterin, Frau Kerstin Bach, durch Hambach führen und bei der Schauplatzwahl beraten. Eine Ortsführung mit ihr ist übrigens unbedingt zu empfehlen (www.tour-de-pfalz.de).

In ähnlicher Mission unterstützte mich Andreas Schäffer, Hambacher Winzer und ehemaliger Location-Scout bei der ARD-Produktion *Weingut Wader*, die übrigens teilweise auf seinem Weingut gedreht wurde. Er versorgte mich mit dem Tipp zum Hambacher Steinbruch.

Wie bei jedem meiner Krimis hatte ich wieder Unterstützung durch gleich zwei erfahrene Polizisten. Dieses Mal direkt vom Polizeipräsidium Rheinpfalz in Ludwigshafen. Hier geht mein ganz besonderer Dank an Polizeihauptkommissar Thorsten Mischler, den Leiter der Pressestelle, der mich gemeinsam mit Kriminalhauptkommissar Sebastian Sessig durch das Polizeipräsidium Ludwigshafen führte und mir wichtige Einblicke in die Polizeiarbeit gab.

Sebastian Sessig ist übrigens das reale Pendant zu meinem fiktiven Kriminalhauptkommissar Frank Achill.

Ein weiterer Dank geht an das Weingut Michaelishof der Familie Kaiser nach Gau-Algesheim. Erst durch die unkomplizierte Zustimmung des Weingutes war es möglich, den Titel »Winzerblut« — eine geschützte Warenbezeichnung für den gleichnamigen Dornfelderlikör des Weingutes — zu verwenden. Natürlich war es ein Gebot schriftstellerischer Sorgfalt, das Weingut zu besuchen und für Sie, liebe Leser, das »Winzerblut« zu testen und für sehr gut zu befinden. Wie mir der Winzer versicherte, ist der köstliche Likör absolut blutfrei und nach meinem Geschmack sehr zu empfehlen (www.kaiser-weine.de).

Doch was wäre ein Manuskript ohne die, die es zum Buch machen und letztlich in die Buchhandlungen an die Leser bringen — nämlich das Team des *Gmeiner-Verlages*. Hier danke ich stellvertretend für all die unzähligen hochkompetenten Unterstützerinnen und Unterstützer der Programmchefin und meiner Lektorin Claudia Senghaas, mit der ich nun schon seit fünf Jahren äußerst fruchtbar und freundschaftlich zusammenarbeite.

Vielen Dank dafür, liebe Claudia!

Weitere Titel finden Sie auf den
folgenden Seiten und im Internet:

WWW.GMEINER-VERLAG.DE

Kommissar Achill und Stadtführer Sartorius ermitteln:

1. Fall: Requiem für den Kanzler
ISBN 978-3-8392-2386-4

2. Fall: Abendmahl für einen Mörder
ISBN 978-3-8392-2560-8

3. Fall: Festbierleichen
ISBN 978-3-8392-2822-7

4. Fall: Klostertod
ISBN 978-3-8392-0148-0

5. Fall: Winzerblut
ISBN 978-3-8392-0427-6

GMEINER SPANNUNG

WWW.GMEINER-VERLAG.DE
Wir machen's spannend